ERLÖSUNG FÜR IVY

RED TEAM – STAHLHARTE BESCHÜTZER
BUCH VIER

RILEY EDWARDS
OPERATION ALPHA

Herausgegeben von: Aces Press, LLC
ISBN Taschenbuch: 978-1-64384-710-8
Besuchen Sie Riley im Netz!
www.rileyedwardsromance.com
facebook.com/Novelist.Riley.Edwards
instagram.com/rileyedwardsromance
youtube.com/channel
tiktok.com/@rileyedwardsromance
twitter.com/rileyedwardsrom
E-Mail: riley@rileysrebels.com

WILLKOMMEN

Liebe Leserinnen und Leser,

willkommen in der Fan-Fiction-Welt von *Special Forces: Operation Alpha*!

Falls Sie diese Welt zum ersten Mal betreten, sollten Sie wissen, dass die Autorin in ihrer Erzählung einen oder mehrere meiner Charaktere verwendet. Manchmal spielt die Figur dabei eine wichtige Rolle in der Geschichte, und zuweilen wird sie nur kurz erwähnt. Das ist völlig legal und erlaubt, da der Roman von Aces Press, LLC veröffentlicht wird.

Dieses Buch ist vollständig das Werk der Autorin. Zwar habe ich beim Brainstorming geholfen und Ideen eingebracht, wenn es darum ging, welche meiner Figuren in der Erzählung erwähnt werden würden, aber ich hatte weder Einfluss auf den Schreibprozess noch auf die Bearbeitung der Geschichte.

Ich bin stolz und begeistert, dass meine Figuren so viel Anklang finden und viele Autorinnen und Autoren ihnen in ihren eigenen Erzählungen Platz schaffen. Vielen Dank, dass Sie sie und mich unterstützen!

Viel Spaß beim Lesen!
Susan Stoker xoxo

ANMERKUNG DER AUTORIN

Es ist mir nicht leichtgefallen, diese Geschichte zu schreiben, da sie für mich eine persönliche Bedeutung hat. Ivys Erzählung basiert im Groben auf meiner Kindheit, denn auch ich hatte eine drogensüchtige Mutter.

Jeder, der noch nie einen abhängigen Menschen geliebt hat, kann sich glücklich schätzen. Es ist eine furchtbare, herzzerreißende Erfahrung. Ich habe Jahre gebraucht, um mich davon zu erholen. Die Drogensucht eines Menschen hat nicht nur Auswirkungen auf ihn selbst, sondern betrifft auch jede einzelne Person in seinem Umfeld. In meinem Fall ist meine Mutter die Süchtige. Ich sage »ist«, weil sie auch heute noch abhängig ist. Leider kommen manche Menschen nie von den Drogen los und nicht jeder Süchtige findet Hilfe. Das Leben kann unbarmherzig und hässlich sein. Anders als in den Geschichten, die ich schreibe, nimmt es nicht immer ein glückliches Ende.

Ich hatte Glück, und die Sucht meiner Mutter brachte sie schließlich an einen Punkt, an dem sie das Gefühl hatte, mich verlassen zu müssen. Ohne sie hatte ich die Chance auf ein Leben, das mir sonst nicht vergönnt gewesen wäre. Im Laufe der Jahre ist sie viele Male gekommen und gegangen. Jede Begegnung war schmerzhafter als die vorherige. Ich habe es wahrlich Gottes Gnade zu verdanken, dass ich dabei nicht den Verstand verloren habe. Aber die Angst vor dem Verlassenwerden ist allgegenwärtig und tief in meiner Seele verankert.

Durch die Sucht meiner Mutter habe ich viele Lektionen gelernt, die ich sehr schätze, denn sie haben sich als äußerst kostbar erwiesen.

Sie hielt mir vor Augen, dass ich nie so sein wollte wie sie. Und manchmal kann diese Lektion im Leben die wichtigste sein.

Ich erkläre Ihnen das alles nur, weil so viele Menschen auf die eine oder andere Weise von dem Thema Drogensucht betroffen sind, und ich möchte meine Leser vorwarnen. Ivy selbst ist nicht abhängig. Sie wurde in ihrer Kindheit nie körperlich oder sexuell missbraucht. Allerdings wird in ihren Erinnerungen immer wieder der Drogenkonsum beschrieben. Dabei gehe ich nur wenn nötig ins Detail, damit Sie Ivys Reaktionen auf bestimmte Situationen verstehen können. Zudem äußert Zane seine Meinung über den Drogenkonsum ihrer Mutter auf eine derart unverblümte Weise, die manche vielleicht als beleidigend empfinden könnten.

Danke, dass Sie sich die Zeit nehmen, die Geschichte von Zane und Ivy zu kaufen und zu lesen. Ich hoffe, Sie finden Gefallen daran, die beiden auf ihrer Reise zu begleiten, die letztlich dazu führt, dass sie ihren Frieden finden.

Und ja, im echten Leben habe ich meinen eigenen Zane gefunden. Er hat all die zerbrochenen Teile meiner selbst akzeptiert. Doch statt sie wieder zusammenzusetzen, brachte er mir bei, mich selbst zu heilen. Er stand mir stets unterstützend zur Seite und fing mich auf, wenn ich einmal versagte. Das war keine leichte Aufgabe! Damals war ich ein gebrochenes, niedergeschlagenes, einundzwanzigjähriges

Mädchen. Zwanzig Jahre später bin ich ihm immer noch dankbar, weil er mich nie aufgegeben hat. Als ich begann, diese Reihe zu schreiben, wusste ich, dass dieses Buch kommen würde. Zum Teil ist es reine Fiktion, zum Teil beruht es auf wahren Begebenheiten. Zane war von Beginn an meinem Mann nachempfunden. Er trat mit seinen eigenen Dämonen in mein Leben. Gemeinsam haben wir sie bekämpft.

Er ist mein feuerspeiender Drache. Mein unerschütterlicher Beschützer. Mein Kamerad. Und gemeinsam haben wir eine wunderbare Familie gegründet und ein unzerbrechliches Band zwischen uns geschaffen.

Riley xoxo

Für Bluesteel – meinen feuerspeienden Drachen.

BEVOR SIE DIESES BUCH LESEN

Danke, dass Sie sich für den Kauf von *Erlösung für Ivy* entschieden haben. Ich bin überglücklich, erneut in Susan Stokers *Special Forces: Operation Alpha (SFOA)* Universum mitwirken zu dürfen. Seit vielen Jahren bin ich ein Fan von Susan und habe jedes ihrer Bücher (mehrfach) gelesen. Obwohl ich mein Bestes getan habe, um ihren Originalcharakteren treu zu bleiben (denn sie sind einfach fantastisch), bin ich nicht Susan. Daher habe ich die Figuren so wiedergegeben, wie ich sie als Leserin erlebt habe. Ich möchte, dass alle Fans der SOP-Reihe das Gefühl haben, alten Freunden zu begegnen, wenn sie von Tex, Wolf, Abe, Caroline und dem Rest des Teams lesen. Ich hoffe, dass ich ihren geliebten SEALs gerecht geworden bin. Aber vergessen Sie bitte nicht, dass ich mir auch einige Freiheiten genommen habe.

Ich hoffe, Sie genießen die Welt, die ich für Sie erschaffen habe, so sehr, wie ich es geliebt habe, sie zu gestalten.

PROLOG

Zane Lewis betrat sein Büro und rieb sich nicht zum ersten Mal an diesem Tag die schmerzende Brust. Das dumpfe Pochen hatte sich im Laufe der Stunden nur verstärkt. Es war nie leicht, einen Freund zu begraben. Aber in Eric Wheelers Fall war es ihm besonders schwergefallen. Zane hatte ihn von der CIA abgeworben. Nach der katastrophalen Mission in Russland vor fast drei Jahren hatte er sich nicht sonderlich ins Zeug legen müssen, um Eric davon zu überzeugen, die Behörde zu verlassen. Doch statt sich wie geplant zur Ruhe zu setzen, hatte Zane ihn dazu überredet, für ihn zu arbeiten.

»Scheiße«, murmelte Zane vor sich hin.

Er legte die ordentlich gefaltete Flagge, die Wolf ihm überreicht hatte, auf seinem Schreibtisch ab, öffnete die oberste Schublade und wühlte sich durch seine Sammlung von Messingpatronen, bis er die gesuchte fand. Er zog ein .308-Geschoss heraus, auf dem der Name *Wheeler* eingraviert war, und schob es in eine Falte der Flagge. Dann trug er sie zu dem Bücherregal hinter ihm und platzierte sie auf einem der Regalfächer. Die Fahne würde Zane an seine Fehler erinnern. Er hatte zugelassen, dass ein weiterer Mann unter seinem Kommando gestorben war, und somit noch einen Makel in seine ohnehin verdammte Seele eingebrannt.

Er hatte Erics Gedenkfeier in Jaxons und Violets Haus spät verlassen und war etwa eine Stunde durch die Straßen gefahren, bevor er im Büro haltgemacht hatte. Es graute ihm davor, in seine leere Wohnung zurückzukehren, obwohl er in seinem derzeitigen Zustand ohnehin keine Gesellschaft wollte. Und falls er es sich anders überlegte, gab es eine lange Liste von Frauen, die nur allzu gern das Bett mit ihm teilten. Seit er und sein Bruder Lincoln in einem Wohnwagen aufgewachsen waren, hatten sie einen weiten Weg zurückgelegt. Sein fast dreihundert Quadratmeter großes Penthouse war der Beweis für seinen Erfolg. An manchen Tagen vermisste er jedoch die Enge des Wohnwagens und die Nähe zu seinem Bruder. Die beiden hatten sich ein Zimmer geteilt und sich ständig darum gestritten, wer mit dem Aufräumen an der Reihe war. Zane hatte das Penthouse gekauft, um nie wieder in derart eingeengten Verhältnissen leben zu müssen. Doch plötzlich wirkte der Raum verlassen und einsam. Einsamkeit war ein Gefühl, das Zane nicht gewohnt war, denn er schätzte den Trost, den seine eigene Gesellschaft ihm bot.

Zane schnappte sich eine Flasche seines Lieblingswhiskys, stellte sich vor die große Fensterwand mit Aussicht auf die Innenstadt von Annapolis, schraubte den Deckel ab und trank einen Schluck direkt aus der Flasche. Die Flüssigkeit brannte in seiner Kehle und wärmte ihn von innen heraus.

»Scheiße, Scheiße, Scheiße«, wiederholte er immer wieder, während er die Beherrschung zu verlieren drohte. Erics Tod lastete schwer auf ihm. Bisher war er noch nicht imstande gewesen, ihn in einer der vielen mentalen Schubladen zu verstauen, die sein Leben ausmachten. Doch das wollte er auch nicht. Noch nicht. Eric hatte es verdient, betrauert zu werden.

Zane lehnte seine Stirn an die kühle Fensterscheibe und spürte zum ersten Mal seit seiner Kindheit, wie ihm Tränen in die Augen traten. Bevor er noch weiter darüber nachdenken konnte, vibrierte das Handy in seiner Tasche. Es war bereits nach Mitternacht. In seinem Beruf verhieß ein Anruf zu so später Stunde nie etwas Gutes.

Er zog das Gerät aus der Tasche und warf einen Blick auf das Display. Die Privatnummer des Präsidenten blinkte auf. Er hoffte inständig, dass der Anruf nichts mit der Arbeit zu tun hatte. Sein Team brauchte nach dem Verlust von Eric eine Auszeit. Oder vielleicht doch nicht? Möglicherweise wäre die Arbeit genau das Richtige, um die aufgestaute Wut und den Schmerz abzubauen. Zane würde sich ohne Zweifel besser fühlen, wenn er einen Haufen Vollidioten in die Hölle schicken könnte.

»Tom«, sagte Zane zur Begrüßung.

»Wie geht es dir?« Der Präsident kam direkt zur Sache.

»Bestens«, antwortete Zane knapp.

»Sicher. Dann sitzt du also nicht gerade im Büro und ertränkst deinen Kummer in einer Flasche?«, entgegnete Tom.

Zane war immer wieder erstaunt, dass der Präsident scheinbar in der Lage war, die Handlungen seiner Mitmenschen vorhersagen zu können. Die unheimliche Fähigkeit hatte ihn einst zu einem großartigen Froschmann und nun zu einem ausgezeichneten Präsidenten gemacht.

»Es ist verdammt spät. Kann ich etwas für Sie tun?«

Zanes Antwort wurde mit einem Lachen quittiert, bevor Tom mit ernstem Tonfall erwiderte: »Wenn du morgen früh mit einem Brummschädel aufwachst, möchte ich, dass du dich an etwas erinnerst, mein Sohn. In unserem Geschäft gibt es keine Garantien. Wir können nie wissen, ob wir von einem Einsatz nach Hause zurückkehren, geschweige denn in einem Stück. Manche von uns führen diese großartigen

Männer in der Schlacht an und müssen die unerbittlichen Konsequenzen tragen. Du bist nicht für Erics Ableben verantwortlich. Er ist gestorben, weil er ein verdammter Held war. Diese Ehre darfst du ihm nicht nehmen, indem du die Last seines Todes schulterst. Und noch etwas solltest du bedenken, und ich weiß, dass du das schon einmal gehört hast: Wir bilden sie nicht nur aus, wir trauern um sie. Genauso wie jedes Mitglied deines Teams kennst auch du das Risiko. Diese Männer folgen dir in die Schlacht, weil du der Beste bist. Zaudere nicht und ergehe dich nicht in deinem Kummer, sondern sei stark und bereit für deine Männer. Wenn du einmal glaubst, dass dir alles zu viel wird, dann ruf mich an. Nicht als Präsident, nicht als Waffenbruder, sondern als Freund. Ich werde dir helfen, die Last zu schultern.«

»Das weiß ich zu schätzen«, presste Zane hervor und schluckte den Kloß in seinem Hals hinunter.

»Ich weiß, dass du das tust. Heute Abend kannst du den billigen Scheiß, den du Whisky nennst, trinken. Morgen wirst du aufstehen und deine Arbeit machen. Ich rufe wieder an.«

Tom beendete das Gespräch und Zane warf sein Handy auf den kleinen Beistelltisch neben der Couch. Er ließ sich in das weiche Leder sinken und dachte über Toms Worte nach. Nachdem er die Hälfte der Flasche geleert hatte, beschloss Zane, dass es an der Zeit war, die Erinnerung an Eric tief in seinem Inneren zu vergraben. Ein guter Mann war gestorben, und weder ein Meer von Tränen noch Unmengen an Whisky würden ihn zurückbringen. Zane ließ den Blick durch den Raum schweifen und fixierte das Bücherregal. Irgendwann hatte der Alkohol den Schmerz betäubt und Zane schlief ein. Doch zuvor starrte er noch lange die Flagge an und wünschte sich, er hätte sie nie entgegennehmen müssen.

KAPITEL EINS

ZANE

»Ich schwöre bei Gott, wenn ihr nicht bald die Klappe haltet, seid ihr gefeuert.« Ich sah abwechselnd von meinem Bruder zu meiner Schwägerin. »Und was zum Teufel habt ihr überhaupt in meinem Büro zu suchen?«

Ich war zwar ihr Chef, doch Jasmin und Linc zankten sich weiter, als hätte ich ihnen nicht gerade mit ihrer Entlassung gedroht. Also lehnte ich mich in meinem Stuhl zurück und beobachtete die beiden. Natürlich freute ich mich für ihr Glück, aber ihre Ehestreitigkeiten zerrten an meinen Nerven. Wann war meine Firma zum Schauplatz einer Seifenoper geworden? Mittlerweile gingen die Ehefrauen und Lebensgefährtinnen meiner Angestellten in der Zentrale täglich ein und aus. Olivia und Violet schienen meine umfangreichen Sicherheitsmaßnahmen mit Leichtigkeit zu umgehen und befanden sich genauso oft hier wie das Team. Ich hatte die Kontrolle verloren.

»Hey!«, versuchte ich es erneut. »Verschwindet von hier.«

»Wie bitte?« Jasmin wandte sich mir zu.

»Du hast mich schon verstanden. Verpisst euch.«

»Aber ich bearbeite gerade einen Fall und dein Bruder will, dass ich die ganze Zeit im Büro sitze«, beschwerte Jasmin sich.

»Du bist schwanger. Es kommt gar nicht infrage, dass du in deinem Zustand in deinen Wagen steigst und den ganzen Tag lang einen Kriminellen verfolgst«, warf Linc ein.

Ja, ich hatte wirklich die Kontrolle verloren.

»Linc, sie hat einen Job zu erledigen«, sagte ich. Als ich jedoch das Grinsen in Jasmins Gesicht sah, wandte ich mich ihr zu und fügte hastig hinzu: »Und ich habe dir gesagt, dass du es langsam angehen lassen sollst. Das bedeutet, du folgst dem Kerl und kommst ihm nicht zu nahe.«

»Schreibtischdienst«, schoss Linc zurück.

»Bruder, sie wird dir noch die Eier abreißen, wenn du dich nicht bald beruhigst. Ob du es glaubst oder nicht, sie ist nicht die erste Frau in der Geschichte der Menschheit, die ein Baby bekommt.«

»Babys«, erwiderte Linc voller Stolz. Seit Jasmin ihre Schwangerschaft bekannt gegeben hatte, hörte man in der Zentrale nur noch von Lincs Supersperma. Jedes Mal wenn mein Bruder seine Potenz erwähnte, musste ich würgen. »Und wir alle wissen, dass meine Frau Schwierigkeiten hat, Befehle zu befolgen. Wenn sie sieht, dass Forester sich einem Mädchen nähert, wird sie aus dem Wagen springen und ihn zur Rede stellen, bevor Verstärkung eintreffen kann.«

Seit Erics Tod vor vier Monaten hatte das Team auf heimischem Boden alle Hände voll zu tun. Colin und Declan waren einmal nach Dubai geflogen, um einen Senator bei seinem Besuch eines Navy-Stützpunktes zu begleiten. Außer Linc beschwerte sich jedoch niemand über die Arbeit. Leo und Olivia genossen ihr Eheglück. Er hatte es endlich geschafft, sie zu schwängern, und teilte nur allzu gern seine Freude mit dem Rest der Belegschaft.

»Ich weiß wirklich nicht, warum ich euch beiden überhaupt ein Gehalt zahle. Wenn man bedenkt, wie wenig ihr arbeitet und wie viel Geld es mich kostet, eine verdammte Kindertagesstätte hier einzurichten, sollte ich auf eurer Gehaltsliste stehen. Jasmin, geh an die Arbeit. Ich will einen vollständigen Bericht über jeden Schritt, den Forester unternimmt. Wenn du auch nur mit einem Fuß aus dem Wagen steigst, musst du dir um Linc keine Sorgen mehr machen, denn von mir wirst du mehr zu befürchten haben. Ich mache keine Witze. Du bist im sechsten Monat schwanger.«

»Aye, aye, Lieutenant«, salutierte Jasmin zum Abschied und eilte durch die Tür, bevor Linc sie aufhalten konnte.

»Was hast du über Forester herausgefunden?«, fragte ich Linc, um wieder auf die Arbeit zu sprechen zu kommen.

»Du weißt, dass sie nicht auf dich hören wird«, murrte Linc und setzte sich auf einen der beiden Stühle vor meinem Schreibtisch.

»Doch, das wird sie. Sie liebt diese Babys. Du hast allerdings den Verstand verloren. Ihr und den Babys geht es gut. Wenn du dich nicht bald beruhigst, wird sie dich aus dem Haus werfen und erst wieder hineinlassen, nachdem sie die Kinder zur Welt gebracht hat.«

»Scheiße, Z! Es ist nur ... Ich wüsste nicht, was ich tun würde, wenn einem von ihnen etwas zustieße. Sie macht nie eine Pause. Das kann nicht gut für sie sein. Ich will, dass sie sich ausruht und die Füße hochlegt. Der Gedanke, dass sie sich in Gefahr begibt, macht mich noch verrückt.«

Ich starrte meinen Bruder an. Der arme Kerl sah wirklich verzweifelt aus. Doch je eindringlicher ich Linc betrachtete, desto klarer wurde mir, dass er nicht unglücklich war, sondern mit einer Mischung aus Bewunderung und Angst zu kämpfen hatte. Er empfand eine tiefe Liebe zu seiner Frau und seinen ungeborenen Kindern. Doch gleichzeitig erfüllte ihn die Angst, dass er ihren Verlust nicht überleben würde.

Ich bemühte mich vergeblich, mir vorzustellen, wie es sich anfühlen würde, eine Frau so sehr zu lieben. Und insgeheim war ich darauf gefasst, dass ich es nie erfahren würde, denn ich hatte schon vor langer Zeit beschlossen, einer Frau niemals meine Dämonen aufzubürden.

»Hast du wirklich geglaubt, dass diese Frau sich jemals zurücklehnen würde? Entspann dich, sonst schießt dein Blutdruck in die Höhe. Also, was hast du herausgefunden?«, wiederholte ich.

»Der Kerl ist ein Wiesel. Der Geschäftsführer hat sich zu Recht Sorgen gemacht, denn Forester ist offensichtlich ein Spitzel. Bevor er zu Techwatch ging, arbeitete er für Lemans, eine Tochtergesellschaft von Smart Technologies. Aus seinen Unterlagen geht hervor, dass er aufgrund einer Umstrukturierung des Unternehmens entlassen wurde. In diesem Zeitraum wurde jedoch niemand sonst verabschiedet«, erklärte Linc.

»Worauf hat Forester es abgesehen? Auf die Software für die Uhr?«

»Nein. Sowohl Techwatch als auch Smart Technologies stellen eine Smartwatch für Kinder her. Im Gegensatz zu den Smartwatches für Erwachsene muss die Version für Kinder nicht mit dem Internet verbunden sein, denn die Spiele und Apps sind bereits integriert. Smart Technologies hat Forester bei Techwatch eingeschleust, um deren Preisstruktur und Markteinführungsstrategie zu stehlen.«

»Smart Technologies will Techwatch zunichtemachen. Diesen Trick hat Walmart schon angewandt. Man verkauft die Ware billig und drängt die Konkurrenz so aus dem Geschäft«, mutmaßte ich. Es war ein fragwürdiger, aber kein schlechter Plan. Was Forester und Smart Technologies trieben, war zwar illegal, aber in meinen Augen machte es Forester nicht zu einem größeren Mistkerl als jeden anderen überbezahlten Manager, der sich in Konkurrenz mit anderen

Firmen befand. »Was hat Jasmin sonst noch herausgefunden?«

»Er hat eine Vorliebe für Prostituierte. Genau genommen mag er Mädchen, die kaum volljährig sind. Vor einem Jahr wurde seine junge Untermieterin tot in seinem Haus aufgefunden. Offiziellen Berichten zufolge ist sie an einer Überdosis gestorben. Die Polizei vermutete allerdings Fremdeinwirkung, konnte jedoch nichts beweisen. Das Opfer hieß Joanna Long und war zum Zeitpunkt des Todes neunzehn Jahre alt. Sie hatte Blutergüsse an den Innenseiten ihrer Oberschenkel und es gab Hinweise, dass sie vor ihrem Tod Geschlechtsverkehr hatte. Aber es wurde keine DNA gefunden. Forester behauptete, nicht zu wissen, ob das Mädchen einen Freund hatte oder was sie außerhalb des Hauses trieb. Es wurden Haare von ihm an ihrer Kleidung gefunden, da sie jedoch in dem Haus wohnte, war das für die Ermittler kein Indiz. Nach allem, was Jasmin bisher über ihn herausgefunden hat, sagt mir mein Bauchgefühl, dass Forester hinter dem Mord steckt.«

»Verdammte Scheiße. Hat Jasmin alles Nötige, um den Fall abzuschließen und sämtliche Informationen an den Geschäftsführer zu übergeben?« Ich war mir nicht sicher, wie weit ich noch in den Kaninchenbau vordringen wollte.

»Ja. Allerdings gibt es noch einen ungeklärten Punkt. Foresters persönliche Assistentin, Susan Black, scheint nicht zu existieren. Sowohl der Name als auch ihr Lebenslauf, ihr Ausweis und ihre Sozialversicherungsnummer sind gefälscht. Aber ich habe sie nicht näher unter die Lupe genommen, da sie für den Auftrag irrelevant ist. Auch ohne seine Assistentin haben wir alle erforderlichen Informationen, um ihn ans Messer zu liefern. Jasmin hat außerdem Beweisfotos geschossen und die Daten und Uhrzeiten seiner Besuche bei den Prostituierten aufgezeichnet. Was sollen wir damit machen?«

Ich hasste es, wenn ein Fall nicht vollständig gelöst war. Fast genauso sehr, wie ich es hasste, mich unvorbereitet in eine heikle Situation zu stürzen. Meine jahrelange Erfahrung hatte mich gelehrt, auch das kleinste Detail zu berücksichtigen.

»Finde mehr über Susan Black heraus. Du könntest Declan auf sie ansetzen. Die Frauen liegen ihm zu Füßen. Falls nötig, soll er sie unter Druck setzen. Ich will, dass diese Sache bis zum Ende der Woche abgeschlossen ist«, befahl ich und erinnerte mich dann, dass mein Bruder mir eine Frage gestellt hatte. »Wir werden die Fotos dem Staatsanwalt aushändigen. Vielleicht kann er sie als Druckmittel benutzen, um Forester ein Geständnis zu entlocken.«

»Klingt gut«, pflichtete Linc mir bei und stand auf. »Kommst du heute Abend zum Essen? Violet und Jax werden ebenfalls da sein.«

Auf keinen Fall. Als mein Bruder mich das letzte Mal zum Abendessen eingeladen hatte, musste ich mir stundenlanges Gequatsche über Babys anhören und mir ansehen, wie Leo seine Hände nicht von Olivia lassen konnte. Nein, unter Vergnügen verstand ich etwas anderes.

»Ich habe noch etwas zu erledigen«, antwortete ich.

Für einen Moment starrte Linc mich nur an, dann schüttelte er den Kopf und machte sich auf den Weg zur Tür. Bevor er den Raum verließ, drehte er sich noch einmal um und bedachte mich mit einem Blick, bei dem sich mir der Magen umdrehte. Ich wusste bereits, dass mir seine nächsten Worte nicht gefallen würden.

»Hast du je darüber nachgedacht, ebenfalls die Frau fürs Leben zu finden?«

Ich dachte daran, Linc einfach den Mittelfinger zu zeigen und ihm zu sagen, er solle sich um seinen eigenen Scheiß kümmern. Aber ich wusste, dass er es nicht auf sich beruhen lassen würde, und ich wollte unter keinen Umständen über mein Privatleben sprechen.

»Nein«, antwortete ich schlicht.

Ein Wort. Kurz und bündig. Nein, ich hatte nicht darüber nachgedacht, die Frau fürs Leben zu finden. Zum einen wollte ich keine Beziehung und zum anderen gab es weit und breit kein weibliches Wesen, das es mit mir würde aufnehmen können. Ich war völlig verkorkst.

KAPITEL ZWEI

IVY

Ich war es leid. Ich hatte genug von der Lüge, die ich lebte, von den Männern und vom Leben im Allgemeinen.

»Noch einen Drink?«, fragte der Barkeeper und nickte auf das fast leere Glas Gin Tonic vor mir.

»Bitte«, antwortete ich und fügte hinzu: »The Botanist«, um den überarbeiteten Mann daran zu erinnern, welche Ginmarke ich bevorzugte.

»Wie könnte ich das vergessen?«, fragte er und zwinkerte mir zu.

Ich kämpfte gegen den Drang an, die Augen zu verdrehen. Der Kerl versuchte schon den ganzen Abend, mit mir zu flirten, und hatte mir jeden noch so billigen Spruch an den Kopf geworfen. Aber ich hatte ihm jedes Mal einen Korb gegeben. Ich hatte die Nase voll von den Männern. Sie alle waren Lügner. Bisher war ich noch nie einem aufrichtigen Mann begegnet, angefangen bei meinem Vater bis hin zu meinem jetzigen Chef.

Heute hatte er es tatsächlich so weit getrieben, dass ich

nach der Arbeit einen Drink brauchte. Für gewöhnlich würde ich direkt nach Hause in meine jämmerliche Einzimmerwohnung gehen und meine Rache planen. Ich war fast am Ziel. Die Informationen, die ich bisher gesammelt hatte, fügten sich langsam zu einem Ganzen zusammen. Noch ein paar Monate ... und er würde endlich hinter Gittern sitzen.

Ein Mann nahm auf dem Hocker neben meinem Platz, als der Barkeeper mir gerade meinen Drink brachte. »Ein Botanist und Tonic für die schöne Dame«, sagte er in einem betont charmanten Tonfall. Diesmal konnte ich mich nicht zurückhalten und verdrehte die Augen. »Was darf ich Ihnen bringen?«, wandte er sich mit nunmehr ausdrucksloser Stimme an den Mann neben mir.

»Ich nehme dasselbe.« Die Stimme des Fremden war geschmeidig wie Öl und bescherte mir eine Gänsehaut. »Sie kennen sich offensichtlich mit Gin aus.«

Mich durchlief ein erregender Schauer und mir kam der Gedanke, dass es vielleicht an der Zeit wäre, meine Intimzone zu entstauben. Als ich mich schließlich zu dem Mann umdrehte, war es bereits zu spät und ich hatte meiner schmutzigen Fantasie freien Lauf gelassen. Seine Stimme war sexy, doch sie war nichts im Vergleich zu dem Rest des Mannes. Heiliger Strohsack! Mit seinem tiefschwarzen Haar und den stahlblauen Augen sah er aus, als sei er gerade einer Kinoleinwand entsprungen. Dem Grinsen auf seinem Gesicht nach zu urteilen war meine Reaktion für ihn nicht ungewohnt.

Je länger ich den Mann betrachtete, desto verlegener wurde ich. Nichtsdestotrotz schaffte ich es nicht, den Blick abzuwenden, und starrte ihn weiter unverhohlen an.

»Ich bin Zane«, stellte er sich vor und reichte mir die Hand.

Natürlich wollte ich nicht unhöflich sein und legte meine Hand in seine. In dem Moment, in dem unsere Finger sich berührten, durchzuckte es mich, als hätte ich einen elektrischen Schlag bekommen. Ich zog sofort die Hand zurück.

»Autsch!«

»Tut mir leid«, sagte Zane mit einem leisen Lachen. »Das wollte ich nicht. Es ist ziemlich windig draußen«, erklärte er. Ich fragte mich, ob er statisch aufgeladen war oder von Natur aus ein spannungsgeladener Strom sexueller Energie durch seinen Körper floss.

»Schon in Ordnung.« Ich griff nach meinem Drink und nahm einen großen, wenig damenhaften Schluck. Plötzlich wollte ich nur noch mein Glas leeren und die Rechnung begleichen. Zane und seine saphirblauen Augen wühlten mich innerlich auf. Wenn er mich ansah, fühlte ich mich nackt, als könnte er durch die Mauern hindurchblicken, die ich sorgfältig um mich herum errichtet hatte. Ich wusste, wie albern der Gedanke war, denn er wollte nur höflich sein.

Der Barkeeper brachte Zane seinen Drink und stellte eine Schale mit Nüssen vor uns auf den Tresen. Zane griff hinein, schnappte sich eine Handvoll Nüsse und schob sie sich in den Mund.

»Ich kann nicht glauben, dass Sie das wirklich getan haben«, bemerkte ich.

»Was meinen Sie?«, fragte er, nachdem er die Nüsse hinuntergeschluckt hatte.

»Sie haben gerade die Nüsse aus der Schale gegessen. Haben Sie eine Ahnung, wie viele Keime sich darin befinden? Genauso gut könnten Sie eine Kultur in einer Petrischale anlegen. Die meisten Leute waschen sich nach dem Toilettengang nicht die Hände und fassen dann in die Schale. Sie haben gerade Pissnüsse gegessen.«

»Pissnüsse?«, wiederholte er und lachte leise.

»Ja. Ich könnte sie auch Hefepilznüsse nennen. Man weiß ja nie, welche Keime an den Fingern der Leute kleben.«

Zane warf den Kopf in den Nacken und lachte schallend.

In diesem Moment sah er nicht nur umwerfend aus, sondern zog mich förmlich in seinen Bann.

»Verdammt, Sie sind lustig.« Grübchen zeichneten sich an seinen Wangen ab. Mein Gott, das Lächeln des Mannes war geradezu tödlich. Er nippte an seinem Drink und sagte: »Mm, jetzt erinnere ich mich wieder daran, warum ich den Botanist so mag. Das Aroma von Wachholder und Heidekraut ist unverkennbar.«

»Ich kenne außer mir niemanden, der ihn trinkt. Ich habe ihn erst vor ein paar Jahren bei einer Besichtigungstour der Destillerie entdeckt«, erzählte ich.

»Sie waren schon einmal auf Islay?«

»Ganz richtig. So wie es aussieht, sind Sie ebenfalls ein Kenner.«

»Eigentlich bin ich Whiskytrinker. Ich bin zufällig auf den Gin gestoßen, als ich in Bruiladdich Urlaub machte, wo sich die Destillerie befindet.«

»Das Dorf habe ich ebenfalls besucht.« Ich beäugte ihn skeptisch. »Waren Sie denn wirklich dort? Oder versuchen Sie nur, mich ins Bett zu kriegen?«

Islay war eine kleine Insel vor der Küste Schottlands. Touristen verirrten sich nur selten dorthin, es sei denn, sie tranken gern Whisky oder sehnten sich nach Ruhe und Frieden. Außer Destillerien, Torfmooren und wunderschönen, mit wildem Heidekraut bewachsenen Hügellandschaften hatte die Insel nicht viel zu bieten. Zudem fanden sich dort einige religiöse Relikte und Ruinen, aber Zane schien mir nicht der Typ Mann zu sein, der den Atlantik überquerte, um ein altes handgeschnitztes Steinkreuz oder Überreste aus der Wikingerzeit zu besichtigen.

»Glauben Sie denn, dass ich versuche, Sie ins Bett zu kriegen?«

Plötzlich lief ich vor Verlegenheit hochrot an. Ich hatte einfach angenommen, dass er mit mir flirtete, und war, ohne darüber nachzudenken, mit meiner Frage herausgeplatzt. Dennoch hatte ich den Verdacht, dass er mir einen Bären aufband.

»Nein«, erwiderte ich und schüttelte den Kopf. Am liebsten wäre ich im Erdboden versunken. »Das habe ich nicht gemeint.«

»Ja, ich war wirklich schon auf Islay. Mehrere Male sogar. Ich ziehe mich gern dorthin zurück, wenn ich Ruhe und Einsamkeit brauche.« Ein distanzierter Ausdruck trat in Zanes Augen, als er mit seinen Gedanken zu der kleinen schottischen Insel abzuschweifen schien. Im nächsten Moment fing er sich wieder, legte eine Hand an mein Gesicht und streichelte mit dem Daumen über meine Wange. Die sanfte Berührung schien meinen Verstand auszuschalten, denn statt seine Hand wegzuschieben, schmiegte ich mich an sie. »Und nur um keine Zweifel aufkommen zu lassen, wenn ich mit einer Frau flirte, dann ist sie sich dessen vollauf bewusst.« Heilige Scheiße. In meinem Kopf schrillten sämtliche Alarmglocken, während ich zugleich Schmetterlinge im Bauch hatte. Eine Mischung aus Angst und Aufregung durchströmte mich. Ich war mir nicht sicher, ob ich wollte, dass er mich mit zu sich nach Hause nahm oder seine Hand zurückzog und mich ignorierte, damit ich mein Glas leeren und verschwinden konnte. »Warum verraten Sie mir nicht zuerst Ihren Namen, und dann sehen wir weiter?«

»Warum wollen Sie wissen, wie ich heiße?«

»Für gewöhnlich ziehe ich es vor, den Namen der Frau zu kennen, mit der ich ins Bett gehe.«

»Ist das denn wirklich wichtig?«

»In Ihrem Fall durchaus.« Die ganze Zeit über hatte er seine Hand nicht von meiner Wange gelöst und festigte nun sogar auf besitzergreifende Weise seinen Griff. Die Berührung war nicht schmerzhaft, sondern sandte einen elektrisierenden Schauer durch meinen Körper.

»Ivy«, sagte ich.

»Ivy«, wiederholte er. Ich hatte mir nie viel aus meinem Namen gemacht, aber aus seinem Mund klang er unglaublich sinnlich.

Ich beschloss, seine Bemerkung zu ignorieren, denn ich glaubte nicht, dass er wirklich mit mir ins Bett gehen wollte. Und falls doch, wusste ich nicht, wie ich darauf reagieren sollte. Das Ganze war verrückt. Für gewöhnlich ließ ich mich nicht auf One-Night-Stands ein und gabelte nie irgendwelche Männer in Bars auf, um sie in ihre Wohnung zu begleiten. Aber wenn der Gedanke so absurd war, warum hoffte ich dann, dass er es ernst meinte? Und warum stellte ich mir vor, wie er mir die Kleider vom Leib riss und den lustvollen Schmerz stillte, der in meinem Unterleib aufzuwallen begann?

»Was haben Sie gerade gedacht?«, fragte er und beugte sich vor. Ich glaubte schon, er wollte mich küssen, doch dann hielt er inne.

»Äh, ich weiß nicht«, stammelte ich. Ich wollte nur ungern zugeben, dass ich mir gerade ausgemalt hatte, wie er mich so lange vögelte, bis ich meinen beschissenen Tag vergessen hatte. Es war Jahre her, seit ich das letzte Mal mit einem Mann geschlafen hatte. Was konnte es schon schaden, eine Nacht im Bett eines Fremden zu verbringen? Immerhin war Zane der attraktivste Mann, dem ich je begegnet war. Falls er mich noch einmal fragte, würde ich sein Angebot annehmen. Eine Nacht lang wollte ich alles um mich herum vergessen und nicht an die Trauer und Wut denken müssen, die auf meinen Schultern lastete.

Ich hatte mir eine Auszeit verdient.

Während er mich mit einem durchdringenden Blick bedachte, bemühte ich mich, nicht auf dem Hocker nervös hin und her zu rutschen. Er ließ seine Hand von meiner Wange an meinen Nacken gleiten und drückte sanft zu. »Ich denke, Sie wissen genau, was Sie gerade gedacht haben, aber Sie sind zu verlegen, um es mir zu erzählen.«

»Wie kommen Sie darauf?«, fragte ich in schrillem Tonfall und hoffte inständig, dass er mir meine schmutzigen Gedanken nicht ansah.

»Ihre hübschen Augen haben sich verdunkelt und Ihre Pupillen haben sich geweitet. Sie haben Ihr Gewicht verlagert und die Schenkel zusammengepresst. Und im Moment stellen Sie sich vor, wie es sich wohl anfühlt, unter mir zu liegen.«

»Sie irren sich«, flüsterte ich.

»Das glaube ich nicht.«

»Ich habe nicht darüber nachgedacht, wie es sich anfühlt, unter Ihnen zu liegen. Vielmehr habe ich mir ausgemalt, wie es wohl sein würde, wenn Sie mich gegen die Wand drücken und im Stehen nehmen.« Wahrscheinlich klang ich wie ein schamloses Flittchen, doch das war mir egal. Ich hatte mich entschieden. Ich wollte Zane.

»Ich nehme alles zurück. Sind Sie fertig mit Ihrem Drink?« Seine Stimme schien plötzlich eine Oktave tiefer und er verlagerte ebenfalls sein Gewicht. Offensichtlich war er genauso erregt wie ich. Da ich keine Zeit verlieren wollte, griff ich nach meinem Gin Tonic und leerte das Glas in einem Zug.

»Jetzt schon«, verkündete ich und stellte das leere Glas vor mir ab, bevor ich meine zitternde Hand zurückzog und in den Schoß legte

Zane fischte seine Brieftasche aus der Tasche und warf einen Hundertdollarschein auf den Tresen. Ohne seinem Drink Beachtung zu schenken, stand er auf und reichte mir die Hand.

»Wollen Sie den nicht austrinken?«, fragte ich. Da nun der Moment der Wahrheit gekommen war, versuchte ich, ihn hinzuhalten.

»Auf keinen Fall. Ich habe etwas viel Besseres vor.«

»Wollen Sie denn nicht auf Ihr Wechselgeld warten? Ein Hunderter ist zu viel.«

Zane antwortete nicht, sondern zog mich wortlos vom Hocker. Sobald ich neben ihm stand, bemerkte ich, wie groß er war. Ich reichte ihm kaum bis zur Schulter. Er hob mein Kinn an und begegnete meinem Blick. »Hast du etwa Zweifel?«

»Nein.«

»Gott sei Dank.« Er beugte sich vor und strich mit den Lippen sanft über meine. »Dann lass uns von hier verschwinden.«

»In Ordnung.«

Wir verließen Hand in Hand die Bar, dann zog er mich an sich, blickte in beide Richtungen und überquerte mit mir die Straße. Er schloss die Tür zu seinem Wohnhaus auf und bedeutete mir mit einer Geste einzutreten. Wir gingen wortlos zu den Fahrstühlen, während eine knisternde Spannung zwischen uns in der Luft lag. Die Stille schien meine Erregung noch zu steigern, und ich kam mir verrucht und unanständig vor. Ich war tatsächlich im Begriff, einen Fremden in seine Wohnung zu begleiten, um mit ihm zu schlafen. Es war nicht nur dumm, sondern auch gefährlich, doch aus irgendeinem Grund heizte das meine Fantasie nur noch mehr an. Die Türen öffneten sich, und wieder ließ Zane mir den Vortritt. Er drückte den obersten Knopf zum Penthouse und zog eine Schlüsselkarte durch einen Kartenleser. Auf dem Weg nach oben begann mein Herz zu rasen. Ich konnte es kaum glauben. Ich war tatsächlich im Begriff, mit einem Mann nach Hause zu gehen, mit dem ich lediglich ein paar Worte gewechselt hatte und dessen Nachnamen ich nicht einmal kannte.

»Ivy?« Ich hatte gar nicht bemerkt, dass er sich vor mir aufgebaut hatte.

»Ja?«

»Wir sind da.«

Ich war so in Gedanken versunken gewesen, dass ich nicht bemerkt hatte, wie der Aufzug angehalten hatte und die Türen aufgeglitten waren. Zane schloss die Tür zu seiner Wohnung auf und wir traten über die Schwelle. Mir blieb keine Zeit, meine Umgebung in Augenschein zu nehmen, denn im nächsten Moment hatte er mich gegen die Wand gedrückt. Wie in dem Moment, in dem ich seine Stimme zum ersten Mal gehört hatte, bekam ich eine Gänsehaut, während ein lustvolles Ziehen sich in meinem Unterleib bemerkbar machte. Noch nie hatte jemand mich so sehr erregt, ohne mich wirklich zu berühren. Meine Handtasche glitt mir aus den Fingern und landete mit einem dumpfen Knall auf dem Hartholzboden.

»Falls du zu irgendeinem Zeitpunkt willst, dass ich aufhöre, musst du es nur sagen.« Zanes Gesicht war nur wenige Zentimeter von meinem entfernt. Er bedachte mich mit einem durchdringenden Blick, während er seine Erektion an meinen Bauch presste, sodass ich die Muskeln in meinem Unterleib anspannte. »Falls du dich unwohl fühlst, dann lasse es mich wissen.« Ich nickte zustimmend, denn ich brachte keinen Ton über die Lippen. »Ich werde dich jetzt schnell und heftig gegen die Wand ficken, bevor ich dich im Bett vernasche.«

»Oh Gott.« Mehr konnte ich nicht mehr sagen, bevor Zane seine Lippen auf meine gepresst hatte und sich daranmachte, mir die Bluse aufzuknöpfen.

Ich hatte mich nach der Arbeit nicht umgezogen und war noch nie so dankbar gewesen, dass ich im Büro gern Röcke trug. Als Zane meine Bluse aufgeknöpft hatte, zog er den Kopf zurück, um meinen BH zu betrachten. Mit großen, geschickten Fingern öffnete er den vorderen Verschluss und enthüllte meine Brüste. Mit dem Daumen strich er über einen meiner Nippel, der sofort steif wurde.

Himmlisch.

»So sexy«, raunte Zane, bevor er meine Brustwarze mit den Lippen umschloss und daran saugte.

Ich brauchte mehr und verzehrte mich danach, seinen Körper zu spüren. Als er mich geküsst hatte, war ich so berauscht gewesen, dass ich alles um mich herum vergessen und die Arme schlaff hatte hängen lassen. Aber nun hatte ich den unbändigen Drang, ihn zu betrachten, ihn zu berühren und ihn zu schmecken. Unbeholfen zerrte ich an seinem T-Shirt und hoffte, dass er den Wink verstehen würde. Er enttäuschte mich nicht und zog sich das Hemd über den Kopf, wobei er leider die Lippen von meiner Brustwarze löste.

»So ungeduldig«, murmelte er.

»Allerdings«, platzte ich heraus. Mittlerweile war ich so erregt, dass mir nichts mehr peinlich war. Wenn er mich nicht bald fickte, würde ich sterben.

Er zog seine Brieftasche aus der Gesäßtasche, fischte ein Kondom heraus und warf dann das Portemonnaie auf den Boden. Er knöpfte seine Hose auf, riss die Packung auf und streifte das Kondom über seinen Schwanz, bevor er mir den Rock über die Taille zog. Nun war nur noch mein Höschen im Weg, doch er ließ sich davon nicht beirren. Kurzerhand schob er es beiseite und drang mit einem Finger in mich ein.

»Heilige Scheiße«, stöhnte ich. Sein Finger fühlte sich so gut an, aber im nächsten Moment war er wieder verschwunden.

»Du bist so feucht. Ich kann es kaum erwarten.« Er ließ die Hände an meinen Hintern gleiten und hob mich hoch, als würde ich nichts wiegen. Indem er mich zwischen der kalten Wand und seinem warmen Körper einklemmte, packte er seinen Schaft mit einer Hand und führte ihn an mein

Geschlecht. Er wartete, bis ich seinem Blick begegnete, bevor er langsam in mich eindrang. »Ah, verdammt«, stöhnte er, woraufhin ich erneut von Erregung durchströmt wurde und mit meinem Honig seine Eichel benetzte. »So verdammt eng«, raunte er. Seine Miene erweichte sich, als er sich dem Rausch der Sinne ergab. Ich war froh, dass ich nicht die Einzige war, die sich von dem Moment überwältigen ließ.

Er schob das Becken vor und vergrub sich bis zum Anschlag in mir. Ich stieß einen erstickten Schrei aus und neigte den Kopf in den Nacken, der mit einem dumpfen Knall auf die Wand traf. Ich krallte mich in seine Schultern und hielt mich fest. Mein letztes Mal lag schon eine Weile zurück. Zudem hatte ich auch noch nie mit einem Mann geschlafen, der so groß war wie Zane. Im nächsten Moment zog er seinen Schaft aus mir heraus, nur um mit Wucht wieder in mich zu stoßen. Mir entfuhr ein lautes Stöhnen.

»Oh Gott.«

»Halt dich fest, Schätzchen. Ich werde dich ficken, bis du Sterne siehst.«

Er hielt Wort und fickte mich voller Entschlossenheit und Präzision. Nie hätte ich geglaubt, diese beiden Begriffe je mit Sex in Verbindung zu bringen, doch sie waren beide zutreffend. Mit kraftvollen Stößen drang er immer wieder in mich ein, wobei er jedes Mal genau die richtige Stelle traf. Er war fest entschlossen, mich so hart zu ficken, dass ich ihn danach noch tagelang spüren würde. Wollüstig kam ich jedem seiner Stöße entgegen. Als er mit dem Daumen meine Klitoris massierte, schwoll meine Erregung weiter an, bis ich brodelte wie ein Vulkan, der kurz davor stand auszubrechen.

»Ich komme gleich …«, keuchte ich.

»Mein Gott, du fühlst dich so verdammt gut an. Lass dich gehen, Schätzchen.«

»Fast.«

»Komm für mich, Ivy. Ich will spüren, wie deine enge Muschi sich um meinen Schwanz zusammenzieht.«

Ich war verloren.

Mit seinen schmutzigen Worten stieß er mich über den Abgrund der Ekstase, und ich verlieh meiner Lust in einem lauten Schrei Ausdruck.

»So ist es gut.« Dann fickte er mich noch härter, bis mich erneut eine Woge der Lust durchströmte und ich zu explodieren drohte. Meine Sicht verschwamm, meine Brüste spannten und ich brach in Schweiß aus. »Noch einmal«, raunte Zane mit unerbittlichem Tonfall. »Nimm es dir, Ivy. Komm mit mir zusammen.«

Er knurrte und stieß wieder und wieder zu, bis ich am ganzen Körper bebte und tatsächlich Sterne sah. Ich spürte, wie er sich versteifte, als er selbst zum Höhepunkt kam.

»Mein Gott. Du wirst mich noch umbringen«, flüsterte er an meinem Nacken.

Es gab nichts Besseres, als gegen eine Wand gefickt zu werden.

KAPITEL DREI

ZANE

Meine Stimmung war auf dem Nullpunkt. Eigentlich hätte ich vor Freude im siebenten Himmel schweben müssen, weil ich entspannt und befriedigt aufgewacht war. Mit der sexy Brünetten aus der Bar hatte ich mit Abstand den besten Sex meines Lebens gehabt. Wenn Ivy sich einmal gehen ließ, war sie atemberaubend. Nachdem ich sie an der Wand vernascht hatte, hatten wir uns ins Schlafzimmer vorgearbeitet, wo ich sie auf jede nur erdenkliche Weise gefickt hatte. Für jeden lustvollen Moment, den ich ihr zuteilwerden ließ, revanchierte sie sich nicht minder großzügig. Sie kam mir Stoß um Stoß entgegen und bettelte um mehr. Und ihre Lippen waren so geschmeidig und warm. Zu Anfang war sie noch verlegen und zurückhaltend, doch sobald sie auf den Geschmack gekommen war, war sie nicht mehr aufzuhalten. Noch nie war ich in einer Nacht so häufig zum Höhepunkt gekommen.

Warum bin ich dann so schlecht gelaunt? Nicht nur hatte *sie* mir den Ritt meines Lebens beschert, obendrein blieb mir die Verlegenheit erspart, sie am nächsten Morgen aus meiner Wohnung komplimentieren zu müssen.

Denn sie war fort.

Ich war so erschöpft, dass ich gar nicht gehört hatte, wie sie aufgestanden und gegangen war. Weder hatte sie sich von mir verabschiedet, noch hatte sie mir für die Nacht gedankt oder um meine Nummer oder meinen Nachnamen gebeten. Offenbar hatte sie kein Interesse daran, mich wiederzusehen. Statt mit einem Lächeln auf den Lippen ins Büro zu gehen, hatte ich den Drang, jemanden zu erschießen.

»Ich habe Declan geschickt, um Foresters Assistentin zu überprüfen«, verkündete Linc, als ich durch den Hauptbereich der Zentrale ging.

»Großartig.« Ich hielt nicht an, um mich mit ihm zu unterhalten, sondern nahm die Treppe zu meinem Privatbüro und fragte mich, ob es noch zu früh für einen Drink war. Irgendwie musste ich diesen Trübsinn abschütteln.

Bevor ich die Tür zuschlagen konnte, hielt Linc sie mit einer Hand auf. »Was für eine Laus ist dir denn über die Leber gelaufen?«, fragte er mit einem leisen Lachen und folgte mir in den Raum.

Das war der Nachteil, wenn man Familienmitglieder für sich arbeiten ließ. Sie waren neugierig und glaubten, ihre Nase in meine privaten Angelegenheiten stecken zu können, statt ihrer Arbeit nachzugehen.

»Gar keine. Wie geht es deiner Frau?«, fragte ich und hoffte, dass Linc bei der Erwähnung von Jasmin von mir ablassen würde.

»Es geht ihr gut. Also, was ist los? Ist mit Andersons Tochter alles in Ordnung?«, erkundigte er sich. Offenbar vermutete er, dass ich wegen der laufenden Ermittlungen schlechte Laune hatte, und für einen Augenblick dachte ich daran, ihn einfach in dem Glauben zu lassen. Doch ich hatte meinen Bruder noch nie belogen und würde jetzt nicht damit anfangen.

Ich setzte mich auf die Couch und wog meine Worte sorgfältig ab. Wenn ich Linc zu viel verriet, würde er mir ständig damit in den Ohren liegen, und wenn ich schwieg, würde er mich nur weiter löchern.

»Es ist alles in Ordnung. Ich bin nur müde, das ist alles. Mittlerweile bin ich zu alt, um eine ganze Nacht durchzumachen.«

»Ah, ich verstehe. Du hast letzte Nacht nicht viel geschlafen.« Er lachte leise. Immerhin hatte ich nicht gelogen. Ich war tatsächlich zu alt für derartige Abenteuer. Nachdem Ivy und ich endlich voneinander abgelassen hatten, hatte ich vielleicht zwei Stunden geschlafen. »Ich hätte nie gedacht, dass ich einmal erleben würde, wie eine Eroberung dich auslaugt.«

Plötzlich wurde ich von Wut gepackt, als ich hörte, wie Linc Ivy als eine meiner Eroberungen bezeichnete. Früher hatte mich das nie gestört, denn mein Bruder wusste, dass ich mich seit meiner Zeit bei der Navy nur auf einmalige Abenteuer beschränkte. Mir war schnell klar geworden, dass die Frauen, die sich in der Nähe von Militärstützpunkten aufhielten, hauptsächlich Groupies waren, die es auf SEALs abgesehen hatten. Die meisten von ihnen erkannten uns schon aus der Ferne und begrüßten uns mit dem Spruch: *Farbe oder Nummer.* Ich hatte die Frage unzählige Male gehört. Offenbar hielten die Frauen mehr auf sich, wenn sie es schafften, ein Mitglied der United States Naval Special Warfare Development Group zu verführen, welches seine Teams mit Farben statt mit Nummern kennzeichnete. Damals wie heute antwortete ich auf die Frage nach meinem Beruf, indem ich den Frauen erzählte, dass ich in der Abfallwirtschaft tätig war. Und in gewisser Weise war ich eine Art

Müllmann. Ich fuhr zwar nicht den Hausmüll zur Kippe, aber ich entsorgte menschlichen Abschaum.

»Wo zum Teufel warst du?«, wollte Linc wissen und riss mich aus meinen Gedanken.

»Nirgendwo.«

Möglicherweise verlor ich langsam den Bezug zur Realität, denn für gewöhnlich erging ich mich nie in Tagträumen. Ivy. Das alles war ihre Schuld. Sie hatte mir den Kopf verdreht und mich mit ihrer magischen Muschi in eine Art Bann gezogen. Es war die einzig logische Erklärung.

»Sicher. Da du offenbar nicht darüber reden willst, lasse ich dich allein. Dein Mund ist fester verschlossen als eine Jungfrau in einem Schützengraben.« Mit diesen Worten stand Linc auf und machte sich auf den Weg zur Tür.

»Dir ist doch klar, dass das keinen Sinn ergibt, nicht wahr?«, lachte ich.

»Wie auch immer. Du weißt, was ich meine, nur darauf kommt es an.«

Nachdem Linc die Tür hinter sich geschlossen hatte, stand ich auf und trat ans Fenster. Auf dem Campus der Naval Academy wimmelte es vor jungen, unbedarften Rekruten. Wie es wohl wäre, noch einmal so jung und naiv zu sein? Wie wäre es wohl, keine Ahnung von all den schrecklichen Dingen zu haben, die ich bisher gesehen und erlebt hatte? Wäre ich ein anderer Mann? Hätte ich den Wunsch, eine Frau zu heiraten? Wäre ich überhaupt ein guter Ehemann? Ich war ohne Vater aufgewachsen und hatte daher diesbezüglich nie ein Vorbild gehabt.

Mein Telefon vibrierte und riss mich aus meinen Gedanken. All diese Fragen hatten keinerlei Bedeutung. Ich hatte die Grausamkeiten des Krieges erlebt, hatte Leben genommen und Dinge gesehen, die ich lieber nie bezeugt hätte. Ich verschwendete nur meine Zeit, wenn ich mir über etwas den Kopf zerbrach, was ich ohnehin nicht wollte.

Ich brauchte eine Frau genauso dringend wie ein Loch im Kopf.

* * *

DER TAG VERGING NUR SCHLEPPEND UND MIT JEDER verstreichenden Stunde schien meine Stimmung sich zu verschlechtern. Vielleicht sollte ich zurück in die Bar gehen, Ivy finden und sie ficken, bis ich ihrer überdrüssig wurde. Ich war Manns genug zuzugeben, dass sie mein Ego ein wenig angekratzt hatte, indem sie einfach sang- und klanglos verschwunden war. War ich deshalb ein arrogantes Arschloch? Ja, aber ich hatte nie behauptet, etwas anderes zu sein.

Ich konnte die Erinnerung an sie einfach nicht abschütteln. Dabei musste ich nicht nur an den Sex denken, sondern auch an ihr Lächeln und ihre hübschen haselnussbraunen Augen. Verdammt! Die grünen Sprenkel in ihren Iriden hatten sich in mein Gedächtnis eingebrannt. In ihrem Blick hatte sich eine Vielzahl von Emotionen widergespiegelt, die sie nicht versucht hatte, vor mir zu verbergen. Vor allem der Ausdruck tiefer, seelischer Qualen hatte mich gefesselt, denn er spiegelte meinen eigenen Schmerz wider.

Es brach mir das Herz. Keine Frau sollte je einen solchen Schmerz empfinden müssen, vor allem nicht eine Frau, die so schön war wie Ivy.

KAPITEL VIER

IVY

Ich hasste dieses Büro.

Es war mir zuwider, an einem Schreibtisch zu sitzen, der nur zehn Meter entfernt von dem Mann stand, der meine Schwester gegen ihren Willen festgehalten hatte. Oh, sie hatte sich nicht gewehrt und hatte geschworen, in ihn verliebt zu sein. Für sie war er der Eine gewesen. Er hatte ihren Traum wahr werden lassen, indem er sie von der Straße geholt und ihr ein schönes Heim geboten hatte.

Und er hatte sie mit Drogen versorgt.

Er hatte ihr ein Dach über dem Kopf, Kleidung und einen Wagen gegeben, und im Gegenzug hatte sie »nur« seine Drogen an den Mann bringen sollen. Der Preis erschien mir verdammt hoch, wenn man bedachte, dass sie nun tot war. Aber Joey hatte geglaubt, im Paradies gelandet zu sein, denn dort konnte sie ungehindert ihrem Laster nachgehen, dem sie als Teenager verfallen war. Im Alter von neunzehn hatte es sie das Leben gekostet.

Was für eine Verschwendung.

Nichts, aber auch gar nichts hatte ihre Meinung ändern können. Joey verfiel im zarten Alter von vierzehn der Drogensucht. Von da an ging es mit ihr bergab. Sie war fünfzehn, als ich sie das erste Mal aus dem Bett eines Dealers gefischt hatte. Ich hatte sie zurück in die Wohnung gebracht, in der sie zusammen mit meiner Mutter, die auch ihre Stiefmutter war, gelebt hatte. Damals hatte ich tatsächlich in Erwägung gezogen, sie zurück zu der heruntergekommenen Hütte zu bringen, die der Dealer sein Heim nannte. Zumindest war dort die Stromversorgung gewährleistet und er achtete darauf, dass nirgendwo Nadeln oder andere Utensilien herumlagen. Meiner Mutter hingegen war es völlig egal gewesen, womit ihre Töchter in Berührung kamen. Ihre Wohnung war ein einziger Müllhaufen gewesen, in dem überall Pillen, Pulver, Wasserpfeifen und Bänder herumlagen. Mit Letzteren hatte sie sich die Arme abgebunden, wenn sie sich einen Schuss gesetzt hatte. Soweit ich mich erinnern konnte war die Küche nie für etwas anderes benutzt worden, als ihr Crystal Meth zu kochen.

Ich hatte schon vor langer Zeit aufgegeben, meiner Mutter helfen zu wollen.

Das lag jedoch nicht daran, dass ich herzlos war. Sie wollte meine Hilfe einfach nicht. Für eine Weile hatte ich versucht, sie von ihrer Heroinabhängigkeit zu befreien, doch sie hatte mich jedes Mal angeschrien, verflucht und angeblafft, ich solle mich um meinen eigenen Kram kümmern. Solange ich denken konnte war sie immer nur high gewesen. Mein Vater hatte ihre Sucht genutzt, um sie ruhigzustellen, und wenn sie das Cannabis rauchte, das er ihr mitgebracht hatte, nannte er sie ein beschissenes Miststück.

Es war hässlich.

Es war mein Leben.

Ich hatte den traurigen Kreislauf eines Drogenabhängigen hautnah miterlebt.

Als ich sechzehn war, hat mein Vater uns verlassen. An jenem Tag glaubte ich, endlich von Gott gesegnet worden zu sein, weil nun einer meiner Rabeneltern aus meinem Leben verschwunden war. Der Kerl war ein Lügner und Betrüger und hatte die unschöne Angewohnheit, meine Mutter zu verprügeln, ohne sich darum zu scheren, dass sein Kind Zeuge der verbalen und körperlichen Misshandlungen wurde. Im Grunde hatte keiner der beiden sich je um irgendetwas geschert. Wenige Tage nachdem mein Vater gegangen war, zog Lance mit seiner achtjährigen Tochter bei uns ein. Genau wie ich hatte sie zwei süchtige Eltern, wobei es in ihrem Fall die Mutter war, die sie verlassen hatte. Lance war der Dealer meiner Mutter und versorgte diese unentgeltlich mit Drogen. Da sie nicht arbeiten ging, fehlte ihr das Geld.

Als Joey in mein Leben trat, war etwas in ihrem Inneren bereits zerbrochen. Sie und ich waren wie zwei Seiten einer Medaille. Ich wollte aus dem Sumpf ausbrechen und kämpfte mit aller Kraft darum, nicht denselben Weg einzuschlagen wie meine Mutter. Joey hatte jedoch aufgegeben und nicht mehr an ein besseres Leben geglaubt. Sie war zehn, als ich ging. Ich hatte versucht, sie mitzunehmen, aber sie hatte sich geweigert. Also hatte ich das Jugendamt angerufen, doch als die Sozialarbeiter die Wohnung überprüften, waren die Drogen verschwunden, der Strom angeschaltet und Lebensmittel im Kühlschrank. Joey hatte gelogen und ihnen erzählt, dass sie liebevolle Eltern hatte, also blieb sie dort.

Und so bestieg Joey das vernichtende Karussell ihres Lebens.

Um mich selbst zu retten, hatte ich irgendwann abspringen müssen. Doch ich kehrte immer wieder zurück. Wenn Joey anrief, weil sie in der Klemme steckte, eilte ich zu ihr. Wenn meine Mutter sich meldete und Geld brauchte, um Joey zu ernähren, gab ich es ihr. Immer und immer wieder versuchte ich, zwei Menschen zu retten, die meine Hilfe im

Grunde nicht wollten. Vor ein paar Jahren hielt ich es nicht mehr aus und hörte auf, ihre Anrufe zu beantworten.

Sie beide hatten mich nur belogen.

Und nun war Joey tot.

»Guten Tag.« Eine tiefe Stimme riss mich aus meinen Gedanken.

Ich sah von dem Bericht auf, den ich eigentlich bearbeiten sollte. »Ja?«

Heiliger Strohsack!

»Ich habe einen Termin bei Forester Grant. Declan Jones.«

Der Name passte zu ihm.

Wäre ich gestern Abend nicht Zane begegnet, hätte ich, ohne zu zögern, behauptet, dass Declan einer der attraktivsten Männer war, die ich je gesehen hatte. Bei dem Gedanken an Zane verspürte ich ein Ziehen im Unterleib. Seinen Namen hatte ich ebenfalls als passend empfunden. Ein sexy Name für einen sexy Mann. Allerdings wurde ihm der Begriff *sexy* nicht annähernd gerecht. Er war verdammt heiß und der Sex mit ihm war atemberaubend und fantastisch. Heute Morgen hatte ich kaum aus dem Bett kriechen, geschweige denn gehen können. Ein Gefühl von Reue durchströmte mich.

Ich wünschte, ich wäre eine andere Frau, die nicht von Problemen belastet war und unter einem Minderwertigkeitskomplex litt.

»Miss?«, machte Declan sich bemerkbar.

»Tut mir leid. Ich habe heute noch nicht genügend Kaffee getrunken. Folgen Sie mir.« Ich stand auf, woraufhin meine strapazierten Muskeln sofort protestierten. Eine Nacht mit Zane war effektiver als eine Woche im Fitnessstudio. Ich hielt vor Foresters Tür inne und klopfte an. »Er erwartet Sie.« Als auf der anderen Seite ein »Herein« ertönte, drückte ich sie auf. »Mr. Jones ist hier.«

»Danke.« Forester stand auf, um Declan zu begrüßen, und ich schloss die Tür.

Heute Morgen hatte ich schon zu viel Zeit damit verbracht, von Zane zu träumen und über meine Vergangenheit nachzudenken, die ich ohnehin nicht ändern konnte. Ich musste Berichte schreiben und Pläne schmieden.

Der Moment der Rache rückte immer näher, ich konnte sie fast schmecken. Und nichts hatte je süßer geschmeckt … bis auf Zane.

KAPITEL FÜNF

ZANE

»Hey. Hast du kurz Zeit?«, fragte Declan, als ich an diesem Abend meinen Laptop zuklappte. Ich war viel zu aufgewühlt, um noch länger im Büro zu sitzen, und brauchte einen Drink. Mittlerweile verbrachte ich nach Feierabend mehr Zeit in der Zentrale als in meinem Penthouse, doch ich wollte nicht noch eine weitere Nacht auf der Couch schlafen.

Vielleicht hatte ich eine Midlife-Crisis. In letzter Zeit schien ich alles zu hassen. Für mein Team war das wahrscheinlich nichts Außergewöhnliches, doch das unerbittliche, flaue Gefühl in meiner Magengegend machte mir langsam zu schaffen. Ich hatte sogar daran gedacht, mein Penthouse zu verkaufen und mich zu verkleinern, was ich eigentlich nie hatte tun wollen.

»Was ist los?«, fragte ich und deutete auf einen der Stühle vor meinem Schreibtisch.

Declan war erst vor Kurzem zu unserem Team gestoßen und hatte seinen Wert bereits unter Beweis gestellt. Er hatte die CIA nur allzu bereitwillig verlassen, um sich hier niederzulassen, denn nun hatte er Zeit, seine Zwillingsschwester Violet besser kennenzulernen. Einige Mitarbeiter der Behörde waren nicht sonderlich erfreut über sein Ausscheiden, aber Declan weinte ihnen keine Träne nach. Mir waren sie ohnehin egal, denn sie waren weder meine Auftraggeber, noch unterzeichneten sie die Schecks, mit denen ich meine Mitarbeiter bezahlte. Ich hatte endgültig die Nase voll von der CIA.

»Ich habe mich heute mit Forester getroffen«, begann Declan. »Von seiner Assistentin Susan Black habe ich ein Foto gemacht, das ich bereits an Garrett weitergeleitet habe. Hoffentlich kann er ihre wahre Identität herausfinden. Ich bete zu Gott, dass sie sauber ist, denn die Frau ist ein heißer Feger. Nachdem wir Forester den Garaus gemacht haben, würde ich mich gern mit ihr treffen, um zu sehen, ob sie Lust auf ein Abenteuer hat.«

»Gibt es denn in Annapolis eine Frau, die du nicht vernaschen willst?«, fragte ich.

»Mann, ich habe ein Jahr lang im Dschungel mit einem Haufen Ratten festgesessen. Und davor konnte ich von Glück reden, wenn ich es alle sechs Monate zurück in die Staaten geschafft habe. Ich habe einfach Nachholbedarf. Außerdem musst du gerade reden. Wie es scheint haben alle Frauen, die ich bisher hier gevögelt habe, bereits deine Bekanntschaft gemacht.«

»Die Leute haben wirklich ein loses Mundwerk«, knurrte ich, woraufhin Declan leise lachte. »Ist dir sonst etwas aufgefallen?«

»Abgesehen davon, dass sie verdammt sexy ist? Nein. Sie war höflich, aber distanziert. Es gibt keinen Hinweis darauf, dass Forester und sie besonders vertraut miteinander sind oder unter einer Decke stecken. Ich habe mich mit dem Kerl heute Abend auf einen Drink verabredet. Er hat Susan gebeten, uns zu begleiten, damit sie Protokoll führen kann. Sie schien nicht erfreut zu sein und stimmte nur widerwillig zu. Da ich heute ohnehin an der Reihe bin, ihn zu beschatten, hefte ich mich danach an seine Fersen, wenn er sich mit seiner Nutte trifft. Komm doch mit, falls du nicht anderweitig beschäftigt bist. Ich würde gern wissen, wie du den Mann einschätzt.«

War ich beschäftigt? Nein. Ich hatte vorgehabt, nach Hause zu fahren, mich bis zur Besinnungslosigkeit zu betrinken und dann dringend benötigten Schlaf nachzuholen.

»Ich habe heute Abend nichts vor. Wo triffst du dich mit ihm?« Ich beäugte Declans Anzug und sah dann an mir hinab. Mit einem T-Shirt und einer Cargohose war ich wahrscheinlich nicht passend gekleidet.

»Im Swanks.«

Ich brauchte auf jeden Fall einen Anzug.

»Gib mir zehn Minuten, um mich umzuziehen, dann komme ich nach.«

Mit einem Nicken verließ er mein Büro. Ich holte meinen marineblauen Anzug von Cesare Attolini aus dem Schrank des angrenzenden Badezimmers und entledigte mich meiner legeren Kleidung. Bevor ich mein Hemd zuknöpfen konnte, betrachtete ich mein Spiegelbild.

Und sah die Spuren.

Ivy hatte meine Haut sowohl mit ihren Fingernägeln als auch mit ihren Lippen gebrandmarkt. Bevor ich wusste, was ich tat, hatte ich mir eine Hand an die Brust gelegt und rieb über den Knutschfleck, den sie dort hinterlassen hatte. Eigentlich hasste ich Knutschflecke. Wenn eine Frau auch nur Anstalten machte, ihre Lippen an meine Haut zu pressen, gebot ich ihr für gewöhnlich Einhalt. Und normalerweise war ich ihr gegenüber ebenso zurückhaltend, denn es stand mir nicht zu, sie auf diese Weise zu markieren. In Ivys Fall hatte ich jedoch keine Hemmungen gehabt. Keiner von uns beiden würde unsere gemeinsame Nacht so schnell vergessen können. Der Gedanke jagte mir einen erregenden Schauer über den Rücken. Sie hatte sich zwar aus meiner Wohnung geschlichen, aber ich würde ihr zweifellos noch eine Weile im Gedächtnis bleiben.

Dreißig Minuten später fuhr ich auf den Parkplatz des Swanks' und stieg aus meinem Rover. Der heutige Abend würde nicht sonderlich ereignisreich werden. Ich würde eine Stunde mit Forester verbringen und dann nach Hause fahren und auf direktem Weg ins Bett gehen. Wirtschafts-spionage war so viel einfacher, als Terroristen zu jagen. Letzteres barg für mich längst nicht mehr so viel Nerven-kitzel wie früher, und zugunsten von Schreibtischarbeit verzichtete ich gern darauf. Wahrscheinlich steckte ich tatsächlich in einer Midlife-Crisis. Ich hätte nie gedacht, dass ich der Jagd nach Bösewichten einmal überdrüssig werden könnte.

Declan kam mir auf dem Parkplatz entgegen und wir betraten gemeinsam das Lokal. Ich ließ den Blick durch den Raum schweifen, beäugte die Ausgänge und wog mögliche Risiken ab. Nur weil ich davon ausging, dass der heutige Abend ein Kinderspiel werden würde, war ich nicht dumm. Das Treffen konnte im Handumdrehen eine andere Richtung einschlagen. Ich glaubte zwar nicht, dass dieser unbedeu-tende Schwachkopf Ärger machen würde, aber alte Gewohn-heiten ließen sich nun einmal schwer ablegen.

Ich erkannte Forester, bevor er sich uns näherte, doch ich ließ mir nichts anmerken.

»Mr. Gold«, begrüßte Forester mich. »Schön, dass Sie sich heute Abend zu uns gesellen. Declan war sich nicht sicher, ob Sie die Zeit erübrigen können.«

»Bitte nennen Sie mich Zane.« Ich schüttelte ihm die Hand und bemerkte, dass er schwitzte und seine Pupillen geweitet waren. Er war eindeutig high.

»Ich habe uns einen Tisch besorgt. Susan wird gleich zurück sein.«

Wir folgten ihm, doch bevor ich mich setzen konnte, stellten sich mir plötzlich die Nackenhaare auf. Erneut ließ ich den Blick über die übrigen Gäste schweifen, doch keiner von ihnen stach mir ins Auge. Allerdings hatte ich schon vor langer Zeit gelernt, mich auf mein Bauchgefühl zu verlassen, und im Moment schrie es mich förmlich an, dass etwas faul war.

»Ah. Da ist sie ja.«

»Entschuldigen Sie die Verspätung.«

Diese Stimme.

Ich drehte mich um und sah mich der Frau gegenüber, die heute fast jeden meiner Gedanken beherrscht hatte. Sie wich zurück und riss erschrocken die Augen auf. Bevor sie ins Wanken geraten konnte, packte ich sie am Arm und zog sie zu mir.

»Danke ...«, stammelte sie.

»Susan, das ist Mr. Gold. Und das ist meine Assistentin, Susan Black«, stellte Forester uns einander vor.

»Es freut mich, Sie kennenzulernen, Susan. Bitte nennen Sie mich Zane.« Ivy lief hochrot an und ein Ausdruck der Erleichterung huschte über ihr Gesicht.

Was zum Teufel ging hier vor sich?

Hatte Ivy nur mit mir gespielt?

»Setzen wir uns doch«, schlug Forester vor und nahm Platz.

Idiot.

Ich ließ Ivy los und zog ihr den Stuhl zu meiner Linken hervor, damit sie sich zuerst setzen konnte.

»Danke«, flüsterte sie.

Sie trug ein umwerfendes rotes Wickelkleid, das, wie ich wusste, meine Bissspuren an ihren perfekten Brüsten, ihren Schultern und ihrem Bauch verhüllte. Bei dem Gedanken wurde mein Schwanz hart und ein Anflug von Wut durchströmte mich. Ich hasste es, unvorbereitet in heikle Situationen zu geraten. Augenblicklich machte ich mir Vorwürfe, weil ich Declan nicht nach dem Foto der sexy Assistentin gefragt hatte, die er hoffte, vernaschen zu können.

Scheiße.

Warum nur hatte ich das Bedürfnis, Declan meine Faust ins Gesicht zu rammen, weil er daran dachte, Ivy zu vögeln? Noch nie zuvor hatte ich auf eine Frau irgendwelche Besitzansprüche erhoben. Ich ließ nur ungern jemanden in die Nähe meines Knob Creek oder meines in einem Sherryfass gereiften Bowmore Whiskys aus Islay. Aber eine Frau, mit der ich eine einzige Nacht verbracht hatte? Der Gedanke war lächerlich.

Als der Kellner an unseren Tisch kam, gaben wir unsere Getränkebestellung auf. Dann unterhielten wir uns ungezwungen, während ich innerlich vor Wut kochte. Declan hatte recht. Ich konnte keine Anzeichen dafür erkennen, dass Ivy mehr als Foresters Assistentin war. Sie war ihm gegenüber distanziert und ihr Verhalten schien gezwungen. Wenn ich hätte raten müssen, hätte ich darauf getippt, dass sie ihrem Chef nicht unbedingt gewogen war. Unter dem Vorwand, einen Anruf entgegennehmen zu müssen, stand ich auf und verließ das Lokal. Dann zog ich mein Handy aus der Tasche und rief Garrett an.

»Ich will, dass du Forester Grant eine E-Mail aus seiner Firma schickst. Es ist mir scheißegal, was darin steht, solange du ihn dazu bringst, die Bar zu verlassen und zurück ins Büro zu fahren«, forderte ich Garrett auf.

»Kein Problem. Es dauert nur zwei Minuten.«

»Und noch etwas. Halte den Konferenzraum bereit. Susan Blacks richtiger Name ist Ivy. Ihren Nachnamen kenne ich nicht.«

»Ihr vollständiger Name lautet Ivy Daly. Sie ist siebenundzwanzig. Keine Vorstrafen.«

Siebenundzwanzig, verdammt. Ich war zehn Jahre älter als sie. Plötzlich kam ich mir vor wie ein alter Lüstling. Vielleicht sollte ich damit anfangen, die Ausweise meiner Eroberungen zu überprüfen.

»Für wen arbeitet sie?«, fragte ich.

»Für niemanden. Bevor sie bei Forester anheuerte, war sie als Immobilienmaklerin tätig.«

»Ist sie verheiratet?« Bei dem Gedanken, Ivy könnte ihren Ehemann mit mir betrogen haben, verspürte ich das Bedürfnis, meine Faust gegen die Wand zu schlagen.

»Negativ. Kein Mann, keine Kinder.«

»Gibt es sonst noch etwas, was ich wissen sollte?«, fragte ich.

»Nein, sie ist unbedeutend. Ich konnte keine Verbindungen zu irgendeiner Organisation finden. Sie ist lediglich eine sexy, alleinstehende, ehemalige Immobilienmaklerin. Ich würde ihr eine Immobilie abkaufen. Ganz sicher hat ihre männliche Klientel sich nicht von dem Haus, sondern von einer Fantasie von ihr locken lassen.«

»Ich weiß, wie sie aussieht«, knurrte ich. Ich wusste es sogar bis ins Detail, denn ich hatte jeden Zentimeter von ihr geschmeckt und berührt. »Sorge dafür, dass Forester von hier verschwindet. Wir treffen uns in dreißig Minuten.«

Ich beendete das Gespräch, denn ich wollte mir nicht anhören, wie sexy meine Frau in den Augen meiner Freunde war.

Was. Zum. Teufel?

Sie war nicht meine Frau, sondern nur ein x-beliebiges weibliches Wesen, das ich gevögelt hatte. Mehr nicht. Wenn ich Declan und Garrett über sie reden hörte, wurde ich nur deshalb wütend, weil sie einfach gegangen war. Außerdem hatte ich eine Vorliebe für rothaarige Wildfänge, die mich an den Rand des Wahnsinns trieben. Rehäugige Brünette, die sich hinter einer Maske und einem aufgesetzten Lächeln versteckten, waren eigentlich nicht mein Fall. Allein die Tatsache, dass Ivy mir im Kopf herumspukte, machte mich noch verrückt.

Aber dem würde ich heute Abend ein Ende setzen.

Ich ging zurück in die Bar und bahnte mir einen Weg durch eine Schar schöner Frauen. Unwillkürlich fragte ich mich, wie Ivy wohl reagieren würde, wenn ich eine von ihnen mit an den Tisch bringen würde. Würde sie mich zornig anfunkeln, würde sie erröten oder wäre es ihr völlig egal? Ich würde das Problem nicht lösen können, indem ich sie noch einmal fickte, aber wenn ich eine andere Frau vernaschte, würde ich Ivy vielleicht aus meinen Gedanken verbannen können. In diesem Etablissement wimmelte es von atemberaubenden Frauen, von denen mir einige anerkennende Blicke zuwarfen, doch keine von ihnen weckte mein Interesse. Gestern hätte mein Schwanz in meiner Hose gepocht, aber heute Abend entlockten sie mir keine Reaktion. Offenbar hatte Ivy mir den Kopf verdreht.

»Entschuldigung«, murmelte ich, als ich mich zurück an den Tisch setzte.

»Kein Problem. Declan hat mir gerade erzählt, dass Sie Ihren Angebotskatalog auf den technischen Bereich ausweiten wollen. Zufälligerweise bringt Techwatch in sechs Monaten ein neues Produkt auf den Markt. Es wäre eine gute Gelegenheit, ein ordentliches Sümmchen zu verdienen«, sagte Forester.

War das etwa seine Verkaufsstrategie? Wir hatten uns unter dem Vorwand mit ihm getroffen, dass wir zehn Millionen Dollar in Techwatch investieren wollten, und er glaubte, er könnte mich auf diese Weise dazu bringen, Geld in das Unternehmen zu stecken? Der Kerl war ein Idiot. Wahrscheinlich war es ihm ohnehin egal. Er hatte sämtliche

Informationen gesammelt, um sie Smart Technologies zu übergeben. Wahrscheinlich würde der Geschäftsführer von Techwatch in ein paar Tagen Foresters Kündigung erhalten. Forester zog sein Handy aus der Brusttasche und starrte auf das Display. Kurz darauf zog er eine Grimasse und blickte auf.

»Meine Herren. Es tut mir leid, aber ich muss mich verabschieden. Im Büro gab es einen Notfall. Ich werde sofort gebraucht«, erklärte er.

»Ist alles in Ordnung? Soll ich Sie begleiten?«, fragte Ivy.

Auf keinen Fall, sie würde nirgendwo hingehen. Ich legte eine Hand auf ihr Knie und drückte es, um ihr zu verstehen zu geben, wie ich darüber dachte.

»Nein. Es handelt sich um eine Besprechung des höheren Managements. Wir sehen uns morgen früh.«

Wir standen auf und schüttelten Forester die Hand. Kaum hatte er sich drei Meter von uns entfernt, wandte ich mich Ivy zu und durchbohrte sie mit einem Blick. »Was soll der Scheiß?«, knurrte ich.

»Es ist nicht das, wonach es aussieht«, flüsterte sie und hob abwehrend die Hände.

»Ach wirklich? So wie ich das sehe, bist du eine verdammte Lügnerin. Und es gibt nur eine Sache, die ich noch mehr hasse als Lügner.«

»Offenbar kennt ihr euch«, warf Declan ein. »Ich schlage vor, wir besprechen das irgendwo, wo wir ungestört sind.«

»Allerdings. Wir werden zurück zur Zentrale fahren. Garrett bereitet gerade einen Raum für uns vor«, sagte ich an Declan gewandt.

»Soll ich Forester folgen oder euch begleiten?«, fragte er und blickte abwechselnd Ivy und mich an.

»Was ist hier los?«, wollte Ivy wissen.

»Du bist ruhig«, erwiderte ich und sah dann wieder

Declan an. »Komm mit ins Büro. Vielleicht weiß sie etwas, was uns von Nutzen sein könnte.«

»Ich gehe nirgendwo hin«, protestierte Ivy.

»Du hast zwei Möglichkeiten. Entweder du spazierst eigenständig hier raus und steigst in meinen Wagen, oder ich werfe dich über meine Schulter und trage dich. Du hast die Wahl.«

»Damit machst du dich der Entführung strafbar«, entgegnete sie und verschränkte die Arme vor der Brust, wobei sie ihr ohnehin beeindruckendes Dekolleté noch weiter nach oben drückte.

Ich bemerkte, dass auch Declan auf ihre Brüste starrte, und wurde sofort von Eifersucht gepackt. Bevor ich mich zurückhalten konnte, entfuhr mir ein leises Knurren. Es missfiel mir, dass er sie begaffte, doch noch mehr ärgerte ich mich über meine Reaktion.

»Also schön«, lenkte sie schließlich ein. Offenbar hatte sie erkannt, dass ich meine Worte wahrmachen würde. Sie griff nach ihrer Handtasche, stolzierte mit betont aufreizendem Hüftschwung zum Ausgang und drückte die Tür auf, bevor ich sie ihr aufhalten konnte. Gerade wollte ich ihr die Leviten lesen, weil sie nicht auf mich gewartet hatte, als sie sich umdrehte und sagte: »Ich habe meinen Wagen nicht hier.«

»Wie bist du dann hierhergekommen?« Bei dem Gedanken, sie könnte mit Forester gefahren sein, kochte ich innerlich vor Wut.

»Ich habe ein Taxi genommen.«

»Soll ich sie mitnehmen?«, fragte Declan.

»Nein. Sie kommt mit mir. Wir sehen uns in der Zentrale«, erwiderte ich und packte Ivys Hand.

Wie am Abend zuvor löste die Berührung einen elektrisierenden Impuls aus. »Hör auf damit«, schnaubte sie und versuchte, ihre Hand wegzuziehen, doch ich hielt sie fest.

»Hier entlang.« Ich zog sie zu meinem Rover und öffnete ihr die Beifahrertür. Sobald sie sich angeschnallt hatte, umrundete ich die Vorderseite des Wagens und setzte mich ans Steuer.

»Würdest du mir bitte sagen, was hier los ist?«, verlangte sie.

»Nicht jetzt.«

»Wohin fahren wir?«

»In mein Büro.«

»Warum?«

»Meine Güte, ist das etwa ein Verhör?«

Ich versuchte, meine Wut im Zaum zu halten, aber ich war erschöpft und das unbehagliche Gefühl, das ich schon den ganzen Tag über verspürt hatte, verstärkte sich noch.

»Ich kenne dich kaum, doch du verlangst von mir, dass ich einfach in deinen Wagen steige und dich in dein Büro begleite. Ich denke, ich habe ein Recht darauf zu wissen, wo sich dieses befindet und warum wir dorthin fahren.«

»Du kennst mich kaum? Gestern Abend hat dich das aber nicht gestört«, erinnerte ich sie.

»Das war gestern Abend. Das hier ist etwas völlig anderes. Und ja, ich kenne dich kaum. Also wohin fahren wir?«

»Das ist doch nicht zu glauben. Ich habe dich auf alle möglichen Arten gefickt, und du behauptest, dass du mich nicht kennst.«

»Ja, Zane, ich habe dich gefickt. Aber das hat nichts zu bedeuten. Ich weiß nur, dass du einen großen Schwanz hast und gut im Bett bist.«

»So gut war ich wohl auch wieder nicht, denn du hast dich in aller Herrgottsfrühe aus meiner Wohnung geschlichen.«

Verdammt, was war nur los mit mir? Ich hörte mich an wie ein weinerlicher Teenager.

Ivy saß den Rest der Fahrt schweigend neben mir und

sagte immer noch nichts, als ich ihr beim Aussteigen half und sie anschließend durch die verschiedenen Sicherheitsschranken führte.

»Bist du einer von diesen Verrückten, die sich auf den Weltuntergang vorbereiten?«, fragte sie schließlich, als wir den Aufzug betraten.

»Wie bitte?«

»Der Handabdruckscanner. Die kodierten Schlösser. Der Netzhautscanner, um den Aufzug zu öffnen. Mein Gott. Planst du den Weltuntergang oder bist du Batman und da drin befindet sich deine Höhle?«

Wenn sie nur wüsste.

All die Sicherheitsmaßnahmen waren notwendig, denn ich wollte am Leben bleiben. Das musste sie jedoch nicht wissen, also schwieg ich während der Fahrt in den zweiten Stock. Als die Türen sich zum inneren Heiligtum öffneten, trat sie aus dem Aufzug und blieb dann abrupt stehen.

»Wow. Ich hatte recht. Du verbirgst hier wirklich eine Bathöhle.«

Ich ließ den Blick durch den Bereich schweifen und versuchte, ihn mit ihren Augen zu sehen. Mehrere Türen führten zu privaten Büros. Zudem war hier ein Kommandoraum angesiedelt, der von intelligentem Glas umgeben war und rund um die Uhr bewacht wurde. Darin befanden sich sämtliche Monitore der Überwachungskameras. In der Mitte erstreckte sich ein Labyrinth von Kabinen, die mit HightechGeräten ausgestattet waren und durch klare Linien, graue Wände und blitzendes Chrom bestachen. Ich war stolz auf das, was ich geschaffen hatte.

Ich bog links ab und zog Ivy in den Konferenzraum. In der Mitte stand ein langer Tisch, an dem achtzehn Personen Platz fanden. Ein sechzig Zoll Fernseher hing über einem Schrank, hinter dessen handgeschnitzten Holztüren sich mehrere Flaschen hochwertiger Spirituosen befanden. In diesem Raum planten wir unsere Einsätze und ich traf mich hier mit potenziellen Kunden. Er war luxuriös und zeugte von Klasse. Und er war das Gegenteil von dem Umfeld, in dem ich aufgewachsen war.

Ich verdunkelte den Raum, indem ich die Rollos herunterließ, die zugleich zur Schalldämmung dienten. Das gesamte Büro war mit kugelsicheren und schalldichten Fenstern und Wänden ausgestattet, um Eindringlinge abzuhalten. Wenn man streng geheime Operationen leitete, waren derartige Vorsichtsmaßnahmen zwingend erforderlich. Das Treffen mit Ivy war zwar nicht streng geheim, aber ich wollte für etwas Privatsphäre sorgen.

Und ich wollte ihr Unbehagen bereiten.

Ich hatte weder die Zeit noch die Geduld, um ihr auf höfliche Art und Weise Informationen zu entlocken. Je schneller ich herausfinden konnte, was sie mit der Sache zu tun hatte, umso besser.

Also begann ich mit der Befragung. »Wie lange arbeitest du schon für Forester?«

»Warum willst du das wissen? Was geht hier vor? Willst du in Techwatch investieren? Ich weiß nichts über die Technologie. Da musst du schon Mr. Grant fragen.«

»Was beinhaltet deine Arbeit für Forester genau?«, wollte ich wissen.

Declan betrat den Raum und legte eine Aktenmappe vor mir auf den Tisch. Ich öffnete sie und betrachtete die Fotos, die darin enthalten waren.

Was zum Teufel!

»Erzähl doch mal, Ivy, gehört es auch zu deinem Job, die Prostituierten für Grant zu buchen, oder siehst du einfach nur gern zu?«

Zufrieden beobachtete ich, wie das Blut aus Ivys Gesicht wich und ihr hübscher Teint einen gräulichen Farbton annahm.

KAPITEL SECHS

IVY

»Wie bitte?«

Zane legte ein Foto auf den Tisch und schob es mir zu. Ich warf einen Blick darauf und wusste, dass ich in der Klemme steckte. Auf dem Bild war Forester mit einer Nutte im Bistro Inn zu sehen, einem kleinen Boutique-Hotel mit gehobener Küche, einer Bar und dreißig Gästezimmern. Leider war auch ich darauf abgebildet, wie ich etwas abseits stand und selbst Fotos von den beiden knipste.

»Es ist nicht das, wonach es aussieht«, erklärte ich.

»Wirklich? Dann bist du nicht die Frau, die Forester mit einem Callgirl beobachtet?«, fragte Declan.

»Doch, das bin ich. Aber ich habe sie nicht gebucht. Damit habe ich nichts zu tun.«

»Warum warst du dann dort?«, hakte Declan nach. »Und hier bist du ebenfalls zu sehen. Und hier auch.« Er schob weitere Fotos über den Tisch.

»Warum ist das so wichtig? Es geht euch nichts an, wie

ich meine Freizeit verbringe. Warum interessiert ihr euch überhaupt für Forester?«

War das die übliche Vorgehensweise bedeutender Investoren? Wollten sie der Führungsriege zuerst auf den Zahn fühlen, bevor sie ihr Geld in eine Firma steckten?

»Weil gegen ihn wegen Wirtschaftsspionage ermittelt wird«, antwortete Zane.

»Wie bitte?« Wahrscheinlich klang ich wie eine kaputte Schallplatte, aber ich hatte wirklich keine Ahnung, was hier vor sich ging. »Ich dachte, du willst in Techwatch investieren.«

»Und ich dachte, dein Name sei Ivy«, entgegnete Zane mit einem höhnischen Grinsen. Mittlerweile gefiel es mir gar nicht mehr so gut, meinen Namen aus seinem Mund zu hören. Gestern Nacht hatte er geschmeidig und sexy geklungen, doch nun kam er ihm wie ein Fluch über die Lippen.

»Mein Name *ist* Ivy.« Scheiße. Sie wussten, dass meine Personalunterlagen gefälscht waren. »Warum hast du in der Bar so getan, als wüsstest du nicht, wer ich bin?«

»Meinst du gestern, als ich dich mit zu mir nach Hause genommen habe? Oder heute Abend, als ich deine Tarnung nicht auffliegen ließ? Wäre es dir lieber gewesen, wenn ich mich in Anwesenheit deines Chefs für den Fick bedankt hätte?«

»Du bist ein Arschloch.«

»Und du hast mich hinters Licht geführt«, schoss er zurück.

Ihn hinters Licht geführt? Hatte er den Verstand verloren?

»Was soll das denn bitte heißen? Du hast schließlich mich abgeschleppt. Wir hatten Spaß und ich bin gegangen. Ich dachte, du würdest dich freuen, dass ich dir die Peinlichkeit erspart habe und du mich am nächsten Morgen nicht aus deiner Wohnung hast komplimentieren müssen.«

»Aus meiner Wohnung komplimentieren?«, wiederholte er wütend.

»Willst du wirklich jetzt darüber reden? In seiner Anwesenheit?«, fragte ich und zeigte mit einem Nicken auf Declan.

»Ich werde euch allein lassen«, sagte Declan.

Zane wandte sich ihm zu. »Ich will, dass diese Unterhaltung unter uns bleibt. Sag Garrett, er soll die Aufzeichnung unterbrechen.«

Wir wurden aufgezeichnet? Großartig. Sobald Declan den Raum verlassen hatte, wandte Zane sich mir zu. »Schieß los.«

»Was willst du hören? Warum bin ich hier?«

»Ich will wissen, warum du glaubst, ich hätte dich aus meiner Wohnung komplimentieren wollen«, erwiderte er.

»Ich verstehe nicht, warum du so wütend bist. Du solltest froh sein, dass ich einfach gegangen bin. So war es sicher angenehmer für dich.«

»Bist du es gewohnt, dass die Männer dich am nächsten Morgen hinauswerfen?«

»Nein. Ich bin es überhaupt nicht gewohnt, denn ich hatte zuvor noch nie einen … One-Night-Stand. Ob du es nun glaubst oder nicht, ich gehe normalerweise nicht einfach mit Fremden nach Hause.« Warum brachte es mich in Verlegenheit, das zuzugeben?

»Dann hast du einfach angenommen, dass ich ein Arschloch bin und dich hinauswerfen würde.«

Warum machte er deshalb so einen Aufstand? Gestern Abend hatte er mir noch erzählt, dass er sich normalerweise nicht einmal für den Namen der Frauen interessierte, mit denen er ins Bett ging. Das verriet mir, dass er einmaligen Abenteuern nicht abgeneigt war.

»Warum ist das für dich überhaupt von Bedeutung?«, wollte ich wissen.

»Verdammt, ich habe keine Ahnung. Aber es ist von Bedeutung. Den ganzen Tag habe ich mich darüber geärgert, dass du einfach gegangen bist.«

»Das glaube ich dir nicht.«

Zane verzog den Mund und runzelte die Stirn. »Dann bin ich also nicht nur ein Arschloch, sondern auch noch ein Lügner?«

»Ich bin müde, Zane. Letzte Nacht habe ich nicht geschlafen und heute Morgen bin ich zu spät zur Arbeit erschienen. Ich wollte eigentlich nur in meine Wohnung und mich schlafen legen, doch dann beorderte Forester mich zu einem Treffen mit einem potenziellen Investor. Jetzt sitze ich hier, bin völlig erschöpft und will einfach nur nach Hause in mein Bett. Bitte sag mir einfach, was du von mir hören willst, damit wir diese Unterhaltung beenden können.«

Zane lehnte sich zurück und musterte mich, während ich ihn ebenfalls beäugte.

Gestern Abend hatte sein Outfit aus einer Cargohose und einem T-Shirt bestanden, in denen er verdammt sexy ausgesehen hatte. Heute trug er einen Anzug, der ihn sogar noch attraktiver machte. Obwohl er sich wie ein Arschloch verhielt, hatte ich Schmetterlinge im Bauch. Er war auch in Freizeitkleidung ein Mann, vor dem ich mich vorsehen musste, doch in dieser Aufmachung konnte er mir geradezu gefährlich werden.

»Was weißt du über Forester?« In seiner Stimme schwang ein anklagender Tonfall mit, der mir nicht sonderlich behagte. Und ich hatte kein Problem damit, ihn das wissen zu lassen.

»Nichts …«

»Hör auf mit dem Mist, Ivy. Du arbeitest seit neun Monaten für den Kerl und stellst ihm außerhalb des Büros nach. Was. Weißt. Du?«

»Er ist ein dreckiger Scheißkerl. Etwa dreimal pro Woche trifft er sich mit einer Nutte.«

»Warum folgst du ihm?«

»Das geht dich nichts an, Zane.«

Mit einem lauten Knall schlug er mit der Faust auf den Tisch, sodass ich in meinem Stuhl zusammenzuckte. Er beugte sich vor und starrte mich finster an. Der Anblick erschreckte mich zu Tode. Es wäre möglich, dass ich mir sogar ein wenig in die Hose machte.

»Verdammte Scheiße. Ich will dir doch nur helfen.«

Diese Worte hatte ich schon viel zu häufig gehört. *Ich versuche nur, dir zu helfen, Sarah, und setze dir noch einen Schuss. Ich versuche nur, dir zu helfen, Sarah, nimm noch eine Pille.* Wie oft hatte mein Vater meine Mutter mit Drogen vollgepumpt, um sie unter Kontrolle zu halten? Meiner Erfahrung nach wollte kein Mann einfach nur helfen, sondern verlangte stets eine Gegenleistung. In erster Linie half er immer sich selbst.

»Du willst mir nicht helfen. Dir geht es doch nur um deine Recherchen. Du kennst mich nicht einmal.«

»Jetzt fängst du also wieder damit an«, entgegnete er.

Es war an der Zeit, dass ich den Spieß umdrehte. Ich musste herausfinden, warum er sich für Forester interessierte und was er wusste. Zane durfte mir nicht in die Quere kommen. Ich war kurz davor, Grant zur Strecke zu bringen.

»Was weißt du über Forester?«, erkundigte ich mich.

»Er ist ein Spitzel. Er arbeitet für Smart Technologies und wurde bei Techwatch eingeschleust, um deren Markt-einführungsstrategie und Preisstruktur zu stehlen. Wir müssen nur noch klären, was du mit der Sache zu tun hast, bevor wir unseren Bericht an Smart Technologies und das FBI übergeben. Er wird in den nächsten Tagen angeklagt werden.«

Verdammte Scheiße. Dazu durfte es nicht kommen.

»Nein, das darfst du nicht tun«, platzte ich heraus.

»Wirklich? Warum denn nicht, Ivy? Inwieweit bist du an der Spionage beteiligt?«

»Ich habe mit alledem nichts zu tun.«

Verdammt. Er würde alles vermasseln. Ich war so nahe dran und hatte fast alle Beweise, um den Kerl dingfest zu machen.

Ich würde Forester Grant vernichten.

Zanes Miene wurde steinhart. »Fickst du den Kerl?«, knurrte er und fixierte mich mit einem durchdringenden Blick.

Ob ich ihn fickte? Allein bei dem Gedanken wollte ich mich übergeben.

»Soll das ein Witz sein ...?«

»Warum beschützt du ihn dann?«

»Das tue ich nicht.«

»Wenn du den Mann weder vögelst noch beschützt noch mit ihm unter einer Decke steckst, was hast du dann mit ihm zu tun? Findest du einfach Gefallen daran, ihn zu beobachten, wenn er mit einer Nutte ins Bett geht? Hast du davon auch ein paar Schnappschüsse? Macht der Gedanke dich an, dass er sie hart gegen die Wand fickt? Warst du deshalb so erregt, als ich dasselbe mit dir angestellt habe? Hast du an ihn gedacht, als du gekommen bist? Hm, Ivy, verschaffst du dir so deine Befriedigung?«

»Er hat meine Schwester getötet, du verdammter Mistkerl!«, brüllte ich und sprang auf, wobei mein Stuhl nach hinten umkippte. All die Schuldgefühle und die Wut, dich ich versucht hatte zu unterdrücken, kochten mit einem Mal in mir hoch und sprudelten aus mir heraus. »Ich folge ihm, um die nötigen Beweise zu sammeln, damit ich ihn endlich zur Strecke bringen kann. Meine Schwester war nicht sein erstes Opfer, aber sie wird das letzte sein. Und wenn ich ihn selbst töten muss. Er hat sie mit Rauschgift vollgepumpt, sie auf den Strich geschickt und sie dazu benutzt, seine Drogen zu vertreiben. Und als er genug von ihr hatte und sich ein jüngeres Mädchen ins Haus holen wollte, hat er sie umgebracht. Also fick dich, Zane. Wenn du glaubst, ich würde ihn beschützen oder mir einen Kick verschaffen, indem ich ihn beobachte, dann liegst du falsch. Wahrscheinlich denkst du, ich sei nicht besser als die Nutten, die er gevögelt hat. Immerhin bin ich mit dir in deine Wohnung gegangen und habe …«

»Das reicht«, unterbrach Zane mich. Bevor ich wusste, wie mir geschah, hatte er mich mit dem Rücken gegen die Wand gepresst und seine Hände zu beiden Seiten meines Kopfes abgestützt. In seinen Augen funkelte ein seltsamer Ausdruck und seine Miene erweichte sich. In diesem Moment erinnerte er mich an den Mann, dem ich gestern Abend begegnet war.

»Es tut mir leid, Schätzchen. Ich musste dich irgendwie zum Reden bringen.« Er löste seine rechte Hand von der Wand und wischte mir eine Träne von der Wange.

»Geh mir aus dem Weg, Zane.«

»Zuerst musst du verstehen, warum ich dir gerade all die Anschuldigungen an den Kopf geworfen habe.« Es spielte keine Rolle. Nichts von alledem war noch von Bedeutung. Forester würde nie für irgendetwas zur Rechenschaft gezogen werden. Joey war tot. Ich hatte sie im Stich gelassen, als sie noch lebte, und ich würde sie auch jetzt enttäuschen. Erschöpft schüttelte ich den Kopf. Ich hatte keine Kraft mehr, um mich noch weiter mit Zane zu streiten. »Ich musste dich in Rage bringen, um herauszufinden, wie tief du in der Sache drinsteckst. Ich will dich nur beschützen.«

»Ich brauche deinen Schutz nicht. Und jetzt geh mir bitte aus dem Weg. Ich will nach Hause.«

»Du brauchst meinen Schutz, ob du ihn nun willst oder nicht. Gib mir noch einen Moment, dann bringe ich dich nach Hause.«

Er drückte mir einen Kuss auf die Stirn, ergriff meine Hand und führte mich aus dem Raum. Warum war seine Berührung nur so beruhigend? Warum wollte ich ihm Glauben schenken? Tief im Inneren war ich überzeugt davon, dass er mich gar nicht beschützen wollte und mich nur belog.

Kein Mann half einer Frau, ohne eine Gegenleistung zu erwarten.

Ich wusste, dass ich einen viel zu hohen Preis bezahlen würde. Zane hatte die Macht, mich zu ruinieren, mehr Macht als meine Mutter, mein Vater und ihr jahrelanger Drogenmissbrauch je hatten. Er würde die Klinge sein, die den letzten Faden durchtrennte, an dem ich noch hing.

KAPITEL SIEBEN

ZANE

Es wäre untertrieben zu behaupten, dass ich wütend war.

Ich war wütend auf Ivy.

Ich war wütend auf mich selbst.

Vor allem hatte ich eine Wut auf Forester.

Drei Augenpaare starrten uns an, als wir den Kontrollraum betraten. In zwei von ihnen spiegelte sich ein alarmierter Ausdruck wider, während eines schockiert aufblitzte, bevor sich Gleichgültigkeit darin abzeichnete. Großartig, Linc war ebenfalls hier. Seine Sticheleien waren genauso nützlich wie ein Loch im Kopf.

»Wir müssen mehr über Forester Grant in Erfahrung bringen. Vergesst die Sache mit der Firmenspionage. Ich will, dass ihr sämtliche Informationen über die letzten zehn Jahre ausgrabt. Findet heraus, wer in seinem Haus gewohnt hat, in welchen Restaurants er isst, wo er seine Lebensmittel besorgt und welche Frauen er kauft. Ich will über jede verdammte Sekunde Bescheid wissen. Declan, durchleuchte die Huren, mit denen er verkehrt. Garrett, du überprüfst

Joanna Long. Ich will wissen, wie und wann die beiden sich kennengelernt haben und wo sie sich herumgetrieben hat. Sieh dir auch ihre Kreditkartenabrechnungen, den Autopsiebericht und die Akten des Gerichtsmediziners und der Polizei an.«

»Schon dabei«, sagte Declan und verließ den Raum.

»Die Berichte der Gerichtsmedizin und Polizei habe ich bis heute Abend. Aber der Rest könnte ein paar Tage dauern«, antwortete Garrett.

»Und was ist mit ihr?«, warf Linc ein und zeigte auf Ivy.

»Sie ist sauber.«

»Einfach so?«, fragte er.

»Einfach so«, bestätigte ich.

Offenbar wollte Linc es nicht auf sich beruhen lassen und hatte noch etwas zu sagen. So wie ich meinen Bruder kannte, würde er mich damit in Rage bringen. Er enttäuschte mich nicht.

»Gut zu wissen.«

Ich schluckte den Köder und fragte: »Was ist gut zu wissen?«

»Dass du endlich deinen Kopf aus dem Sand ziehst«, antwortete er mit einem leisen Lachen. »Ich nehme an, sie ist der Grund dafür, dass du heute ein Gesicht gezogen hast wie sieben Tage Regenwetter.«

»Nicht jetzt, Arschloch.«

»Zane«, warf Ivy mit tadelnder Stimme ein. »Bist du immer so unverschämt?«

»Nur gegenüber Leuten, die er mag«, murmelte Garrett.

»Wie redet er dann mit den Leuten, die er nicht mag?«, fragte sie.

»Gar nicht. Er erschießt sie einfach«, warf mein Bruder netterweise ein.

»Wie bitte?« Ich spürte, wie ihre Hand in meiner zuckte.

»Er meint es nicht ernst.« Ich zeigte meinem Bruder den Mittelfinger.

Leider schien er meinen warnenden Blick nicht zu bemerken, denn er fuhr fort: »Ach wirklich?«

»Ich bringe Ivy nach Hause«, verkündete ich.

Ich dachte erneut daran, meinen Bruder zu feuern, denn er konnte die Sache einfach nicht auf sich beruhen lassen und fragte: »Wozu die Eile, großer Bruder? Willst du sie nicht dem Team vorstellen?«

»Was soll der Mist? Ivy hatte einen anstrengenden Tag. Sie ist erschöpft und muss sich ausruhen. Wenn du sie kennenlernen willst, sei morgen um neun Uhr zur Lagebesprechung hier.«

»Und ich dachte schon, wir müssten deinen Kopf eines Tages für dich ausgraben.«

»Legst du es etwa darauf an, mich auf die Palme zu bringen?«

Ich hatte weder Zeit noch Lust, mich mit Linc zu streiten. Im Moment war es wichtiger, Ivy etwas zu essen zu besorgen und sie ins Bett zu bringen. Wahrscheinlich würde sie einen Krieg anzetteln, wenn sie erfuhr, in welchem Bett sie schlafen würde. Bei dem Gedanken zuckte mein Schwanz und mein Unterleib zog sich zusammen. Warum war die Vorstellung, mich mit ihr über die Unterbringung zu streiten, nur so verdammt erregend?

»Nein«, erwiderte Linc betont und wandte sich dann an Ivy. »Bis morgen.«

»Ich werde nicht hier sein, denn ich muss zur Arbeit«, erwiderte sie.

»Du kündigst. Garrett, bitte schicke Ivys Kündigungsschreiben an Techwatch. Mit sofortiger Wirkung.«

»Wie bitte? Das kannst du nicht tun. Ich brauche diesen Job, um meinen Lebensunterhalt zu verdienen.« Sie wandte sich mit flehendem Blick an Garrett. »Bitte schicke das Schreiben nicht ab.«

»Du wirst nicht mehr in die Nähe dieses Mannes kommen. Er ist gefährlich.«

»Zane!«, rief sie und stampfte mit dem Fuß auf, um ihrer Entrüstung Nachdruck zu verleihen.

»Hast du gerade mit dem Fuß aufgestampft?«, fragte ich unnötigerweise.

»Ich kann es mir nicht leisten, dich für deine Hilfe zu bezahlen. Lass es gut sein. Ich bin bisher ganz gut allein zurechtgekommen«, entgegnete sie.

»Ich will kein Geld von dir.« Es erzürnte mich, dass sie glaubte, ich würde es ihr in Rechnung stellen, wenn ich einen Mistkerl wie Grant aus dem Verkehr zog. Achtzig Prozent unserer Arbeit verrichteten wir pro bono, da wir örtlichen Strafverfolgungsbehörden und Privatpersonen zur Seite standen, die wirklich unsere Hilfe brauchten. Mit den Regierungsaufträgen verdiente ich mehr als genug Geld.

»Ich kann es mir trotzdem nicht leisten«, flüsterte sie.

Eigentlich wollte ich gar nicht wissen, was sie damit meinte, aber ich fragte dennoch: »Was soll das heißen?«

»Kein Mann hilft einer Frau, ohne eine Gegenleistung zu erwarten. Niemand ist so uneigennützig.«

Das wütende Knurren dreier Männer hallte durch den Raum.

»Was zum Teufel soll das?«

»Ich kann es mir nicht leisten«, wiederholte sie mit sanfter Stimme.

»Wir können später darüber reden.« Um meine Wut zu zügeln, wandte ich mich Garrett zu. Ich verstand immer noch nicht ganz, worauf sie hinauswollte, doch mir war nur allzu bewusst, welche tiefere Bedeutung in ihren Worten mitschwang. Und das gefiel mir ganz und gar nicht.

Sie war ausgenutzt und verletzt worden.

Der Schmerz, den ich in ihren Augen gesehen hatte, war echt, und ihrem Tonfall nach zu urteilen saß er so tief, dass er wohl niemals völlig vergehen würde.

Der Gedanke brachte mich nur noch mehr in Rage.

Da ich meiner eigenen Stimme nicht traute, verabschiedete ich mich von den Jungs mit einem Nicken und zog Ivy aus der Tür.

Wir passierten die verschiedenen Sicherheitsschranken und gingen zu meinem Wagen. Als wir etwa fünf Minuten unterwegs waren, riss sie mich aus meiner Benommenheit, indem sie sagte: »Du fährst in die falsche Richtung.«

Ich ignorierte ihre Bemerkung und fragte: »Hast du Hunger?«

»Nein.«

»Hast du schon zu Abend gegessen?«

»Ja, bevor ich euch in der Bar getroffen habe. Ich wusste schließlich nicht, wie lange die Besprechung dauern würde.«

»Macht es dir etwas aus, wenn wir an einem Drive-in anhalten?«

»Du isst Fast Food?«, fragte sie schockiert.

»Ja«, erwiderte ich mit einem Lachen.

»Du siehst nicht so aus, als würdest du dieses Zeug verspeisen. Ich meine, du hast kein Gramm Fett am Leib.« Sie verstummte abrupt, da ihr offenbar klar wurde, welche Richtung sie mit der Unterhaltung einschlug.

Sie hatte mich nackt gesehen.

Auch ich hatte sie unbekleidet gesehen. Aus diesem Grund fiel es mir so schwer, jetzt ruhig neben ihr sitzen zu bleiben.

Ich konnte mich nicht daran erinnern, wann ich das letzte Mal mit einer Frau in meinem Wagen gesessen hatte, *nachdem* ich mit ihr geschlafen hatte. Ich war kein Arschloch – nun, in gewisser Weise war ich ein Mistkerl –, aber nicht, weil ich mich für gewöhnlich nur einmal mit einer Frau vergnügte und am nächsten Morgen nicht mit ihr frühstücken wollte. Aus einem Frühstück wurde nur allzu schnell ein Mittagessen, was wiederum zu einer längeren Unterhaltung führte. Und mit einer Unterhaltung würde ich ihr nur falsche Hoffnungen machen. Ich war kein Mann für eine Beziehung und gab einer Frau von Beginn an zu verstehen, dass wir keine Telefonnummern austauschen würden und ich mich niemals ändern würde. Ich konnte meinen inneren Dämonen nicht entkommen und würde eine Frau niemals mit den Gespenstern meiner Vergangenheit belasten wollen.

Warum saß Ivy dann in meinem Wagen?

Warum hatte ich den ganzen Tag über an sie denken müssen?

Warum zum Teufel war ich heute Morgen aufgewacht und hatte den Wunsch verspürt, mit ihr zu frühstücken?

Um meine Libido zu beruhigen, überlegte ich mir, welchen Drive-in ich ansteuern sollte. Momentan schien mein Schwanz die Kontrolle über mich zu haben, und das war mir nicht geheuer.

Ich war im Begriff, meine eigenen Regeln zu brechen.

Morgen.

Morgen würde ich Forester hinter Gitter bringen und Informationen über Ivys Schwester einholen. Ich würde dafür sorgen, dass sie in Sicherheit war, und mich von ihr in dem Wissen verabschieden, dass ich alles in meiner Macht Stehende für sie getan hatte. Dann könnten wir beide die letzte Nacht vergessen und wieder getrennte Wege gehen.

Es war ein solider Plan, doch bei dem Gedanken, Ivy nie wiederzusehen, verspürte ich einen schmerzhaften Stich in der Brust. Vielleicht hatte Jasmin recht. All die Jahre, in denen ich diese Wut mit mir herumgetragen hatte, forderten nun ihren Tribut und ich würde schließlich einen Herzinfarkt erleiden.

»Also was machst du?«, fragte sie.

»Was meinst du?«

»Womit genau verdienst du deinen Lebensunterhalt?«, stellte sie klar.

»Ich besitze eine Sicherheitsfirma.«

»Dann bist du also kein Investor?«

»Nein. Ich hatte nie vor, in Techwatch zu investieren, sondern wurde von Smart Technologies angeheuert, um gegen Forester zu ermitteln.«

Ich dachte, wir hätten darüber gesprochen und alles geklärt.

»Du bist sicher nicht billig. Dein Büro ist riesig und die ganze Ausrüstung scheint kostspielig zu sein. Du fährst einen schönen Rover und lebst in einer großen Wohnung.« Wenn sie von dem Sportwagen und den Motorrädern wüsste, würde sie erkennen, wie wohlhabend ich tatsächlich war. Die Armut, in der ich aufgewachsen war, hatte ich längst hinter mir gelassen. »Ich habe kein Geld.«

Jetzt fing sie schon wieder davon an.

»Und?«, presste ich hervor.

»Ich kann ...«

»Bitte sag nicht, dass du dir meinen Schutz nicht leisten kannst.«

Die Unterhaltung schlug mir auf den Magen, und ich beschloss, direkt zu meiner Wohnung zu fahren.

»Eigentlich wollte ich gerade sagen, dass ich meinen Job nicht kündigen kann. Ich komme jetzt schon kaum über die Runden und muss die Miete bezahlen.«

Als ich um eine Ecke bog, kam mein Wohnhaus in Sicht. »Warum sind wir hier?«, fragte sie. »Ich dachte, du wolltest dir etwas zu essen holen.«

»Mir ist der Appetit vergangen.«

Ich fuhr in die Tiefgarage und lenkte den Wagen auf einen meiner Privatparkplätze neben dem Aufzug.

»Aber warum bist du zu deinem Wohnhaus gefahren?«

»Weil du gesagt hast, dass du müde bist und Ruhe brauchst.«

»Und … du dachtest, es sei eine gute Idee, mich dafür in deine Wohnung zu bringen?«

Mir gefiel weder ihr schroffer Tonfall noch der anklagende Unterton in ihrer Stimme.

»Du brauchst Ruhe und ich muss wissen, dass du in Sicherheit bist. Meine Wohnung verfügt über zwei Gästezimmer und wird von einem Sicherheitsdienst überwacht. Du hast gerade zugegeben, dass du pleite bist. Ich bezweifle, dass dein Wohnhaus so sicher ist wie meines.«

Niemand würde problemlos bis zu meinem Apartment vordringen können, es sei denn, er hieß Violet oder Declan. Beide hatten die Fähigkeit, sowohl die Sicherheitsbeamten als auch die Kameras im Gebäude unbemerkt zu umgehen. Das war ein guter Grund, das Penthouse zu verkaufen und umzuziehen. Ich hasste unerwünschte Besucher.

»Sicher? Warum sollte ich mir wegen meiner Sicherheit Sorgen machen? Forester wird mir nichts antun.«

»Ich mache mir keine Sorgen wegen Forester. Aber ich befürchte, dass du dich in dem Moment, in dem ich dich zu Hause absetze, auf den Weg machst, um ihm mit seiner Hure nachzuspionieren. Darum musst du dir jedoch keine Gedanken machen, denn Declan ist ihm auf den Fersen.«

»Was geht es dich an, wem ich folge?«

Es ging mich nichts an.

Aber das hielt mich nicht davon ab, meine Nase in ihre Angelegenheiten zu stecken.

Ich beantwortete ihre Frage nicht, sondern stieg aus dem Wagen, ging um das Heck herum und öffnete die Beifahrertür. Ivy stieg zögerlich aus und sah mit ihren großen, hübschen haselnussbraunen Augen zu mir auf. »Und warum kümmert es dich überhaupt, was ich tue?«

Das war die große Frage.

Warum kümmerte es mich?

Da ich dieses Gespräch nicht in der Öffentlichkeit führen wollte, ergriff ich ihre Hand. Auch diese Geste war ungewohnt für mich. Ich festigte meinen Griff und genoss das Gefühl ihrer zierlichen Finger in meinen, als ich sie zum Aufzug führte.

»Du musst mich nicht ständig hinter dir herziehen. Stattdessen könntest du mich auch einfach fragen, ob ich dir folgen will.«

»Würdest du denn freiwillig mitkommen, wenn ich dich darum bäte?«

»Nein«, schnaubte sie, woraufhin ich lediglich eine Augenbraue in die Höhe zog. »Du bringst mich noch zur Weißglut.«

»Das höre ich nicht zum ersten Mal.«

»Und du bist unhöflich deinen Angestellten gegenüber.«

»Auch das wurde mir schon gesagt.«

Ich drückte den Knopf für das oberste Stockwerk und zog meine Schlüsselkarte durch das Lesegerät, woraufhin der Fahrstuhl sich in Bewegung setzte.

»Und du bist rechthaberisch.«

Das war der Tropfen, der das Fass zum Überlaufen brachte.

Bevor ich mich eines Besseren besinnen konnte, hatte ich sie schon mit dem Rücken an die Wand gedrückt und ihre Handgelenke über ihren Kopf gepresst. Mein Gesicht war nur wenige Zentimeter von ihrem entfernt, als ich raunte: »Du hast mich noch nicht rechthaberisch erlebt, Schätzchen. Aber wenn du mich weiter so in Wallung bringst, dann werde ich dir zeigen, wie rechthaberisch ich sein kann.« Als ich das Funkeln in ihren Augen sah, wusste ich, dass sie genauso erregt war wie ich. Ich presste meine Lippen auf ihre und entlockte ihr ein Stöhnen.

Ich küsste sie leidenschaftlich.

Mein Schwanz pochte, als sie begann, sich an mir zu reiben.

Und dann erinnerte ich mich an ihre Worte.

Ich kann mir deine Hilfe nicht leisten.

Kein Mann hilft einer Frau, ohne eine Gegenleistung zu erwarten.

Niemand ist so uneigennützig.

Ich zog den Kopf zurück und starrte sie an. Ihre Augen waren geschlossen und ihre Miene entspannt.

Verdammt, sie war wunderschön.

Und gebrochen.

Ich mochte zwar ein Arschloch sein, aber ich war kein Mann, der Frauen ausnutzte. Niemals. Als Kind hatte ich oft genug mit ansehen müssen, wie irgendein Scheißkerl meine Mutter benutzt und verletzt hatte. Es wäre besser, wenn ich sowohl meine Hände als auch meinen Schwanz unter Kontrolle behielte. Und meinen verdammten Mund ebenfalls. Ich hatte kein Recht, sie zu berühren.

Ich hatte nicht vor, eine Beziehung mit ihr einzugehen.

Ich konnte sie nicht heilen.

Sie hatte etwas Besseres verdient.

»Komm schon«, forderte ich sie auf, als die Fahrstuhltüren sich öffneten.

Sie starrte mich an und hatte dabei einen derart verletzlichen Ausdruck im Gesicht, dass ich beinahe zurückgewichen wäre. Zum ersten Mal in meinem Leben wünschte ich mir, ein besserer Mann zu sein, der in sich gefestigt und nicht emotional bankrott war. Ich wünschte, ich könnte ihr helfen, ihre inneren Dämonen zu bekämpfen. Dazu würde ich jedoch nie in der Lage sein, denn ich konnte nicht einmal meine eigenen bezwingen.

Sie stand wie angewurzelt da. Also ergriff ich wieder ihre Hand und zog sie zur Eingangstür. Da sie mir auf meine

Aufforderung hin nicht von allein folgen wollte, musste ich sie berühren.

Ich entriegelte die Tür und steckte den Schlüssel in die Tasche.

»Fühl dich wie zu Hause.«

Ich wartete nicht auf eine Antwort, sondern ging weiter. Ich brauchte eine Minute für mich allein. Und wenn ich mich nicht bald aus diesem Anzug schälte, würde ich noch ersticken.

Warum fühlte mein Penthouse sich plötzlich beengter an als der Wohnwagen, in dem ich aufgewachsen war?

Ivy sollte nicht hier sein.

KAPITEL ACHT

IVY

Ich sollte nicht hier sein.

Zane trieb mich noch in den Wahnsinn und rief Gefühle in mir hervor, die ich lange Zeit versucht hatte zu verdrängen.

Und er ließ mich all die Lektionen vergessen, die ich bisher im Leben gelernt hatte.

Er war ein reicher, überaus attraktiver Mann und ich war … ein Niemand. Ich besaß kein Haus, sondern hatte eine heruntergekommene Wohnung gemietet, weil ich von dort aus zu Fuß zur Arbeit gehen konnte.

Warum hatte er mich mit in sein Penthouse genommen? Ich gehörte nicht hierher. Ich gehörte nicht einmal in seine Nähe. Gestern Abend hatte mich das alles nicht gestört, denn ich hatte geglaubt, ihn nie wiederzusehen, und ich hatte mich keinerlei Illusionen hingegeben. Ich war nicht mehr als ein warmer Körper gewesen, mit dem er sich hatte vergnügen wollen.

Und es war wahrlich ein Vergnügen gewesen. Für uns beide.

Ich stellte mich vor das Fenster, von dem aus man einen Blick auf den Jachthafen hatte. Während ich den Verkehr und das hektische Treiben auf den Straßen beobachtete, durchströmte mich ein friedliches Gefühl, wie ich es noch nie zuvor empfunden hatte. In meinem ganzen Leben hatte ich immer nur kämpfen müssen, doch hier oben konnte mir niemand etwas anhaben.

»Bist du sicher, dass du nichts essen willst?« Zanes Stimme riss mich aus meinen Gedanken und ich drehte mich um.

Heiliger Strohsack! Gab es irgendein Outfit, in dem dieser Mann nicht umwerfend aussah? Er trug eine Trainingshose, die ihm tief auf der Hüfte saß. Obwohl ich genau wusste, was sich darunter verbarg, erregte vor allem sein schwarzes T-Shirt meine Aufmerksamkeit. Es spannte sich über seine muskulöse Brust, während sein Bizeps die Nähte an den Ärmeln fast zu zerreißen schien.

»Ivy?«, fragte er.

»Ich denke, ich sollte jetzt nach Hause gehen.«

Er kniff die Augen zu dünnen Schlitzen zusammen. »Warum?«

»Es ist nicht nötig, dass ich hierbleibe. Und ich schlafe besser in meinem eigenen Bett«, fügte ich hastig hinzu. Das war gelogen. Ich schlief ganz und gar nicht gut auf der billigen Matratze in meiner winzigen Wohnung, aber dort musste ich mir zumindest nicht den Kopf darüber zerbrechen, dass im Zimmer nebenan ein umwerfender Mann lag, mit dem ich mich in der vergangenen Nacht über das Laken gewälzt hatte.

Zane ignorierte meine Bemerkung und ging zu einem Beistelltisch im Esszimmer, um sich einen Drink einzuschenken. Er streckte mir das Glas entgegen, um mich wortlos zu fragen, ob ich ebenfalls etwas wolle. Ich hätte mir zwar liebend gern Mut angetrunken, aber ich wusste, dass ich einen klaren Kopf behalten musste. Andernfalls würde ich den Mann wahrscheinlich anspringen und ihn anflehen, mich zu nehmen, bis wir beide völlig erschöpft waren.

Nein, ich brauchte keinen Drink.

»Was genau hast du damit gemeint, dass du dir meine Hilfe nicht leisten kannst?«, fragte er, als er sich auf ein schwarzes Ledersofa setzte, das sicher ein Vermögen gekostet hatte.

»Warum vergessen wir nicht, dass ich überhaupt etwas gesagt habe, und du bringst mich nach Hause?«, erwiderte ich.

»Ausgeschlossen.«

»Und was würdest du tun, wenn ich einfach zur Tür hinausginge?«, fragte ich.

Er lehnte sich zurück und nippte an seinem Drink, bevor er antwortete: »Ich würde dich aufhalten.«

»Du hältst mich also gegen meinen Willen hier fest. Dann bin ich wohl deine Gefangene.«

Merkwürdigerweise war der Gedanke nicht einmal so beängstigend, wie er hätte sein sollen.

»Denkst du denn, dass du meine Gefangene bist?«

»Du treibst mich noch in den Wahnsinn«, entgegnete ich. »Ich verstehe nicht, warum dir das so wichtig ist. Für dich bin ich doch ein Niemand. Nicht mehr als eine Frau, die du gefickt hast, und die zufällig für den Mann arbeitet, gegen den du ermittelst.«

»Gearbeitet hat.«

»Wie bitte?«

»Du hast für ihn gearbeitet, Ivy. Deine Anstellung gehört der Vergangenheit an.«

Langsam verlor ich die Geduld.

»Zane, ich brauche diesen Job. Ich kann nicht einfach kündigen.«

»Du brauchst ihn nur, damit du weitere Informationen über Forester sammeln kannst.« Verdammt, er hatte den Nagel auf den Kopf getroffen. Ich brauchte zwar auch das Geld, aber vor allem ging es mir darum, den Kerl endlich festnageln zu können. »Also, hör gut zu, Baby. Deine Zeiten als Schnüfflerin sind vorbei. Im Gegensatz zu dir habe ich die nötigen Mittel und Ressourcen, um das Arschloch zur Strecke zu bringen. Bisher hattest du Glück. Wenn man bedenkt, dass du nicht unbedingt subtil vorgegangen bist, ist es ein verdammtes Wunder, dass er dir noch nicht auf die Schliche gekommen ist. Wäre er nicht so sehr in seine Nutten vertieft, hätte er längst bemerkt, dass du ihn bespitzelst. Aber damit ist es jetzt vorbei. Mir ist es lieber, wenn du dich von diesem Scheißkerl fernhältst.«

Ich war kurz davor zu explodieren.

»Zane!«

»Warum hast du gesagt, dass du dir meine Hilfe nicht leisten kannst?«, wiederholte er.

Verdammt, offenbar würde er die Sache nicht auf sich beruhen lassen.

»Weil ich es nicht kann. Dein Büro, deine Wohnung, dein Wagen und der Anzug, den du vorhin getragen hast, lassen vermuten, dass deine Dienste nicht gerade billig sind.«

»Halte mich nicht zum Narren. Ich habe dir gesagt, dass ich dein Geld nicht will. Aber du hast dennoch beharrlich behauptet, dass kein Mann einer Frau helfen würde, ohne eine Gegenleistung zu verlangen. Hat dich jemand übers Ohr gehauen?«

Ja.

Mehr als einmal.

»Das geht dich nichts an.«

»Das mag stimmen, aber ich will es trotzdem wissen. Wer hat dir übel mitgespielt, Ivy?«

Ich schwieg und verschränkte die Arme vor der Brust.

»Ein Ex-Ehemann? Ein Freund?«, hakte er nach.

Ich war zwar nie verheiratet gewesen, aber im Grunde hatten alle Menschen in meinem Leben mich schlecht behandelt.

»Erzähl mir von deiner Schwester«, forderte er mich auf und wechselte das Thema.

»Hat dir schon mal jemand gesagt, dass du verdammt nervtötend und unglaublich neugierig bist?«

Für einen Moment dachte er über meine Frage nach, bevor er antwortete: »Mir wurde schon so einiges vorgeworfen, aber dass ich neugierig bin, ist neu.«

»Nun, jetzt weißt du es.«

»Deine Schwester, Ivy«, hakte er nach.

»Was ist mit ihr? Sie ist tot. Forester hat ihr vorgegaukelt, er würde ihr das Leben einer Prinzessin bieten, doch stattdessen hat er sie auf den Strich geschickt und sie als Drogenkurier eingesetzt. Und als er die Nase voll von ihr hatte und sich ein neues Mädchen ins Haus holen wollte, hat er sie umgebracht. Mehr gibt es dazu nicht zu sagen.«

»Das alles weiß ich schon. Erzähl mir von *ihr*.«

»Joey war meine Stiefschwester. Sie ist mit ihrem Vater bei Mutter und mir eingezogen, als sie acht war. Ich weiß nicht, was mit ihr passiert war, bevor sie bei uns gewohnt hat, aber sie hatte sicher kein glückliches Leben. Sie war schon als Kind resigniert. Ich habe versucht, ihr zu helfen, aber ich war erst sechzehn und hatte es selbst nicht leicht.«

»Hat er dich angefasst?«, fragte Zane mit einem Knurren.

»Ihr Vater? Nein. Niemand hat mich je unsittlich berührt.«

»Wie heißt ihr Vater?«

»Lance Long. Für seine Freunde oder Käufer oder wie

auch immer du sie nennen willst war er nur Double L. Ziemlich albern, nicht wahr?«

»Lance war also ein Dealer?«, fragte Zane weiter.

»Er war Dealer und Konsument zugleich. Als er bei uns einzog, musste ich nur noch zwei Jahre dort ausharren und versuchte, mich so weit wie möglich vom Haus fernzuhalten. Zu dem Zeitpunkt war meine Mutter schon so abhängig, dass sie gar nicht mehr mitbekam, wo ich war oder was ich tat. Ihr war es sogar egal, ob der Strom angeschaltet war, solange Lance sie mit Drogen versorgte und sie high war.«

»Baby«, warf Zane mit sanfter Stimme ein.

»Nicht doch. Das alles ist lange her. Ich bin darüber hinweg.«

»Wirklich? Siehst du mich deshalb an, als sei ich ein Stück Scheiße mit zwielichtigen Beweggründen? Ich biete dir meine Hilfe und meinen Schutz an, doch das Nächste, was dir über deine hübschen Lippen kommt, bringt mich so sehr in Rage, dass ich rotsehe.«

»Ich habe nicht …«

»Doch, das hast du. Es macht mich zwar wütend, aber ich verstehe es. Wie solltest du mich denn sonst ansehen? Nach dem zu urteilen, was ich bisher von dir gehört habe, hat dir noch nie jemand geholfen, ohne etwas von dir zu verlangen. Aber lass dir eines gesagt sein, Ivy. Ich bin nicht wie die anderen. Vielleicht kannst du das im Moment nicht glauben, aber mit der Zeit wirst du es begreifen.«

Mit der Zeit?

Ich hatte keine Zeit.

»Mir ist es lieber, wenn du dich wie ein Arschloch verhältst«, platzte ich heraus.

»Warum?«

Für einen Moment dachte ich daran, seine Frage einfach zu ignorieren. Doch stattdessen sagte ich ihm die Wahrheit.

»Weil sich noch nie jemand die Mühe gemacht hat, mich zu verstehen.«

»Das ist wirklich beschissen.«

»Das ist mein Leben.«

»Es ist trotzdem beschissen.«

»Es ist, was es ist. Warum sollte sich jemand die Mühe machen?«

»Ich mache mir die Mühe.«

Oh nein. Es war an der Zeit, das Thema zu wechseln.

»Wenn ich deine Wohnung schon nicht verlassen darf, kann ich dann zumindest ins Bett gehen?«

Warum hatte ich ihm nachgegeben? Ich hätte durch die Tür treten und nie wieder zurückblicken sollen.

Doch das tat ich nicht.

»Willst du im großen Schlafzimmer oder im Gästezimmer schlafen?«, wollte er wissen.

»Wie bitte?«

»Willst du das große Schlafzimmer oder das Gästezimmer?«, fragte er erneut.

»Äh. Wo wirst du schlafen?«

Seine Miene spannte sich an und er legte die Stirn in Falten. »Ich hoffe, das meinst du nicht ernst, Ivy. Ich verstehe vollkommen, dass du in der Vergangenheit niemandem trauen konntest, aber mich kannst du nicht in die lange Liste von Arschlöchern einreihen, die dir im Leben übel mitgespielt haben.«

»Die Liste …«, begann ich und hielt dann inne.

»Ja?«

»Die Liste ist nicht sonderlich lang. Mein Vater hat mich verlassen, und darüber war ich nicht sonderlich unglücklich. Und meine Mutter hat sich nie um mich gekümmert. Ich habe meine Lektion gelernt. Wenn die beiden Menschen, die mich eigentlich bedingungslos hätten lieben sollen, mich wie Dreck behandeln können … nun, ich habe daraus gelernt.«

»Was hast du gelernt, Baby?«

»Dass alle anderen mich genauso behandeln werden.«

»Wie werden sie dich behandeln?« Er ließ einfach nicht locker.

»Sie werden mich übers Ohr hauen und mich enttäuschen. Niemand würde je etwas für mich tun, ohne eine Gegenleistung zu erwarten. In all den Jahren habe ich diese Lektion auf die harte Tour lernen müssen. Nun sitzt diese Überzeugung so tief, dass ich nie jemanden an mich heranlasse. Also nein, die Liste ist nicht lang, aber die beiden Menschen, die mir die größte Stütze im Leben hätten sein sollen, haben mich im Stich gelassen.«

Zane sprang auf. Er hatte die Nasenflügel gebläht, während seine Brust sich sichtbar hob und senkte. Er sah aus, als würde er jeden Moment Feuer spucken. Wie ein Drache. Ein furchterregender, schöner, feuerspeiender Drache. Ich weiß nicht, warum ich Zane das alles erzählt hatte. Noch nie zuvor hatte ich mit jemandem über meine Vergangenheit gesprochen. Für gewöhnlich blieb ich auf Distanz und sorgte dafür, dass das Thema nicht aufkam. Zwar hatte ich mich im Leben schon auf einige Beziehungen eingelassen, doch diese waren nie tiefgründig gewesen. Und ich hatte die Männer jedes Mal verlassen, bevor sie mich verlassen konnten. In dem Moment, in dem ich bemerkte, dass meine Probleme zu viel für sie wurden, trennte ich mich. Man musste kein Psychologe sein, um meine Beweggründe zu verstehen.

Beziehungen waren wie alles andere in meinem Leben: vergänglich.

Ich zog mich jedes Mal zurück.

KAPITEL NEUN

ZANE

Ivy hatte etwas vollbracht, was noch nie ein Mann oder eine Frau vor ihr geschafft hatten – sie hatte mich sprachlos gemacht.

Mein Herz hämmerte wild in meiner Brust.

Meine Kehle war wie zugeschnürt.

Was zum Teufel war dieser Frau nur widerfahren?

Ich selbst hatte ernsthafte Probleme, mich zu binden und anderen zu vertrauen, doch in meinem Fall war das nicht anders zu erwarten. Meine Zeit im Außendienst hatte mich geprägt und tiefe Narben bei mir hinterlassen. Mir war bewusst, dass ich diese vor meinem Team nicht verbergen konnte, aber anderen gegenüber setzte ich eine Maske der Gleichgültigkeit auf. Auf diese Weise war ich in der Lage, meine Mitmenschen auf Distanz zu halten. Ich war ein Arschloch und machte keinen Hehl daraus.

Das Leben war zu kurz, um mir und anderen etwas vorzumachen.

Ich wurde fürs Töten bezahlt.

Und an Arbeit mangelte es mir nie.

Aber Ivy hätte ein schönes Leben führen sollen. Stattdessen wurde sie von allen nur ausgenutzt und enttäuscht. Nichtsdestotrotz stand sie jetzt mit gestrafften Schultern und erhobenem Haupt vor mir.

Stärke.

Sie verfügte über eine unbändige Stärke. Doch in ihrem Inneren schlummerte eine Sehnsucht, das Bedürfnis nach einem Helden, der sie beschützte. Und sei es auch nur vor sich selbst. Dieser Held war nicht ich. Ich hatte nicht einmal Eric retten können. Wie so viele andere gute Männer war er unter meinem Kommando gestorben. Nein, ich war niemandes Held, sondern ein Versager. Ich wäre nicht in der Lage, jemandem zu helfen, seine Vergangenheit zu überwinden, solange ich mich an meine eigene wie an eine schützende Decke klammerte. Meine Schuldgefühle erinnerten mich täglich an meine Unzulänglichkeiten.

Mir fiel ein, dass die Frage nach der Unterbringung noch nicht geklärt war, und ich sagte: »Du nimmst mein Schlafzimmer und ich nehme das Gästezimmer.«

»Ich kann nicht in deinem Bett schlafen.«

»Doch, das kannst du.«

Ich versuchte nicht, zu verstehen, warum mir das so wichtig war. Genauso wenig wollte ich das Gefühl benennen, das in mir aufwallte, als ich an Ivy in meinem Bett dachte.

»Aber …«

»Aber nichts. Das große Schlafzimmer verfügt über ein eigenes Bad. Das macht die Sache einfacher.«

Sie folgte mir in mein Schlafzimmer, blieb aber in der Tür stehen. Was zum Teufel sollte das? Hatte sie Angst, ich würde sie aufs Bett werfen und sie vernaschen? Zugegebenermaßen war mir der Gedanke durch den Kopf gegangen, aber nach allem, was sie mir erzählt hatte, musste ich die Finger von ihr lassen. Ich würde nicht derjenige sein, der ihre Befürchtungen wahr werden ließ. Ich hatte ihr meine Hilfe angeboten, weil ... Scheiße ... Ich war mir nicht einmal sicher, warum ich das Bedürfnis verspürte, Forester zur Strecke zu bringen, doch ich hatte ihr versichert, dass ich den Kerl aus dem Verkehr ziehen würde. Aber nicht, weil ich wieder mit ihr schlafen wollte oder weil ich aus irgendeinem verrückten Grund nicht aufhören konnte, an sie zu denken.

Und dann war da noch meine Regel, laut derer ich nie zweimal mit einer Frau schlief.

Statt Ivy zu fragen, warum sie immer noch in der Tür stand, holte ich ihr ein T-Shirt aus meiner Kommode. Ich dachte daran, ihr auch eine von meinen Trainingshosen zu geben, doch sie war viel zu zierlich. Selbst wenn sie den Bund umgeschlagen hätte, wäre sie einfach an ihr heruntergerutscht.

»Hier.« Ich warf das Hemd aufs Bett und wartete darauf, dass sie eintrat, damit ich das Zimmer verlassen und ihr etwas Privatsphäre gönnen konnte.

»Das ist nicht in Ordnung.«

»Was meinst du?«, wollte ich wissen.

»Dass ich hier schlafe. Du solltest meinetwegen nicht im Gästezimmer übernachten müssen.«

Ich musterte Ivy eindringlich und betrachtete ihre Haltung, ihre gerunzelte Stirn und ihre gerümpfte Nase. Ihr Unbehagen war ihr deutlich anzusehen.

Ich war ein Arschloch.

»Ivy, hör zu, ich werde dich nicht anrühren. Du bist hier sicher. Morgen werden wir alles besprechen. Falls wir zu dem Schluss kommen, dass es für dich zu gefährlich ist hierzubleiben, dann kann ich dich in einem sicheren Unterschlupf unterbringen. Eines meiner Teams kann Wache halten. Aber ich werde mich von dir fernhalten. Du hast mein Wort.«

»Glaubst du, dass ich mich deshalb unwohl fühle? Denkst du, ich habe Angst, du könntest über mich herfallen?«

»Um ehrlich zu sein, ja. Immerhin stehst du in der Tür und hast die Arme fest um deinen Körper geschlungen.«

»Zane, wenn ich glauben würde, ich sei in Gefahr, wäre ich schon längst von hier verschwunden. Darauf kannst du deinen Arsch verwetten. Du könntest mich ganz sicher nicht davon abhalten, diese Wohnung zu verlassen.« Es war niedlich. Sie glaubte wirklich, sie könnte sich gegen mich behaupten. Ich hielt es für das Beste, sie nicht darauf hinzuweisen, dass ich ihren sexy Hintern überall platzieren konnte, wo ich ihn haben wollte. Sie hätte nicht die geringste Chance. Aber ich schwieg und hörte mir an, was sie zu sagen hatte. »Ich dränge mich nur ungern auf. Es ist mir unangenehm, andere um Hilfe zu bitten.«

»Tust du das häufiger?«

»Was?«

»Andere um Hilfe bitten.«

»Natürlich nicht!«

»Das dachte ich mir. Außerdem hast du mich nicht um meine Hilfe gebeten, vielmehr habe ich sie dir angeboten«, erinnerte ich sie.

Ein belustigtes Lächeln umspielte ihre Lippen. »Du hast mich in dein Büro gezerrt und mich dann in deine Wohnung gebracht, in der du mich gegen meinen Willen festhältst. Ist das etwa deine Vorstellung von einem Angebot?«

Mit ihren Worten löste sie die Spannung und damit die Unsicherheit in meinem Inneren. Letztere war ebenfalls neu für mich.

»Etwas Besseres wird ein Mann wie ich dir nicht bieten können.«

»Was für ein Mann bist du denn, Zane?«

»Ein Mann, der sich nimmt, was er begehrt. Er fragt

nicht. Wenn ich etwas sehe, was ich will, wird mich nichts und niemand davon abhalten können, es zu bekommen.«

»Und siehst du etwas, was du willst?«

Flirtete sie etwa mit mir? Ich spürte, wie mein Schwanz anschwoll. Er schien sich genauso lebhaft an die vergangene Nacht zu erinnern wie mein Verstand.

Ivy stand nach wie vor in der Tür, doch sie hatte sich mittlerweile entspannt und ließ die Arme locker an den Seiten hängen.

Ich würde sie trotzdem nicht berühren.

So ein Mann war ich nicht.

»Auf jeden Fall. Ich will, dass du deinen Hintern ins Bett bewegst und schläfst.«

Ihr Lächeln verblasste, doch im nächsten Moment setzte sie wieder eine ausdruckslose Miene auf. Es war beeindruckend. Ihre Maske der Gleichgültigkeit war fast so glaubhaft wie meine eigene.

Der Anblick war mir zuwider.

Mir wäre es lieber gewesen, sie hätte ihre Gefühle nicht vor mir verborgen.

Ich wollte gar nicht wissen, wie oder warum sie diese Eigenschaft gelernt hatte. Aber ihre Beweggründe waren sicher nicht schön. Man lernte nicht, sich vor anderen zu verstecken und abzuschotten, wenn man ein behütetes Leben führte. Die Kunst der Verstellung meisterte man, wenn man von Verwüstung und Zerstörung umgeben war.

Ich wartete nicht auf eine Erwiderung, sondern drängte mich an ihr vorbei. Der Schmerz, der sich in ihren Augen widerspiegelte, war unerträglich.

Zurückweisung.

Sie hatte gesagt, dass sie Ablehnung gewohnt war.

Glaubte sie, ich hatte sie zurückgewiesen? Liebend gern hätte ich ihr erklärt, dass ich nichts lieber tun wollte, als sie ins Bett zu ziehen und mich mit ihr auf dem Laken zu wälzen, bis wir beide völlig erschöpft waren. Aber ich hielt mich zurück.

Ich würde sie in dem Glauben lassen, ich hätte sie abgewiesen.

Sie konnte keinen Mann gebrauchen, der in ihr Leben platzte und noch mehr Kummer mit sich brachte. Davon hatte sie wahrlich schon genug gehabt.

Deshalb ging ich.

Es war besser so.

KAPITEL ZEHN

IVY

Ich wünschte, ich könnte behaupten, dass ich schlecht geschlafen hatte. Doch das hatte ich nicht.

Zanes Bett war weich und die Bettwäsche seidig.

Nachdem ich mich selbst dafür gemaßregelt hatte, weil ich mich bei dem kläglichen Versuch, mit ihm zu flirten, blamiert hatte, hatte ich mich von den Erinnerungen an unsere gemeinsame Nacht in den Schlaf wiegen lassen.

Ich fühlte mich sicher, was ungewöhnlich war. Normalerweise schlief ich mit einem offenen Auge. Ich hatte schon früh gelernt, dass die schlimmsten Dinge sich meist mitten in der Nacht ereigneten. Mit einer drogenabhängigen Mutter war es nicht möglich, einen normalen Schlafrhythmus einzuhalten, denn man konnte nie wissen, wann ein *Freund* auf einen kleinen Besuch vorbeischaute. Ihr war es völlig gleich, ob es zwei Uhr mittags oder zwei Uhr nachts war. Als Kind wurde ich ständig von Musik beschallt oder musste mir ihre Streitereien oder ihr Geschrei anhören. Sarah und Lance hatten sich nicht darum geschert, dass zwei Kinder mit ihnen im Haus wohnten. Joeys Vater hatte seine Tochter nie vor all dem Übel abgeschirmt und hatte sich aus dem Staub gemacht, als sie zehn war. Er hatte sie einfach bei meiner Mutter zurückgelassen. Wahrscheinlich hatte er die Nase voll von Sarah und war einfach nicht auf den Gedanken gekommen, seine Tochter mitzunehmen. Ich hatte versucht, Joey dazu zu überreden, bei mir einzuziehen, doch sie hatte sich geweigert.

Joey hatte gewusst, dass ich einiges ertragen konnte, aber wenn mir jemand mit Drogen zu nahe kam, geriet ich in Rage. Ich hatte in meinem Leben genug von dem Zeug gesehen und zeigte keinerlei Toleranz gegenüber jeglicher Art von Drogenmissbrauch. Irgendwann hatte ich es einfach nicht mehr verwunden, dass meiner Mutter ihre Sucht wichtiger war als ihre eigene Tochter. Ich konnte weder dabei zusehen, wie sie ihren Körper verkaufte, noch konnte ich mir vorstellen, je so zu werden wie sie. Also ging ich meinen eigenen Weg und verließ sie beide.

Dann starb Joey.

Vielleicht hatte ich mich geirrt. Vielleicht wäre sie noch am Leben, wenn ich mich mehr um sie bemüht hätte, wenn ich geblieben wäre und sie gezwungen hätte, den Drogen den Rücken zu kehren und nach vorn zu blicken.

Vielleicht machte ich mir auch nur etwas vor. Schließlich besaß ich keine Superkräfte, mit denen ich Joey dazu hätte bringen können, ihr Leben umzukrempeln.

»Ivy?« Zanes Stimme holte mich in die Gegenwart zurück.

Ich saß wieder im Konferenzraum. Declan, Lincoln und Colin waren ebenfalls anwesend. Jaxon, Leo und eine hochschwangere Jasmin waren vorhin kurz hier gewesen und gleich wieder gegangen, nachdem Zane ihnen auf seine bärbeißige Art befohlen hatte, weitere Informationen über Forester einzuholen.

Als ich ihn deshalb ermahnt hatte, hatte Jasmin etwas gemurmelt, das wie »endlich« klang, bevor sie den Raum verlassen hatte. Jaxon und Leo waren daraufhin in schallendes Gelächter ausgebrochen, bevor sie ihr gefolgt waren. Zane schien jedoch nicht sonderlich belustigt von ihrer Bemerkung zu sein. Nachdem ich ihm erzählt hatte, was ich über Forester wusste, hatte er einen düsteren Blick aufgesetzt, der sich jetzt sogar noch verfinsterte.

Bei seinen Ermittlungen hatte Zane alles Mögliche über den Kerl ausgegraben. Außer den Drogen. Ich war mir zu neunzig Prozent sicher, dass er sie nicht nur verkaufte, sondern auch selbst herstellte, aber ich konnte es nicht beweisen. Aus diesem Grund brauchte ich mehr Zeit. Ich kannte seine tägliche Routine in- und auswendig, doch ich musste eine Möglichkeit finden, um in sein Haus einzudringen und mich dort umzusehen. Natürlich hätte ich auch einfach mit ihm flirten können, um ihn dazu zu bewegen, mich zu sich einzuladen, doch bei dem Gedanken, mit dem Mann mehr Worte als nötig wechseln zu müssen, kam mir die Galle hoch.

Falls er versuchen würde, mich zu begrapschen, wüsste ich nicht, wie ich reagieren würde. Da ich nicht geneigt wäre, das Spiel mitzuspielen, würde ich wahrscheinlich zu Gewalt greifen. Diese Option kam also nicht infrage.

»Tut mir leid, ich habe nicht zugehört«, antwortete ich.

»Garrett hat Forester eine E-Mail geschickt, um ihm mitzuteilen, dass du krank bist und dir freinimmst. Aber ich würde ihm gern heute noch dein Kündigungsschreiben zukommen lassen. Je früher, desto besser.«

»Ich habe es dir doch erklärt, ich brauche den Job. Abgesehen von all den Verbrechen, die ich Forester gern zur Last legen würde, brauche ich den Gehaltsscheck. Manche von uns wohnen nicht in einem großen Apartment, sondern leben von der Hand in den Mund.«

Die letzten Worte fügte ich aus reinem Trotz hinzu. Zum einen brachte es mich in Verlegenheit, meine finanzielle Lage vor allen auszubreiten, und zum anderen ärgerte es mich, dass Zane mich dazu zwingen wollte, meinen Job zu kündigen.

»Wie wichtig ist dir deine Wohnung?«, warf Declan ein.

»Was meinst du damit? Mir ist es auf jeden Fall wichtig, ein Dach über dem Kopf zu haben.«

»Nein«, erwiderte er mit einem leisen Lachen. Immerhin hatte ich einen Menschen mit meiner Bemerkung amüsieren können. Zane hingegen wirkte weniger belustigt. »Ich spreche vor allem von dem Standort. In meinem Apartment gibt es ein Gästezimmer. Bisher habe ich noch nicht viele Möbel, also könntest du …«

»Auf keinen Fall«, knurrte Zane.

Ich war dankbar für seinen Einwand. Natürlich wusste ich Declans Angebot zu schätzen, aber ich kannte den Mann kaum und wollte keine Almosen von ihm annehmen. Meine finanziellen Mittel waren zwar sehr beschränkt, aber ich hatte immer noch meinen Stolz.

Colin lehnte sich in seinem Stuhl zurück und verschränkte die Arme vor der breiten Brust. Warum waren all diese Männer nur derart perfekt gebaut? Bei dem Anblick bekam ich fast Komplexe. Wenn man bedachte, wie gut in Form die Männer in diesem Büro waren, wurde körperliche Fitness in ihrem Job wohl vorausgesetzt.

»Sie kann bei mir wohnen. Meine Wohnung verfügt über drei Schlafzimmer. Im Gästezimmer steht ein Bett …«, schlug Colin vor.

»Kommt nicht infrage«, unterbrach Zane ihn.

Lincoln lehnte sich ebenfalls zurück, doch er bot mir nicht an, mich zu beherbergen. Stattdessen verblüffte er mich, indem er anfing, schallend zu lachen.

»Heilige Scheiße, ich kann nicht mehr. Rache ist süß,

nicht wahr?« Ich war mir nicht ganz sicher, an wen die Worte gerichtet waren, doch als Zane ihm den Mittelfinger zeigte, wusste ich es. »Ivy wird bei niemandem außer bei Zane wohnen. Und wenn ich wetten müsste, würde ich sagen, dass Zane dem nächsten Kerl, der Ivy eine Unterkunft anbietet, die Eier abreißt. Zwar würde ich liebend gern Zeuge dieses Spektakels werden, vor allem da ich mit Freuden sehe, wenn mein Bruder hochrot anläuft und die Ader in seinem Nacken pocht, aber wir haben zu tun.«

WIE BITTE?

Ich sollte bei Zane wohnen?

Das kam gar nicht infrage!

»Ich bleibe in meiner Wohnung«, beharrte ich.

»Ich werde dir erklären, was in den nächsten Tagen passieren wird«, ergriff Zane wieder das Wort. »Mein Team wird Forester so deutlich auf den Zahn fühlen, dass er es spüren wird. Und dabei werden sie nicht zimperlich sein. Er soll wissen, dass wir ihm auf den Fersen sind, denn wir wollen ihn in die Enge treiben und ihn dazu verleiten, einen Fehler zu begehen. Falls er die Drogen tatsächlich selbst herstellt, dann wird er seinen Produktionsstandort verlagern wollen. Und wenn er sie nur vertreibt, dann wird er versuchen, den Stoff loszuwerden. Ich will ihn in eine Falle locken und ihm die Schlinge um den Hals legen, damit er sich damit selbst aufhängt. Dabei wird er jedoch in Panik geraten. Und verzweifelte Menschen sind unberechenbar. Deshalb will ich, dass du dich von ihm fernhältst und diesen verdammten Job kündigst.«

»Aber wenn die Sache doch nur ein paar Tage dauert, kann ich mich doch einfach krankmelden.«

»Meine Güte«, brummte er.

»Du treibst mich noch in den Wahnsinn«, blaffte ich.

»Dasselbe wollte ich auch gerade sagen.«

»Warum denn? Weil ich meinen Job behalten will, um

über die Runden zu kommen? Weil ich keine Almosen von Leuten annehmen will, die ich kaum kenne? Du kannst dich aufregen und mich anknurren, so viel du willst, aber du wirst mich nicht gegen meinen Willen zu etwas zwingen können.«

»Wenn du so dringend einen Job willst, dann kann ich Abhilfe schaffen. Linc, geh nach unten und feuere die verrückte Schlampe am Empfang. Wahrscheinlich sind ihr ohnehin die Männer zum Vögeln ausgegangen. Außerdem kann Jasmin die Frau nicht leiden.« Wie bitte? Er wollte meinetwegen jemandem kündigen? »Du kannst ihren Job haben. Falls dir die Arbeit nicht gefällt, könnte Rena sicher noch Hilfe gebrauchen. Sie ist meine persönliche Assistentin und beschwert sich ständig, dass ich ihr zu viel aufbürde.«

»Ich werde nicht als Assistentin deiner persönlichen Assistentin arbeiten.«

»Warum nicht? Ist der Posten etwa nicht gut genug für dich? Du hast doch selbst gesagt, dass du einen Job brauchst. Ich biete dir einen an. Und zwar an einem sicheren Ort, an dem du nicht Gefahr läufst, getötet zu werden.«

»Nein, du Trottel, ich glaube nicht, dass ich zu gut für den Job bin, doch ich würde dir wahrscheinlich den Kopf abreißen. Ich habe keine Ahnung, wie viel du dieser Rena zahlst, aber ich nehme an, sie hat eine Gehaltserhöhung verdient.«

»Heilige Scheiße. Ich glaube, ich bin verliebt«, murmelte Colin, woraufhin Zane ein lautes Knurren ausstieß. Declan und Linc hielten sich wohlweislich zurück und verzogen lediglich die Lippen zu einem Grinsen.

»Geh schon und schmeiß Donna raus«, befahl Zane erneut.

»Mit Vergnügen«, erwiderte Linc. »Die Frau ist schamlos und versucht seit meinem ersten Arbeitstag, mir an die Wäsche zu gehen.«

»Tu das nicht, Zane. Das ist gemein«, schimpfte ich.

»Gemein? Die Frau ist total verrückt. Ich habe ihr befohlen, mich Mr. Lewis zu nennen, um sie davon abzuhalten, *mir* an die Wäsche zu gehen.«

»Warum nennt sie dich Mr. Lewis?«, fragte ich. Ich dachte, sein Nachname sei Gold.

»Weil ich so heiße«, antwortete er.

»Aha, dann bin ich also nicht die Einzige, die bezüglich ihres Namens gelogen hat«, entgegnete sie mit einem Grinsen.

Statt einer Antwort verdrehte Zane nur die Augen.

»Ich nehme Jasmin mit, wenn ich Donna entlasse. Kann ich ihr sagen, dass sie sofort ihren Kram zusammenpacken und ihren Arbeitsplatz räumen soll?«

»Sicher. Wie du willst.«

»Im Ernst. Feuere sie nicht. Ich werde hier nicht arbeiten«, warf ich erneut ein.

»Dann stehe ich eben ohne Empfangsdame da.«

»Du bist unmöglich.«

»Du auch, Baby.«

»Ich brauche eine Auszeit. Wenn ich nicht von hier verschwinde, bin ich versucht, dir eine Ohrfeige zu verpassen. Noch nie hat es jemand geschafft, mich so sehr auf die Palme zu bringen wie du«, blaffte ich.

»Nein. Ich denke es nicht nur. Ich bin bis über beide Ohren verliebt«, warf Colin lachend ein.

Mit stampfenden Schritten verließ ich den Raum. Ich musste einen Moment allein sein, doch als ich den Korridor betrat, wusste ich nicht, wohin ich mich wenden sollte.

»Du wirkst verloren«, sagte ein Mann, der mir auf dem Flur entgegenkam. Soweit ich mich erinnerte, hieß er Jaxon, doch ich war mir nicht ganz sicher. »Ich bin Jaxon«, stellte er sich vor.

»Das dachte ich mir schon.«

»Wo willst du denn hin?«, fragte er.

»Irgendwohin, nur nicht da rein«, antwortete ich und nickte in Richtung Tür.

»Komm mit.« Er setzte sich in Bewegung und ich folgte ihm. Es war mir egal, wohin wir gingen, solange ich etwas Abstand von Zane gewann. »Ich weiß, dass Zane manchmal etwas …«

»Rechthaberisch sein kann?«, beendete ich den Satz. »Oder auch unverschämt, indiskret und überheblich?«

»Ich wollte eigentlich überfürsorglich sagen, aber du hast durchaus recht«, erwiderte er mit einem leisen Lachen.

Jaxon öffnete die Tür zu einem Zimmer, das wie ein Pausenraum aussah. Mit einer voll ausgestatteten Küche und einem großen Esstisch hatte es nichts gemein mit den Aufenthaltsräumen, die ich gewohnt war.

»Das ist ein wenig … übertrieben«, bemerkte ich.

»Möglicherweise, aber der Raum wird viel genutzt. Einer von uns ist immer hier. Die Firma ist rund um die Uhr in Betrieb, da kommt es schon mal vor, dass wir nach einem Überseeeinsatz hier übernachten und uns etwas zu essen kochen. Zane war es leid, ständig die billigen Geräte zu ersetzen, und hat aufgerüstet«, erklärte Jaxon.

Das leuchtete zwar ein, doch ich wurde einmal mehr daran erinnert, wie groß die Kluft zwischen Zane und mir war. Weder in meiner Wohnung noch an meinem Arbeitsplatz hatte ich je eine so schöne Küche gehabt.

»Bedien dich. Donna sorgt dafür, dass immer genügend Lebensmittel im Kühlschrank sind«, sagte Jaxon.

»Du meinst die Frau, die Zane gerade von Linc feuern lässt«, informierte ich ihn in der Hoffnung, er würde diesem Unsinn ein Ende bereiten.

»Gott sei Dank. Die Frau hat nicht mehr alle Tassen im Schrank. Sie hat versucht, jeden Mann im Team zu verführen, wobei sie es vor allem auf Zane abgesehen hat.« Vor einigen Minuten hatten Zane und Linc zwar etwas Ähnliches verlauten lassen, doch zu dem Zeitpunkt war ich viel zu wütend gewesen, um die Worte wirklich zu verinnerlichen. Als Jaxon nun dasselbe behauptete, durchströmte mich ein Gefühl von Eifersucht. Plötzlich hatte ich gar kein so schlechtes Gewissen mehr, weil die Frau ihren Job verlieren würde. »Sämtliche Angestellte werden froh sein, wenn sie nicht mehr hier arbeitet. Hat Linc gesagt, ob Jasmin dabei sein wird? Sie würde sicher gern Donnas Gesichtsausdruck sehen, wenn sie gefeuert wird. Donna hasst Jasmin und ist so neidisch auf sie, dass sie kaum noch klar sehen kann.«

»Ja, Lincoln hat gesagt, dass er sie mitnimmt«, bestätigte ich.

»Das wird sicher ein lustiges Spektakel.«

»Das ist ziemlich gemein.«

»Das würdest du nicht sagen, wenn du die Frau kennen würdest. Sie hat wirklich versucht, jeden der Männer hier zu verführen, und hasst sämtliche weibliche Angestellte.«

»Nun, es klingt nicht danach, als sei sie ein angenehmer Mensch, aber ich will mich dennoch nicht über jemandes Unglück lustig machen.«

Bei der Vorstellung, dass diese Frau versucht hatte, sich Zane an den Hals zu werfen, wurde ich zwar von Wut gepackt, doch ich hatte kein Recht darauf, Eifersucht zu empfinden. Er war nicht mein Partner, sondern lediglich ein Mann, mit dem ich geschlafen hatte. Wenn er nicht gegen Forester ermitteln hätte, hätte ich ihn nach unserem One-Night-Stand nie wiedergesehen.

»Hat Zane verlauten lassen, ob er schon jemanden gefunden hat, der ihren Platz einnimmt? Gibt es einen bestimmten Grund dafür, dass er endlich zur Vernunft gekommen ist und sie entlassen hat?«

»Er feuert sie, um mir den Job zu geben. Er will, dass ich bei Techwatch kündige, und duldet keine Widerrede.«

Jaxon verzog die Lippen zu einem breiten Grinsen. Was

zum Teufel war nur mit diesen Kerlen los? Sie freuten sich wie Schneekönige darüber, dass Zane wegen Forester und meiner Kündigung derart aus der Haut fuhr. Ihrem Strahlen nach zu urteilen hätte ich ihnen genauso gut offenbaren können, dass sie in der Lotterie gewonnen hatten.

»Setz dich«, forderte Jaxon mich auf und zog mir einen Stuhl hervor, bevor er zum Kühlschrank ging und zwei Flaschen Wasser holte. Er stellte sie auf den Tisch und nahm neben mir Platz. »Zane will dir sicher nicht das Leben schwer machen. Obwohl er behaupten wird, dass er ein herzloses Arschloch ist, ist das genaue Gegenteil der Fall. Tatsächlich hat er ein größeres Herz als die meisten Menschen, die ich kenne, und ist zu tiefen Gefühlen fähig. Er ist nicht ohne Grund so überfürsorglich und rechthaberisch, denn er hat keine andere Wahl.« Jaxon machte eine ausladende Handbewegung. »Für alles, was du hier siehst, ist er verantwortlich. All die Männer im Außendienst unterstehen seiner Verantwortung. Und bevor er diese Firma gegründet hat, war er in der Navy der Anführer einer Einheit. Er schultert mehr Verantwortung als die meisten von uns. Wenn er einen Mann verliert, dann lässt ihn das nicht mehr los. Aus diesem Grund nimmt seine Fürsorge manchmal vielleicht etwas überhand, vor allem seit Erics Tod.«

Ich dachte über Jaxons Worte nach und hatte augenblicklich ein schlechtes Gewissen, weil ich einfach Vermutungen über Zane angestellt hatte. Nun wusste ich zwar, warum er sich wie ein Verrückter aufführte, doch das erklärte immer noch nicht, warum er sich mir gegenüber verantwortlich fühlte.

Ich ging nicht näher auf Eric ein, denn ich wollte nicht neugierig sein. Selbst wenn Jaxon mir mehr über den Mann erzählen würde, hätte ich trotzdem nicht gewusst, was ich hätte sagen sollen. Für gewöhnlich brachte ich nicht mehr als ein lahmes »Es tut mir leid« über die Lippen, doch diese

Worte würden den Schmerz über den Verlust eines geliebten Menschen sicher nicht lindern.

»Ich glaube dir, dass er unter einer Menge Stress steht, aber das erklärt immer noch nicht sein Verhalten mir gegenüber. Ich bin ein Niemand.« Hinter mir wurde die Tür zum Pausenraum geöffnet und Jaxon hob den Kopf. Ich drehte mich nicht um und fuhr fort, doch ich wünschte, ich hätte es nicht getan. »Er sollte seine Zeit nicht mit mir verschwenden.«

»Was soll das heißen? Warum denkst du, er verschwendet seine Zeit?«, wollte Jaxon wissen.

»Hör nicht auf sie. Ihre Ansichten sind völlig verkorkst. Völliger Blödsinn«, hörte ich Zane sagen. »Donna ist gefeuert. Du kannst sofort anfangen.«

»Meine Güte, du bist wirklich ein Arsch«, murmelte ich leise. Jaxon hatte meine Worte jedoch gehört und lachte. Ich stand auf und drehte mich zu Zane um. »Das hättest du nicht tun sollen. Ich will den Job nicht, denn ich habe bereits einen.«

»Warum bist du so verdammt stur? Ich biete dir einen Job an und verdopple dein Gehalt. Du hast selbst gesagt, dass du das Geld brauchst.«

Warum war ich so stur?

»Weil es sich wie ein Almosen anfühlt«, antwortete ich.

»Hör schon auf damit. Ich verstehe, dass deine Mitmenschen dich in der Vergangenheit ausgenutzt haben. Selbst deine Erzeugerin hat dir übel mitgespielt. Aber du musst lernen, dass nicht alle nur böse Absichten haben.«

»Du hast doch keine Ahnung, was ich durchgemacht habe. Und wie solltest du auch? Sieh dich doch um, Zane. All das gehört dir. Wahrscheinlich bist du in einem schönen großen Haus in einer gepflegten Nachbarschaft mit liebevollen Eltern aufgewachsen. Du hast keinen blassen Schimmer, was es bedeutet, in meiner Haut zu stecken. Also tu bitte nicht so, als würdest du es verstehen. Ich habe vielleicht nicht viel, aber meinen Stolz kann mir keiner nehmen. Ich arbeite für mein Geld und brauche keine Almosen. Momentan scheinst du wie besessen davon zu sein, mich beschützen zu wollen, aber was geschieht, wenn diese seltsame Faszination ein Ende hat? Wirst du mich dann genauso feuern wie Donna?«

Offenbar waren das die falschen Worte gewesen, denn Zane versteifte sich und verwandelte sich wieder in den feuerspeienden Drachen von vorhin.

»Siehst du, völlig verkorkst! Zum einen ist das keine seltsame Faszination. Und zum anderen habe ich dir bereits erklärt, dass Donna eine lausige Angestellte war. Ich hätte sie schon vor langer Zeit feuern sollen, doch wir hatten einen Einsatz nach dem anderen und ich war zu sehr damit beschäftigt, einen Ersatz für sie zu finden. Nun habe ich einen gefunden, nämlich dich. Ich kann dir gern ihre letzten drei Beurteilungen und die lange Liste der Beschwerden zeigen, die meine Männer eingereicht haben, vielleicht fühlst du dich dann besser. Du solltest kein Mitleid mit dieser Frau haben. Sie ist verrückt. Und ich biete dir keine Almosen. Du wirst dir dein Gehalt verdienen, genau wie alle meine Angestellten. Es sei denn, du bist mein Bruder. Er quatscht mehr, als er arbeitet, und sollte eher mich bezahlen.«

»Wie auch immer«, murmelte ich nur, denn mir fiel nichts ein, was ich sonst hätte erwidern können. Möglicherweise war diese Donna wirklich so furchtbar, wie alle behaupteten. Ich wollte den Job trotzdem nicht.

»Komm mit«, forderte Zane. Als ich keine Anstalten machte, mich zu bewegen, packte er meine Hand und zog mich mit sich.

»Hör auf damit.«

»Dann folge mir, wenn ich dich darum bitte.«

»Du bittest mich nicht, sondern kommandierst mich herum, als sei ich ein Hund.«

Als wir eine Treppe erreichten, blieb er am Fuß stehen und baute sich vor mir auf. »Letzte Nacht hast du dich nicht beschwert, als ich dich aufgefordert habe zu kommen, Baby. Du hast richtiggehend Feuer gefangen und lichterloh gebrannt. Ich konnte die Flammen kaum bändigen.«

»Du bist ein Arsch.« Ich spürte, wie die Erinnerungen mir die Hitze in die Wangen trieben. Er hatte recht. Ich war noch nie zuvor so erregt gewesen. Mit seiner gebieterischen Art hatte er tief in meinem Inneren etwas ausgelöst. Und ich schämte mich fast zuzugeben, wie sehr es mir gefallen hatte.

»Möglicherweise. Aber ich bin auch ehrlich.«

Er zog mich die Treppe hinauf.

Vor einer Tür blieb er stehen und tippte einen Code in ein Tastenfeld, bevor er mich in den Raum zerrte.

Sein Büro.

Es war genauso elegant wie die Räume im Erdgeschoss. Vielleicht sogar noch etwas luxuriöser. Vor allem stach mir der riesige Schreibtisch ins Auge, der perfekt zu Zane zu passen schien. So stark und robust. Dahinter befand sich ein Bücherregal und seitlich davon eine Sitzecke und ein Couchtisch. Auf einem Barschrank waren Kristallkaraffen aufgereiht, die eine bernsteinfarbene Flüssigkeit enthielten.

Ich kam mir völlig fehl am Platz vor.

»Ich bin in West Virginia aufgewachsen«, begann er.

»Okay ...«

Ich hatte keine Ahnung, worauf er hinauswollte.

»In einem Wohnwagen.«

»Warum erzählst du mir das?«, fragte ich.

»Weil du eine völlig falsche Vorstellung von mir hast. Meine Mutter hat meinen Vater verlassen, als ich etwa drei war. Sie weigert sich bis heute, über ihn zu sprechen. Ich habe einige vereinzelte Erinnerungen an meinen Vater und das Haus, in dem wir lebten, aber ich bin mir nicht sicher, ob es sich um tatsächliche Erinnerungen handelt oder ob die Bilder nur meiner Fantasie entsprungen sind. Eine Zeit lang wohnten meine Mom und ich in einem Apartment, dann traf sie Lincolns Vater. Sie heiratete ihn kurz nachdem er sie geschwängert hatte. Es dauerte nicht lange und er machte sich aus dem Staub. Bevor Lincoln geboren wurde, zogen wir in einen Wohnwagenpark. Mehr konnte sie sich als alleinerziehende Mutter von zwei Kindern nicht leisten. Sie gab ihr Bestes und arbeitete hart, und als Linc und ich alt genug waren, nahmen wir Jobs an, um ihr unter die Arme zu greifen. Also nein, Ivy, ich wurde nicht mit einem silbernen Löffel im Mund geboren und wuchs nicht in einer Familie mit zwei perfekten Elternteilen auf. Meine Mutter liebte meinen Bruder und mich, aber wir hatten kein einfaches Leben. Alles, was du hier siehst, habe ich mir durch harte Arbeit verdient.«

Oh je.

Jetzt hatte ich ein schlechtes Gewissen.

»Dann kannst du sicher verstehen, dass ich mein Leben auf eigene Faust meistern will. Ich muss mir auch alles selbst verdienen, genau wie du.«

»Ich habe nicht gesagt, dass ich keine Hilfe hatte, denn die hatte ich durchaus. Und ich war klug genug, sie anzunehmen. Im Leben geht es um Geben und Nehmen. Du musst die Waage im Gleichgewicht halten und dafür sorgen, dass du mehr zurückgibst, als du nimmst.«

Ich dachte über seine Worte nach. Tief im Inneren wusste ich, dass er recht hatte. Im Leben ging es um Geben und Nehmen, allerdings hatte mir noch nie jemand etwas gegeben, ohne im Gegenzug etwas zu verlangen. Und Sarah hatte nur genommen. Tatsächlich hatte sie mir so viel genommen, dass ich nicht glaubte, noch irgendetwas geben zu können. Also hatte ich kein Recht, etwas von anderen zu erwarten.

Ich war erschöpft und emotional ausgelaugt, da ich über Jahre hinweg immer wieder gehört hatte, was für eine Last ich war.

»Ich weiß nicht, wie ich die Hilfe anderer annehmen soll«, gestand ich.

»Du bedankst dich und beweist demjenigen, der an dich geglaubt hat, dass er die richtige Entscheidung getroffen hat.«

»Ich danke dir«, flüsterte ich.

Zwar hielt ich es nach wie vor für eine schlechte Idee, doch sie erschien nicht mehr ganz so abwegig wie zuvor. In meinen Augen war es zwar etwas übertrieben, meinen Job gleich zu kündigen, doch Zane glaubte offenbar, ich könnte wirklich in Gefahr sein. Außerdem hatte ich ohnehin nicht gern für Grant gearbeitet. Die Sozialleistungen waren beschissen, die Bezahlung war mies und meine Kollegen waren allesamt Idioten. Es würde mir nicht schwerfallen zu kündigen, aber … Es gab ein *Aber*, ich konnte mich nur nicht daran erinnern.

»Wo ist dein Vater heute?«, fragte ich, denn ich war aufrichtig neugierig. Was war das für ein Idiot, der ein Kind verlassen hatte, das zu einem so klugen und freundlichen Mann herangewachsen war? Obwohl er auch ein rechthaberisches Arschloch war, glaubte ich, dass er aus reiner Freundlichkeit handelte.

»Das ist eine lange, komplizierte und verworrene Geschichte.«

»Tut mir leid. Es geht mich nichts an.«

»Nicht doch. Ich will damit nur sagen, dass ich dir diese Geschichte am besten bei einem Drink erzählen sollte. Eines Tages wirst du sie erfahren.«

Erneut sah ich mich in seinem Büro um und mein Blick blieb an einer amerikanischen Flagge hängen, die zusammengefaltet im Bücherregal lag. Ich kannte mich in militärischen Belangen nicht gut aus, aber die Bedeutung dieser Flagge war mir durchaus bewusst. Ich betrachtete die Bücher und erkannte, wie ehrgeizig Zane war. Er hatte einen langen Weg zurückgelegt. Ich hielt inne und musterte ihn. Er hatte seine muskulösen Arme über seiner breiten Brust verschränkt und starrte mich eindringlich an, während in seinen Augen jedoch ein warmer, sanfter Schimmer lag. So hatte er mich auch letzte Nacht angesehen, als er sich mit mir auf die Seite gerollt hatte, damit wir beide wieder zu Atem kommen konnten. Offenbar konnte ich nicht aufhören, an unser gemeinsames Abenteuer zu denken. Doch momentan erinnerte ich mich weniger an den leidenschaftlichen Sex, sondern vielmehr an den zärtlichen Ausdruck in seinem Gesicht, als er mich gestreichelt hatte. Dieser stand in direktem Gegensatz zu seinem schroffen Tonfall, seinen schmutzigen Worten und seinen ungestümen Berührungen.

Er betrachtete mich, als sei ich ein wertvoller Mensch.

Noch nie hatte jemand mich auf diese Weise angesehen.

Dieser Blick.

Die Sanftheit in seinen Augen.

Sie erschreckte mich zu Tode.

KAPITEL ELF

ZANE

Als ich Ivy meiner Assistentin vorstellte, wären Rena beinahe die Augen aus dem Kopf gefallen, doch sie fing sich schnell wieder und setzte eine neutrale Miene auf. Dennoch wunderte sie sich offenbar, dass ich sie gebeten hatte, Ivy das gesamte Gebäude zu zeigen. Donna war nie weiter als bis zu dem Kommandoraum und der Küche vorgedrungen. Sie hatte weder Zutritt zu meinem Büro noch zu den Räumen der Teammitglieder gehabt, und ganz sicher hatte sie nie einen Fuß in die Waffenkammer im Untergeschoss gesetzt. Leider hatte ich sie nicht davon abhalten können, das innere Heiligtum zu betreten, da sich die Küche in diesem Bereich befand. Ich hatte sogar erwogen, eine getrennte Küche nur für Donna einzurichten, doch der Empfangsbereich bot dafür nicht genügend Platz.

Ein Klopfen ertönte an der Tür, bevor Linc den Kopf in mein Büro steckte und mich hinter meinem Schreibtisch sitzen sah. Ohne meine Aufforderung abzuwarten, trat er ein. Ich sollte wirklich häufiger daran denken, meine Tür zu verriegeln. Mittlerweile platzten ständig irgendwelche Teammitglieder herein, wann immer ihnen der Sinn danach stand, allen voran mein Bruder und Jasmin. Die beiden dachten, sie hätten hier das Sagen, und hielten mit ihrer Meinung nie hinter dem Berg. Es hatte einmal eine Zeit gegeben, in der niemand unter meinem Kommando es gewagt hätte, meine Autorität infrage zu stellen.

Die guten alten Zeiten.

Damals hatte niemand die Regeln oder die Befehlskette missachtet.

»Geht es dir gut?«, fragte er und nahm auf einem der Stühle vor meinem Schreibtisch Platz.

»Warum sollte es mir nicht gut gehen, Bruder?«

Es ging mir tatsächlich nicht gut, aber ich wollte nicht über Ivy reden. Ich hatte sie mit Rena losgeschickt, um wieder einen klaren Kopf zu bekommen. Was zum Teufel hatte ich mir dabei gedacht, ihr von meiner Kindheit zu erzählen? Ich hatte ihr sogar angeboten, ihr irgendwann mehr über meinen Vater Rick zu verraten.

»Du bist vieles, aber ganz sicher nicht schwer von Begriff«, entgegnete er.

»Vergiss es, Lincoln. Ich will nicht über sie reden.«

»So wie Leo nicht über Olivia reden wollte? Oder Jax nicht über Violet? Verdammt, ich wollte auch nicht über Jasmin reden, als die Kacke am Dampfen war. Wenn ich mich recht erinnere, hast du uns ebenfalls nicht in Ruhe gelassen.«

Ich dachte über seine Worte nach und musste zugeben, dass er recht hatte. Doch in ihrem Fall lag die Sache anders. Leo, Jax und Linc waren anständige Männer, die eine gute Frau verdient hatten. Obwohl ich eigentlich nichts für Gefühlsduseleien übrighatte, hatte ich ihnen nur allzu gern einen Schubs in die richtige Richtung gegeben.

»Sie ist eine Angestellte«, betonte ich. Zwar hatte ich nicht geplant, sie bei Z Corps einzustellen, doch auf diese

Weise konnte ich unser Arbeitsverhältnis als Ausrede vorschieben. Es war sozusagen ein zusätzlicher Schutzschild.

»Jetzt greifst du nicht nur nach Strohhalmen, sondern redest auch noch Mist.«

»Ist sie denn nicht meine Angestellte?«

»Warum tust du das?«, schnaubte er. »Es ist doch offensichtlich, dass sie es dir angetan hat.«

»Meinst du damit, dass ich sie gefickt habe? Ja, Linc, ich habe sie in einer Bar aufgegabelt und sie mit nach Hause genommen. Als ich am nächsten Morgen aufwachte, war sie verschwunden. Ende der Geschichte.«

»Sicher.«

»Jetzt bringst du mich nur in Rage. Was zum Teufel willst du von mir hören? Es ist nicht das erste Mal, dass ich mir in einer Bar ein Abenteuer für eine Nacht angelacht habe. Und es wird nicht das letzte Mal gewesen sein.«

»Willst du wetten?« Er durchbohrte mich mit einem eindringlichen Blick und ich wappnete mich innerlich für seine nächste Bemerkung. »Ich will nur, dass du glücklich bist, Bruder.«

»Ich bin verdammt glücklich.«

»Nein, du befindest dich im Leerlauf und lässt dich einfach so durchs Leben treiben. Und versuche nicht, mir etwas vorzumachen, denn mir ging es genauso wie dir. Doch als ich Jasmin begegnete, war es um mich geschehen. Mir war klar, dass ich alles tun würde, um diese Frau für mich zu gewinnen.«

In einem Punkt lag Lincoln falsch. Ihm war es nicht genauso ergangen wie mir, denn er wusste schon immer, dass er eines Tages heiraten und eine Familie gründen wollte. Er war dafür geschaffen und besaß etwas, was mir fehlte: die Fähigkeit zu lieben.

»Und ich freue mich, dass du dein Glück gefunden hast.«

»Das Leben geht weiter, Zane. Ob du dich nun entscheidest, daran teilzuhaben oder nicht. Momentan lässt du das Leben an dir vorbeiziehen, weil du es dir in den Kopf gesetzt hast, eine grenzenlose Schuld auf dich zu laden.«

»Hör auf damit.«

»Sie ist anders, Zane.«

»Das ist nicht wahr. Sie unterscheidet sich nicht von den anderen Frauen, die ich gevögelt habe. Aber eines kann ich dir versichern: Sie hat ein Scheißleben hinter sich und verdient etwas Besseres als einen verkorksten Mann wie mich. Ich habe ihr nichts zu bieten. Irgendwann wird sie jemanden finden, der all ihre Träume wahr werden lässt, aber dieser Jemand werde sicher nicht ich sein.«

»Deine Einstellung ist zum Kotzen.«

Glücklicherweise wurden wir von einem Klopfen an der Tür unterbrochen. Kurz darauf betrat Colin mein Büro.

»Tut mir leid, dass ich einfach so hereinplatze.«

»Kein Problem. Wir waren ohnehin fertig«, erwiderte ich und warf Linc einen vielsagenden Blick zu. Er starrte mich aus dem Augenwinkel finster an und gab mir wortlos zu verstehen, dass er die Sache noch lange nicht abgehakt hatte.

»Ich habe mit Detective Goldsborough, unserem Kontaktmann bei der örtlichen Polizei, gesprochen. Wir haben ihn über eine von Foresters regelmäßige Prostituierte informiert. Er hat sie und ihren Freier vor etwa dreißig Minuten verhaftet und mit aufs Revier genommen. Wir haben die Erlaubnis, bei dem Verhör anwesend zu sein. Declan und ich machen uns jetzt auf den Weg.«

»Lass uns gehen.«

Ich stand auf und beendete damit die Unterhaltung mit Linc. Zum einen würde ich mir lieber die Augen mit einem Eispickel ausstechen, als mit meinem Bruder über Ivy zu reden, und zum anderen wollte ich Forester so schnell wie möglich zur Strecke bringen, damit ich endlich wieder zu meiner gewohnten Routine zurückkehren konnte.

Allerdings stellte sich mir jetzt das Problem, dass ich diese aufsässige, temperamentvolle Frau jeden Tag im Büro würde sehen müssen. Irgendwann würde diese verrückte Besessenheit nachlassen und sie würde mir nicht mehr ständig im Kopf herumspuken. Das hoffte ich zumindest.

* * *

DIE BEAMTEN VERHÖRTEN AMY LAWSON, BESSER BEKANNT ALS Destiny, nunmehr seit zwei Stunden, aber bisher hatten sie nichts aus ihr herausbekommen. Ich stand kurz davor, die Frau zu packen und zu schütteln, denn sie schien Forester zu schützen. Die Frage war nur warum. Möglicherweise wurde sie gut dafür bezahlt, doch selbst mit der Androhung einer Gefängnisstrafe hatte niemand sie zum Reden bringen können.

»Wollen Sie einen Versuch unternehmen?«, fragte Goldsborough, als er den kleinen Raum betrat, in dem wir das Verhör durch eine verspiegelte Scheibe verfolgten.

Ich musterte die Frau, die an dem Metalltisch saß. Sie war sehr attraktiv und gepflegt, war nicht untergewichtig und hatte einen gesunden Teint. Eindeutig kein Junkie.

Forester hatte etwas gegen sie in der Hand.

»Gern.« Declan reichte mir die Akte, die nicht nur alle Informationen über Joanna Long enthielt, sondern auch sämtliche Daten, die wir über Forester gesammelt hatten.

Als ich das Verhörzimmer betrat, blickte Amy auf und betrachtete mich mit einem Funkeln in den Augen. Wie ich gehofft hatte, fand sie mich attraktiv. Ich würde sämtliche mir zur Verfügung stehenden Mittel nutzen, um sie zum Reden zu bringen.

Ich setzte mich ihr gegenüber an den Tisch und gab vor, in der Akte zu lesen. Diese kannte ich zwar in- und auswendig, doch ich wollte sie nervös machen. Je länger die Stille andauerte, desto stärker würde sie das Bedürfnis verspüren, sie zu füllen.

»Ich habe ihnen alles gesagt«, begann sie. Als ich nichts erwiderte, fügte sie hinzu: »Ich weiß nicht, was Sie sonst noch von mir hören wollen.«

»Erzähl mir von Forester Grant. Er ist doch einer deiner Stammkunden, nicht wahr?«

Sie rutschte unbehaglich auf ihrem Sitz hin und her. »Da gibt es nichts zu erzählen. Er gibt ein ordentliches Trinkgeld.«

»Ist er manchmal grob? Zwingt er dich, Dinge zu tun, die dir unangenehm sind?«

Amy blinzelte mich an und verlagerte ihr Gewicht. »Nein.«

»Dann ist er also ein durchschnittlicher Freier. Zieht er die Missionarsstellung vor? Vögelt er dich und verschwindet dann wieder?«

Ein Anflug von Scham huschte über ihr hübsches Gesicht.

Interessant.

»Sicher«, murmelte sie.

»Erklär mir doch mal, wie so etwas funktioniert. Ich musste noch nie für Sex bezahlen. Er ruft dich an und vereinbart einen Termin, dann triffst du dich mit ihm, er fickt dich und was dann? Lässt er ein paar Scheine auf dem Tisch liegen und macht sich aus dem Staub?« Amy kniff die Augen zu dünnen Schlitzen zusammen, bevor sie den Blick senkte. »Oder will er nach dem Sex ein bisschen kuscheln? Was genau bekommt er denn für sein Geld? Bläst du ihm auch einen oder kostet das extra? Kann er deine Dienste à la carte buchen?« Sie starrte weiter auf ihre Hände. »Verrate mir eines, Amy. Besorgt er es dir auch oder musst du es vortäuschen? Wenn man bedenkt, wie viele Nutten er vögelt, ist er sicher gut im Bett. Bringt er dich zum Schreien?«

»Ich bin keine Nutte«, flüsterte sie.

»Ach wirklich? Du wirst doch fürs Ficken bezahlt. Forester trifft sich mindestens einmal die Woche mit dir. Oder ist er so gut, dass du ihn umsonst vögelst? Machst du aus reiner Gefälligkeit die Beine für ihn breit? Also erkläre es mir, Amy. Warum bist du keine Nutte?«

Es war mir zuwider, sie derart zu quälen. Ich war zwar ein Arschloch, aber so etwas machte mir wirklich keinen Spaß. Sie sah aus, als würde sie jeden Moment in Tränen ausbrechen. Es wäre leichter, wenn sie endlich mit der Sprache herausrücken würde, dann würde ich sie nicht wie ein Stück Scheiße behandeln müssen.

»Warum bist du keine Nutte?«, wiederholte ich etwas schroffer. Um meinen Worten Nachdruck zu verleihen, schlug ich mit der Faust auf den Tisch, woraufhin sie zusammenzuckte.

»Ich ficke ihn nicht!«, schrie sie.

»Verdammt. Entweder du lutschst ihm nur den Schwanz oder du taugst nicht zur Prostituierten.«

»Ich lutsche ihn nicht. Ich fasse ihn nicht an.«

Wie ich gehofft hatte, hatte sie die Beherrschung verloren.

»Wofür bezahlt er dich dann? Damit du dich mit ihm unterhältst? Gibst du ihm gute Ratschläge oder so ähnlich?«

Sie schwieg wieder.

»Du nimmst in Kauf, wegen Unzucht angeklagt zu werden, aber du lässt dich nicht für Sex bezahlen. Liegt das daran, dass du ihn oder dich selbst schützen willst? Du weißt doch sicher, dass Prostitution ein geringeres Vergehen ist als der Handel mit Drogen. Je nachdem wie viel Forester dir gibt.«

»Wie bitte?«

Ja. Damit hatte ich sie aufgeschreckt.

»Die Drogen, Amy. Wie viel gibt er dir bei euren Treffen?«

»Ich weiß nicht, wovon Sie reden.«

»Hör auf mit dem Scheiß. Du bist eine schlechte Lügnerin. Wie viel und welche Drogen?« Sie antwortete nicht. »Du solltest meinen Rat befolgen und es dir nicht so schwer machen. Lass dich auf einen Handel ein, bevor du so endest wie sie.« Ich schob das Bild von Joanna Long über den Tisch, auf dem sie tot auf dem Boden ihres Schlafzimmers in Foresters Haus lag. »Erinnerst du dich an sie? Foresters Hausnutte.« Mir war unbehaglich zumute, derart abfällig über Ivys Schwester zu sprechen. Ich war froh, dass sie nicht hier war, um mitzuerleben, wie ich Joannas Andenken durch den Dreck zog. »Er hatte die Nase voll von ihr und wollte sie gegen eine neue Hausnutte eintauschen.«

»Joey war ein nettes Mädchen. Sie hatte ein hartes Leben und hat so einen Tod nicht verdient. Jedes Mal wenn sie versucht hat, clean zu werden, hat er ihr noch mehr gegeben«, berichtete Amy. »Sie wollte aussteigen.«

Verdammt. Diese Information würde Ivy umbringen.

»Warum hat ihr niemand geholfen?«, fragte ich.

»Ihre Schwester hat es versucht. Aber jedes Mal, wenn Joey mit ihr sprach, drohte Forester ihr damit, Ivy zu einer seiner Huren zu machen, wenn sie nicht den Mund hielt.«

»Wie bitte? Forester wusste von Ivy?«

»Ja. Er weiß alles. Er sucht sich nur Frauen, die jemanden haben, der ihnen nahesteht und den sie schützen wollen. So kann er uns erpressen und kontrollieren.«

Verdammt. In Gedanken spielte ich tausend verschiedene Szenarien durch, von denen keines erfreulich war. Forester hatte von Ivy gewusst und mit ihr gespielt.

Ich zog mein Handy aus der Tasche, entsperrte es und rief Leo an.

»Ja«, sagte er zur Begrüßung.

»Wo ist Ivy?«

»Sie ist vor zehn Minuten gegangen und wollte nach Hause.«

»Scheiße!«, brüllte ich. Mir schlug das Herz bis zum Hals. Ich war wütend auf mich selbst, weil ich den Jungs nicht befohlen hatte, sie am Verlassen des Gebäudes zu hindern.

»Fahr zu ihrer Wohnung und bewache sie. Falls sie versucht zu gehen, halte sie auf. Ich werde so schnell wie möglich dort sein.«

»Verstanden«, erwiderte er und trennte die Verbindung.

»Was spielt er für ein Spiel, Amy?«, fragte ich ungeduldig. Als sie nicht antwortete, riss mir der Geduldsfaden. »Falls meiner Frau etwas zustößt, weil du Forester schützt, werde ich persönlich dafür sorgen, dass du in einer dunklen Zelle verrottest. Wenn ich mit dir fertig bin, wird das, was er Joanna angetan hat, im Vergleich harmlos sein. Hast du mich verstanden?«

»Ja«, flüsterte sie.

»Gut. Ich werde jetzt Declan hereinrufen. Er ist einer meiner Mitarbeiter. Du wirst ihm alles erzählen, was du weißt. Wenn ich das Gefühl habe, dass du die Wahrheit sagst, dann werde ich dich an einem sicheren Ort unterbringen.«

»Ich mache mir keine Sorgen um mich, sondern um meine Tochter.«

»Scheiße.«

»Er lässt sie von seinen Leuten bewachen.«

»Auch dieses Problem werden wir lösen.«

Ich wartete weder auf ihre Antwort, noch beachtete ich die Tränen, die mittlerweile über ihr Gesicht rannen. Ich musste so schnell wie möglich zu Ivy. Als Declan an mir vorbeiging, um den Verhörraum zu betreten, hatte ich bereits mein Handy gezückt. Linc kam auf mich zu, als Jaxon das Gespräch annahm. »Was gibt es?«

»Hast du Forester im Visier?«, fragte ich und ging mit Linc auf den Ausgang zu.

»Negativ.«

»Scheiße. Finde ihn. Und richte Garrett aus, er soll Amy Lawson gründlich durchleuchten.«

»Verstanden.«

Ich steckte mein Handy zurück in die Tasche und entriegelte meinen Rover. Kaum hatte Linc neben mir auf dem Beifahrersitz Platz genommen, sagte er: »Deine Frau, hm?«

»Nicht jetzt, verdammt«, blaffte ich.

Im Innenraum meines Geländewagens hing immer noch Ivys Duft. Sie hatte sich heute Morgen auf dem Weg ins Büro die Arme mit Kokosnusslotion eingerieben. Mein Gott, war das erst heute Morgen gewesen? Wie hatte eine Frau, die ich erst seit Kurzem kannte, es geschafft, sich in mein Leben zu schleichen? Ich konzentrierte mich auf den Verkehr und tat mein Bestes, um mir nicht auszumalen, wie Forester Ivy in die Finger bekam. Falls er Hand an sie legte, würde sie zerbrechen. Er würde ihr aufsässiges Gemüt und ihr sinnliches Lächeln innerhalb weniger Stunden auslöschen, denn sie hatte in ihrem Leben schon zu viel durchmachen müssen. Wenn Forester sie mit Drogen vollpumpte und sie auf den Strich schickte, würde er ihre Seele vernichten. Davon würde sie sich nie wieder erholen.

Wir hielten vor einem heruntergekommenen Wohnhaus in einem zwielichtigen Viertel. Bei dem Gedanken, dass Ivy in solchen Verhältnissen leben musste, kochte ich innerlich vor Wut. Sie hatte Besseres verdient. Leo stand am Eingang und scherte sich nicht darum, ob die Leute auf ihn aufmerksam wurden. Ich parkte den Wagen, und Linc und ich machten uns auf den Weg zu ihm.

»Sie ist nicht da. Ich habe an ihre Tür geklopft. Als sie nicht geantwortet hat, habe ich mir Zutritt verschafft. Es hat keine drei Sekunden gedauert, das minderwertige Schloss aufzubrechen. Die Wohnung ist zwar beschissen, aber sie ist sehr ordentlich. Es gab keine Spuren eines Kampfes. Diese Tür ist der einzige Eingang in das Gebäude, und bisher ist sie noch nicht aufgetaucht.«

»Scheiße!«

Linc beendete gerade ein Telefongespräch und wandte sich uns zu. »Keine Spur von Forester.«

»Ich werde ihr den Hintern versohlen, falls sie ihm gefolgt ist. Er weiß, dass sie Joannas Schwester ist, und hat mit ihr gespielt«, informierte ich Leo. »Er hat Joanna damit gedroht, sich Ivy zu schnappen, falls sie den Mund nicht hält.«

»Mein Gott«, keuchte Leo.

»Wenn er ihr auch nur ein Haar krümmt, werde ich ihm den Schädel einschlagen«, knurrte ich.

Wo zum Teufel bist du, Ivy?

»Wir werden sie finden«, versicherte Linc mir.

Ich hoffte, dass er recht hatte, denn wenn nicht, würde ich Blut fließen lassen. Und ich würde nicht ruhen, bis ich Forester in Stücke gerissen hatte.

KAPITEL ZWÖLF

IVY

Im Einkaufszentrum war es gerammelt voll. Ich ging ohnehin nicht gern einkaufen, und für mich war es der reinste Albtraum, mich durch dicht gedrängte Menschenmassen schlängeln zu müssen. Nachdem ich ein paar Schnäppchen ergattert hatte, konnte ich es kaum erwarten, nach Hause zu fahren. Also öffnete ich die Taxi-App auf meinem Handy und wollte mir gerade einen Wagen bestellen, als ich plötzlich von dem Gefühl übermannt wurde, dass jemand mich beobachtete. Mir stellten sich die Nackenhaare auf. Dieses Unbehagen beschlich mich heute nicht zum ersten Mal, doch zuvor hatte ich es abgetan und auf die Menschen um mich herum geschoben.

Zu viele Menschen.

Ich hasste es, von Fremden berührt und angerempelt zu werden.

Schließlich orderte ich ein Taxi und wartete innerhalb des Gebäudes, bis es eintraf. Vielleicht hatte mich das ganze Gerede darüber, dass ich in Gefahr sein könnte, verunsichert, denn ich hätte schwören können, dass jemand mich anstarrte. Ich sah mich unauffällig um, um zu sehen, ob ich jemanden erkannte, doch mir stach niemand ins Auge. Es war schwer, unter all den Leuten einen möglichen Verfolger auszumachen.

Wahrscheinlich hatte Zane mich verrückt gemacht. Gerade wollte ich vor die Tür treten, um mir selbst zu beweisen, dass ich mir keine Angst einjagen ließ, als mein Handy mir mit einem Piepton die Ankunft meines Taxis ankündigte.

Die Fahrerin begrüßte mich und ich gab ihr meine Adresse. Auf der Fahrt erzählte sie mir von ihren Katzen, die sie aus dem Tierheim gerettet hatte. Sie fuhr Taxi, um sich etwas dazuzuverdienen, damit sie noch mehr von den Vierbeinern aufnehmen konnte. Ich fragte mich, ob ich auch einmal so enden würde. Als einsame Katzenlady, deren einzige Gesellschaft die Tiere waren. Es hörte sich so an, als pflegte diese Frau außer mit ihren Fahrgästen keinen menschlichen Kontakt.

Als wir mein Wohnhaus erreichten, bezahlte ich die Fahrt und schnappte mir meine Tüten. Ich war gerade dabei, die Eingangstür aufzuschließen, als ich erneut von dem Gefühl gepackt wurde, beobachtet zu werden. Hastig betrat ich das Gebäude und schlug die Tür hinter mir zu. Ich warf einen Blick auf den Aufzug und entschied mich, die Treppe zu nehmen. Obwohl es im Treppenhaus düster war und nach Urin stank, wäre es sicherer, die zwei Stockwerke zu Fuß zu gehen, statt auf den Aufzug zu warten.

Dieser verdammte Zane.

Ich erreichte meine Wohnungstür und schloss sie auf. Erleichtert trat ich ein, ließ meine Tüten fallen, verriegelte die Tür und lehnte mich dagegen. Offenbar war ich verrückt geworden.

»Schön, dass du auch endlich da bist.«

Erschrocken stieß ich einen Schrei aus und festigte den Griff um meinen Schlüsselbund, wobei ich betete, dass er mir nicht aus der Hand fiel. Ich würde dem Kerl die Augen ausstechen.

»Was hast du hier zu suchen?« Das Herz schlug mir bis zum Hals und mir drehte sich der Magen um.

»Ich habe auf dich gewartet.«

Nachdem der anfängliche Schock abgeklungen war, wurde ich von Entsetzen gepackt. Es erschien mir falsch, dass ein Mann wie er auf einer zerlumpten Couch saß, die ich für fünfzig Dollar in einem Secondhandladen erstanden hatte. Er war viel zu gut für das schäbige Möbelstück.

»Ivy?«

»Wie bist du in meine Wohnung gekommen? Und warum hast du auf mich gewartet?«

Er starrte mich an, als sei ich von allen guten Geistern verlassen.

»Zane?«, blaffte ich.

»Wo bist du gewesen?«

Was zum Teufel war sein Problem?

»Oh nein. Ich muss mich vor dir nicht rechtfertigen. Aber du solltest mir durchaus erzählen, wie du hier reingekommen bist.«

»Ich bin eingebrochen.«

»Du bist eingebrochen?«, wiederholte ich mit schriller Stimme. Die Unverfrorenheit dieses Mannes machte mich fassungslos.

»Um genau zu sein, war es Leo, aber er hat nur meinen Befehl ausgeführt. Und obwohl es jetzt keine Rolle mehr spielt, sollte ich dich wissen lassen, dass die Schlösser in diesem Gebäude nichts taugen.«

»Wie bitte? Warum spielt es keine Rolle mehr?« Empört verschränkte ich die Arme vor der Brust. Ich hatte wirklich genug von Zanes Andeutungen.

»Weil du nicht mehr hier wohnst.«

»Raus hier«, forderte ich. »Ich habe genug von deinem herrischen Gehabe. Vielleicht kannst du deinen Männern Befehle entgegenbellen und sie folgen dir blind, aber ich gehöre nicht zu deinem Team. Möglicherweise bist du es auch gewohnt, dass das weibliche Geschlecht dem allmächtigen Zane und seinem prächtigen Schwanz zu Füßen liegt, aber ich bin keine von diesen Frauen.«

»Prächtiger Schwanz?« Ein Lächeln umspielte seine Lippen, doch er blieb ruhig auf der Couch sitzen.

»Bist du schwerhörig? Verschwinde aus meiner Wohnung.«

»Mit meinem Gehör ist alles in Ordnung, aber ich gehe nicht auf deine Worte ein. Wir fahren in zehn Minuten los. Ich sitze schon seit zwei Stunden hier und bin langsam am Verhungern.«

»Zwei Stunden?«

»Ja, Ivy. Zwei verdammte Stunden. Und jetzt pack deine Sachen.«

»Tut mir leid, mein Freund, du musst mich mit jemandem verwechseln. Ich werde nirgendwo hingehen. Oh, und es tut mir leid, dass du Donna gefeuert hast, denn nun hast du auch keine Empfangsdame mehr. Und jetzt verschwinde. Ich habe die Nase voll von diesem Scheiß. Du hast mich so nervös gemacht, dass ich schon glaubte, jemand sei mir im Einkaufszentrum gefolgt. Und gerade eben bin ich zwei Stockwerke nach oben gehechtet, weil ich mich selbst in Angst und Schrecken versetzt habe.«

»Einen Moment mal. Du warst einkaufen? Offenbar bist du noch nicht verängstigt genug, wenn du schutzlos durch ein Einkaufszentrum spazierst.«

Scheinbar versuchte er, mich abzulenken. Ich wollte weder über das Einkaufszentrum noch über seinen Schutz reden. Er sollte endlich meine Wohnung verlassen.

»Ich bin nicht in Gefahr. Diese ganze Sache ist schon weit genug gegangen. Jetzt verschwinde.«

»Doch, du bist allerdings in Gefahr. Forester weiß von dir«, erwiderte er.

»Natürlich weiß er von mir. Ich arbeite für den Mann.« Irgendwann würde ich noch den Verstand verlieren.

»Nein, er weiß, dass du Joeys Schwester bist. Er hat es die ganze Zeit gewusst.«

»Das ist unmöglich.«

»Wirklich? Denn ich kenne eine Nutte, die gerade in einem Verhörraum sitzt und das Gegenteil behauptet.«

»Wie bitte?«

In den nächsten dreißig Minuten berichtete er mir, was Destiny ... nein, Amy ... ihm erzählt hatte. Ich zog es vor, die Frau nicht mit dem Namen zu betiteln, unter dem sie auf der Straße bekannt war. Während der zwei Stunden, in denen er auf mich gewartet hatte, hatte sie Declan gegenüber noch mehr preisgegeben. Forester verkaufte seine Drogen mithilfe von Prostituierten an andere Nutten und ihre Freier. Das überraschte mich nicht, denn der Mann war ein Dreckskerl. Das Schlimmste aber war, dass Joey ihm von mir erzählt hatte und er sie kontrolliert hatte, indem er mich als Druckmittel benutzt hatte.

»Es ist meine Schuld, dass sie tot ist«, weinte ich.

»Hör auf damit. Nichts von alledem ist deine Schuld.«

»Sie wollte ihn verlassen. Vielleicht wäre es ihr gelungen, wenn er nichts von mir gewusst hätte.«

»Ich werde das nur einmal sagen und es wird verdammt wehtun, also wappne dich, Baby. Joanna hatte ihre Wahl getroffen und sich für dieses Leben entschieden. Du hast versucht, sie davor zu bewahren, als sie noch ein Kind war, doch sie hatte sich willentlich darauf eingelassen. Sie hätte zur Polizei gehen oder dich warnen können. Kurzum, sie hätte sich anders verhalten können, doch das hat sie nicht getan. Sie selbst trug die Verantwortung für alles, was geschehen ist. Dich trifft keine Schuld. Genauso wenig die Tatsache, dass sie Rabeneltern und eine furchtbare Kindheit hatte. Wir alle müssen irgendwann im Leben Entscheidungen treffen. Sie hat eine schlechte Wahl getroffen und die Konsequenzen dafür tragen müssen.«

»Aber sie wollte von den Drogen loskommen.«

»Wie oft hast du das aus ihrem Mund gehört?«, fragte er.

Ziemlich oft.

Jedes Mal wenn sie einen Tiefpunkt erreicht hatte und verhaftet wurde, hatte sie mir versprochen, dass sie die Finger von den Drogen und sich helfen lassen würde.

»Ich war so naiv. Obwohl ich mich bemüht hatte, hart zu bleiben, bin ich immer wieder schwach geworden und habe ihr nachgegeben. Jedes Mal wenn sie Entzugserscheinungen hatte, glaubte ich, dass sie wirklich clean werden wollte. Ich habe mir ein besseres Leben für sie gewünscht und glaubte, sie wirklich ändern zu können.«

»Du bist nicht naiv, Baby. Niemand sieht es gern, wenn ein Familienmitglied leidet. Aber du hättest dir noch so inständig wünschen können, dass sie sich ändert. Sie hätte sich dennoch aus eigenem Antrieb für einen Entzug entscheiden müssen.«

»Warum habe ich es geschafft? Warum bin ich nicht wie sie geworden? Wie kommt es, dass ich ein besseres Leben hatte?« Seit Jahren haderte ich immer wieder mit denselben Fragen.

»Weil du stärker bist, als sie es je war. Du hast dich nicht von deinem Umfeld in die Tiefe ziehen lassen, sondern hast es als Anstoß genommen, um die starke, unabhängige Frau zu werden, die du heute bist. Du wolltest dieses Leben nicht und hast dich mit aller Kraft dagegen gewehrt.«

»Aber ich bin trotzdem ziemlich verkorkst.«

»Sind wir das nicht alle?«

»Nein. Du verstehst nicht, was ich damit sagen will. Ich bin ein furchtbarer Mensch.«

Ohne Vorwarnung hob Zane mich hoch und trug mich zurück zur Couch. Er setzte mich auf seinen Schoß und hielt mich im Arm, während ich meinen Tränen freien Lauf ließ. Es fühlte sich gut an, mich auszuweinen. Der Tod meiner Stiefschwester, meine Rabenmutter und die letzten Monate, in denen ich Forester gefolgt war, hatten ihre Spuren hinterlassen. Ich stand kurz davor, einen Nervenzusammenbruch zu erleiden. Die Erinnerungen an meine Kindheit ließ ich nur ungern wiederaufleben, denn sie forderten jedes Mal ihren Tribut.

»Als ich sieben war, kam ich eines Tages von der Schule nach Hause und sah meine Mutter auf der Couch liegen. Sie hatte sich der Arm mit einem Gürtel abgebunden und die Nadel steckte noch in ihrer Vene. Ich stand in der Tür und hoffte, dass sie tot war.« Zane erwiderte nichts. Er hielt mich einfach nur fest, während ich schluchzend auf seinem Schoß saß. »Kurze Zeit später weckte sie mich mitten in der Nacht, streckte mir ein Fleischermesser entgegen und bat mich, ihr die Schlangen von den Armen zu schneiden. Sie war auf einem schlechten Trip und schrie ständig, dass irgendetwas aus ihrer Haut kroch. Sie blutete bereits und wollte, dass ich sie noch mehr verletze. Ich betete, dass sie verbluten würde, damit dieser Albtraum endlich ein Ende hätte.«

»Baby«, flüsterte Zane nur.

»Mein ganzes Leben ist voll von solchen Geschichten. Ständig wurde Sarah vor meinen Augen high und jedes Mal wünschte ich mir, es sei ihr letzter Trip. Was für ein Kind wünscht sich, dass seine eigene Mutter stirbt?«

»Ein Kind, das überleben wollte. Baby, kein Mensch sollte so etwas je durchmachen müssen. Du bist stark und hast das alles hinter dir gelassen. Und du hast dir ein gutes Leben aufgebaut.«

Mit einem sarkastischen Lachen zog ich den Kopf zurück und machte eine ausladende Handbewegung. »Ein gutes Leben? Ich bin pleite und besitze rein gar nichts. Als Immobilienmaklerin habe ich ein einigermaßen angenehmes Leben geführt. Nach Joeys Tod habe ich all meine Habseligkeiten verkauft, um nach Annapolis zu ziehen und einen schlecht bezahlten Job anzunehmen. Der Gedanke, dass Forester mit dem Mord an meiner Stiefschwester davonkommen könnte, war unerträglich.«

»Objekte und Besitztümer machen kein gutes Leben aus. Du bist ein guter Mensch. Nur darauf kommt es an.«

»Du hast mir nicht zugehört. Ich bin kein guter Mensch.«

»Nein, du hast mir nicht zugehört, Ivy. Du bist so sehr in der Vergangenheit verhaftet und denkst ständig darüber nach, was diese Arschlöcher dir angetan haben, dass du gar nicht sehen kannst, was ich sehe. Nämlich eine starke, intelligente und wunderschöne Frau.«

Er hatte unrecht, doch ich wollte nicht mit ihm streiten. Plötzlich war ich völlig erschöpft. »Was geschieht jetzt?«, fragte ich.

»Jetzt wirst du deine Sachen packen und dann werden wir uns etwas zu essen besorgen. Um genau zu sein, werden wir etwas bestellen, und einer meiner Männer wird es abholen und in meine Wohnung liefern. Nachdem wir gegessen haben, werden wir dich einquartieren, dann sehen wir weiter.«

»Wo wirst du mich einquartieren?«, wollte ich wissen, obwohl ich befürchtete, die Antwort auf diese Frage bereits zu kennen.

»Bei mir.«

»Zane ...«

»Keine Diskussion. Der Scheißkerl weiß, wer du bist, warum du dich für die Stelle als seine Assistentin beworben hast und dass du ihm gefolgt bist. Ich will kein Risiko eingehen und vermeiden, dass er dich in die Finger bekommt.«

»Ich wollte mich bei dir bedanken. Obwohl es mir nach wie vor unangenehm ist, dir solche Umstände zu machen, habe ich Angst vor ihm.«

Zanes Miene erweichte sich. Er schien zu verstehen, wie schwer es mir fiel, seine Hilfe anzunehmen.

»Gern geschehen. Außerdem machst du mir keine Umstände. Ich verspreche dir, dass ich dich beschützen werde.«

»Ich werde jetzt meine Sachen packen.«

Bevor ich aufstehen konnte, drückte er mir einen Kuss auf die Stirn und ich schloss die Augen. Wie war es möglich, dass er mich mit einer einfachen Berührung seiner Lippen von Kopf bis Fuß mit Wärme durchflutete?

Die Bedeutung dieses Moments würde mir erst viel später offenbar werden.

Dies war der erste Schritt zu meiner Heilung.

Und es war das erste Mal, dass mir jemand die Hand reichte und mir seine Hilfe anbot, ohne etwas dafür zu verlangen. Und gerade weil er nichts von mir erwartete, wollte ich ihm alles geben.

KAPITEL DREIZEHN

ZANE

Seit unserer Unterhaltung in Ivys Apartment hatte sich etwas
verändert. Ich war innerlich aufgewühlt und fühlte mich wie
betäubt zugleich. Meine Selbstbeherrschung hing nur noch
an einem seidenen Faden. Am liebsten hätte ich Ivys Mutter
mit bloßen Händen erwürgt. Ich hatte in meinem Leben
schon viele schreckliche und geradezu widerliche Dinge
gesehen und wusste aus erster Hand, wozu Männer fähig
waren. Doch eine Mutter, die ihrer eigenen Tochter derart
übel mitspielte, war neu für mich.

Ich hatte den Schmerz in Ivys Augen gesehen und wusste,
dass er tief in ihrem Inneren schlummerte und nur darauf
wartete zu explodieren. Zugegebenermaßen hatte ich sie
falsch eingeschätzt. Wir waren uns sehr ähnlich. Tagtäglich
kämpften wir aufs Neue gegen unsere Dämonen und
versteckten uns hinter den Mauern, die wir selbst errichtet
hatten. Im Unterschied zu ihr hatte ich es verdient, in
meinem selbst geschaffenen dunklen Käfig eingesperrt zu

sein. Sie hingegen sollte ein Leben voller Licht und Freude führen.

Ivy kam gerade zurück ins Wohnzimmer, als Declan mit unserem Essen eintraf. Ich öffnete die Tür und nahm ihm eine der großen Tüten ab.

»Wie ist es mit Amy gelaufen?«, fragte ich.

»Goldsborough hat sie gehen lassen unter der Bedingung, dass sie vor Gericht erscheint. Mehr hatte er nicht tun können, denn sie hat sich geweigert, als Kronzeugin auszusagen. Er hatte ihr Schutz angeboten, doch sie hat abgelehnt. Offenbar hat sie eine Heidenangst, dass Forester sich ihr Kind schnappen könnte. Sie hat sogar verlangt, dass gegen sie Anzeige erstattet wird, für den Fall, dass Forester von ihrer Verhaftung erfährt. Damit hätte sie einen Beweis, dass sie sich nicht gegen ihn gewandt hat«, berichtete Declan.

»Wer hat sie jetzt im Auge?«

»Linc. Er übernimmt die erste Schicht. Wenn ich hier fertig bin, löse ich ihn ab, damit er nach Hause zu Jasmin gehen kann. Ich schwöre bei Gott, er glaubt, seine Frau sei die erste Frau in der Geschichte der Menschheit, die ein Kind bekommt. Wenn er so weitermacht, wird sie ihm die Eier abreißen.«

»Das habe ich ihm auch gesagt«, pflichtete ich ihm lachend bei.

Mein Bruder war verrückt geworden. Wenn er sich nicht bald entspannte, würde er Jasmin dazu bringen, einen Mord zu begehen.

»Wahrscheinlich ist er nur fürsorglich«, warf Ivy ein. »Er liebt sie eben.«

»Er erdrückt sie«, erwiderte ich.

»Nein. Er kümmert sich um seine Frau. Und wenn du dich ihm gegenüber nicht ständig wie ein Arschloch verhalten würdest, würdest du es genauso sehen. Er will einfach nicht, dass ihr oder den Babys etwas zustößt.«

Verhielt ich mich wirklich wie ein Arschloch? Wahrscheinlich. Aber Lincoln übertrieb es mit der Fürsorge.

»Er spielt verrückt«, erklärte ich ihr.

»Das liegt wohl in der Familie«, entgegnete sie und stemmte eine Hand in die Hüfte. »Soweit ich mich erinnere, habe ich dich bereits mehrere Male als verrückt bezeichnet.«

Damit hatte sie recht.

»Ja, aber du bist wirklich in Gefahr. Jasmin muss lediglich zwei Menschen in sich heranwachsen lassen und sie zur Welt bringen.«

»Aha. Sicher. Mehr muss sie nicht tun.« Ivy schüttelte den Kopf, als sei ich nicht ganz bei Sinnen, dann begann sie, die Tüten auszupacken, die Declan und ich auf der Anrichte abgestellt hatten.

»Eine Sache noch. Garrett hat sich die Aufnahmen der Überwachungskamera angesehen, die ich in Foresters Büro platziert habe. Sarah Long, ehemals Sarah Matthews, ist heute dort aufgetaucht und hat nach Ivy gefragt«, berichtete Declan.

»Was zum Teufel!«

»Sie ging einfach hinein und wollte wissen, wo Ivy ist«, fuhr er fort.

»Ivy oder Susan?«, fragte ich.

»Ivy.«

»Scheiße! Diese Frau kommt auf keinen Fall in Ivys Nähe!«, brüllte ich.

»Woher wusste sie, dass sie dich dort finden kann?«, wandte Declan sich an Ivy.

»Ich habe keine Ahnung. Seit Joeys Beerdigung habe ich nicht mehr mit ihr gesprochen. Und davor hatten wir uns Jahre nicht gesehen. Ich habe keinen Kontakt mehr zu ihr, ganz ehrlich.«

Ivy hatte innegehalten und zitterte am ganzen Leib.

»Es wird alles gut«, versicherte ich ihr und zog sie in meine Arme.

Verdammt, es fühlte sich gut an, sie an meine Brust zu drücken, während sie ihre Arme um mich schlang und sich in meinen Rücken krallte.

»Ich weiß wirklich nicht, warum sie in Foresters Büro aufgetaucht ist«, wiederholte sie.

»Es spielt keine Rolle. Sie existiert nicht mehr für dich.« Ich drückte Ivy einen Kuss auf den Kopf und sah dann Declan an. »Weißt du, wo sie wohnt? Sie muss in einem Hotel abgestiegen sein, denn ihre Heimatadresse befindet sich in Pensacola.«

»Nein. Ich rufe Garrett an und bitte ihn, sich umzuhören. Bisher wissen wir nur, dass sie in Foresters Büro erschienen ist und nach Ivy gefragt hat. Forester sagte ihr, dass Ivy krank sei, woraufhin Sarah wütend hinausgestürmt ist.«

»Überprüft zuerst die heruntergekommenen Motels. Sie hat sicher kein Geld. Wahrscheinlich muss sie sich außerdem irgendwo einen Schuss besorgen«, murmelte Ivy.

Es war mir zuwider, dass sie sich nun auch noch mit ihrer Mutter herumschlagen musste. Ivy hatte ohnehin schon genug um die Ohren.

»Darüber musst du dir nicht deinen hübschen Kopf zerbrechen. Im Moment musst du dich hier nur häuslich einrichten und etwas zu Abend essen. Den Rest regeln wir.«

»Ich wünschte, es wäre so einfach. Wenn Sarah auf dem Kriegspfad ist, schreckt sie vor nichts zurück, um zu mir zu gelangen. Wahrscheinlich braucht sie nur Geld. Ich werde ihr einfach etwas geben, dann verschwindet sie wieder.«

»Das kommt gar nicht infrage. Kommt es oft vor, dass sie dich aufsucht und um Geld bittet?«

»Nein. Sie will nicht immer nur Geld. Manchmal schaut sie auch nur vorbei, um mich daran zu erinnern, dass ich ihre Tochter bin.«

»Was zum Teufel soll das heißen?«, fragte Declan und kam mir mit der Frage zuvor.

»Nun, sie erscheint bei der Arbeit oder hämmert an meine Tür, bis ich ihr öffne. Dann erzählt sie mir, dass ich nichts weiter als eine verwöhnte Schlampe bin, die vergessen hat, woher sie kommt. Am liebsten beschimpft sie mich als überhebliches Miststück, das sich für etwas Besseres hält, obwohl ich doch eigentlich nur Abschaum bin.«

Was.

Zum.

Teufel!

»Das wird sie nicht noch einmal tun«, sagte Zane und wandte sich Declan zu. »Schaff diese Frau aus der Stadt. Gib ihr kein Geld, aber mache ihr verständlich, dass sie von hier verschwinden soll. Nimm Leo mit. Lass ihn wissen, was Ivy uns gerade erzählt hat, dann fährt er sie persönlich nach Florida zurück.«

»Zane. Es ist schon in Ordnung. Ich muss nur mit ihr reden, dann wird sie sich sicher aus dem Staub machen. Es ist nicht nötig, allen anderen Umstände zu machen.«

»Kommt gar nicht infrage«, warf Declan ein. Er kochte vor Wut. Ich wusste nicht viel über seine Kindheit, doch mir war bekannt, dass er in Pflegefamilien aufgewachsen war und nicht die besten Erfahrungen gemacht hatte. »Ich kümmere mich um sie.«

»Das weiß ich zu schätzen.« Ich nickte ihm zu, bevor er sich auf den Weg zur Tür machte.

»Ich melde mich später«, sagte er und verließ meine Wohnung.

Ich wartete, bis er die Tür hinter sich geschlossen hatte bevor ich mich von Ivy löste, um ihr ins Gesicht zu blicken.

»Du machst niemandem irgendwelche Umstände. Das musst du dir aus dem Kopf schlagen.«

»Aber es ist mir trotzdem unangenehm. Wenn ich nur mit ihr ...«

»Nein, du wirst dich nicht mit ihr treffen«, unterbrach ich sie.

»Ich fühle mich dabei nicht wohl.«

»Du wirst dich daran gewöhnen müssen.«

»Ich weiß nicht, ob ich das kann.«

Sie würde es können. Dafür würde ich sorgen.

»Lass uns das Essen genießen, bevor es kalt wird. Ich werde nicht zulassen, dass diese Schlampe ein perfektes Steak ruiniert.«

Ivys Lippen umspielte ein Lächeln. »Nein, das wäre wirklich schade.«

* * *

ICH WÄLZTE MICH SEIT EINER WEILE IM GÄSTEBETT HIN UND her, als ein Klopfen an der Tür ertönte. Bevor ich etwas sagen konnte, wurde sie einen Spaltbreit geöffnet.

»Zane? Bist du wach?«, flüsterte Ivy.

Ich hätte mich schlafend stellen und sie ignorieren sollen. Aber ich war schwach und antwortete: »Ja. Was ist denn los?«

»Ich ... ich kann nicht schlafen.«

Verdammt.

Ich setzte mich auf und schaltete die Lampe auf meinem Nachttisch ein, doch ich bereute es augenblicklich. Ivy stand nur mit Schlafshorts und einem Trägerhemd bekleidet in der Tür, während Letzteres nichts der Fantasie überließ. Der Baumwollstoff der Hose war furchtbar hässlich, doch sie hatte ihn hochgerollt, sodass ihre straffen Schenkel zur Geltung kamen. Ich wünschte mir nichts sehnlicher, als mich zwischen ihnen zu verlieren.

Sie ist tabu, erinnerte ich mich, als mein Schwanz zu zucken begann und Ivy auf mich zu schlenderte.

»Macht es dir etwas aus, wenn ich mich zu dir lege?«, fragte sie und blieb neben dem Bett stehen.

Ob es mir etwas ausmachte? Und ob. Ich würde meinen Schwanz nicht unter Kontrolle halten können.

»Bevor du die Bettdecke anhebst, solltest du wissen, dass ich nackt schlafe.«

»Oh.« Sie ließ die Decke fallen, rührte sich aber nicht von der Stelle. »Ist das ein Problem für dich?«

War sie verrückt geworden?

»Ein Problem für mich? Nein. Aber ich wollte dich nicht schockieren.«

Sie stand immer noch wie angewurzelt da. Was zum Teufel sollte ich jetzt tun? Ich hatte keinerlei Erfahrung mit Frauen, die mitten in der Nacht in mein Schlafzimmer kamen, weil sie nicht schlafen konnten. Für gewöhnlich waren die Frauen in meinem Bett entweder beschäftigt oder schliefen vor Erschöpfung ein.

»Wie wäre es, wenn ich dich in dein Zimmer begleite und bei dir bleibe, bis du eingeschlafen bist?«

»Wenn es dir nichts ausmacht. Ich will …«

»So wahr mir Gott helfe, wenn du noch einmal sagst, dass du mir keine Umstände machen willst, lege ich dich übers Knie und versohle dir den Hintern«, unterbrach ich sie.

Schnaubend stemmte sie eine Hand in die Hüfte. »Ich wollte eigentlich sagen, dass ich dich nicht in Verlegenheit bringen will.« Sie neigte den Kopf zur Seite und verzog die Lippen zu einem Lächeln. »Und wie darf ich dich bestrafen, wenn du mich noch einmal unterbrichst, weil du fälschlicherweise glaubst zu wissen, was ich sagen will? Darf ich dir ebenfalls den Hintern versohlen?«

Ich schwang die Beine über die Bettkante und schob die Decke beiseite, wobei ich mich nicht darum scherte, dass ich splitterfasernackt war. Ivy würde mich durch nichts in Verlegenheit bringen können. Nun, das war nicht ganz richtig. Falls sie über Gefühle sprechen wollte, würde ich Reißaus nehmen. Aber meine Nacktheit war mir nicht im Geringsten unangenehm.

»Ivy, Schätzchen, du wirst mir niemals den Hintern versohlen, das ist völlig ausgeschlossen. Darauf stehe ich nicht.«

»Worauf stehst du dann?«

»Ivy«, ermahnte ich sie. »Komm schon, ich bringe dich ins Bett.«

»Was stimmt denn nicht? Ist dir das Thema etwa peinlich?« Verdammte Scheiße. Offenbar wollte sie mich herausfordern. Ich sollte diese Unterhaltung im Keim ersticken.

Ich musterte ihr sexy Lächeln. Das fast durchsichtige Trägerhemd. Ihre freche Art. Ihr seidiges Haar, das sie zu einem lockeren Knoten zusammengebunden hatte.

Ich konnte den Anblick kaum ertragen.

Und verlor die Beherrschung.

Ich ging auf sie zu, und sie wich zurück. Dasselbe Spielchen wiederholten wir mehrere Male, bis sie mit dem Rücken gegen die Wand stieß. Ich schmiegte meinen nackten Körper an ihre kaum verhüllte Gestalt, stützte die Hände über ihrem Kopf ab und beugte mich vor.

»Baby. Ich habe versucht, dich zu warnen. Aber du musstest mich ja unbedingt reizen. Willst du wissen, worauf ich stehe?« Sie schüttelte den Kopf und neigte ihn zur Seite, sodass ihr Hals entblößt war. Ich unterdrückte ein Stöhnen. Am liebsten hätte ich ihre geschmeidige Haut liebkost, doch ich hielt mich zurück. »Genau darauf stehe ich. Dich atemlos und erregt vor mir zu sehen, während du begierig darauf wartest, dass ich dich berühre.« Ich löste meine rechte Hand von der Wand und strich mit dem Daumen über ihre Brustwarze. Sie stöhnte auf und wölbte sich mir entgegen. »Ich will, dass du feucht wirst und Feuer fängst. Ich will, dass du vor Verlangen bebst.« Mit diesen Worten umfasste ich ihren Nippel mit Daumen und Zeigefinger. »Ich muss dich nicht ans Bett fesseln, dir Handschellen anlegen oder dich übers Knie legen und dir deinen hübschen Hintern versohlen, um dich zu kontrollieren.« Ich kniff ihr in die Brustwarze. »Der lustvolle Schmerz in deinem Unterleib wird dafür sorgen, dass du dich mir ergibst. Dein Körper wird nichts anderes zulassen.«

Ihre Brust hob und senkte sich sichtlich, während sie heftig keuchte. Wieder einmal weckte sie in mir den Wunsch, der Mann zu sein, der die Zuneigung und Loyalität dieser Frau verdient hatte.

Doch das war ich nicht.

Ich löste meine Hand von ihrer Brust und trat einen Schritt zurück.

»Warum hörst du auf?«, flüsterte sie.

»Aus mehreren Gründen. Einer davon ist deine Einstellung gegenüber Menschen, vor allem gegenüber Männern. Ich will nicht das Arschloch sein, das dir recht gibt.«

»Was soll das heißen?« Sie bedachte mich mit einem flehenden Blick, gegen den ich fast machtlos war. Es war … beunruhigend.

»Ich werde mir etwas anziehen und dich ins Bett bringen.« Ein Lächeln breitete sich auf ihrem hübschen Gesicht aus. »Um bei dir zu bleiben, bis du eingeschlafen bist.«

»Warum willst du es mir nicht erklären?«

»Weil es nicht wichtig ist. Ivy, ich bin nicht der richtige Mann für dich. Für niemanden. Wenn du glaubst, dass du wegen deiner Kindheit verkorkst bist, dann hast du keine Ahnung, wie es in meinem Kopf aussieht.«

»Was meinst du damit?«, fragte sie.

Verdammte Scheiße. Sie ließ einfach nicht locker.

»Vergiss es, Ivy. Komm, ich bringe dich ins Bett.« Es war

mir nicht entgangen, dass ich weiterhin splitterfasernackt vor ihr stand, während mein Schwanz immer noch steinhart war.

»Ich will es nicht vergessen, *Zane*«, erwiderte sie mit einem spöttischen Unterton in der Stimme. »Was meinst du damit, dass du nicht der Mann sein willst, der mir recht gibt? Und dann verrate mir, warum du so verkorkst bist.«

Warum zum Teufel wollte sie es nicht auf sich beruhen lassen? Ich wollte diese Unterhaltung nicht führen, denn es würde nichts Gutes dabei herauskommen. Genau aus diesem Grund frühstückte ich nicht mit meinen Eroberungen. Frauen hatten das Bedürfnis, mit einem Mann zu reden und ihm Fragen zu stellen. Sie wollten sich in sein Privatleben einmischen und versuchen, ihn zu heilen. Aber ich war nicht heilbar.

Wir standen uns reglos gegenüber und starrten einander an. Dann senkte Ivy den Blick auf meinen Schwanz und fragte: »Willst du mich denn nicht ficken?«

»Oh, natürlich will ich das. Tatsächlich würde ich dich gern so richtig durchficken, bis du zu erschöpft bist, um mich mit deinen Fragen zu löchern.«

»Worauf wartest du noch?«

»Ich werde dich nicht anrühren«, erwiderte ich nur.

»Warum nicht?«, drängte sie.

»Weil ich davon überzeugt bin, dass du die Tatsachen verdrehen wirst, wenn ich dich ficke. Und am nächsten Morgen wirst du mich dafür verfluchen. Denn du wirst denken, dass ich dir meine Hilfe nur angeboten habe, um dich ins Bett zu kriegen. Also, nein, Ivy, ich werde nicht der Mann sein, der deine Theorie unter Beweis stellt, dass jeder, der dir eine helfende Hand reicht, auch eine Gegenleistung erwartet. Mein Schutz ist kostenlos und mein Schwanz ist nicht käuflich. Ich handle nicht mit Sex.«

»Und warum bist du so verkorkst?«

»Meine Güte. Lass es gut sein!«

»Nein, Zane. Ich will es wissen.«

»Verdammt, du bist eine Nervensäge.«

»Das höre ich nicht zum ersten Mal«, entgegnete sie, wobei sie mir meine eigenen Worte ins Gesicht schleuderte. »Sag es mir!«

Sie hatte mich tatsächlich an meine Grenzen gebracht und ich verlor die Beherrschung.

»Hast du eine Ahnung, wie ich meinen Lebensunterhalt verdiene?« Sie schüttelte den Kopf und ich fuhr fort: »Ich bin ein Auftragskiller. Weißt du, was das bedeutet?« Sie verneinte erneut. »Ich bekomme Unmengen an Geld, um Menschen zu töten. Willst du wissen, wie ich mir das schicke Büro, die Autos, Motorräder und das Penthouse leisten kann? All das habe ich mit Blutgeld bezahlt. An diesen Sachen klebt nicht nur das Blut meiner Feinde, sondern auch das Blut guter Männer, die an meiner Seite im Kampf ihr Leben ließen. Es ist schmutziges Geld. Meine Seele hat mehr Narben, als ich zählen kann. Ich habe Menschen gefoltert um ihnen Informationen zu entlocken, und kann mich nicht einmal mehr an alle Feinde erinnern, die ich verprügelt, erstochen und erschossen habe. Für einen Mann wie mich gibt es keine Erlösung. Mir wird nie Vergebung zuteilwerden und ich werde nie ausreichend Buße tun können, um mir meine Menschlichkeit zu bewahren.« Ivy hatte die Augen geschlossen. Ich wartete darauf, dass sie sie öffnete, bevor ich fortfuhr. »Willst du wirklich, dass ein Mann wie ich dich berührt? Ich verdiene kein bisschen von dem, was du zu bieten hast.«

Im nächsten Moment stürzte Ivy sich auf mich. Als sie an mir hochsprang und die Beine um meine Taille schlang, fing ich sie auf und taumelte rückwärts, bis ich mit den Waden gegen das Bett stieß. Ungestüm presste sie ihre Lippen auf meine und gab mir gar nicht erst die Gelegenheit zu protestieren. Sie leckte über meine Lippen und drang dann mit der Zunge in meinen Mund ein. Ohne einen Gedanken an die Konsequenzen zu verschwenden, übernahm ich die Kontrolle. Ich packte ihren Hintern und knetete ihre Pobacken. Sie unterbrach den Kuss, um sich das Trägerhemd über den Kopf zu ziehen und es beiseitezuwerfen.

Bevor ich meine Lippen wieder auf ihre pressen konnte, flüsterte sie: »Fick mich.«

Erregt und schockiert zugleich stand ich reglos da. In diesem Moment schob Ivy die Hüfte vor und ich fiel mit ihr rücklings aufs Bett. Sie krallte sich in meine Brust und ließ ihre Fingernägel wie zehn winzige Messer über meinen Oberkörper gleiten. Der Schmerz riss mich aus meiner Benommenheit. Ich musste dem ein Ende setzen. Sie konnte nicht mehr klar denken.

»Hör auf, Ivy. Das kannst du nicht wollen«, raunte ich.

»Sag mir nicht, was ich will. Ich weiß, dass du es genauso willst wie ich. Du bist nur zu starrköpfig, um es geschehen zu lassen. Ich gebe mich dir hin. Verwehre uns nicht unser beider Bedürfnisse, nur weil du glaubst zu wissen, was gut für mich ist.«

»Ich bin kein Mann für die Ewigkeit«, warnte ich sie.

»Das trifft sich gut, denn ich glaube nicht an die Ewigkeit. Für mich zählt nur dieser Moment. Ich will, dass du mich fickst, bis ich alles andere in meinem Leben vergessen habe. Außer uns beiden will ich nichts spüren.«

Sie schob eine Hand zwischen uns und begann, meinen Schwanz zu massieren. Ich ließ den Kopf in den Nacken fallen und genoss die berauschende Liebkosung.

»Verdammt, Baby.« Ich war kurz davor, ihr nachzugeben. Ivy gegenüber war ich machtlos. Ich hätte sie ohne Weiteres von mir schieben und diesem Wahnsinn ein Ende bereiten können, doch während sie mich streichelte, fiel mir einfach kein Grund ein, warum ich das hätte tun sollen.

»Bitte fick mich«, flehte sie.

Sie saß auf mir und hatte meinen Schwanz gepackt, der nur noch Zentimeter von ihrem Unterleib entfernt war. Ich konnte nicht mehr klar denken.

»Reite mich«, forderte ich.

Ivy schob ihre Shorts beiseite und führte meine Männlichkeit an ihr Geschlecht. Ein lustvoller Schauer durchzuckte mich von Kopf bis Fuß, als meine Eichel in ihren Unterleib eindrang. Dann ließ Ivy sich langsam auf mich herabgleiten und umhüllte meinen Schaft mit ihrer feuchten Hitze.

»Zane«, stöhnte sie.

Ich öffnete die Augen und starrte sie an. Der Anblick war so schön, dass ich ihn kaum ertragen konnte. Ihr hübsches Gesicht war gerötet und ihre prallen Brüste und harten Brustwarzen hervorgereckt. Ich beobachtete, wie ich meinen Schaft in ihrem Unterleib vergrub. Der Anblick war zwar teilweise durch ihre Shorts verdeckt, aber ich genoss ihn dennoch. In all den Jahren hatte ich nie darauf geachtet, wie ich mich mit einer Frau verband. Doch in Ivys Fall betrachtete ich fasziniert, wie sie sich anhob und wieder absenkte und dabei meinen Schwanz mit ihrem Honig benetzte.

Verdammt.

»Kondom, Baby.«

Es war nicht unbedingt hilfreich, dass mir der Gedanke erst nachträglich kam. Nicht einmal als Teenager hatte ich mir von einem Mädchen so sehr den Kopf verdrehen lassen, dass ich das Kondom vergessen hatte.

»Ich nehme die Pille«, stöhnte sie und senkte sich erneut auf mir ab.

Sie ließ die Hüfte kreisen, bevor sie sich abermals anhob.

Scheiße.

Dies war nicht der richtige Zeitpunkt, um über meine Krankengeschichte zu sprechen. Ich wusste, dass ich gesund war, und obwohl ich Ivy in einer Bar getroffen hatte, glaubte ich nicht, dass sie es sich zur Gewohnheit machte, fremde Männer in deren Wohnung zu begleiten.

»Beug dich vor«, forderte ich. »Ich will deine Brüste schmecken, während du mich reitest.«

Sie tat wie geheißen, und ich umschloss mit den Lippen ihre rechte Brustwarze, bevor ich mit beiden Händen ihren Hintern packte. Es dauerte nicht lange, bis ich kurz davor stand zu explodieren.

»Fick mich, Baby.« Sie gehorchte und beschleunigte ihren Rhythmus. »Du fühlst dich so verdammt gut an. Ich komme gleich.« Mit diesen Worten liebkoste ich auch ihre linke Brustwarze. Ich spannte den Hintern an und hob das Becken an. Heilige Scheiße, ich würde mich nicht mehr lange zurückhalten können. Es war unglaublich. Ihre Brüste an meinem Mund und ihre enge Muschi, die meinen Schwanz wie eine Faust fest umschloss, trieben mich in den Wahnsinn. Ganz zu schweigen davon, dass ich sie ohne Kondom fickte und alles hautnah spüren konnte.

Als sie sich das nächste Mal absenkte, hielt ich sie fest. Ich hatte meinen Schwanz bis zum Anschlag in ihr vergraben und schob das Becken vor und zurück, um ihre Klitoris zu reiben.

»Zane«, keuchte sie.

»So ist es gut. Ich will, dass du mit mir kommst.« Ich stieß noch einmal zu und spürte, wie ihre Muskeln sich um meinen Schaft anspannten. »Verdammt, Ivy. Beeil dich, Baby. Ich kann mich nicht mehr beherrschen.« Ich stieß noch einmal zu. »Komm mit mir. Sofort!«

Mit diesen Worten ließ ich mich gehen. Meine Hoden zogen sich schmerzhaft zusammen, dann ergoss ich mich in ihr in einem heftigen Schwall, bis mir die Sicht verschwamm. Ich spürte, wie Ivy sich am ganzen Körper versteifte, bevor sie stöhnend über den Abgrund der Ekstase fiel.

»Heilige ... Scheiße ... Zane.«

Ivy sackte auf mir zusammen. Ihr Kopf fiel auf meine Schulter und sie schmiegte ihr Gesicht in meine Halsbeuge. Für einen Moment lagen wir schweigend da und versuchten, wieder zu Atem zu kommen.

In diesem Moment fühlte ich es.

Es war kaum merklich, aber doch gewaltig.

Zärtliche Liebkosungen an meinem Hals.

Ich wagte nicht, mich zu bewegen, und war mir unschlüssig, ob ich sie von mir stoßen oder festhalten sollte. Diese Küsse waren kein Ausdruck unbändiger Leidenschaft und berauschter Ekstase, vielmehr waren sie liebevoll und sanft. Je länger ich reglos liegen blieb, desto mehr erkannte ich, dass ich in großen Schwierigkeiten steckte, denn ich wollte nicht, dass sie aufhörte, und sehnte mich sogar nach mehr.

Ich spielte ein gefährliches Spiel und hatte kein Recht auf ihre Zuneigung. Aber wie in Bezug auf alles andere, was Ivy betraf, war ich zu schwach, um mich dagegen zu wehren.

Ich nahm alles, was sie mir gab. Ihre zärtlichen Liebkosungen und sanften Küsse. Vor allem hieß ich den inneren Frieden willkommen, den sie mir vermittelte. Ich nahm ihn in mich auf und schloss ihn in mein Herz.

Ich war geliefert.

KAPITEL VIERZEHN

IVY

Irgendwann mitten in der Nacht hatte ich meine Arme und Beine mit denen von Zane verschlungen. Nachdem ich mich am Vorabend auf ihn gestürzt und mich danach in seine Arme geschmiegt hatte, hatte ich mich noch mehr in Verlegenheit gebracht, indem ich seinen Hals liebkost hatte.

Ich muss verrückt sein.

Ich wagte es nicht, die Augen zu öffnen, denn ich wusste, dass er wach war. Er hatte mir sanft eine Haarsträhne aus dem Gesicht gestrichen und ließ nun seine Fingerspitzen über meinen Rücken gleiten. Mein Gott, es fühlte sich so gut an, von ihm berührt zu werden. Aber ich wollte seinem Blick nicht begegnen. Ich hatte mich auf ihn gestürzt und ihn benutzt, um alles um mich herum für eine Weile zu vergessen. Tatsächlich hatte ich es ihm sogar direkt ins Gesicht gesagt, doch das war nur die halbe Wahrheit gewesen. Vor allem wollte ich ihn.

Aber ich durfte mich derartigen Träumereien nicht

hingeben, denn er war gefährlich. Ohne es zu wollen, würde er meine Welt zerstören.

»Ich weiß, dass du wach bist«, murmelte er.

»Herrje«, stöhnte ich.

»Öffne deine schönen Augen, Baby.«

Warum sagte er so etwas? Eine solche Bemerkung erwartete man nicht von jemandem, der sich nach einer leidenschaftlichen Nacht für den fantastischen Sex bedankte. Diese Worte würde ein Mann äußern, der im Begriff war, sich zu verlieben. Ich konnte damit umgehen, wenn er mir im Bett schmutzige Worte ins Ohr flüsterte, denn damit trieb er meine Erregung in ungeahnte Höhen. Aber wenn er mich Baby nannte und liebevoll seine Zuneigung zum Ausdruck brachte, würde er die Mauern einreißen, die ich um mein Herz errichtet hatte.

Das würde ich nicht verkraften.

Ich öffnete dennoch die Augen. Er war mir so nahe, dass ich seinen Atem auf meinem Gesicht spüren und in seine sinnlichen, tiefblauen Iriden starren konnte. Keinem Mann sollte es erlaubt sein, so viel Sex-Appeal auszustrahlen. Mit seinen tiefschwarzen Haaren, den umwerfenden Augen, den Grübchen, seinem stahlharten Körper und seinem prächtigen ... Gemächt bot er die perfekte Verkörperung männlicher Schönheit. Ich war machtlos gegen ihn.

»Guten Morgen«, krächzte ich.

»Gut geschlafen?«, fragte er mit einem leisen Lachen.

Arsch. Er wusste, dass ich wie ein Baby geschlummert hatte. Nachdem ich ihn im Gästezimmer gevögelt hatte, hatte er mich ins große Schlafzimmer getragen, mir die Schlafshorts ausgezogen und sich mit mir ins Bett gelegt. Es wäre untertrieben zu behaupten, dass ich schockiert war, als er mich an sich zog und seine Arme um mich schlang.

Verdammt! Ich war splitterfasernackt. Ich zupfte an der Bettdecke und versuchte, meine entblößten Brüste zu verhüllen. Das brachte mir ein weiteres Lachen von ihm ein, bevor er meine Hand packte, um mir Einhalt zu gebieten. Er sagte nichts, sondern begann, eine meiner Brustwarzen mit der Fingerspitze zu umkreisen. Ich wollte, dass er aufhörte, und doch reckte ich mich ihm entgegen. *Stopp. Mach weiter.* Ich konnte mich nicht entscheiden. Wenn er mich berührte, konnte ich keinen klaren Gedanken fassen.

»Ich muss mich bei dir entschuldigen«, begann ich. Ich wusste, dass er nur ungern über Gefühle sprach. Wahrscheinlich würde er gleich aus dem Bett springen, um etwas Abstand zu gewinnen.

»Wofür?«, fragte er und streichelte mich weiter, woraufhin mein Nippel steif wurde.

»Dafür … dass ich mich auf dich gestürzt habe. Und dich gegen deinen Willen vernascht habe.«

Er ließ die Hand sinken und den Kopf auf das Kissen fallen, während er in schallendes Gelächter ausbrach. Verdammt, sogar sein Lachen war sexy. So tief und rau. Es bescherte mir am ganzen Körper eine Gänsehaut. Das war gar nicht gut!

»Gegen meinen Willen«, murmelte er belustigt. »Das ist wirklich niedlich. Baby, du bist ungefähr so schwer wie ein Sack Kartoffeln. Du könntest mich zu nichts zwingen, was ich nicht bereit bin, dir zu geben.«

Mit seinen Worten brachte er mich in Rage.

»Wie auch immer«, murmelte ich und presste eine Hand an seinen Oberkörper, um ihn von mir zu stoßen.

Das war ein Fehler, denn er packte meine Finger und drückte sie an seine nackte, stahlharte Brust. Das Gefühl seiner warmen Haut rief in mir Erinnerungen an die vergangene Nacht wach. Ich hatte mich auf ihn gestützt, um das Gleichgewicht nicht zu verlieren, während ich ihn ritt. Unwillkürlich spannte ich die Muskeln in meinem Unterleib an, als ein Schauer der Erregung mich durchfuhr.

Was zum Teufel war nur los mit mir?

In dem Moment, in dem er seine Lippen auf meine presste, war ich verloren. Ich hatte gar nicht bemerkt, wie er mich auf den Rücken gedreht und meine Beine gespreizt hatte. Er zog den Kopf zurück und drückte mir einen zärtlichen Kuss auf den Mundwinkel, bevor er begann, meinen Hals mit seiner Zunge zu liebkosen. Ich drehte den Kopf zur Seite, woraufhin er an meiner Haut saugte. Ich wusste, dass er einen Knutschfleck hinterlassen würde. Der Gedanke weckte etwas tief in meinem Inneren, was ich nicht wahrhaben wollte, doch ich liebte die Vorstellung, dass er mich auf diese Weise brandmarkte. Es war besitzergreifend und animalisch und schien den Werten einer modernen Frau ganz und gar zu widersprechen.

Er hob den Kopf an und betrachtete sein Werk. Ein zufriedenes Lächeln umspielte seine Lippen, bevor er meinem Blick begegnete. Während er mich weiter anstarrte, hob er das Becken an und stieß mit der Eichel an mein feuchtes Geschlecht. Seine Miene erweichte sich, dann drang er behutsam und sanft in mich ein. Er hielt einen Moment inne, bevor er begann, sich in einem bedächtigen Rhythmus zu bewegen. Statt uns in berauschter Raserei dem Höhepunkt entgegenzutreiben, entfachte er in uns ein Feuer, das er mit jedem Stoß weiter schürte, während er mir die ganze Zeit über in die Augen blickte. Es war der intimste Moment meines Lebens. Keiner konnte sich vor dem anderen verstecken. Wir entblößten nicht nur unsere Körper, sondern auch unsere Gefühle voreinander. Zane machte mir ein Geschenk, doch ich befürchtete, dass es womöglich das letzte sein würde. Er gestattete mir einen Blick in sein tiefstes Inneres. Ich sah nicht den Mann, den er gestern Abend beschrieben hatte, sondern sein wahres Wesen, das er versuchte zu verleugnen. Ich hatte Angst, dass er sich auf diese Art von mir verabschieden wollte. Mir war bewusst, dass er sich wieder vor mir verschließen würde, sobald das Inferno erloschen war. Es hätte mir egal sein sollen, doch das war es nicht. Da ich nun den Schmerz, das Bedauern und die Trauer gesehen hatte, die auf ihm lasteten, wollte ich sie nicht mehr loslassen.

Aber wie alles andere, was Zane betraf, war ich machtlos dagegen. Das Feuer loderte immer weiter auf und ich stand kurz davor zu explodieren. Ich bäumte die Hüfte auf und warf den Kopf hin und her, wobei ich die Augen schloss.

»Öffne die Augen, Ivy. Ich will, dass du mich beobachtest.« Ich sollte ihn beobachten? Ich verstand nicht ganz, was er meinte. »Sieh mich an, Baby. Ich will, dass du mir in die Augen siehst, wenn du mit mir kommst.«

Ich versuchte mit aller Kraft, mich zu konzentrieren, aber als mich erneut eine Flutwelle der Lust durchströmte, konnte ich mich kaum noch zurückhalten.

»Zane!«, wimmerte ich. »Bitte, Baby. Bitte, hör nicht auf.«

Er versteifte sich, und sein Schwanz schien noch weiter anzuschwellen, als seine Stöße immer schneller und ruckartiger wurden.

»Was hast du gesagt?«, knurrte er. Der zärtliche Mann war einer wilden Bestie gewichen, als er immer wieder kraftvoll in mich eindrang. Mit rasender Geschwindigkeit steuerte ich auf den Abgrund der Ekstase zu.

»Hör nicht auf«, wiederholte ich.

Er hob eines meiner Beine an, um sich noch tiefer in mir zu vergraben.

»Das meine ich nicht.« Ich verstand nicht, was er hören wollte. »Du hast mich *Baby* genannt.« Er verzog das Gesicht zu einer Grimasse und der Schweiß stand ihm auf der Stirn. »Sag es noch einmal!«, forderte er.

Während er immer wieder ruckartig in mich stieß, legte er einen Daumen auf meine Klitoris, bewegte ihn aber nicht.

Begierig nach mehr, versuchte ich, das Becken kreisen zu lassen, doch er hielt mich fest.

»Sag es noch einmal und ich gebe dir, was du willst.«

»Bitte, Baby«, stöhnte ich. »Ich brauche mehr. Ich komme gleich.«

Er ließ den Kopf nach vorn fallen und schloss die Augen, wobei seine Miene sich wieder erweichte. Er begann, Druck auf meine Klitoris auszuüben, und ließ langsam den Daumen kreisen. Seine Bewegungen wurden immer schneller, bis er ihn ruckartig vor und zurück schob.

»Verdammt«, keuchte ich. »Nicht. Ich. Bitte. Baby!«, schrie ich und ließ mich von der Welle der Ekstase mitreißen.

Ein lustvoller Schmerz durchströmte mich, der kein Ende zu nehmen schien.

»Ivy.« Zanes Stimme riss mich aus meinem berauschten Zustand. »Sieh mich an, wenn ich für dich komme.«

Als er den Kopf in den Nacken warf und meinen Namen stöhnte, war ich dankbar, dass er von mir verlangt hatte, ihn zu beobachten. Der Anblick war wunderschön. Ich sah, wie er die Muskeln anspannte und die Vene in seinem Hals pulsierte, während sein Schwanz in mir heftig pochte. Doch das Wunderbarste war der Ausdruck inneren Friedens, der sich auf seinem Gesicht ausbreitete.

Ich fragte mich, ob diese selige Gelassenheit von seinem Orgasmus rührte oder ob ich die gleiche beruhigende Wirkung auf ihn hatte wie er auf mich. Ich hoffte, dass Letzteres der Fall war.

War es möglich, dass zwei derart verkorkste Menschen einander Halt und Trost schenken konnten?

KAPITEL FÜNFZEHN

ZANE

Ich hatte das Gefühl, als schrillten sämtliche Alarmglocken in meinem Kopf und gaben mir das Signal, Reißaus zu nehmen. Was hatte ich getan? Wie war ich nur auf die Idee gekommen, mit Ivy Liebe zu machen? Nun, ich war mir nicht ganz sicher, was genau wir gerade getan hatten, doch die Vereinigung mit ihr war inniger gewesen als alles, was ich je mit einer Frau erlebt hatte. Und warum hatte ich von ihr verlangt, mich im Moment der Ekstase zu beobachten? Mir fielen unzählige Gründe ein, warum es falsch war, mich derart vor ihr zu entblößen. Zum einen klang ich dabei wie ein Weichei. Aber noch mehr erschreckte mich die Intimität. Natürlich sah ich den Frauen gern zu, wenn sie zum Höhepunkt kamen, doch ich selbst hatte stets kreative Wege oder Stellungen gefunden, um mich in dem Augenblick, in dem ich am verletzlichsten war, vor ihnen zu verbergen. Was zum Teufel hatte Ivy nur an sich? Ich hatte sogar von ihr verlangt, mich zu beobachten. In diesem Moment hatte ich mich nicht mehr hinter meiner Fassade der Unbekümmertheit verstecken können, denn ich hatte mich ihr ganz und gar offenbart.

Möglicherweise hatte sie nicht verstanden, was sie gesehen hatte. Vielleicht war sie zu berauscht gewesen, um zu bemerken, dass ich mich ihr wie niemandem sonst geöffnet hatte.

Ich hoffte es.

Darüber hinaus hatte ich nun schon zum zweiten Mal ungeschützten Sex mit ihr gehabt. Verdammt!

»Ich habe auch diesmal kein Kondom benutzt«, sagte ich, als sei mein Sperma, das über ihre Schenkel rann, nicht Beweis genug.

»Ich nehme die Pille«, erinnerte sie mich.

»Ich bin gesund. Ich würde dich nie in Gefahr bringen.«

Sie schwieg einen Moment, während eine hübsche Röte sich auf ihren Wangen abzeichnete.

»Von mir hast du nichts zu befürchten. Als wir zum ersten Mal miteinander geschlafen haben, hast du die Spinnweben da unten entfernt. Davor hatte ich eine halbe Ewigkeit keinen Sex.«

Das hätte sie mir nicht erzählen müssen, denn ihre enge Muschi sprach Bände. Wahrscheinlich benutzte sie nicht einmal einen Vibrator. Der Gedanke weckte in mir verruchte Fantasien. Wie viel Spaß würde es machen, sie mit einem Vibrator an den Rand der Ekstase zu treiben, nur um ihn dann zurückzuziehen und sie eine Weile über dem Abgrund baumeln zu lassen, bevor ich sie schließlich zum Höhepunkt brachte? Ich könnte sie stundenlang lecken, während sie mich anflehte, sie zu erlösen. Es wäre Musik in meinen Ohren, wenn sie schreiend und wimmernd um meinen Schwanz bettelte. Bei der Vorstellung bekam ich erneut einen Steifen.

»Zane?«

»Hm?«

»Ich habe dich gefragt, ob wir heute ins Büro gehen.« Sie ließ ihre Hüfte kreisen. »Aber ...« Sie verstummte, da sie offensichtlich bemerkt hatte, dass ich bereit für eine weitere Runde war.

Noch nie zuvor war mein Schwanz hart geworden, während ich ihn immer noch in meiner Partnerin vergraben hatte. Tatsächlich zog ich ihn für gewöhnlich sofort nach dem Sex heraus, sodass er nicht einmal in ihr erschlaffen konnte. Zudem benutzte ich immer ein Kondom und kuschelte nie. Doch nun war er hart und begierig. Allerdings würden meine Fantasien darüber, wie ich Ivy den Orgasmus verweigerte, wohl noch etwas warten müssen, denn wir sollten wirklich ins Büro fahren. Doch zuerst musste ich etwas hinsichtlich meines Ständers unternehmen.

»Dreh dich um und stütze dich auf Händen und Knien ab, Baby.« Ihre Augen funkelten vor Erregung. Bevor sie meinem Befehl jedoch Folge leisten konnte, beugte ich mich vor und flüsterte: »Ich werde dich hart und schnell ficken. Ich will, dass deine süße Muschi den ganzen Tag wund ist. Heute Abend, wenn wir nach Hause kommen, werde ich sie lecken und küssen, bis sie noch mehr schmerzt. Und wenn ich dich bis an den Rand des Wahnsinns getrieben habe, werde ich meinen Schwanz in dir vergraben.«

Nach Hause? Was zum Teufel habe ich da gerade gesagt?

Sie nickte und schluckte sichtlich, doch sie erwiderte nichts. Ich rollte mich auf die Seite, damit sie sich auf alle viere aufrichten konnte. Dann kniete ich mich hinter sie.

Mein Gott, sie war so schön. Sie hatte die Knie weit genug gespreizt, um mir einen Blick auf ihr Geschlecht zu gewähren. Vor allem fesselte mich der Anblick ihrer Schenkel. Ich ließ einen Finger an der Innenseite hinaufgleiten und strich über ihre befeuchtete Haut. Mein Herzschlag beschleunigte sich und meine Brust schwoll an. Zu sehen, wie mein Sperma aus ihr herausrann, weckte ein Verlangen tief in meinem Inneren. Dabei ging es nicht um Sex, Lust oder gar Liebe, sondern um das Wissen, das ich einen Teil von mir in ihr zurückgelassen hatte.

Ich schob die Emotion beiseite und presste meinen pochenden Schaft an ihren Unterleib. Mit ihrem Honig benetzte sie meine Eichel, bevor ich bis zum Anschlag in sie eindrang.

»Ich will dich schreien hören, Ivy.«

Und als ich sie auf den Gipfel der Lust trieb und sie meinen Namen schrie, machte ich mir keine Gedanken mehr darüber, dass ich mich in ihr ergoss.

* * *

»Ich werde nicht den ganzen Tag hier oben bleiben, Zane«, beschwerte Ivy sich.

»Oh doch, das wirst du«, entgegnete ich.

Wir wussten immer noch nicht, wo ihre Mutter war. Wenn Ivy ihren Platz am Empfang einnehmen würde, säße sie wie auf einem Präsentierteller. Jeder konnte den Wartebereich betreten, ohne eine Sicherheitskontrolle passieren zu müssen. Nur diejenigen, die in das Innere von Z Corps vordringen wollten, wurden überprüft. Bisher war das nie ein Problem gewesen. Donna hatte allein am Eingang gesessen, Anrufe entgegengenommen und Besucher angekündigt. Einer von uns hatte diese dann abgeholt und ins Innere geführt.

»Niemand weiß, dass ich hier arbeite«, fuhr Ivy fort.

»Sicher. Und wie hat sie dann von deiner Anstellung bei Techwatch erfahren?«

»Äh.«

»Ganz genau. Solange wir nicht wissen, wo Sarah sich befindet und wie sie darauf gekommen ist, dich bei Techwatch zu suchen, wirst du dich in der Öffentlichkeit nicht zeigen.«

»Das ist wirklich nicht nötig. Was kann sie mir schon antun? Mich anschreien? Im Ernst, Zane, ich bin ihre Beschimpfungen gewohnt. Damit kann sie mich nicht mehr verletzen.« Der Schmerz in ihren Augen strafte ihre Worte Lügen.

Sarahs Demütigungen trafen Ivy bis ins Mark, doch das wunderte mich nicht, denn die Frau hatte sie immerhin zur Welt gebracht.

»Baby, du sagst das zwar und vielleicht willst du es sogar glauben, aber ich werde es trotzdem unter allen Umständen verhindern. Diese Frau hat genügend von ihrem Gift verspritzt.«

»Ich will es nicht nur glauben. Ganz ehrlich, ich bin es gewohnt.« Sie stemmte eine Hand in die Hüfte und nahm eine trotzige Haltung ein. Verdammt, sie war sündhaft sexy, wenn sie mir ihre aufsässige Seite zeigte.

»Ich weiß, dass du es gewohnt bist. Da liegt ja gerade das Problem. Außerdem heißt das noch lange nicht, dass es dir nicht wehtut.«

»Ich will mich nicht mit dir darüber streiten«, erklärte sie.

»Weil ich recht habe?«

Das war die falsche Frage.

»Nein, du überheblicher Idiot. Weil ich nicht darüber reden will. Sie ist meine Mutter und ich weiß, was ich fühle. Ich brauche weder dich noch sonst irgendjemanden, der mir sagt, was ich denke. Wie würde es dir gefallen, wenn ich dir erzählen würde, was du fühlst?«

In diesem Moment klopfte es an der Tür und Linc trat ein. Er sah abwechselnd Ivy und mich an und verzog die Lippen zu einem Grinsen. Ich wartete darauf, dass er mir eine höhnische Bemerkung an den Kopf warf.

Alles war in bester Ordnung gewesen, bis wir die Zentrale erreicht hatten. Kaum hatten wir einen Fuß in mein Büro gesetzt, war es mit der entspannten Stimmung vorbei gewesen. Heute Morgen war ich an Ivys geschmeidigen, warmen Körper gekuschelt aufgewacht und hatte mich mehrere Male mit ihr vergnügt, bevor wir schließlich aufgestanden waren. Die übliche Beklemmung, die ich für gewöhnlich verspürte, wenn eine Frau mir zu nahe kam, war ausgeblieben und stattdessen war ich von einer tiefen Zufriedenheit durchströmt worden. Ich hätte wissen müssen, dass das Gefühl nicht von Dauer sein würde.

»Entschuldigt die Störung, aber wir haben einen Anruf vom Geschäftsführer von Techwatch erhalten. Forester Grant hat heute Morgen seine Kündigung eingereicht«, berichtete Linc.

»Scheiße.«

»Das ist noch nicht alles. Sarah Long wurde heute Morgen beim Verlassen von Foresters Haus gesichtet.«

»Wie bitte?«, schrie Ivy. »Das darf nicht wahr ein. Ich muss mit ihr reden.«

»Auf keinen Fall. Schick Colin und Leo, um sie festzunehmen. Hat Declan sich schon gemeldet?«

»Amy hat ihre Wohnung seit gestern Nachmittag nicht mehr verlassen«, informierte er mich.

»Hatte sie Besucher?«, wollte ich wissen.

»Negativ. Ich fahre jetzt dorthin, um die nächste Schicht zu übernehmen, damit Declan nach Hause gehen und sich ausruhen kann.«

»Ich werde mir überlegen, wie wir mit Forester verfahren sollen, und rufe dich an.«

»Klingt gut. Jasmin wollte wissen, ob du und Ivy heute Abend zum Essen kommen wollt.« Von wegen. Ich glaubte nicht, dass Jasmin uns eingeladen hatte. Mit der Frage wollte

Linc sicher nur herausfinden, was zwischen Ivy und mir vorging.

»Nicht jetzt, Linc«, entgegnete ich mit warnendem Tonfall.

»Sei nicht so unhöflich«, warf Ivy ein, bevor sie sich Linc zuwandte. »Danke für das Angebot, Lincoln. Können wir später auf dich zurückkommen?«

Linc schenkte Ivy ein Lächeln und zwinkerte ihr zu. »Klar doch, Schätzchen. Gib einfach Jasmin Bescheid, falls ich bis dahin noch nicht zurück bin.«

Schätzchen? Außer Jasmin hatte Linc noch nie eine Frau Schätzchen genannt. Was bezweckte er damit?

»Wir sehen uns heute Abend, großer Bruder«, sagte er lachend.

»Darauf würde ich nicht wetten, Arschgesicht«, rief ich ihm hinterher.

Sobald die Tür hinter ihm ins Schloss fiel, baute Ivy sich vor mir auf. »Warum beschimpfst du deinen Bruder ständig?«, wollte sie wissen.

»Damit er weiß, dass ich ihn liebe.«

»Das ergibt keinen Sinn«, entgegnete sie.

»Für ihn schon. Wie soll er sonst wissen, dass er mir etwas bedeutet?«

»Das ist absolut unlogisch.«

»Dann ist das wohl eine dieser unerklärlichen, wundersamen Begebenheiten.«

Ich setzte mich hinter meinen Schreibtisch und schaltete den Laptop ein. Ich musste mir Gedanken darüber machen, wie wir mit Forester Grant verfahren sollten. Die Ermittlungen in Bezug auf die Wirtschaftsspionage waren abgeschlossen. Wir hatten genügend Informationen gesammelt, die der Geschäftsführer dem Staatsanwalt vorlegen konnte, der wiederum eine offizielle Untersuchung einleiten würde. Die Regierung nahm derartige Vergehen sehr ernst. Aber wenn Forester erst einmal hinter Gittern saß, würden wir keine Gelegenheit mehr haben, ausreichend Beweise zusammenzutragen, um ihn wegen Drogenbesitzes und möglicherweise auch wegen Mordes anzuklagen. Ich wollte ihn für den Mord an Ivys Schwester büßen lassen, aber möglicherweise waren mir die Hände gebunden. Falls er versuchten sollte, sich aus dem Staub zu machen, dann hätte ich keine andere Wahl, als ihn festnehmen zu lassen.

Je länger ich darüber nachdachte, desto mehr war ich davon überzeugt, dass er keinen Fluchtversuch unternehmen würde. Er war gerade dabei, sich ein kriminelles Unternehmen aufzubauen, das profitabel genug war, dass er seinen Job bei Techwatch kündigen konnte. Und das bedeutete wiederum, dass uns noch etwas Zeit blieb. Sicher nicht viel, aber hoffentlich genug, um Forester festzunageln.

»Was genau hast du gesehen, als du Forester gefolgt bist?«, fragte ich.

»Das haben wir doch schon besprochen«, erwiderte Ivy.

»Lass es uns noch einmal durchgehen. Wenn du berücksichtigst, was du mittlerweile über Forester weißt, kommt dir im Nachhinein irgendetwas seltsam oder ungewöhnlich vor?«

Sie setzte sich auf einen Stuhl vor meinem Schreibtisch und umklammerte ihre Kaffeetasse mit beiden Händen.

»Ich weiß nicht recht. Es erschien mir merkwürdig, dass er sich immer nur mit denselben drei Frauen traf. Möglicherweise hatte er seine Stammnutten, aber es war dennoch seltsam. Sie alle hatten Ähnlichkeit miteinander. Ich hätte angenommen, dass ein Mann, der für Sex bezahlt, auch gern etwas Abwechslung hätte. Aber vielleicht steht er einfach auf einen bestimmten Typ Frau. Im Grunde war nichts an Forester normal. Nach der Arbeit ging er nach Hause, doch er zog sich nicht um. Er fuhr in ein Hotel, um sich dort mit einer der Frauen zu treffen, und verließ es nach einer Weile wieder.«

»Vielleicht hat er sich nicht umgezogen, aber hat er möglicherweise etwas zu Hause abgeladen oder abgeholt?«

Ivy dachte einen Moment über meine Frage nach. »Ja. Er hatte immer einen Rucksack dabei, wenn er aus dem Haus kam«, sagte sie.

»Er hat also einen Rucksack zu den Treffen mitgenommen. Hat er das Hotel jemals mit dem Rucksack verlassen?«

Ich öffnete die Fotos, die sowohl Declan als auch Ivy von Forester geschossen hatten. Wie erwartet war der Rucksack darauf zu sehen. Ich blätterte durch die Bilder, als Ivy antwortete: »Nein. Das ist seltsam, nicht wahr? Ich glaube nicht, dass er den Rucksack je bei sich hatte.«

»Also hat er ihn den Frauen gegeben.«

Ich durchforstete sämtliche Bilder, doch niemand hatte die Frauen beim Verlassen des Hotels fotografiert. Da wir nur Forester im Visier hatten, hatte niemand auf die Prostituierten geachtet. Ich griff nach dem Telefon auf meinem Schreibtisch, nahm den Hörer ab und wählte Garretts Durchwahl.

»Was gibt's?«, meldete er sich.

»Sieh dir die Aufzeichnungen der Überwachungskameras der Hotels an, in denen Forester ein und aus ging. Ich schicke dir die Daten und Uhrzeiten per E-Mail. Wir suchen nach Aufnahmen, auf denen die Frauen beim Verlassen des Gebäudes zu sehen sind. Vergleiche sämtliche Taschen, die sie bei sich trugen, mit dem Rucksack, den Forester beim Betreten dabeihatte.«

»Verstanden.«

Ich beendete das Gespräch und schickte Garrett die Daten und Zeiträume, die er auf den Videos überprüfen sollte.

»Was soll ich jetzt tun?«, fragte Ivy.

Ich blickte von meinem Laptop auf. Mir fielen sofort eine Menge Dinge ein, die sie tun könnte, doch nichts davon hatte etwas mit der Arbeit zu tun. Außerdem würden die Vorschläge zweifellos auf Empörung stoßen. Ich war jedoch nicht in der Lage, meine schmutzigen Gedenken zu unterdrücken, denn Ivy war einfach nur sexy. Sie musste nicht einmal etwas dafür tun und strahlte eine ganz natürliche Sinnlichkeit aus. Ich bezweifelte, dass sie wusste, welche Wirkung sie auf Männer hatte. Ihre Anziehungskraft ging über ihre äußere Erscheinung hinaus. Sie war auf frustrierende Weise unabhängig und argumentierfreudig, weigerte sich, Befehle entgegenzunehmen, und hatte keine Skrupel, mir die Meinung zu geigen, wenn ich ihrer Ansicht nach unhöflich oder herrisch war. Doch im richtigen Moment war sie bereit einzulenken. Ich hatte mich stets von Frauen wie ihr ferngehalten und stattdessen nur mit fügsamen Frauen verkehrt, die meine Autorität nicht infrage stellten. Oder solche, die verzweifelt versuchten, Eindruck zu schinden, und mir deshalb blind gehorchten, weil sie glaubten, mich damit beeindrucken zu können. Allerdings hatte ich nur wenig Respekt vor Frauen, die nicht in der Lage waren, für sich einzustehen. Sie stellten keine Bedrohung für mich dar und keine von ihnen konnte mein Interesse wecken. Ivy bot mir jedoch die Stirn, wenn ich sie verärgerte. Es war verdammt sexy und machte sie in meinen Augen zu der perfekten Partnerin. Und nun saß sie mir gegenüber, nachdem sie mehrere Nächte in meinem Bett verbracht hatte. Ich war geliefert.

Das größte Problem dabei war, dass ich sie nicht mehr gehen lassen wollte. Ich hatte sämtliche meiner Regeln über Bord geworfen, während sie es mit ihren sanften Berührungen und ihrer scharfen Zunge geschafft hatte, die stählerne Mauer zu überwinden, die ich um mich herum errichtet hatte.

»Wie gut kennst du dich mit Excel aus?«, wollte ich wissen.

»Meinst du nicht, du hättest mich das schon während des Vorstellungsgesprächs fragen sollen?«, entgegnete sie dreist.

»Willst du dich über meine Einstellungsmethoden auslassen oder willst du dich an die Arbeit machen?«

»Ja, ich kenne mich mit allen MS-Office-Produkten aus.«

»Gut. Hat Garrett dir ein Konto und eine E-Mail-Adresse eingerichtet?«

»Ja.«

Ich öffnete ein neues E-Mail-Fenster, tippte ihre Firmenadresse ein, hängte die benötigten Dateien an und drückte auf Senden.

»Es ist Freitag. Ich brauche die Arbeitszeittabellen sämtlicher Mitglieder des Teams. Ich habe dir den Bericht von letzter Woche geschickt, damit du eine Vorlage hast. Alle Jobs, an denen die Jungs arbeiten, sind codiert. Jedem Teammitglied ist ein Zahlencode zugeteilt …«

»Wenn ich den Bericht von letzter Woche vor mir habe, werde ich mich schon zurechtfinden. Falls ich dennoch Fragen habe, werde ich mich an Rena wenden«, unterbrach sie mich.

»Nur zu, Miss Neunmalklug. Aber falls du Fragen hast, kommst du zu mir. Ich will nicht, dass du zum Empfang gehst.«

»Zane«, protestierte sie.

»Es ist mein Ernst. Was das betrifft, solltest du mich nicht herausfordern. Falls du durch die Sicherheitstür trittst, werde ich dir den Hintern versohlen, das verspreche ich dir. Du kannst Renas Büro benutzen.« Sie zog die Stirn in Falten und bedachte mich mit einem finsteren Blick, dann wandte sie sich um und ging in Richtung Tür. Noch bevor sie über die Schwelle trat, rief ich ihr zu: »Wir essen um zwölf Uhr zu Mittag.«

Sie zog die Tür mit einem lauten Knall hinter sich zu und ich lehnte mich in meinem Sessel zurück. Ich fragte mich, ob ihr zierlicher Körper wohl unter meinen Schreibtisch passte. Sie würde mir die Arbeit durchaus versüßen, wenn sie meinen Schwanz mit ihrem sinnlichen Mund umschloss, während ich die täglichen Lageberichte las. Unwillkürlich verzog ich die Lippen zu einem Lächeln, als ich mir vorstellte, wie sie auf den Vorschlag reagieren würde. Ja, das Teufelsweib wäre sicher außer sich vor Wut.

KAPITEL SECHZEHN

IVY

Wie war ich hier gelandet?

Diese Frage stellte ich mir heute schon zum tausendsten Mal. Zuerst war ich in Zanes Bett aufgewacht, dann war ich mit ihm zur Arbeit gefahren und später hatte er mich zum Mittagessen ausgeführt. Sämtliche Mitglieder des Teams, einschließlich Rena, schienen sich an meiner Anwesenheit nicht zu stören und hießen mich sogar willkommen. Ich wusste nicht recht, wie ich damit umgehen sollte. Leo erzählte mir von seiner Frau Olivia. Jaxon versicherte mir, dass seine Lebensgefährtin Violet mich lieben würde. Und Garrett berichtete mir von Eric und seinem Tod, der sich erst kürzlich bei einem Einsatz in Brasilien ereignet hatte. In diesem Moment wurde mir klar, welchen Gefahren Zane bei der Arbeit tatsächlich ausgesetzt war. Er und sein Team jagten nicht irgendwelche Firmenspione, sondern Terroristen.

Obwohl Zane mir erklärt hatte, dass er ein von der Regierung bezahlter Auftragskiller war, hatte ich die Bedeutung seiner Worte nicht wirklich verinnerlicht. Ich dachte, er hätte übertrieben, um mir seinen Standpunkt klarzumachen. Aber er verdiente seinen Lebensunterhalt tatsächlich mit der Jagd auf Bösewichte. Garrett hatte mir zudem erzählt, dass Zane sich für Erics Tod verantwortlich fühlte. Bei dem Gedanken verspürte ich einen schmerzhaften Stich im Herzen. Nach allem, was ich gehört hatte, hätte Zane nichts tun können, um Eric davon abzuhalten, den Rest des Teams zu retten, indem er sich auf eine Granate geworfen hatte.

»Bist du bereit?«, fragte Zane, als er Renas Büro betrat, in dem ich am Schreibtisch saß und arbeitete.

»Ja. Hast du meine E-Mail mit den Arbeitszeittabellen erhalten?«, fragte ich, ohne von meinem Computer aufzublicken.

»Ja.«

In seiner Stimme schwang ein seltsamer Unterton mit und ich hob den Kopf. Zane stand im Türrahmen und betrachtete mich mit nachdenklicher Miene.

»Ist alles okay?«, erkundigte ich mich.

»Nein.« Er kam auf mich zu und setzte sich auf einen der Bürostühle vor Renas Schreibtisch.

»War mit dem Bericht etwas nicht in Ordnung?«

»Doch, es war alles bestens.« Ich wartete darauf, dass er fortfuhr, aber er schwieg und starrte mich an.

»Wo liegt dann das Problem? Hast du deine Meinung über meine Anstellung hier geändert?«

»Nein. Ich habe dich gern hier.« Er legte die Stirn in Falten und zögerte. Augenscheinlich war ihm unbehaglich zumute. »Ich weiß nicht, wie ich mit Forester verfahren soll. Wir haben genügend Informationen zusammengetragen, um sie an die Drogenvollzugsbehörde zu übergeben. Damit wäre er nicht mehr unser Problem.«

»Aber?«

»Ich habe den Kripobeamten angerufen, der den Fall

deiner Schwester bearbeitet hat. Die Polizei hat ihren Tod als Folge einer Überdosis eingestuft und ist nicht bereit, die Ermittlungen wieder aufzunehmen. Wenn ich also der Drogenvollzugsbehörde die Informationen übergebe, ist es vorbei. Der Kerl wird mit dem Mord an deiner Schwester davonkommen.«

Es war ihm nicht egal.

Ich traute meinen Ohren kaum. Zane glaubte mir, dass Forester meine Schwester getötet hatte. Sie war zwar an einer Überdosis gestorben, aber sie hatte sich den Schuss weder selbst gesetzt, noch war es ein Unfall gewesen. Forester hatte ihr die Drogen verabreicht, um sie loszuwerden. Ich wusste es einfach.

»Was willst du nun tun?«, fragte ich

»Ich will den Mistkerl festnageln. Er nutzt schwache Frauen für seine Zwecke aus und hat Joanna umgebracht. Aber je länger er frei herumläuft, desto größer ist die Gefahr, dass er die Flucht ergreift oder untertaucht. Dann werden wir ihn verlieren. Wir sind hier nicht im Nahen Osten, wo ich mehr Handlungsspielraum habe. Hier gibt es Gesetze, die ich bis zu einem gewissen Grad zwar beugen kann, aber brechen kann ich sie nicht. Außerdem ist da noch die Sache mit deiner Mutter.«

»Habt ihr sie gefunden?«

»Nein. Sie ist wie vom Erdboden verschluckt. Seit wir sie beim Verlassen von Foresters Haus gesehen haben, hat sich ihre Spur verloren. Ich hatte in seiner Straße keine Kameras anbringen lassen. Das war ein Fehler, den ich mittlerweile behoben habe.«

Es klang ganz danach, als investierte er in diesen Fall entschieden zu viel Geld und Ressourcen, die anderweitig besser eingesetzt werden könnten. Zum Beispiel für seine zahlenden Kunden.

»Vielleicht ist sie zurück nach Florida gefahren. Hör zu,

ich weiß es zu schätzen, was du getan hast und was du bereit bist, noch zu tun, aber vielleicht solltest du ihn einfach den Behörden ausliefern. Ich habe heute gesehen, wie viele Arbeitsstunden das Team in Forester investiert hat. Da Techwatch nun nicht mehr für die Ermittlungen aufkommt, will ich nicht, dass du noch mehr Zeit auf diesen Fall verschwendest. Grant wird sich für die Firmenspionage und den Drogenhandel verantworten müssen. Das ist doch immerhin etwas, nicht wahr?«

»Fang nicht schon wieder damit an, Ivy«, sagte Zane mit warnendem Unterton.

»Das tue ich nicht. Aber … etwas ist besser als nichts. Ich will nicht, dass du zu viel Geld …«

»Ivy!«

Ich stieß ein Schnauben aus. »Hör auf damit, Zane. Ich bin nur realistisch. Du führst ein Unternehmen, keine Wohltätigkeitsorganisation.«

»Was soll der Mist?«

Warum war er nur derart verärgert? Ich brachte den Mann scheinbar häufiger in Rage, als mir lieb war.

»Wenn du Joeys Tod weiter untersuchst, wird dich das ein halbes Vermögen kosten. Ich will nicht, dass du weiter Ressourcen verschwendest, wenn du stattdessen für Kunden arbeiten könntest, die dir gutes Geld für deine Dienste bezahlen. Ich weiß, dass Grant sie getötet hat, das sollte mir genügen. Er wird wegen der Drogen hinter Gittern landen, mehr wollte ich nicht.«

»Nein, das ist nicht wahr«, entgegnete Zane und stand auf. »Du wolltest ihn nicht einfach nur im Gefängnis sehen, sondern ihn für den Mord an deiner Schwester bezahlen lassen. Und genau das werden wir tun.«

Am liebsten hätte ich ihm widersprochen und ihn zurechtgewiesen, weil er mir einmal mehr erzählen wollte, wie ich mich fühlte, doch er hatte recht. Ich wollte, dass Forester für den Mord an Joey büßen musste.

»Komm schon«, sagte er schließlich. »Wir müssen auf dem Weg nach Hause noch im Supermarkt halten.«

Nach Hause.

Er hatte sein Penthouse nun schon mehrmals als unser beider *Zuhause* bezeichnet. Und jedes Mal hatte ich Schmetterlinge im Bauch. Sicher hatte es nichts zu bedeuten und war nur so dahergesagt, aber es war dennoch Musik in meinen Ohren. Tatsächlich hatte ich nie ein wirkliches Heim. Während meiner Kindheit zogen wir oft um. Jedes Mal wenn wieder ein Räumungsbescheid ins Haus flatterte, mussten wir eine andere Absteige finden und blieben so lange dort, bis wir erneut hinausgeworfen wurden. Ich hatte weder Stabilität noch Beständigkeit erfahren. Selbst nachdem ich aus der Wohnung meiner Mutter ausgezogen war, wechselte ich häufig die Bleibe, da ich mich nie irgendwo wirklich heimisch gefühlt hatte. Bis Zane in mein Leben getreten war. In seinem Apartment fühlte ich mich sicher und konnte mich entspannen. Möglicherweise lag das daran, dass sein Penthouse sich so weit oben über der Stadt befand und mir dort nichts und niemand etwas anhaben konnte. Vielleicht wusste ich auch einfach, dass Zane nie jemandem gestatten würde, in seine Festung einzudringen. Aber vielleicht machte ich mir nur etwas vor.

»Bist du so weit?«, fragte er und riss mich aus meinen Gedanken.

»Ja. Hast du Linc gesagt, dass wir seine Einladung zum Abendessen ablehnen?«

»Ja, habe ich«, bestätigte er.

»Warst du dabei höflich?« Statt einer Antwort zog Zane eine perfekt geformte Augenbraue in die Höhe. »Aha.« Lachend schnappte ich mir meine Handtasche und folgte ihm zur Tür hinaus.

Auf dem Weg nach draußen winkte er seinen Mitarbeitern zum Abschied zu. Als wir schließlich seinen Wagen erreichten, war ich wieder zur Vernunft gekommen. Ich hatte Zane nichts zu bieten und konnte mir derart dekadente Träume nicht leisten. Dieser Mann war viel zu gut für mich. Also würde ich den Sex genießen und mich von ihm beschützen lassen, bis er das Spiel leid war. Dann würde ich weiterziehen.

Das tat ich immer.

* * *

WIR LUDEN GERADE DIE EINKAUFSTÜTEN IN DEN KOFFERRAUM von Zanes Range Rover, als er mich plötzlich zwischen sich und die geöffnete Heckklappe des Wagens schob. Nachdem er mir im Supermarkt jedes Mal einen Vortrag gehalten hatte, wenn ich etwas in den Einkaufswagen gelegt hatte, was seiner Meinung nach ungesund war, war ich ohnehin mit den Nerven am Ende. Als er mich nun auch noch wortlos herumschubste, hatte ich endgültig die Nase voll. »Hör auf damit«, beschwerte ich mich und versuchte zurückzuweichen.

»Ivy«, ertönte die raue Stimme einer Frau, die in ihrem Leben eindeutig zu viel geraucht hatte. »Ich suche schon seit einer halben Ewigkeit nach dir.«

Nicht jetzt. Bitte, Herr im Himmel, nicht im Beisein von Zane.

»Mutter.« Ich drehte mich in Zanes Armen zu der Frau um, die mich zur Welt gebracht hatte. Sie war meine Erzeugerin, mehr nicht. »Dies ist kein guter Zeitpunkt. Können wir uns später unterhalten?«

»Können wir uns später unterhalten?«, äffte sie mich nach. »Du bist genauso überheblich, wie ich dich in Erinnerung habe. Du glaubst wohl, du bist etwas Besseres.«

Ich spürte, wie Zane einen Schritt vortreten wollte, und

packte ihn am Unterarm, um ihm Einhalt zu gebieten. Offenbar wollte Sarah sich auf dem Parkplatz des Supermarktes mit mir anlegen, und ich würde sie gewähren lassen. Denn wenn ich versuchen würde, sie zum Teufel zu jagen, würde sie mir nur eine Szene machen.

»Nun, du hast mich gefunden. Was willst du?«, fragte ich.

»Ich will, dass du aufhörst, in Foresters Angelegenheiten herumzuschnüffeln. Du bist zu weit gegangen, als du deinen neuen, reichen Freund in die Sache mit hineingezogen hast.«

»Forester? Warum warst du überhaupt bei Grant? Du musst dich von ihm fernhalten. Er ist ein übler Kerl, Mom. Er hat Joey getötet.«

»Er hat sie nicht umgebracht. Sie wurde gierig und hat mehr konsumiert, als sie hätte nehmen sollen. So war Joey nun einmal, sie konnte nie genug bekommen.«

»Wie bitte?«

»Hör zu, Ivy, du hattest schon immer einen Stock im Arsch und hast alles zunichtegemacht, wenn ich zur Abwechslung etwas Glück im Leben hatte. Du hast immer nur dummes Zeug geredet und mir mit dem Jugendamt oder der Polizei gedroht. Aber ich werde nicht zulassen, dass du mir diese Sache auch noch vermasselst. Also kümmere dich ausnahmsweise mal um deinen eigenen Kram und verpiss dich.«

»Was vermasseln?«, fragte Zane und verzog angewidert den Mund.

»Das geht dich nichts an, verdammt. Ganz sicher hat Ivy sich dir angebiedert und dich davon überzeugt, dass sie kein Abschaum ist. Aber genau das ist sie. Du mit deinem schönen Wagen und deinen schicken Klamotten glaubst wahrscheinlich, dass du den Gestank von meiner Tochter abwaschen kannst. Aber das kannst du nicht. Irgendwann wirst du die Nase voll von ihr haben und sie wegwerfen. Sie kann sich einen Mann wie dich nicht leisten. Männer wie du sind für Huren wie uns nichts weiter als eine warme Mahlzeit.«

Ich konnte damit leben, wenn meine Mutter mich beschimpfte. Aber wenn sie Zane beleidigte, brachte sie das Fass zum Überlaufen. Er war ein guter Mann und hatte eine solche Respektlosigkeit nicht verdient.

»Das reicht jetzt. Du kannst mich nennen, wie du willst. Aber sprich nicht so mit ihm.«

»Dummes Mädchen. Du hast nichts gelernt und hast immer noch den Kopf in den Wolken. Ihm ist es scheißegal, was ich von ihm denke, denn er weiß, dass wir Abschaum sind. Wenn er dir den Laufpass gibt, wird er sich nicht einmal an diese Unterhaltung erinnern, und wird einfach froh sein, dass er dich endlich los ist. Es hat mich noch nie interessiert, wen du fickst oder was du tust. Aber wenn du deine Nase weiter in Dinge steckst, die dich nichts angehen, wirst du so enden wie Joey. Nämlich unter der Erde.«

»Das reicht jetzt«, warf Zane ein.

»Verpiss dich. Ich rede mit meiner Tochter«, entgegnete Sarah, die sich noch nie von jemandem den Mund hatte verbieten lassen.

»Von wegen. Du sprichst mit meiner Frau. Ich habe nur aus dem Grund nicht schon früher eingegriffen, weil ich wissen wollte, welche Rolle du in Foresters Machenschaften spielst. Wie ich sehe, steckst du bis zum Hals mit drin. Also kannst du ihm eine Nachricht von mir übermitteln. Sag ihm, dass er ausgespielt hat. Ich gebe euch beiden einen guten Rat: Wenn einer von euch noch einmal in Ivys Nähe kommt, bringe ich ihn um.«

»Du drohst mir?«, fragte Sarah.

»Verdammt richtig, das tue ich. Du bist verrückt. Ich weiß nicht, was dir in deinem erbärmlichen Leben passiert ist, dass du so verdammt verkorkst bist, aber du bist so neidisch auf die

Schönheit deiner Tochter, dass du nicht mehr klar denken kannst. Wie durch ein Wunder hat sie alles, was du gern hättest. Du beschimpfst sie nur, weil du es nicht verkraften kannst, dass sie dir entglitten ist. Du hast wirklich alles getan, um ihr Leben zu zerstören, aber du konntest sie dennoch nicht brechen. Du kannst es nicht ertragen, wie stark sie ist, während du nichts weiter bist als ein erbärmliches, schwaches Stück Scheiße. Du behauptest, es sei dir egal, was Ivy aus ihrem Leben macht. Wunderbar. Hör zu, du Schlampe, für dich existiert sie nicht mehr. Wenn ich dich das nächste Mal sehe, werde ich dir eine Kugel in den Kopf jagen. Hast du verstanden?«

»Du machst Witze!«

»Sehe ich aus, als würde ich scherzen?«

»Du drohst mir damit, mich zu erschießen?«

»Du wärst nicht die Erste und du wirst auch nicht die Letzte sein. Aber wenn du Ivy auch nur schief ansiehst, wirst du die Radieschen von unten betrachten.«

»Und du lässt zu, dass er so mit deiner Mama spricht?«, wandte Sarah sich an mich.

Zugegebenermaßen musste ich schlucken, als Zane meiner Mutter damit drohte, ihr eine Kugel in den Kopf zu jagen. Ich hatte Angst, er könnte seine Worte wahr machen. Aber dann wallten all die Erinnerungen an meine Kindheit wieder in mir auf.

»Weißt du noch, wie du zugelassen hast, dass Lance mich verprügelt, weil ich einen Beutel Kokain die Toilette hinuntergespült hatte? Erinnerst du dich daran, als ich Joey aus dem Haus eines Dealers geholt habe und er an die Haustür geklopft hat? Du hast ihn in mein Zimmer gelassen als er sagte, er wolle mich vergewaltigen, um auf seine Kosten zu kommen. Und dann war da noch das eine Mal, als du zu high warst, um das Haus zu verlassen, und wolltest, dass ich dir ein paar Freier abnehme.«

»Was soll der Mist? Das ist doch Schnee von gestern und hat keinerlei Bedeutung.«

»Doch, es ist sogar von großer Bedeutung. Ich wollte dir helfen, von den Drogen loszukommen. Auch Joey wollte ich retten. Ich weiß gar nicht mehr, wie oft ich versucht habe, euch beiden unter die Arme zu greifen. Aber ich kann nicht mehr. Lass mich in Frieden. Du hast mich mein ganzes Leben lang gehasst, während ich mit aller Kraft versucht habe, dich zu lieben. Das hier hast du dir selbst zuzuschreiben. Ich kann dich nicht vor Zane beschützen und selbst wenn ich es könnte, würde ich es nicht tun.«

»Du bist eine undankbare Schlampe. Ich habe Forester von dir ferngehalten. Eigentlich wollte er dich, aber ich habe ihm stattdessen Joey gegeben. Sie war stärker als du und konnte es ertragen. Ich wünschte, ich hätte ihm gestattet, euch beide zu nehmen. Dann hättest du wenigstens gelernt, wo dein Platz ist.«

Bevor ich sie fragen konnte, was sie damit meinte, war sie verschwunden. Zane hatte bereits sein Handy gezückt und telefonierte, doch ich konnte nicht verstehen, was er sagte, denn ich wiederholte im Geiste immer wieder die Worte meiner Mutter.

Eigentlich wollte er dich.

KAPITEL SIEBZEHN

ZANE

Mein.

Ivy gehörte mir. Ich würde sie beschützen und rächen. Sie war die Meine.

Den ganzen Tag lang hatte ich mit meinen Gefühlen gerungen. Auch das war neu für mich, denn für gewöhnlich verlief mein Leben äußerst geradlinig. Die einzigen Emotionen, die ich mir selbst gestattete, waren meine Wut, meine Schuldgefühle und meine Entschlossenheit. Mir war bewusst, dass ich mich nicht an Ivy binden sollte, doch dafür war es nun zu spät. Ich hatte nur noch ein Ziel vor Augen und würde alles daransetzen, sie zu der Meinen zu machen.

Die ganze Zeit über hatte in meinem Inneren ein Krieg getobt, doch nun war die Schlacht geschlagen. Ich wusste, was ich zu tun hatte. Es würde ein langer, steiniger Weg werden, der mit mehr emotionalem Ballast gepflastert sein würde, als ich zu bewältigen vermochte, doch das konnte mich nicht davon abhalten, ihn zu beschreiten. Dabei würde ich mir stets vor Augen halten, was Ivy mir zu bieten hatte, und würde mich davon leiten lassen. Und ich würde sie nicht enttäuschen. Die Frau, die nun niedergeschlagen und gebrochen vor mir stand, war dazu bestimmt, an meiner Seite zu sein. Das spürte ich bis ins Mark. Sie war stärker, als ich es mir je hätte vorstellen können. Schon nach fünf Minuten in Gegenwart dieser giftigen Schlage, die sich ihre Mutter schimpfte, verspürte ich den unbändigen Drang, einen Mord begehen zu wollen. Ivy hatte sich ihre Beschimpfungen ein Leben lang anhören müssen. Allein der Gedanke war für mich fast unerträglich. Niemand hatte es verdient, in derart schrecklichen Verhältnissen aufwachsen zu müssen.

Ivy stand immer noch unter Schock, als ich ihr beim Einsteigen half. Während der Heimfahrt saß sie schweigend neben mir. Sie war in sich gekehrt, als ich sie ins Haus führte und sie auf die Couch setzte. Sie zog die Knie an die Brust und schlang die Arme um die Beine.

»Es tut mir leid«, flüsterte sie. »Es ist mir so peinlich, dass du das miterleben musstest.«

»Es muss dir nicht peinlich sein«, versicherte ich ihr.

»Das war noch harmlos.«

»Verdammt, Baby. Es tut mir so leid.«

»Mein ganzes Leben lang hat sie mir zu verstehen gegeben, dass ich nur Abschaum sei. Und mein ganzes Leben lang habe ich versucht, ihr das Gegenteil zu demonstrieren. Ich wollte mir selbst beweisen, dass ich ein besserer Mensch sein kann, als sie mir glauben machte. Aber was, wenn sie recht hat? Was, wenn sich der Dreck und der Gestank nicht abwaschen lassen? Letzten Endes bin ich ihre Tochter. Was ist, wenn diese Veranlagung, die sie in sich trägt, auch in mir schlummert? Ich bin es so leid, dagegen anzukämpfen.«

Auf keinen Fall würde ich zulassen, dass diese Schlange Ivy noch mehr niederschmetterte, als sie es bereits getan hatte.

»Du musst gegen überhaupt nichts ankämpfen, denn du

bist nicht wie sie. Ganz und gar nicht, Ivy. Du hast nicht die geringste Ähnlichkeit mit ihr. Du bist schön und stark. Die Frau, der ich heute begegnet bin, ist schwach, rachsüchtig und von Neid zerfressen. Sie hatte nicht die Kraft, die Dämonen in ihrem Inneren zu besiegen. Baby, du musst nicht mehr kämpfen, sondern sollest anfangen zu leben. Sei einfach du selbst.«

»Ich kann nicht einfach verlernen, was sie mich gelehrt hat, Zane.«

»Doch, das kannst du, und ich werde dir dabei helfen. Ich werde dafür sorgen, dass du jedes einzelne böse Wort vergisst, das sie dir je an den Kopf geworfen hat, und dass du jede Lektion verlernst, die sie dir je aufgezwungen hat. Irgendwann wird Sarah Long nur noch eine entfernte Erinnerung sein.«

»Wie schaffst du es, zu vergessen?«, fragte sie.

Plötzlich hatte ich das Gefühl, als würde mir die Luft aus der Lunge gepresst. Ich verstand genau, worauf sie mit ihrer Frage hinauswollte, doch ich begriff nicht ganz, warum sie sie stellte. Noch nie hatte mich jemand derart direkt auf mein Privatleben angesprochen. Mein Bruder war der Einzige, der den Mut hatte, das Thema anzuschneiden. Alle anderen zollten mir den Respekt, den ich verdient hatte, und hielten den Mund. Aber wenn ich Ivy für mich beanspruchen wollte, musste ich mich ihr gegenüber öffnen. Es wäre sicher nicht leicht. Bisher hatte ich nicht einmal in Erwägung gezogen, einem anderen Menschen einen Blick in mein Innerstes zu gewähren. Nicht einmal Linc.

»Ich vergesse nicht«, antwortete ich schließlich.

Die meisten Männer, mit denen ich Seite an Seite gekämpft hatte, hatten gelernt, sich abzuschotten. Sie hatte gelernt, schreckliche Erfahrungen, Erinnerungen und Emotionen in Schubladen zu verpacken und sie wegzusperren, damit sie nie wieder an die Oberfläche gelangten. Ich war dazu nicht in der Lage und gestattete mir nicht, zu vergessen. Schließlich lag das Leben anderer in meinen Händen, und ich musste dafür sorgen, dass ich begangene Fehler nicht wiederholen würde.

»Weil du dich verantwortlich fühlst?«

»Weil ich es *bin*. Jeder Aspekt eines Einsatzes unterliegt meiner Verantwortung.«

»Ist diese Ansicht nicht ein wenig egozentrisch? Du kannst nicht alles kontrollieren.«

»Im Kampf gibt es kein Ego. Aber trotz allem muss ich jederzeit die Kontrolle behalten. Falls ich nachlässig werde, verlieren andere Menschen möglicherweise ihr Leben. Ich kann nicht so tun, als seien das Schicksal, schlechtes Timing oder falsche Informationen daran schuld. Jede Narbe auf meiner Seele ist auf ein Versagen meinerseits zurückzuführen. Sie ist entstanden, weil ich meine Männer, meine Mission und mein Land enttäuscht habe, und sie erinnert mich stets an meine Verfehlungen.« Ich hielt inne, denn nach diesem Geständnis musste ich erst einmal durchatmen. »Du hast meine Narben gesehen, Ivy. Ich habe nie versucht, sie vor dir zu verbergen. Ich habe mir die Hände schmutzig gemacht und Menschenleben ausgelöscht. Und ich werde nicht damit aufhören. Es gehört zu meinem Job und ist ein Teil von mir. Ich werde mein Bestes tun, dich nicht damit zu belasten, wenn ich abends zu dir nach Hause komme, aber ich kann dir nicht versprechen, dass es mir immer gelingen wird. Vielleicht bin ich ein Arschloch, aber ich bin kein Lügner und ich mache keine Versprechen, die ich nicht halten kann.«

»Was meinst du damit, dass du *abends zu mir nach Hause kommst*?«

Offenbar wusste ich nicht, was ich tat, und war die Sache völlig falsch angegangen. Ich klang wie ein liebeskranker Teenager, der den Stimmbruch noch nicht ganz hinter sich hatte. Süßholzraspeln lag mir nicht im Blut und es fiel mir schwer, ihr zu erklären, was ich mir wünschte.

Scheiße!

Spuck es einfach aus, Lewis.

»Ich habe so etwas noch nie getan«, gestand ich.

»Was hast du noch nie getan?«

»Das hier. Uns. Diese Beziehung. Für gewöhnlich lasse ich niemanden an mich heran. Bevor ich dir begegnet bin, hatte ich noch nie mit einer Frau gefrühstückt. Ich habe weder mehrere Nächte mit ein und derselben Frau verbracht, noch habe ich je mit jemandem über meine Gefühle gesprochen. Normalerweise vergnüge ich mich mit einer meiner Eroberungen und danach gehen wir getrennte Wege. Am nächsten Morgen biete ich ihr nicht einmal einen Kaffee an, da ich keinen falschen Eindruck erwecken möchte. Ein Kaffee würde nur dazu führen, dass ich mich mit ihr unterhalten müsste.«

»Autsch.«

»So bin ich nun einmal, Ivy. Ich bin ein Arschloch und lebe nach strengen Regeln, die ich geschaffen habe, um mich und andere zu schützen.«

»Dann willst du also, dass ich gehe?« Ihre verwirrte Miene war einem verletzten Gesichtsausdruck gewichen. Ich stand kurz davor, es zu vermasseln.

»Nein. Ich möchte, dass du bleibst.« Ich brauchte einen Drink. Nein, ich brauchte keinen Drink, sondern zwei neue Eier in der Hose, denn meine waren mir scheinbar abhandengekommen. »Offenbar gehe ich das alles falsch an. Ich habe versucht, auf Distanz zu bleiben, aber ich kann mich einfach nicht von dir fernhalten. Du spukst mir ständig im Kopf herum. Es fing an dem Morgen nach unserer ersten gemeinsam Nacht an, als ich aufwachte und du nicht da warst. Ich war wütend, weil ich nicht einmal deinen Nachnamen kannte und dich deshalb nicht hätte ausfindig machen können. Und ich war wütend auf das Universum, weil es mir etwas so Wunderbares hatte zuteilwerden lassen, nur um es mir gleich wieder zu entreißen. Ich kann einfach nicht aufhören, an dich zu denken. Selbst wenn du im Raum nebenan bist, ist das noch nicht nahe genug. Ich will dich an meiner Seite haben. Damit will ich sagen, dass ich dich nicht gehen lasse, ob es dir nun gefällt oder nicht.«

»Habe ich ein Mitspracherecht?«, fragte sie mit einem Lächeln.

»Nein. Du gehörst mir. Noch nie war ich mir einer Sache so sicher.«

»Nun … wenn ich keine Wahl habe …«

»Du hast eine Wahl. Aber kein Mitspracherecht.«

»Das ergibt keinen Sinn, Zane.«

»Doch, das tut es. Ich sage dir, wo es langgeht, und du hast die Wahl, es mir leicht oder schwer zu machen, bevor du dich mir fügst.«

»Ich bin mir nicht sicher, ob mir dieser gebieterische Ton gefällt«, schnaubte sie.

»Du wirst lernen, ihn zu lieben«, versicherte ich ihr.

»Das glaube ich weniger. Du solltest deine Worte vielleicht noch einmal überdenken. Ich mag es nicht sonderlich, wenn man mich herumkommandiert.«

Ich setzte mich neben sie auf die Couch, packte ihre Arme und zog sie an mich, bis sie rittlings auf meinem Schoß saß. Sie grummelte etwas, machte jedoch keine Anstalten aufzustehen. Ich umfasste mit beiden Händen ihr Gesicht und bedachte sie mit einem eindringlichen Blick.

»Ich werde dich nie herumkommandieren. Zuweilen bin ich gebieterisch, aber ich bin kein Arschloch, das dich herumschubst. Irgendwann wird dir die Tatsache gefallen, dass ich das Sagen habe, denn dadurch kannst du dich frei entfalten in dem Wissen, dass ich dich immer beschützen werde. Ich werde nie etwas von dir verlangen, was du nicht tun willst, nur um dir meine Macht zu beweisen. Ich wünsche mir nur, dass du glücklich und in Sicherheit bist. Mir ist bewusst, dass ich nicht alles kontrollieren kann, aber ich werde mein Möglichstes tun. Ich kann dir nicht erklären, warum es so ist, aber ich kann einfach nicht anders. Andernfalls werde ich launisch, wie Jasmin so treffend bemerkt hat.«

»Darf ich entscheiden, was wir zu Abend essen, oder willst du sogar den Speiseplan bestimmen?«, fragte sie keck.

»Jetzt benimmst du dich wie eine freche Göre. Wenn du so weitermachst, werde ich dir den Hintern versohlen.« Ivys Augen leuchteten auf. Es gefiel mir, dass der Gedanke sie zu erregen schien. Mein Bedürfnis nach Kontrolle erstreckte sich auch aufs Schlafzimmer, doch das schien sie glücklicherweise zu genießen. »Gefällt dir die Vorstellung, von mir übers Knie gelegt zu werden?«

»Ich schäme mich, es zuzugeben, aber der Gedanke ist erregend.«

»Warum schämst du dich?«, fragte ich und ließ meine Hände an ihrem Oberkörper auf und ab gleiten. Mir fiel es entschieden leichter, über meine Gefühle zu sprechen, wenn sie auf meinem Schoß saß. Wahrscheinlich sollte ich in Zukunft alle Gespräche mit ihr auf diese Weise führen.

»Weil ich kein Kind bin, das bestraft werden muss.«

»Nein, das bist du nicht. Du bist eine willensstarke, unabhängige Frau, die es genießt, wenn ihr Mann ihr den Hintern rot färbt. Aber nicht, weil ich das Recht habe, dich zu bestrafen, sondern weil es mich verdammt erregt. Im Gegenzug beschere ich dir atemberaubende Orgasmen und die Freiheit, dich einfach fallen zu lassen.«

»Wenn du es so ausdrückst ...«, erwiderte sie mit einem Lächeln. »Muss ich dann vor dir knien und mich an bestimmte Regeln halten?«

Ich war mir nicht sicher, ob der Gedanke sie erregte oder ob sie Reißaus nehmen wollte. Ihr Gesicht zeigte keinerlei

Regung. Aber sie würde in Kürze wissen, wie ich darüber dachte, denn die Vorstellung von Ivy, die vor mir kniete und darauf wartete, mich zu befriedigen, ließ meinen Schwanz anschwellen. Für gewöhnlich hielt ich meine eigenen Neigungen in Schach, wenn ich mit einer Frau schlief. Ivy hatte ich zwar einen kleinen Einblick in meine Vorlieben gewährt, doch im Großen und Ganzen hatte ich mich bisher zurückgehalten. Ich wusste, welche Art von Beziehung ich mir wünschte. Es war mir nicht wichtig, Macht über die Frau auszuüben, aber ich brauchte ein gewisses Maß an Kontrolle.

Es war an der Zeit, dass ich ehrlich war. Ich atmete tief durch und festigte meinen Griff um Ivys Hintern, wobei ich meine Hüfte aufbäumte und meine Erektion gegen ihren Unterleib presste.

»Allein die Vorstellung, wie du vor mir kniest, lässt meinen Schwanz hart werden.« Sie wollte ihre Hüfte kreisen lassen, doch ich hielt sie fest. »Aber ich werde nie von dir verlangen, dich mir zu unterwerfen. Ich werde dich nur um das bitten, was du bereit bist zu geben. Wenn du irgendwann das Bedürfnis verspürst, dich meinen Befehlen zu beugen, dann können wir darüber reden. Und was die Regeln angeht, so ist alles verhandelbar, bis auf deine Sicherheit.«

»Aber würdest du dir wünschen, dass ich mich dir unterwerfe? Denkst du nicht, dass ich dafür zu stur bin?« Sie senkte reumütig den Blick.

»Baby, wann hast du im Bett je gegen mich aufbegehrt?« Sie errötete und wandte erneut den Blick ab. »Das Schlafzimmer scheint der einzige Ort zu sein, an dem du dich mir voll und ganz fügst. Du gibst dich deiner Lust hin und vertraust darauf, dass ich dich auffange. Mehr brauche ich nicht.«

»Was ist mit all den anderen Dingen?«, fragte sie.

»Welche anderen Dinge?«

»Du weißt schon das Fesseln, die Paddel, die Peitschen?«
Sie lief hochrot an und mein Schwanz zuckte.

»Erregt dich der Gedanke, von mir gefesselt zu werden?«
Sie nickte. »Dann werde ich dich festbinden und ficken.
Willst du, dass ich dir den Hintern mit einem Paddel versohle?« Sie wollte schon den Kopf schütteln, hielt dann aber
inne und schürzte die Lippen. »Steh auf.« Sie zuckte zusammen, tat aber wie geheißen. »Zieh deine Jeans und dein
Höschen aus und setz dich dann wieder auf meinen Schoß.«
Für einen kurzen Augenblick schien sie zu überlegen, ob sie
meiner Aufforderung nachkommen sollte, doch dann entledigte sie sich ihrer Hose und ihres Slips und setzte sich rittlings auf mich. »Willst du, dass ich dir den Hintern
versohle?«, fragte ich noch einmal.

»Ich bin mir nicht sicher«, flüsterte sie und wand sich auf
meinem Schoß. »Mir hat noch nie jemand den Hintern
versohlt.«

Unwillkürlich entfuhr mir ein animalisches Knurren. Die
Vorstellung, wie ein anderer Mann sie berührte, behagte mir
ganz und gar nicht. »Gut. Wenn ich dich mit meinem Paddel
zum Höhepunkt bringe, werde ich dein Erster sein.« Sie
begann, ihre Hüfte vor- und zurückzuschieben und ihr
Geschlecht an meiner Hose zu reiben. »Knöpf mir die Hose
auf und befreie meinen Schwanz.«

Ihre Augen leuchteten auf, als sie weit genug nach hinten
rutschte, um sich an meiner Hose zu schaffen zu machen.

»Bist du feucht?«, fragte ich.

Sie nickte.

»Zeig es mir.« Die Worte verwirrten sie sichtlich. Es war
mir ein Rätsel, wie diese Frau es geschafft hatte, sich ihre
Unschuld zu bewahren. »Schiebe dir langsam einen Finger
in die Muschi und zeig mir, wie feucht du bist.«

Sie zögerte.

»Sieh mich an.« Ich wartete, bis sie meinem Blick begegnete. »Du bist verdammt sexy und musst dich für nichts schämen. Jetzt schiebe deinen Finger langsam in deine Muschi.« Sie führte eine zitternde Hand zwischen ihre Schenkel und tat wie geheißen. Einen Moment später streckte sie mir ihren feuchten Finger entgegen. »Ich will dich schmecken.« Ohne auf eine Antwort zu warten, packte ich ihr Handgelenk und führte ihre Hand an meine Lippen. Als ich ihren Finger in meinen Mund saugte, explodierte ihr Geschmack auf meiner Zunge. »So gut.« Mit der anderen Hand umfasste ich meinen Schaft und drückte den Ansatz, während ich dem Drang widerstand, mich selbst zu massieren. »Irgendwann werde ich dir dabei zusehen, wie du dich befriedigst, während ich mir für dich einen runterhole. Aber jetzt will ich, dass du mich reitest.«

Ivy richtete sich auf, sodass ich meinen Schwanz an ihr Geschlecht führen konnte, bevor sie sich langsam wieder absenkte. »Verdammt, du fühlst dich so gut an. Ich liebe es, wenn du meinen nackten Schwanz mit deinem Honig benetzt. Ich kann dich hautnah spüren.«

Als ich mich bis zum Anschlag in ihr vergraben hatte, entfuhr ihr ein Stöhnen. Ich zog ihr das T-Shirt über den Kopf und warf es beiseite, bevor ich die Träger ihres BHs über ihre Schultern schob und ihre Brüste entblößte. Dann beugte ich mich vor und umschloss eine ihrer Brustwarzen mit den Lippen. Als ich glaubte, sie ausreichend gequält zu haben, wechselte ich die Seite.

»Zane«, stöhnte Ivy.

»Ja, Baby?«, fragte ich.

»Ich muss mich bewegen.«

»Schiebe deine Hüfte vor und zurück«, befahl ich ihr.

Sie tat wie geheißen und stimulierte dabei ihre Klitoris.

»Oh Gott.«

»Kannst du so zum Höhepunkt kommen?«

»Ich werde nicht lange brauchen«, keuchte sie und beschleunigte ihre Bewegungen.

Ich liebkoste abwechselnd ihre beiden Nippel und packte ihre Hüfte, um ihr zu helfen.

»Ich komme gleich, Baby«, hauchte sie.

Verdammt, ich liebte es, wenn sie mich Baby nannte. Sie. Nur sie.

»Komm für mich, Ivy. Komm auf meinem Schwanz.«

Sie warf den Kopf in den Nacken und verlieh ihrer Ekstase mit einem lauten Schrei Ausdruck. Obwohl sie sich nicht mehr bewegte, drohten die Zuckungen in ihrem Unterleib mich zu entmannen. Im Geiste zählte ich das kleine Einmaleins durch und versuchte, dem Drang zu widerstehen, mich ebenfalls über den Abgrund fallen zu lassen.

Ich hatte noch einiges mit Ivy vor, da wäre es nicht sonderlich hilfreich, wenn ich mich in weniger als fünf Minuten auf der Couch ergoss.

KAPITEL ACHTZEHN

IVY

Etwas hatte sich verändert. Zane schien noch gebieterischer als sonst. Ich konnte es nicht recht erklären, denn er hatte schon immer gern das Sagen gehabt, aber der autoritäre Unterton in seiner Stimme und die Art, wie er mir befohlen hatte, die Hose auszuziehen und mich selbst zu berühren, war so viel intensiver. Und er schien noch selbstsicherer als zuvor.

Ich liebte es.

Die Wogen der Ekstase waren kaum verebbt, da hob er mich hoch und trug mich ins Schlafzimmer. Ich dachte nicht einmal daran zu protestieren, denn meine Beine fühlten sich an wie Gummi und es war schön, umsorgt zu werden.

Er bettete mich auf die Matratze und begann, mit den Lippen an meinem Oberschenkel hinaufzuwandern. Der Gedanke, er könnte seinen Mund an mein Geschlecht drücken, bereitete mir Unbehagen und ich versuchte, die Beine zusammenzupressen.

»Nicht«, sagte er und versetzte mir einen leichten Klaps auf die Außenseite meines Oberschenkels.

»Aber … Zane …« Wie sollte ich ihm erklären, dass ich den ganzen Tag in meinen Jeans herumgelaufen war? Und gerade eben hatten wir zusammen geschlafen. Ich wollte zuerst duschen, bevor er mich mit dem Mund verwöhnte.

»Ich weiß, was du denkst. Hör auf damit! Wenn ich deine Muschi nicht schmecken wollte, würde ich es nicht tun.« Mein Gott, er brachte mich in Verlegenheit. Ich war derart unverblümte Worte nicht gewohnt. »Halt still. Ich will dich schmecken, bevor ich dich ficke.«

Ich tat wie geheißen und schloss die Augen. Bei der ersten Berührung seiner Zunge war ich mir nicht mehr sicher, warum ich derart verlegen war. Als er dann mit einem Finger in mich eindrang und an meiner Klitoris saugte, wusste ich nicht mehr, warum ich mich überhaupt dagegen gewehrt hatte.

»Du schmeckst so gut«, sagte er, bevor er meine Schenkel weiter spreizte und sich auf mich legte.

Ich ließ die Hände an seinen Bauch gleiten und zeichnete die Wölbungen seiner Muskeln mit den Fingern nach.

»Und du bist so sexy«, sagte ich.

»Es freut mich, dass du so denkst.«

»So verdammt sexy.«

Er schenkte mir ein aufrichtiges Lächeln, das mir den Atem raubte.

»Und deine Grübchen. Ich liebe es zu sehen, wie du lächelst.«

Ich bedauerte meine Worte augenblicklich, denn sein Lächeln erstarb.

»In der Vergangenheit hatte ich nicht viel Grund zu lächeln, Ivy.«

Seine Worte versetzten mir einen schmerzhaften Stich im Herzen. Der Gedanke, dass er unglücklich war und ständig die Last seiner Schuldgefühle mit sich herumtrug, war erschütternd. Er sollte ein unbeschwertes Leben führen und täglich einen Grund haben zu lächeln.

»Das werden wir ändern«, versicherte ich ihm.

Er beugte sich vor und küsste mich zärtlich. Ich fragte mich, ob ich mich jemals daran gewöhnen würde, wie er mir über die Lippen leckte, bevor er seine Zunge in meinen Mund schob. Meine Güte, ich hoffte es nicht, denn ich genoss die Vorfreude auf seine Liebkosung viel zu sehr. Er hatte gesagt, dass er mich an seiner Seite haben wollte. Ich war mir nicht sicher, was das zu bedeuten hatte, aber ich war bereit, es herauszufinden. Ich wollte wissen, wie es wäre, zu Zane Lewis zu gehören, wenn auch nur für kurze Zeit.

Ich spürte, wie er seinen Schaft an meinen Unterleib presste, und hob ungeduldig das Becken an. Schließlich drang er in mich ein, ohne den Kuss zu unterbrechen. Er gab einen gemäßigten Rhythmus vor, während er uns mit jeder Berührung, jedem Stoß und jeder Liebkosung auf den Gipfel der Ekstase zutrieb.

»Komm mit mir«, flüsterte er mit emotionsgeschwängerter Stimme.

Ich wusste nicht, was Zane dazu bewogen hatte, seine Meinung über mich zu ändern und eine Beziehung mit mir anzustreben, aber ich war dankbar. Er gab mir alles, was ich mir nie zu erträumen gewagt hätte.

»Baby«, keuchte ich, als das flammende Inferno mich zu verzehren drohte.

»Ivy«, stöhnte er. Er drang noch einmal tief in mich ein und ergoss sich in mir. Es war seltsam, aber dieser Akt, der in meinen Augen immer eine Waffe gewesen war, bescherte mir nun inneren Frieden.

»Wie kommt es nur, dass du mich so verrückt machst?«, fragte er und vergrub sein Gesicht an meinem Nacken.

Ich wusste nicht, was ich erwidern sollte, also schlang ich

meine Beine um seine Taille und streichelte seinen schweiß-
nassen Rücken, während ich das Gefühl seiner Muskeln
genoss, die sich unter meinen Fingern anspannten. Ich
konnte ihm nicht antworten, da ich mir die gleiche Frage
gestellt hatte. Ich wollte mich in ihm verlieren und seinen
Worten Glauben schenken. Und ich wollte darauf vertrauen,
dass er tatsächlich der Mann war, der er vorgab zu sein.
Wäre ich in der Lage, die Vergangenheit hinter mir zu lassen?
Wäre Zane imstande, mich alles vergessen zu lassen?

»Wohin bist du mit deinen Gedanken gewandert?«, fragte
er. Ich hatte gar nicht bemerkt, dass sein Gesicht einen
besorgten Ausdruck angenommen hatte.

»Warum ich?«, platzte ich heraus.

Diese Frage schwirrte mir unentwegt durch den Kopf.
Warum wollte dieser große, starke Mann seine eigenen
Regeln für Abschaum wie mich brechen? Das weibliche
Geschlecht lag ihm zu Füßen. Er hatte es nicht nötig, sich
mit einer Frau herumzuschlagen, die mit einer drogenabhän-
gigen Mutter und inneren Dämonen zu kämpfen hatte, die
sie nachts zu ersticken drohten. Häufig schlief ich mit dem
Wunsch ein, nie aus diesem Albtraum aufwachen zu müssen.

»Baby«, flüsterte er und strich mir eine zerzauste Haarsträhne aus dem Gesicht.

Er war so verdammt zärtlich. Der harte, unbezwingbare
Mann, den er dem Rest der Welt zeigte, war sexy und
beängstigend, und er durchströmte mich mit unbändiger
Lust. Aber wenn er mir diese sanfte Seite von sich zeigte, war
er absolut unwiderstehlich. In diesen Momenten hätte ich
alles für ihn getan.

»Ich meine es ernst. Sieh dich doch an. Die Frauenwelt
reißt sich um dich. Du könntest eine schöne, kluge Frau
haben, die nicht vorbelastet ist. Jemand, der dir etwas zu
bieten hat und dir ebenbürtig ist.«

»Ivy, ich möchte, dass du mir jetzt ganz genau zuhörst.

Ich werde nicht zulassen, dass du schlecht über dich selbst sprichst, nicht einmal ansatzweise. Du hast mir eine Menge zu bieten, denn du bist nicht nur schön und klug, sondern auch stark, aufreizend, sexy, einfallsreich und unabhängig, um nur einige Eigenschaften zu nennen. Du wirst mir nie ebenbürtig sein, weil du besser bist als ich. Deine Güte und dein Licht werden meine Dunkelheit immer überstrahlen.«

Es machte mich traurig, wenn er von seiner vermeintlich dunklen Seele sprach.

»Sag so etwas nicht. Du beschützt doch nur die Menschen, die du liebst. Daran ist nichts Dunkles.«

Er rollte sich mit mir auf die Seite und zog mich mit dem Rücken an seine Brust. Die Tatsache, dass ich sein Gesicht nicht mehr sehen konnte, versetzte mir einen Stich im Herzen, denn auf diese Weise versteckte er sich vor mir.

»Ich bin kein guter Mensch, Baby. Du darfst dir nicht einreden, dass ich all diese Dinge aus Liebe tue.« In seiner tiefen Stimme schwang ein bedrohlicher Unterton mit. Ich konnte das Vibrieren in meinem Nacken spüren und wurde von einem kalten Schauer durchströmt. »Ich jage Menschen. Um genau zu sein, spüre ich den schlimmsten Abschaum dieser Welt auf, und wenn ich ihn gefunden habe, schicke ich ihn zur Hölle. Daran ist nichts schön. Und so pathetische Worte wie Ehre und Aufopferung können nicht über die Tatsache hinwegtäuschen, dass ich im Grunde ein Mörder bin. Die Regierung billigt die Tötungen zwar und das Gesetz schützt mich, aber nichts und niemand kann mich von meinen Sünden freisprechen. Diese sind für immer in meine Seele eingebrannt und in mein Herz gemeißelt, und ich werde nichts tun können, um sie zu entfernen. Als ich dieser Schlampe damit gedroht habe, ihr eine Kugel in den Kopf zu jagen, falls sie es noch einmal wagen sollte, mit dir zu sprechen, habe ich es ernst gemeint. Ich werde es tun und danach keinerlei Reue empfinden. Du wirst entscheiden müssen, ob du mich um meiner selbst willen akzeptieren kannst.«

»Ich glaube dir nicht.« Bei meinen Worten zuckte Zane zusammen, also fuhr ich hastig fort: »Ich glaube nicht, dass du kein guter Mensch bist. Ich weiß, dass du dich irrst, denn du empfindest Schuld und Reue. Jeder kann sehen, wie sehr es dich plagt. Du bist kein kaltblütiger Mörder. Vielmehr opferst du dein eigenes Wohlbefinden, damit andere es nicht tun müssen. Deine Seele ist auch nicht dunkel oder verdammt, sondern erfüllt mit Mut und Tapferkeit, die die meisten Männer vermissen lassen. Dir gefällt es nicht, wenn ich mich selbst herabwürdige. Nun, dasselbe gilt für dich, denn ich mag es genauso wenig, wenn du dich marterst. Ich will derartige Worte nicht mehr aus deinem Mund hören, sonst lege ich dich übers Knie und versohle dir deinen knackigen Hintern.«

Zane hatte sich mittlerweile entspannt und bebte nun vor Lachen.

»Baby, ich würde zu gern sehen, wie du es versuchst.«

»Führe mich nicht in Versuchung, Zane Lewis. Ich bin stärker, als du denkst. Zum Beispiel kann ich dich mit einem Beinhebel fixieren und dir so schnell den Hintern versohlen, dass du gar nicht weißt, wie dir geschieht. Du hast ja keine Ahnung, wozu ich fähig bin.«

»Wozu du fähig bist, hm?«

»Allerdings, ich verfüge sogar über beachtliche Fähigkeiten«, scherzte ich.

»Kommt bei einer dieser Fähigkeiten auch dein Mund zum Einsatz?«, fragte er und liebkoste meinen Nacken. Im Handumdrehen hatte ich das Gerede über das Töten vergessen.

»Vielleicht solltest du dich auf den Rücken drehen und es herausfinden.« Ich rieb meinen Hintern an seinem inzwischen harten Schwanz und wurde augenblicklich von einem elektrisierenden Kribbeln durchzuckt. »Du kannst dich auf etwas gefasst machen.«

»Ich kann es kaum erwarten.«

»Dann sei still und dreh dich um.«

Er tat wie geheißen und ich setzte mich rittlings auf ihn. Ich betrachtete seinen umwerfenden Körper und ließ meine Hände über seine Brust gleiten. Als er die Lippen zu einem Lächeln verzog, stockte mir der Atem. Zane war ohnehin ein überaus attraktiver Mann, aber wenn sein finsterer Gesichtsausdruck einer entspannten Miene wich, war er atemberaubend schön.

»Eigentlich ist es von Vorteil, dass du nur selten lächelst«, sinnierte ich.

»Warum?«

»Weil die Frauen dir sonst wie streunende Hunde in Scharen nachlaufen würden.«

»Glücklicherweise füttere ich keine Streuner.«

Ich versetzte ihm einen Klaps auf die Brust, dann beugte ich mich vor, um die Stelle mit den Lippen zu liebkosen. »Du bist gemein.«

»Und du bist verdammt sexy«, erwiderte er.

»Ach wirklich?« Ich ließ meinen Mund tiefer bis zu seinem Bauch gleiten. »Das sagst du doch nicht nur, weil ich dir gleich den Blowjob deines Lebens verpassen werde, oder?« Ich leckte über seine Muskeln und fühlte, wie sie sich unter meiner Zunge anspannten.

»Verdammt. Sexy. Dabei ist es völlig egal, ob du vollständig bekleidet bist oder meinen Schwanz reitest. Du bist einfach sexy.«

»Nun, das Kompliment kann ich nur zurückgeben, Mr. Lewis.« Ich stieß mit dem Mund gegen seinen langen, dicken Schwanz, der auf seinem Bauch ruhte. »Und zu meinem Glück bist du obendrein gut bestückt.«

Ich umschloss seine Eichel mit meinen Lippen und saugte

kräftig daran. Er umfasste mit beiden Händen meinen Kopf, woraufhin ich innehielt. »Oh nein. Finger weg.«

»Du machst mich fertig«, jammerte er.

»Bisher noch nicht.«

Ich war ganz aufgeregt. Nun hatte ich die Kontrolle und würde ihn so lange quälen, wie er mich gewähren ließ. Als er seine Hände wieder auf der Matratze ablegte, leckte ich über die gesamte Länge seines Schwanzes. Da ich keine Stelle auslassen wollte, liebkoste ich seine Hoden, bevor ich meine Zunge wieder über seinen Schaft bis zu seiner Eichel gleiten ließ. Nachdem ich ihn noch ein paarmal geleckt hatte, umschloss ich seinen Schwanz schließlich mit meinen Lippen und nahm ihn bis zur Hälfte in den Mund.

»Mein Gott, das fühlt sich so gut an.«

Ich hielt nicht inne, um etwas zu erwidern, sondern beschleunigte das Tempo und massierte ihn zugleich mit einer Hand. Jedes Mal wenn ich mich absenkte, festigte ich den Griff um seinen Schaft und streichelte ihn bis zum Ansatz.

Als er mit beiden Händen meinen Kopf umfasste, ließ ich augenblicklich seinen Schwanz aus meinem Mund gleiten. »Hände auf die Matratze«, erinnerte ich ihn.

»Ich gebe dir noch drei Minuten, bevor ich dich umdrehe, dich an die Bettkante ziehe, deinen Kopf nach hinten neige und dich in den Hals ficke«, knurrte er.

»So ungeduldig«, tadelte ich mit einem leisen Lachen.

Als er die Hände wieder sinken ließ, beschloss ich, ihn von seinem Elend zu erlösen. Ich leckte mir erwartungsvoll über die Lippen und Zane ließ stöhnend den Kopf auf das Kissen fallen.

»Ivy.« Ich war mir nicht sicher, ob er mich anflehte weiterzumachen oder mir befahl, mich zu beeilen. Wie dem auch sei, ich war bereit, ihn in den Wahnsinn zu treiben.

Ich ließ seinen Schwanz wieder in meinen Mund gleiten,

doch statt auf halbem Weg innezuhalten, nahm ich ihn tiefer in mich auf, bis seine Eichel gegen meinen Rachen stieß Dann zog ich den Kopf ein kleines Stück zurück, bevor ich ihn erneut absenkte. Diesmal schob ich ihn noch weiter vor sodass seine Eichel in meine Kehle glitt.

»Heilige Scheiße, Ivy!«, brüllte Zane.

Jetzt hatte ich ihn in der Tasche. Ich gehörte zu den Glücklichen, die keinen Würgereflex hatten. Zwar war ich keine Expertin in sexuellen Belangen, aber in Sachen Blowjob war ich eine Meisterin.

Immer wieder zog ich den Kopf zurück und flachte dann die Zunge ab, bevor ich seinen Schwanz wieder in meinen Rachen gleiten ließ. Je schneller ich mich bewegte, desto mehr zuckte und wand Zane sich.

»Ich komme gleich, Baby. Zieh dich zurück, wenn du es nicht schlucken willst.«

Dummer Mann. Seine Worte spornten mich nur noch mehr an. Als ich spürte, wie sein Schwanz anschwoll, stieß ich ein Summen aus und schluckte. Sein Sperma kitzelte meine Kehle, bevor ich den Kopf ein Stück anheben musste, um Luft zu holen. Als die Wogen seiner Ekstase langsam verebbten, schluckte ich die letzten Tropfen seines Lustsaftes und ließ seinen Schaft langsam aus meinem Mund gleiten.

»Oh Gott. Heilige Scheiße. Ich bin süchtig.«

Sein Kompliment zauberte mir ein Lächeln auf die Lippen.

»Siehst du, ich habe dich nicht fertiggemacht.«

»Doch, das hast du. Ich dachte, ich werde ohnmächtig, als du um meinen Schwanz herum gesummt hast und ich mich in deiner Kehle ergossen habe. Ich hatte keine Ahnung, dass es so gut sein kann.«

Ich legte meinen Kopf auf seine Brust und lauschte seinem pochenden Herzen. Am liebsten wäre ich bis in alle Ewigkeit dort verharrt.

»Wir sollten duschen und dann etwas essen«, sagte er nach ein paar Minuten angenehmen Schweigens.

»Ich bin viel zu entspannt, um mich zu bewegen«, erwiderte ich, woraufhin er sich versteifte. »Was ist los?«

»Nichts. Ich habe gerade dasselbe gedacht. Noch nie in meinem Leben habe ich so einen ... inneren Frieden empfunden.«

»Ist das etwas Schlechtes?«

»Nein, Baby. Ich bin nur überrascht, das ist alles.«

»Auf eine gute Art überrascht?«, fragte ich schläfrig. Wenn er weiter so sanft meinen Rücken streichelte, würde ich schon bald in den Schlaf abdriften.

»Nur du, Ivy. Ich kann es nicht erklären und ich bin klug genug, es nicht zu hinterfragen. Aber ich weiß tief im Inneren, dass niemand außer dir meine Dämonen besänftigen kann.«

In diesem Moment verliebte ich mich endgültig in ihn. Meine Liebe zu ihm war nicht vergleichbar mit der aus einem Märchenbuch, sondern verzehrte mein ganzes Wesen. Zane hatte meine Seele mit seiner verschmolzen. Es war egal, was in den folgenden Tagen, Wochen oder Jahren passieren würde. Ich würde für immer die Seine sein.

Noch lange nachdem ich gegangen war, würde mein Herz ihm gehören.

KAPITEL NEUNZEHN

ZANE

Ich hatte mich bereits mental auf die Sticheleien vorbereitet, die mein Team mir an den Kopf werfen würde. Und ich wusste, dass es schmerzhaft werden würde. Jetzt, da ich mein Glück gefunden und eine Frau als die Meine beansprucht hatte, würden die anderen mir die Hölle heißmachen.

Ich versuchte jedoch, das Thema zu umgehen, und kam ohne Umschweife auf den Fall zu sprechen. »Wie weit sind wir mit den Bildern?«, fragte ich Garrett, sobald sich alle um den Konferenztisch versammelt hatten. Er schob mir einen Ordner zu und ich nahm ihn entgegen.

»Dann sollen wir wohl die Tatsache ignorieren, dass du heute mit Ivy Hand in Hand das Gebäude betreten hast?«, warf Leo ein.

»Ja«, antwortete ich, doch die anderen ignorierten mich einfach.

»Da er jetzt dauerhaft einen warmen Arsch in seinem Bett hat, wird das seine Laune hoffentlich heben«, fügte Colin hinzu.

»Wage es nicht, Ivy als warmen Arsch zu bezeichnen«, entgegnete ich und bedachte Colin mit einem finsteren Blick.

»Dann werden wir unseren Plan, Ivy als Köder zu benutzen, jetzt wohl nicht mehr in die Tat umsetzen können«, murmelte Jaxon. Die Worte waren ein Seitenhieb, da ich ihn auf dem Rückweg aus Afrika ebenfalls aus der Reserve gelockt hatte, indem ich ihm damit gedroht hatte, Violet als Lockvogel einzusetzen.

Ich quittierte die Bemerkung mit einem Knurren.

»Wie sind die Mächtigen doch gefallen«, bemerkte Jasmin mit einem Grinsen.

Ich warf einen erwartungsvollen Blick auf die beiden verbleibenden Männer im Raum, die bisher noch nichts gesagt hatten. Declan schien sich nicht an der Unterhaltung beteiligen zu wollen. Er war neu im Team und konnte nicht wissen, wie ich Linc, Jax und Leo das Leben schwer gemacht hatte, als sie mit ihren Gefühlen für ihre Frauen zu kämpfen hatten. Von Linc hätte ich erwartet, dass er von allen am lautesten krähen würde. Er saß jedoch gedankenverloren auf seinem Stuhl und schwieg. Das hatte sicher nichts Gutes zu bedeuten.

»Ich freue mich für dich, Bruder«, sagte er schließlich. Ich hätte wissen müssen, dass er auf die Sticheleien verzichten und mir stattdessen rührselige Gefühlsduseleien an den Kopf werfen würde.

»Großartig. Seid ihr jetzt fertig? Wir haben noch einiges zu tun«, sagte ich.

Sie waren noch lange nicht fertig und hoben von Neuem an. Während sie sich über mich lustig machten, lehnte ich mich zurück und ließ ihre ungehobelten Kommentare über mich ergehen. Mit Ivy an meiner Seite konnte mich nichts mehr aus der Ruhe bringen. Ich würde jede Art von verbaler Folter ertragen, solange sie am Ende des Tages mir gehörte.

»Wann ist die Hochzeit?«, wollte Declan wissen.

Die Frage hätte in mir eigentlich eine allergische Reaktion hervorrufen müssen, doch das tat sie nicht. Früher hätte der Gedanke, eine Frau dauerhaft an mich zu binden, bei mir einen Würgereiz ausgelöst. Aber Ivy war nicht irgendeine Frau. Aus einem unerklärlichen Grund wusste ich, dass sie für mich bestimmt war. Doch das würde ich meinem Team nicht verraten, denn ich wollte den anderen nicht noch mehr Munition liefern.

»Jetzt seid ihr fertig.« Mit diesen Worten öffnete ich den Ordner, den Garrett mir gegeben hatte, und betrachtete die Bilder der Überwachungskameras aus den Hotels. »Ivy hatte recht. Forester übergibt den Rucksack den Prostituierten.«

»Dazu habe ich folgende Theorie«, begann Declan. »Ausgehend von dem, was Amy uns erzählt hat, glaube ich nicht, dass er sie alle vögelt. Vielmehr benutzt er sie, um seine Drogen zu vertreiben.«

»Dem stimme ich zu. Ich habe die Berichte gelesen, als ich heute Morgen nach Hause kam«, meldete Lincoln sich zu Wort. »Amy fickt ihn nicht und sie sagte, er sucht sich nur Frauen aus, die er erpressen kann, weil sie jemanden oder etwas schützen. Er wusste von Ivy.«

»Sarah Long hat uns gestern einen Besuch abgestattet. Unter anderem hat sie verlauten lassen, dass Forester es ursprünglich auf Ivy abgesehen hatte, sie ihm stattdessen aber Joanna überlassen hat«, berichtete ich.

»Nachdem du gestern angerufen hattest, habe ich Sarahs Bankkonto und ihre Telefonverbindungen überprüft, über die sie seit zwei Jahren verfügt«, sagte Garrett und warf einen Stapel Papiere auf den Tisch. »Sie hat fast täglich mit Forester telefoniert und auf ihrem Konto sind monatliche Zahlungen eingegangen.«

»Verdammte Schlampe. Sie hat Joanna verkauft.«

Was stimmte mit dieser Frau nicht? Sie hatte Ivy das

Leben zur Hölle gemacht und ihre eigene Stieftochter als Prostituierte verscherbelt. Schreckte sie denn vor gar nichts zurück?

»Sieht ganz so aus. Und billig obendrein, für fünf Riesen im Monat. Die Zahlungen wurden diesen Monat eingestellt. Ich nehme an, dass Sarah deshalb hier aufgetaucht ist«, schloss Garrett.

»Möglicherweise. Sarah hat gesagt, dass sie sich die Sache nicht von Ivy versauen lassen will. Wahrscheinlich will Forester sich von Sarah lossagen und ihr den Geldhahn abdrehen. Sarah hat Ivy angeblafft, sie solle ihre Nase nicht in ihre Angelegenheiten stecken. Sie schien regelrecht verzweifelt.«

»Ich musste tief graben, aber ich bin über Informationen über ein kleines Lagerhaus gestoßen, das Forester gemietet hat. Er hat eine Scheinfirma in Delaware gegründet, die jedoch keinerlei Umsätze macht.« Garretts hervorragender Spürsinn erinnerte mich daran, warum ich ihn eingestellt hatte, bevor er sich ein weiteres Mal bei der Navy verpflichten konnte. Er war nicht gerade billig gewesen, denn ich hatte ihm die Einberufungsprämie ausgezahlt und sein Gehalt verdoppelt, doch es hatte sich gelohnt.

»Declan, du kommst mit mir. Linc und Garrett, ihr überprüft Foresters Kreditkarten, und findet heraus, ob wir die Rucksäcke zurückverfolgen können. Ich will den Behörden ein umfangreiches, sauber geordnetes Paket übergeben, damit sie die Sache gar nicht erst vermasseln können. Alles muss bis ins kleinste Detail vermerkt werden.«

»Verstanden«, antwortete Garrett, dann stand er auf und machte sich auf den Weg zur Tür. Declan folgte ihm.

»Jaxon, du wirst heute Amy überwachen. Leo, finde alles über Sarah Long heraus. Ich will die Schlampe hinter Gitter bringen, bevor ich mich dazu verleiten lasse, sie zu erschießen, und wegen Mordes angeklagt werde.«

Die Männer nickten zustimmend und verließen den Raum.

»Bevor du dich mit Dec auf den Weg machst, würde ich gern kurz mit dir reden. Ich warte in deinem Büro auf dich«, sagte Colin und verließ ebenfalls den Konferenzraum. Ich blieb mit Linc und Jasmin zurück. Die sahen mich erwartungsvoll an. Vor allem mein Bruder schien mir noch etwas sagen zu wollen. Ich betrachtete den wachsenden Bauch meiner Schwägerin und stellte mir vor, wie Ivy mein Kind unter dem Herzen trug. Noch nie zuvor hatte ich über Nachwuchs nachgedacht. Ich hatte zu viele schreckliche Dinge getan und gesehen, um ein Kind in meine beschissene Welt setzen zu wollen. Aber ich hatte auch nicht damit gerechnet, je einer Frau wie Ivy zu begegnen.

»Ab wann hat der Arzt dir Mutterschaftsurlaub verordnet?«, fragte ich.

»Ab sofort«, antwortete Lincoln.

»Er sagte, ich könne weiterarbeiten und aktiv bleiben, solange ich in der Lage dazu bin«, korrigierte Jasmin ihren Mann.

»Ab heute verrichtest du nur noch Schreibtischarbeit«, befahl ich.

»Aber …«

»Kein Aber. Entweder du hilfst Garrett oder du gehst nach Hause.« Mittlerweile verstand ich, warum Linc derart verrücktspielte. Wenn Ivy im siebenten Monat schwanger mit meinem Kind wäre, würde ich sie ans Bett fesseln und sie zwingen, die Füße hochzulegen. Auf keinen Fall würde ich sie bei einem Fall hinzuziehen.

»Also schön«, schnaubte sie und stand auf. »Aber ich nehme alles zurück. Ich freue mich nicht für dich und hoffe, du leidest an Impotenz und bekommst keinen hoch. Idiot.«

Lincoln brach in schallendes Gelächter aus, doch ich runzelte nur die Stirn. Allein die Vorstellung, dass mein

Schwanz unbrauchbar sein könnte, war erschreckend. Es wäre die reinste Folter, neben Ivy im Bett zu liegen und sie nicht vögeln zu können. Ganz zu schweigen davon, dass sie meinen Schaft dann nicht mehr mit ihren hübschen Lippen umschließen würde, während ich sie in den Hals fickte. Lieber würde ich mir mit Zahnstochern die Augäpfel ausstechen, als mich nie wieder von ihr mit dem Mund verwöhnen zu lassen. Als Ivy sagte, dass sie über beachtliche Fähigkeiten verfügte, hatte sie nicht gelogen. Heilige Scheiße, die Frau würde einen Felsbrocken durch einen Strohhalm saugen können. Außerdem hatte sie keinen Würgereflex und schluckte meinen Schwanz meisterlich. Manche Männer behaupteten, so etwas wie einen schlechten Blowjob gäbe es nicht. Damit lagen sie falsch. Ich hatte schon viele schlechte Blowjobs erlebt, doch Ivy wusste genau, wie sie mich zum Wahnsinn treiben konnte. Noch nie zuvor war ich in den Genuss gekommen, mich im Rachen einer Frau zu ergießen – nicht in ihrem Mund, sondern in ihrem Rachen. Das Gefühl war berauschend.

Mit Ivy war alles um ein Vielfaches erregender.

»Es ist schön, dich glücklich zu sehen«, sagte Linc.

Ich dachte über seine Worte nach. War ich glücklich? War dieses Gefühl das, was ich unter Glück verstand?

»Ich habe sie nicht verdient.«

»Fang nicht damit an, Zane«, warnte er mich.

»Damit will ich nicht sagen, dass ich sie nicht zu der Meinen machen will. Denn das werde ich tun. Nichtsdestotrotz weiß ich, dass ich dieses Glück nicht verdient habe, wenn so viele Menschen meinetwegen nie wieder die Gelegenheit haben werden, es zu empfinden.«

»Du bist unglaublich. Hältst du dich für Gott oder warum denkst du, dass du an ihrem Tod etwas hättest ändern können?«, erwiderte Linc. »Glaubst du, Eric würde dir dein Glück missgönnen? Er ist verdammt noch mal gestorben, damit du es finden kannst. Das solltest du niemals vergessen. Eric hat sein Leben geopfert, damit Leo und ich die Geburt unserer Kinder erleben dürfen, damit Declan die Chance hat, seine Schwester kennenzulernen, damit Jaxon Violet retten konnte und damit du endlich die Vergangenheit hinter dir lassen und inneren Frieden finden kannst. Die Männer und Frauen, die du in die Schlacht geführt hast, sind dir nicht gefolgt, weil sie sich hinter dir verstecken wollten, sondern weil sie an deiner Seite kämpfen wollten. Während einer Mission lege ich mein Leben in deine Hände und du deines in meine. Wir vertrauen einander. Du bist ein guter Mann und ein großartiger Anführer. Aber du bist kein allmächtiger Gott, der die Gabe hat, dem Tod ein Schnippchen zu schlagen. Eine solche Überzeugung wäre gefährlich.«

Nachdem Lincoln seinen Vortrag beendet und mich mit einem verbalen Schlag in die Magengrube niedergestreckt hatte, dachte ich über seine Worte nach. Ivy hatte etwas Ähnliches gesagt. Ich wusste, dass ich nicht Gott war und nicht alles kontrollieren konnte, aber ich war dennoch für das Leben meiner Männer verantwortlich. Das ließ sich nicht leugnen. Ich war derjenige, der entschied, welche Missionen wir annahmen und welche Rolle meine Angestellten bei einem Einsatz spielten. Ich ging Risiken ein und verlangte das Gleiche von meinem Team. Wenn einer meiner Männer nicht nach Hause zurückkehrte, war das meine Schuld.

»Weißt du, warum so viele Leute Angst vor dir haben?«, fragte Linc mit einem Seufzen, lehnte sich vor und stützte die Ellbogen auf die Knie. »Du bist nicht nur geradlinig und brutal, sondern auch hochintelligent. Diese Eigenschaften machen dich zu einem furchterregenden Mann. Und du verfügst über einen unvergleichlich scharfen Instinkt, der zugleich dein größter Vorteil als auch dein größter Nachteil ist. Dein Verstand schaltet nie ab, ständig analysierst und überdenkst du alles.«

»Aber das muss ich tun, Lincoln. Ich kann nicht einfach abschalten.«

»Doch, das kannst du. In dir steckt mehr als nur ein Auftragskiller.«

»Ich weiß nicht wie«, gestand ich.

Verdammt, mir krampfte sich der Magen zusammen, als ich meinem Bruder gegenüber meine Schwächen eingestand.

»Wenn Ivy für dich die Richtige ist, musst du nicht wissen, wie du deinen Verstand zum Schweigen bringen kannst. Sie wird dich von ganz allein dazu bringen abzuschalten. Du wirst es merken, wenn du sie in den Armen hältst und die Welt um dich herum aufhört zu existieren. Alles fällt von dir ab und du nimmst den Schmerz in deiner Seele nur noch gedämpft wahr. Kämpfe nicht dagegen an, es gibt noch so viel mehr als das hier«, sagte er mit einer ausladenden Geste. »Du hast dich bewährt, Zane. Du hast den Schmutz von dem armen Kind aus der Wohnwagensiedlung geklopft und dir einen Namen gemacht, den deine Freunde bewundern und deine Feinde fürchten. Aber keine deiner Errungenschaften ist von Bedeutung, wenn du nicht glücklich bist. Lass die Vergangenheit ruhen.« Er wartete nicht auf eine Antwort, sondern stand auf und ging zur Tür. Bevor er den Raum verließ, drehte er sich noch einmal um. »Jasmin kann noch vier Wochen arbeiten, mehr nicht. Ich wäre dir dankbar, wenn du mich in diesem Punkt unterstützt.«

»Verstanden«, antwortete ich.

»Und ich wünsche mir Nichten und Neffen. Meine Kinder sollen mit Cousins und Cousinen aufwachsen. Und mit einem Onkel, der an ihrem Leben teilhat. Außer Jasmin habe ich nur dich, und es bringt mich um, dir dabei zuzusehen, wie du dich selbst marterst. Ich liebe dich, großer

Bruder, aber es wird Zeit, dass du deinen Kopf aus dem Sand ziehst.«

Verdammt. Ich hatte keine Ahnung, dass Linc derart besorgt um mich war. Ich hatte wirklich geglaubt, er hätte nur Augen für Jasmin und hätte gar nicht bemerkt, wie ich mit mir haderte. Vor zwei Jahren waren wir in Russland in Gefangenschaft geraten, und seitdem war mein Leben ein einziges Chaos. Jasmins Heilung hatte für mich oberste Priorität. Während russische Gefängniswärter sie gefoltert hatten, war sie stark geblieben und hatte sich geweigert, ihnen die Informationen zu geben, auf die sie es abgesehen hatten. Es hatte einen Punkt gegeben, an dem ich geglaubt hatte, dass wir beide in diesem Verlies sterben würden. Mein Leben war vor meinen Augen an mir vorbeigezogen und ich hatte nichts bereut. Doch das war gewesen, bevor ich gespürt hatte, was Ivys Nähe in mir bewirkte. Wäre ich an jenem Tag gestorben, wäre ich aus diesem Leben geschieden, ohne zu wissen, was es bedeutete, von einer wunderbaren Frau geliebt zu werden.

»Sie ist die Eine«, platzte ich heraus, bevor Linc die Tür schließen konnte. »Sie weckt in mir den Wunsch, ein besserer Mensch zu sein, auf den meine Familie stolz sein kann.«

»Wir sind stolz auf dich.« Er wandte sich mir zu und bedachte mich mit einem Funkeln in seinen grünen Augen, das mir verriet, dass es nun mit den Gefühlsduseleien vorbei war. »Ich erwarte, zum Trauzeugen ernannt zu werden. Und ich will meine Schwägerin bald zum Abendessen an meinem Tisch sitzen sehen.«

Arschloch.

»Ich werde sehen, was ich tun kann.«

Nachdem Linc gegangen war, fiel mir ein, dass Colin noch mit mir sprechen wollte, bevor Declan und ich aufbrachen, um das Lagerhaus von Forester zu überprüfen.

Als ich mein Büro betrat, saß er angespannt auf der Couch und blätterte in einer Akte, die vor ihm auf dem Tisch lag. Er blickte auf und klappte den Ordner energisch zu.

»Was ist das?«, fragte ich und deutete auf die Akte, während ich neben ihm auf einem Sessel Platz nahm.

»Wir haben ein Problem«, antwortete er.

Das wunderte mich nicht. War es noch zu früh für einen Drink?

»Was für ein Problem?« Ich streckte meine Hand aus und wartete darauf, dass er mir die Akte reichte.

Widerwillig legte er mir den Ordner in die Hand, ließ ihn aber nicht los. »Diese Informationen bleiben unter uns. Nicht einmal die anderen Teammitglieder dürfen davon erfahren.«

»In Ordnung.«

Er zog die Hand zurück und ich öffnete die Akte. Nachdem ich einen flüchtigen Blick auf die Bilder darin geworfen hatte, schloss ich sie sofort wieder.

»Woher zum Teufel hast du die?«, knurrte ich.

Diese Sache war nicht einfach nur ein Problem, sondern ein verdammtes Desaster.

»Aus der Kamera des Mannes, den ich dabei erwischt habe, wie er Erin nachspioniert hat.«

Die Rede war von Erin Anderson, der Tochter des Präsidenten der Vereinigten Staaten. Die Fotos, die ich in der Hand hielt, würden einen Feuersturm auslösen, den nicht einmal ich würde eindämmen können. Tom Anderson war ein Mann, dem man besser nicht in die Quere kam. Er war hart, aber fair, doch wenn es um seine Familie ging, kannte er kein Erbarmen. Er würde rotsehen, wenn er die Fotos von seiner Tochter zu Gesicht bekam, auf denen sie nackt abgelichtet war.

»Verdammter Scheißkerl. Wann?«

»Vor zwei Tagen.«

»Wie schlimm ist es?«

Auf Wunsch des Präsidenten spielte Colin seit Monaten den Babysitter für Erin. Bislang hatte es so ausgesehen, als sei Tom ein überfürsorglicher Vater und als sehnte Erin sich einfach nur nach ein wenig Freiheit. Der Präsident sollte das eigentlich verstehen, denn er selbst flüchtete häufiger vor seinen Leibwächtern, als jeder andere Präsident es je getan hatte.

»Als ihr mit Violet in Afrika wart, hatte ich ein ernstes Gespräch mit ihr und dachte, ich sei zu ihr durchgedrungen. Ich habe sie daran erinnert, was mit Olivia passiert ist, und ihr zu verstehen gegeben, dass sie sich in Gefahr begibt, wenn sie vor ihren Leibwächtern Reißaus nimmt. Danach hat sie für einige Zeit die Füße stillgehalten.«

Scheiße! Ich dachte, Tom hätte überreagiert, als er darum gebeten hatte, Colin und Leo auf sie anzusetzen. Offenbar waren seine Befürchtungen jedoch berechtigt. Er hatte sich bereits Sorgen gemacht, als Erins beste Freundin Olivia entführt wurde. Wenn die Tochter des Präsidenten ungeschützt durch die Stadt lief und nun auch noch von einem Spanner fotografiert wurde, könnte das eine Bedrohung für die nationale Sicherheit darstellen.

»Was hat sich seitdem geändert?«

»Ich habe sie abgewiesen.«

»Was meinst du damit?« Ich hatte keine Ahnung, worauf er hinauswollte.

»Sie hat mich geküsst. Ich war völlig unvorbereitet und habe es nicht kommen sehen. Aber ich habe ihr Einhalt geboten und ihr erklärt, warum sie für mich tabu ist. Das hat ihr allerdings nicht gefallen. Sie hat eine verdammte Lampe nach mir geworfen und mich einen Feigling genannt. Bevor sie ging, versicherte sie mir, dass eine Menge Männer sie liebend gern ficken würden. Ich warnte sie, doch sie sagte mir nur, dass ich kein Recht hätte, ihr vorzuschreiben, mit wem sie ins Bett geht. Bei einer Wohltätigkeitsveranstaltung hat sie sich dann erneut aus dem Staub gemacht. Im einen Moment tanzte sie noch in ihrem schicken Kleid im Ballsaal und im nächsten war sie verschwunden. Ihre Leibwächter hatten keine Ahnung, wohin sie gegangen war. Ich habe das Gelände und das Gästehaus überprüft. Irgendein Scheißkerl hatte seine Kamera auf das Fenster gerichtet und sie fotografiert, als sie sich gerade entkleidete.«

Frustriert stieß ich den Atem aus. Erin war erwachsen und konnte schlafen, mit wem sie wollte. Tom wäre sicher außer sich vor Wut, wenn er von den Fotos erfuhr, aber Colins Reaktion machte mich stutzig. Es war ganz natürlich, dass er aufgebracht war, weil seine Schutzperson ihm entwischt war, aber er schien richtiggehend in Rage zu sein. Irgendetwas ging da vor sich, und ich wollte gar nicht wissen, was es war. Ich sollte mich auf die Bilder konzentrieren.

»Sind noch mehr Fotos im Umlauf?«, fragte ich.

»Hoffentlich nicht«, blaffte er und rang offensichtlich um Fassung. Mit etwas ruhigerem Tonfall fuhr er fort: »Nicht dass ich wüsste. Der Spanner ist abgehauen, nachdem ich ihm die Kamera abgenommen hatte. Ich machte mir nicht die Mühe, ihm zu folgen, sondern ging direkt ins Gästehaus. Ich sagte Erin, sie solle sich anziehen, schnappte mir das Handy des Kerls, mit dem sie sich vergnügt hatte, und brachte sie nach Hause. Sein Handy war sauber, also hatten sie keine Fotos geknipst.«

»Und Erin? Wo ist sie jetzt?«

»Als ich das Weiße Haus verließ, hat Gerald sie bewacht.«

»Wie will Tom weiter verfahren? Hat er die hier gesehen?«, fragte ich und hielt die Akte in die Höhe.

»Scheiße, nein, ich habe ihm die Fotos nicht gezeigt. Wir wollen doch nicht, dass er seines Amtes enthoben und wegen

Mordes angeklagt wird. Er will, dass ich zurück nach D. C. komme, um auf Erin aufzupassen.«

Ich musterte Colin mit einem prüfenden Blick. Von allen Teammitgliedern war er eigentlich der gelassenste, was ihm den Spitznamen Cool Breeze – kühle Brise – eingebracht hatte. Momentan wirkte er jedoch alles andere als entspannt und schien regelrecht mit sich zu hadern.

»Verdammt, diese Situation ist wirklich beschissen. Wäre es dir lieber, wenn ich Declan nach Washington schicke? Ich bin mir sicher, dass sie sich in kürzester Zeit auf ihn stürzen wird, dann bist du aus dem Schneider und er kann sich mit ihr herumschlagen. Nach seinen Einsätzen als Undercover-Agent hat Dec einiges nachzuholen. Vielleicht kann er sie zähmen, damit sie nicht länger das Bedürfnis verspürt, irgendeinen x-beliebigen Kerl …«

»Hör auf damit, Lieutenant. Diese Frau treibt mich noch in den Wahnsinn. Aber es kommt gar nicht infrage, dass sie Declan fickt und …«

»Wer soll mich nicht ficken?«, fragte Declan, als er das Büro betrat.

»Niemand«, fauchte Colin. »Wenn du mich nicht brauchst, um an dem Forester-Fall zu arbeiten, werde ich heute Nachmittag nach D. C. zurückfahren.«

Der Mann tat mir fast leid. Erin hatte ihn völlig durcheinandergebracht. Zu gern hätte ich ihm geraten, sich das Mädchen einfach zu schnappen, denn es war offensichtlich, dass sie ihm etwas bedeutete. Der Grat zwischen Lust und Hass war hauchdünn, und ich bezweifelte, dass Colin wusste, auf welcher Seite er stand. Leider war Erin die Tochter des Präsidenten, dem es vermutlich nicht gefallen würde, wenn einer meiner Männer sein geliebtes kleines Mädchen vögelte.

»Ist alles in Ordnung?«, fragte ich.

»Alles bestens«, antwortete er.

Ganz offensichtlich war nicht alles bestens. Für einen Moment zog ich in Erwägung, den Präsidenten anzurufen und ihm zu erzählen, dass seine Tochter einen Narren an Colin gefressen hatte, doch ich entschied mich dagegen. Es wäre besser, den Dingen ihren Lauf zu lassen.

KAPITEL ZWANZIG

IVY

Ich hatte gerade den Kopf in den Kühlschrank gesteckt, als die Tür zum Pausenraum geöffnet wurde. Augenblicklich breitete sich eine Gänsehaut auf meinen Armen aus, doch das hatte nichts mit der kühlen Luft um mich herum zu tun. Und als mir der Duft seines Eau de Cologne in die Nase stieg, fing mein Körper Feuer.

Verdammt, mein Mann roch gut.

Mein Mann.

Noch nie zuvor hatte ich jemanden als den Meinen bezeichnet, doch der Gedanke gefiel mir.

»Was tust du da?«, wollte Zane wissen.

»Ich beseitige die wissenschaftlichen Experimente«, antwortete ich. »Wenn man bedenkt, wie gesund ihr euch alle ernährt, seid ihr ziemliche Schweine. Ich glaube nicht, dass jemand von euch gern schimmelige Melonen isst.«

»Es gehört nicht zu deinen Aufgaben, meinem Team hinterher zu räumen. Dafür haben wir Personal«, informierte er mich.

»Die vergammelten Lebensmittel haben die Putzfrauen übersehen. Außerdem ist mir langweilig und ich habe nichts dagegen, mit anzupacken.«

Zane legte eine Hand an meinen Rücken und ließ sie auf meinen Hintern gleiten. Sofort war der Kühlschrank vergessen und ich drehte mich zu ihm um.

»Es tut mir leid, dass wir an einem Samstag ins Büro mussten.« Er schloss die Kühlschranktür und presste mich mit dem Rücken dagegen. »In ein paar Stunden können wir von hier verschwinden, und ich verspreche dir, dass ich es wiedergutmachen werde.«

Als er mir heute Morgen mitgeteilt hatte, dass wir in die Zentrale fahren würden, hatte ich keinerlei Einwände. Nach dem Gespräch mit meiner Mutter am Vorabend hatte ich keine Lust, ihr noch einmal zu begegnen. Vor allem da sie mir offenbart hatte, dass Forester es auf mich abgesehen hatte. Bisher hatten Zane und ich noch nicht über alles gesprochen, doch mir stand der Sinn ohnehin nicht danach. Am liebsten hätte ich so getan, als hätte das Treffen mit Sarah nie stattgefunden und sie hätte mir nicht aufs Neue das Herz gebrochen.

»Kein Problem. Ich weiß doch, dass du arbeiten musst«, erwiderte ich.

»Ich wäre viel lieber mit dir zu Hause.« Er presste seine Lippen auf meine. Wie jedes Mal, wenn er mich berührte, wurde ich von einem elektrisierenden Schauer durchzuckt. Mein Herzschlag beschleunigte sich und mein Verstand schaltete ab. Ich hatte mich immer für einen empfindsamen Menschen gehalten, doch nachdem Zane mich zum ersten Mal geküsst hatte, war mir klar geworden, dass ich zuvor wie betäubt durchs Leben gegangen war. »Ich liebe deinen Mund. Du schmeckst himmlisch«, flüsterte er an meinen Lippen. »Du bist gefährlich, Ivy. Du weckst in mir den

Wunsch, alles um mich herum zu vergessen und mich in dir zu verlieren.«

Mein Herz setzte einen Schlag aus, bevor es in einem rasenden Rhythmus weiterpochte. Meine Mutter hatte versucht, mir einzureden, dass ich Abschaum war, doch ich wollte, dass Zane mein wahres Ich sah. »Mir geht es genauso Ich fühle mich lebendig, wenn du bei mir bist. Zum ersten Mal in meinem Leben empfinde ich etwas anderes als Niedergeschlagenheit. Aber das macht mir Angst.«

»Was macht dir Angst?«, fragte er und verwob seine Finger in meinen Haaren.

»Du. Wir. Ich habe Angst davor, dich zu enttäuschen. Ich befürchte, du könntest irgendwann feststellen, dass ich die Mühe nicht wert bin, und mich verlassen. Ich habe Angst davor, mich in dich zu verlieben.«

»Bitte öffne die Augen und sieh mich an.« Ich hatte gar nicht bemerkt, dass ich sie geschlossen hatte. Als ich die Lider aufschlug, bedachte Zane mich mit einem durchdringenden Blick. »Wir werden all diese Ängste gemeinsam bewältigen.« Er ließ eine Hand sinken, um meine zu ergreifen, dann verschränkte er seine Finger mit meinen und presste sie an seine Brust. »Noch nie zuvor hat jemand all diese Gefühle in mir ausgelöst. Wenn ich mit dir zusammen bin und dich berühre, dann ergibt alles einen Sinn. Wenn ich dich küsse, schweigen die Dämonen in meinem Inneren, und wenn ich in dir bin … mein Gott … dann beginnt mein Herz endlich zu schlagen. Ich bin verrückt nach dir. Entspann dich und genieße es, diesen Weg mit mir gemeinsam zu beschreiten. Lass es einfach geschehen.« Er festigte seinen Griff um meine Hand und presste seine Stirn an meine. »Verliebe dich in mich, Baby. Ich werde für dich da sein.«

»Ich habe Angst, dass ich mich nie davon erholen werde, falls du mir nicht zur Seite stehst«, gestand ich.

»Ich werde da sein. Vertrau mir. Du musst nur den ersten Schritt wagen, Liebling. Wir schaffen es gemeinsam.«

Der Moment der Entscheidung war gekommen. Ich musste das Risiko eingehen und daran glauben, dass Zane mich nicht enttäuschen würde.

»Alles oder nichts, hm?«

»Alles oder nichts, Baby. Ich bin für dich da.«

»Ich bin bereit«, flüsterte ich und stellte mich auf die Zehenspitzen, um meine Lippen auf seine zu pressen. »Ich will den Schritt wagen.«

Statt etwas zu erwidern küsste er mich so leidenschaftlich, dass ich weiche Knie bekam. Ich war froh, dass er mich festhielt, sonst wäre ich wahrscheinlich dahingeschmolzen.

Jemand räusperte sich und Zane zog den Kopf zurück. »Was ist los?«

»Entschuldigt die Störung, aber Olivia und Violet sind hier, um Ivy zu besuchen«, sagte Garrett, der in der Tür stand.

»Wie bitte?«, rief ich erstaunt aus.

»Ach du meine Güte«, murmelte Zane. »Ich kann sie bitten, wieder zu gehen, wenn du sie nicht treffen willst.«

»Warum sind sie hier?«, fragte ich.

»Weil sie neugierig sind …« Zane ließ seine Bemerkung einen Moment im Raum stehen, bevor er fortfuhr: »Ich bin mir sicher, dass Leo und Jaxon ihre Frauen angerufen und ihnen von dir erzählt haben. Und nun wollen sie dich kennenlernen. Ich würde dir ja liebend gern sagen, dass du dich von ihnen fernhalten sollst, aber sie sind wunderbare Frauen. Außer Plaudertasche, sie muss einiges wiedergutmachen. Unter anderem hat sie mich niedlich genannt.«

»Ich sagte, dass deine Grübchen niedlich sind, du Arsch«, ertönte eine Frauenstimme.

»Nett«, murmelte Zane mit einem leisen Lachen und warf einen Blick über die Schulter. »Schön zu sehen, dass du endlich aus deinem Schneckenhaus herauskommst, Violet.«

»Nun, da du einen Spitznamen für mich hast, sollte ich dir auch einen geben dürfen. Arsch erschien mir passend. Zugegebenermaßen waren die Bezeichnungen, die ich bei unserem ersten Treffen für dich hatte, um einiges farbenfroher.«

Zane lachte, drehte sich um und zog mich an seine Seite.

»Ivy, das ist Violet, Jaxons Lebensgefährtin.« Er zeigte auf eine schöne Brünette, bevor er sich der schwangeren Blondine neben ihr zuwandte. »Und das ist Olivia, Leos Frau.«

Mein Gott, die beiden waren umwerfend. Ich sah ohnehin eher durchschnittlich aus, aber neben diesen Frauen wirkte ich wie eine Kanalratte, vor allem da ich momentan zerrissene Jeans und ein schlichtes schwarzes T-Shirt trug. Violet und Oliva hatten sich mit ihren schicken Kleidern und passenden Accessoires in Schale geworfen und ihre Haare hübsch frisiert. Hätte ich gewusst, dass ich ihnen heute begegnen würde, hätte ich mich zumindest halbwegs zurechtgemacht.

»Es tut uns leid, dass wir dich einfach so überfallen. Wir kommen gerade von einem formellen Mittagessen mit meinem Vater und dachten, wir fragen dich, ob du Lust hast, mit uns einkaufen zu gehen«, sagte die Blondine.

Ich wusste zwar nicht, wer ihr Vater war, aber wenn die beiden sich derart auftakeln mussten, um mit ihm essen zu gehen, dann war ihre Familie zweifellos wohlhabend. Mir war schmerzlich bewusst, wie vorurteilsbelastet das klang, doch ich hatte mit reichen Leuten nichts gemein und neigte in ihrer Gegenwart dazu, vor lauter Verlegenheit keinen Ton herauszubringen oder mich wie eine Idiotin zu verplappern.

»Meine Güte, das klang ziemlich überheblich. Ich hasse es, so einen Zirkus zu veranstalten. Wir beide haben Freizeitkleidung dabei. Sie liegt im Wagen, ehrlich. Ich habe Lust auf eine

Portion fettige Pommes und eine extragroße Cola aus dem Einkaufszentrum«, verkündete Olivia mit einem Lächeln.

»Wasser. *Tesorino*, du sollst keine Cola trinken«, warf Leo ein.

»Der Arzt hat gesagt, dass ich eine pro Tag trinken darf. Nach dem Mittagessen mit den Politikern hätte ich eigentlich einen Drink verdient, aber ich begnüge mich mit einer Cola«, erwiderte sie und stemmte eine Hand in die Hüfte.

»Eine kleine«, konterte er.

»Eine mittlere.«

»Also schön. Komm her und gib mir einen Kuss. Ich muss los.«

Olivia ging auf ihren Mann zu und presste sanft ihre Lippen auf seine. »Ich liebe dich. Pass auf dich auf.«

»Natürlich, *tesorino*«, versicherte Leo ihr und wandte sich Zane zu. »Ich habe eine Spur und werde dich von unterwegs anrufen.«

»Verstanden«, sagte Zane.

»Also«, murmelte Violet und verdrehte die Augen. »Hast du Lust auf einen Einkaufsbummel?«

»Negativ«, antwortete Zane, bevor ich etwas erwidern konnte.

»Zane! Sei nicht so unhöflich.«

»Baby, du kannst nicht ins Einkaufszentrum gehen.«

Mir war klar, dass ich mich nicht in der Öffentlichkeit zeigen durfte, solange wir nicht wussten, wo Sarah sich aufhielt. Ich würde tausend Tode sterben, wenn sie mich im Einkaufszentrum aufspürte und mir in Gegenwart von Olivia und Violet eine Szene machte. Aber ich mochte es dennoch nicht, herumkommandiert zu werden.

»Wer sagt das?«, entgegnete ich.

»Ich sage das. Du kannst nach Herzenslust einkaufen gehen, nachdem wir den Mistkerl und seine Handlangerin hinter Gitter gebracht haben. Aber bis dahin ist das Einkaufszentrum tabu.«

»Und wenn Garrett oder Linc uns begleiten?« Ich griff zwar nach einem Strohhalm, aber ich war nicht bereit, kampflos aufzugeben.

»Garrett muss arbeiten und Linc weiß nicht einmal, wie ein Einkaufszentrum von innen aussieht.«

»Und wenn ...«

»Nein«, unterbrach er mich.

»Schneide mir nicht das Wort ab. Du weißt doch gar nicht, was ich sagen wollte. Außerdem bist du übervorsichtig.«

»Wenn es um deine Sicherheit und dein geistiges Wohlbefinden geht, kann ich gar nicht vorsichtig genug sein. Es geht einfach nicht, Ivy. Mir wäre es lieber, ich müsste an einem Samstagnachmittag nicht ein paar Stunden im Knast verbringen, während mein Team das Geld für die Kaution aufbringt. Doch genau das wird passieren, falls diese Schlampe noch einmal in deine Nähe kommt.«

»Aha, ich wusste doch, dass sich unter der rauen Schale ein weicher Kern verbirgt«, warf Violet ein. »Ich habe meine Meinung geändert. Dein neuer Spitzname ist nicht Arsch, sondern Zuckerschnute.«

»Jaxon!«, brüllte Zane.

»Was gibt's?« Jaxon betrat den Pausenraum, schlang die Arme um Violets Taille und drückte ihr einen Kuss auf den Kopf.

»Bring deine Frau hier raus. Wenn sie mich noch einmal Zuckerschnute nennt, werde ich jemanden erschießen. Wahrscheinlich dich, weil du sie offenbar nicht im Griff hast. Ich wusste, dass es kein gutes Ende nehmen würde, wenn meine Männer anfangen, sich zu liieren.«

»Sag so etwas nicht.« Ich gab ihm einen Klaps auf den

Bauch. »Und drohe nicht damit, Leute zu erschießen. Wenn du so etwas sagst, klingst du wie ein Arschloch.«

»Baby, ich bin ein Arschloch«, erwiderte er.

In gewisser Weise war er das tatsächlich, vor allem wenn er Jaxon vorwarf, seine Frau nicht im Griff zu haben.

»Hast du Zane Zuckerschnute genannt?«, wollte Jaxon lachend wissen.

»Sicher«, erwiderte Violet mit einem Lächeln.

»Meine Güte, du hast wohl den Verstand verloren«, neckte Jaxon sie, während er sie jedoch mit einem liebevollen Blick bedachte. »Ich soll dir von Colin ausrichten, dass er heute Abend nicht zum Essen kommt. Er musste zurück nach Washington.«

»Mist. Ich habe das Mädchen, das ich im Fitnessstudio kennengelernt habe, eingeladen«, erwiderte Violet und zog einen Schmollmund. »Sie würde perfekt zu ihm passen.«

»Baby, ich glaube, Colin hat mehr um die Ohren, als er verkraften kann. Vielleicht solltest du dich mit dem Verkuppeln etwas zurückhalten«, gab Jaxon zu bedenken.

»Also gut. Aber wenn er uns nicht bald etwas über die geheimnisvolle Frau erzählt, die ihn um den Verstand bringt, und weiterhin die von mir arrangierten Einladungen ablehnt, dann werde ich ihm so lange Stripperinnen vor die Nase setzen, bis er zusammenbricht.«

»Scheiße«, schnaubte Zane.

»Was ist los?«, fragte ich.

»Nichts«, erwiderte er, doch er beugte sich vor und flüsterte mir ins Ohr: »Ich erkläre es dir später.« Dann wandte er sich wieder den anderen zu und sagte: »Ivy darf momentan nicht ohne Leibwächter herumlaufen. Wir alle haben eine Menge Arbeit zu erledigen. Je schneller wir diesen Fall abgeschlossen haben, desto eher kann sie sich wieder ohne Schutz in der Öffentlichkeit zeigen. Ich werde also keinen meiner Männer abziehen. Aber wenn ihr wollt, setze ich sie bei uns zu Hause ab und ihr trefft sie dort.«

»*Bei uns zu Hause?*«, wiederholte Violet mit einem Lächeln. »Das gefällt mir.«

»Fang nicht damit an, Plaudertasche«, sagte Zane.

»Ich war noch nie in Zanes Penthouse«, bemerkte Olivia. »Ich kann kaum erwarten, es zu sehen.«

»Meine Güte. Jetzt werden alle denken, dass sie jederzeit auf einen Plausch vorbeischauen können«, murrte er.

Mir wurde plötzlich bewusst, dass ich mich den beiden Frauen noch gar nicht persönlich vorgestellt hatte.

»Hallo, ich bin Ivy. Es ist schön, euch beide kennenzulernen«, sagte ich. »Ich würde mich über eure Gesellschaft freuen, wenn es euch nichts ausmacht, euren Einkaufsbummel zu verschieben.«

»Ganz und gar nicht. Wir holen etwas zu essen und treffen uns dann dort«, erwiderte Olivia. »Wie lautet die Adresse?«

»Ich weiß, wo sie wohnen«, warf Violet mit beschwingtem Tonfall ein.

»Mein Gott«, murmelte Zane.

»Du nimmst den Namen des Herrn aber ziemlich oft in den Mund«, bemerkte ich.

»Und …?«, erwiderte er herausfordernd.

»Und nichts. Es war nur eine Feststellung.« Ich schenkte ihm ein Lächeln.

»Das ist so aufregend«, quietschte Violet und wandte sich Jaxon zu. »Sehen wir uns später zu Hause?«

»Auf jeden Fall.« Er zwinkerte ihr zu und drückte ihr einen Kuss auf die Stirn.

Während ich die anderen betrachtete, wurde mir etwas klar. Noch nie zuvor hatte ich so viel gegenseitige Bewunderung und Respekt erlebt. Leo war Olivia gegenüber unglaublich fürsorglich, Jaxon begegnete Violet mit so viel

Zärtlichkeit und sogar Zane war trotz seiner Ecken und Kanten überaus liebevoll. Auf seine unvergleichliche Art hatte er mir immer wieder bewiesen, wie sehr er sich um mich sorgte. All diese Männer waren das genaue Gegenteil von den Dealern und drogensüchtigen Freunden meiner Mutter. Ihre Zuneigung war wie eine berauschende Droge.

KAPITEL EINUNDZWANZIG

ZANE

Declan und ich musterten das Lagerhaus, das Forester gemietet hatte. Es lag in einer heruntergekommenen Gegend und ich war froh, dass der Kerl sich die Mühe gemacht und Sicherheitskameras an der Außenseite des Gebäudes installiert hatte. Garrett hatte nicht mehr als fünf Sekunden gebraucht, um sich in das System zu hacken und die Übertragung zu deaktivieren, nachdem er die Aufzeichnungen der letzten Monate heruntergeladen hatte.

»Bist du bereit einzubrechen?«, fragte ich.

»Aber sicher.«

Wir gingen um das Gebäude herum und machten vor einer Tür halt. Sowohl den Riegel als auch das Schloss hatten wir in weniger als einer Minute geknackt.

»Verdammter Amateur«, murmelte Declan, als ich die Tür öffnete.

Entlang einer Wand verlief eine Fensterreihe unterhalb der Decke, die genügend Licht spendete, sodass wir die Leuchtstoffröhren nicht einschalten mussten. Das Lagerhaus war nicht sonderlich groß und bestand aus nur einem Raum. Darin stand eine Palette mir Rucksäcken und eine weitere, auf der mehrere Kartons übereinandergestapelt waren.

»Irgendetwas stimmt hier nicht. Ganz sicher stellt er seine Drogen nicht hier her. Hier drin gibt es nicht einmal Tische«, bemerkte Declan.

Ich ging zu dem Stapel Kartons, von dem einer bereits geöffnet war. Also griff ich hinein und zog eine durchsichtige Plastikröhre mit Tennisbällen heraus. »Was zum Teufel?«

»Tennisbälle?« Declan warf einen Blick in den Karton, dann betrachtete er den Stapel und zählte nach. »Zwölf Kartons mit Tennisbällen? Da ist doch etwas faul.«

Mein Handy vibrierte in meiner Tasche. Ich zog es heraus und gab meinen Sicherheitscode ein, woraufhin eine Nachricht von Garrett auf dem Display erschien.

»Verschwindet. Er ist im Anflug. Voraussichtliche Ankunft in drei Minuten«, las ich laut vor.

»Hier gibt es ohnehin nichts zu finden«, erwiderte Declan, schnappte sich ein Plastikrohr mit Bällen und folgte mir zur Tür.

Beim Verlassen der Halle machten wir uns nicht die Mühe, den Riegel wieder vorzuschieben. Wir gingen hinter einem Müllcontainer in Deckung und beobachteten, wie Forester und eine Frau aus seinem Wagen stiegen. Ganz im Gegensatz zu seinen üblichen Begleiterinnen trug sie Geschäftskleidung und wirkte äußerst gepflegt. Die beiden verschwanden in dem Gebäude.

»Verdammt, hier hinten stinkt es gewaltig«, beschwerte Declan sich. »Ich habe Garrett ein Foto von ihr geschickt«, fügte er hinzu und verstaute sein Handy in der Tasche. »Wenn ich raten müsste, würde ich sagen, sie ist die Zuhälterin. Sie ist viel zu elegant, um seine Frau zu sein.«

»Ich würde sagen, du hast recht, allerdings würde sie sich

selbst wahrscheinlich als Madame bezeichnen, was genauso
…« Bevor ich den Satz beenden konnte, kamen Forester und
die Frau schnellen Schrittes mit Kartons beladen aus dem
Lagerhaus. Mit finsterer Miene gingen sie schweigend
nebeneinander her.

»Die haben es ziemlich eilig«, flüsterte Declan. Sobald sie
die Kartons auf dem Rücksitz verstaut hatten, stiegen sie in
den Wagen und fuhren los. »Was zum Teufel hatte das zu
bedeuten?«

»Wenn ich das wüsste. Komm schon.«

Wir liefen zu meinem Wagen, den ich in einer Seiten-
straße geparkt hatte. Als wir einstiegen, erhielt Declan von
Garrett einen Bericht über die geheimnisvolle Frau.

»Barbara Chase, neunundvierzig, Vorstrafen wegen
Anstiftung zur Prostitution, Zuhälterei und Drogenbesitz.
Und das sind nur die der letzten zehn Jahre. Davor wurde sie
wegen Diebstahls, Einbruchs, Körperverletzung und
schwerem Autodiebstahl verhaftet.«

»Welch ein Goldstück«, bemerkte ich. »Hat Garrett eine
Verbindung zu Forester gefunden?«

»Noch nicht. Er arbeitet daran. Ihr Wohnsitz ist in
Grasonville. Sie hat ein Gewerbe namens *Illusions, LLC* ange-
meldet. Die Geschäftsadresse befindet sich in Edgewater. Ich
rufe gerade die Webseite auf.« Einen Moment später fuhr
Declan fort: »Laut der Homepage handelt es sich um eine
Agentur, die Fantasien erfüllt. Hier ist lediglich eine Telefon-
nummer angegeben, unter der du eine Illusion buchen
kannst.«

»Das klingt ganz nach einem Callgirl-Service.« Ich
lenkte den Wagen auf die Straße und fuhr in Richtung
Zentrale, doch dann überlegte ich es mir anders. »Ich
denke, wir sollten uns noch einmal mit Destiny
unterhalten.«

»Was soll der Mist? Wir können nicht einfach bei ihr zu

Hause auftauchen. Forester könnte jemanden auf sie angesetzt haben. Ihre Tochter befindet sich im Haus.«

»Sehe ich aus wie ein Anfänger?«

Ein paar Minuten später fuhren wir durch ein schönes, gepflegtes Viertel, unweit von Linc und Jasmins Haus. Für eine alleinerziehende Mutter waren die Häuser in dieser Gegend eigentlich unerschwinglich.

»Wer zahlt für das Haus?«, fragte ich.

»Sie selbst«, antwortete Declan.

»Wie zum Teufel kann sie sich ein Haus in diesem Viertel leisten?« Ich hielt an einem Stoppschild und schickte Jaxon eine Nachricht, um ihm mitzuteilen, dass wir bald eintreffen würden. Kurz darauf erhielt ich eine Antwort, in der er mir bestätigte, dass die Luft rein sei. Also fuhr ich weiter.

»Ist das dein Ernst? Musst du erst fragen?«, erwiderte Declan und verzog das Gesicht zu einer Grimasse. »Zum einen muss sie sich um ihre Tochter kümmern, und zum anderen will sie das alles gewiss nicht für ein schäbiges Apartment und einen schlecht bezahlten Job als Kassiererin aufgeben.«

Ich dachte über seine Worte nach und überlegte, wie wir mit Amy weiter verfahren sollten. Declan hatte recht. Ihr Lebensstil würde sich drastisch ändern, nachdem wir Forester ausgeschaltet hatten.

»Das Leben als Hure kann ihr doch unmöglich gefallen«, bemerkte ich. Declan überraschte mich, indem er ein Knurren ausstieß. Ich hoffte inständig, dass er lediglich eine Abneigung gegen das Wort Hure hatte und nicht mehr dahintersteckte.

»Sie hat keine Wahl«, presste er wischen zusammengebissenen Zähnen hervor.

»Wir haben immer eine Wahl, Dec.«

»Manche Menschen nicht«, blaffte er.

»Was zum Teufel soll das heißen?«

»Es soll heißen, dass wir hin und wieder etwas tun müssen, was uns widerstrebt. Nur weil jemand etwas Verwerfliches tut, wenn er mit dem Rücken zur Wand steht, ist er noch lange kein schlechter Mensch.«

»Und du denkst, ich weiß das nicht?«

»Nicht alles ist schwarz oder weiß«, murmelte er.

»Ich bin mit sämtlichen Grautönen vertraut. Und falls du gerade von Violet sprichst, so ist das Schnee von gestern. Deine Schwester hat getan, was sie tun musste.«

»Ich spreche nicht von meiner Schwester.«

Scheiße. Ich mischte mich für gewöhnlich nicht in das Privatleben meiner Teammitglieder ein, aber irgendetwas schien Declan zu bedrücken. Fast ein Jahr lang war er als verdeckter Ermittler untergetaucht. Ich wusste aus eigener Erfahrung, wie sehr so etwas einem Menschen zusetzen konnte. Um seine Tarnung nicht auffliegen zu lassen, war ein Undercover-Agent zuweilen gezwungen, zu Mitteln zu greifen, die moralisch verwerflich waren.

»Wir alle mussten schon Dinge tun, auf die wir nicht stolz sind«, sagte ich.

»Ich will nicht darüber sprechen.«

Jaxons Wagen kam in Sicht, also würden wir diese Unterhaltung gleich beenden müssen.

»Das verstehe ich, aber …«

»Willst du denn über die Schublade voller gefalteter Flaggen und Patronenhülsen in deinem Schreibtisch reden?«

Ich biss die Zähne so fest zusammen, dass mein Kiefer zu schmerzen begann. »Verstanden. Laut und deutlich.«

»Ganz genau.«

Ich hatte völlig vergessen, dass Declan die Flaggen in meinem Schreibtisch gesehen hatte. Sie erinnerten mich täglich an die Männer, die ich verloren hatte. Zehn mit militärischer Präzision gefaltete Flaggen, die mir alle überreicht wurden, nachdem ich meine Kameraden von Orten nach

Hause gebracht hatte, die nie in ihrem Dienstbericht Erwähnung finden würden. Jede Fahne war über die Holzkiste drapiert, neben der ich während des Transports gesessen hatte. Zehn gute Männer, die nie wieder nach Hause zurückkehren würden.

»Wir müssen sie dazu bringen, uns alles über Forester und Illusions zu verraten. Ich würde es vorziehen, nicht noch einmal den bösen Bullen spielen zu müssen. Jasmin denkt zwar, es verschafft mir einen gewissen Kick, mich wie ein Arschloch aufzuführen, aber es macht mir keinen Spaß, Frauen zum Weinen zu bringen.«

»Ich werde mit ihr reden«, sagte Declan und stieg aus dem Rover.

Ich sah ihm nach, als er über die Straße joggte. Kurz darauf kam Jaxon auf mich zu und setzte sich auf den Beifahrersitz.

»Was habt ihr in dem Lagerhaus gefunden?«, fragte er.

»Überhaupt nichts, bis auf ein paar Paletten mit Rucksäcken und Tennisbällen.« Ich griff auf den Rücksitz nach dem Plastikrohr und reichte es ihm.

»Was zum Teufel soll das?«

»Gute Frage. Grant produziert in dem Lagerhaus weder seine Drogen, noch verpackt er sie dort. Es war leer.«

»Hoffentlich kann Garrett etwas finden«, erwiderte Jaxon und begutachtete das Rohr. »Das sind ganz normale Bälle. Die kann man in jedem Sportgeschäft kaufen.«

»Hattest du in letzter Zeit den Eindruck, dass Declan etwas bedrückt?«, fragte ich, doch ich bereute die Worte in dem Moment, in dem sie mir über die Lippen kamen.

»Sieh dich nur an. Du wirst noch ganz rührselig. Ich habe keine Ahnung, mit welchem Zauber Ivy dich belegt hat, aber er scheint zu funktionieren. Du hast schon seit Stunden niemandem mehr mit dem Tod gedroht.«

»Das können wir sofort ändern«, knurrte ich. Ich fühlte

mich nicht sonderlich wohl dabei, über Gefühle zu sprechen und Jaxon machte es mir nicht gerade leicht. »Declan« wiederholte ich nur, um wieder zur Sache zu kommen.

»Er hat das Erlebte noch nicht verarbeitet und hat Albträume. Südamerika war nicht schön. Er hat sich bei einem Kartell eingeschleust, das seine Drogen mit menschlichen Packeseln schmuggelte. Dabei hat er eine Menge schreckliche Dinge gesehen, ohne etwas dagegen ausrichten zu können.«

»Redet er mit dir darüber?«

»Ungefähr so viel wie mit dir.«

»Scheiße.«

»Das bringt es auf den Punkt. Er braucht einfach Zeit, um sich wieder anzupassen.«

Ich hoffte, dass Jaxon recht hatte. Scheinbar war ich so sehr mit meinen eigenen Angelegenheiten beschäftigt gewesen, dass ich Declans Zustand nicht bemerkt und ihn im Stich gelassen hatte. Das würde ich ändern.

Mein Telefon klingelte und Garretts Name erschien auf dem Display.

»Was gibt's?«, fragte ich und schaltete den Anruf auf Lautsprecher.

»Die einzige Verbindung, die ich zwischen Forester und Barbara finden kann, ist ihre Mitgliedschaft im selben Country Club. Forester steht nicht auf der Kundenliste von Illusions. Ich kann euch sagen, falls die Liste je veröffentlich würde, würde das eine Menge mächtiger Leute in Baltimore und D. C. ziemlich verärgern«, erkläre Garrett.

»Mist. Kennen wir jemanden davon?«

»Allerdings. Euch werden die Augen aus dem Kopf fallen, wenn ihr die Liste seht.«

»Verdammte Sch…« Ich verstummte. Am liebsten hätte ich Garrett sofort nach den Namen gefragt, aber die Leitung war nicht abhörsicher. Wenn die Liste wirklich so brisant war, wie er sagte, dann wollte ich kein Risiko eingehen. »Ich werde bald im Büro sein.«

Ich beendete den Anruf und ließ den Blick von Amys Haus zu Jaxon wandern.

»Was denkst du?«, wollte ich wissen.

»Rucksäcke, Tennisbälle und Country Clubs. Die Antwort liegt direkt vor unserer Nase«, antwortete er, öffnete den Behälter und nahm die grünen Bälle heraus. »Wozu zum Teufel braucht er eine Palette Tennisbälle?«

»Wenn ich das wüsste. Hoffentlich hat Declan Amy zum Reden bringen können«, sagte ich, als Declan gerade aus dem Haus kam.

KAPITEL ZWEIUNDZWANZIG

IVY

»Also schön. Ich glaube, wir können das höfliche Geplänkel jetzt lassen. Nun spuck es schon aus«, forderte Violet.

Olivia lachte und griff nach der Dose Cola, an der sie seit einer Stunde nippte. Offenbar hatte sie sich Leos Worte zu Herzen genommen.

»Da gibt es nicht viel zu erzählen«, sagte ich und war plötzlich verlegen.

Glücklicherweise hatten die beiden bisher nicht allzu viele persönliche Details wissen wollen, sondern hatten mir von sich erzählt. Ich hatte erfahren, wie sie ihre Männer kennengelernt hatten. Die Geschichten hätten beide einem Thriller entstammen können. Leo hatte Olivia gerettet, als sie von einem Mann entführt wurde, der die Übernahme eines Drogenkartells angestrebt hatte. Der Kerl hatte sie als Schachfigur benutzt, um ihren Vater zu erpressen, von dessen Existenz sie bis dahin nichts gewusst hatte. Ich war beeindruckt, was Zane und sein Team alles getan hatten, um sie zu retten. Und Leo, oh mein Gott. Der Mann vergötterte Olivia.

Violets Geschichte war um einiges verworrener. Wie auch ihr Zwillingsbruder Declan hatte sie für die CIA gearbeitet. Dann hatte jemand sie mit einer streng geheimen Namensliste erpresst und damit gedroht, diese zu veröffentlichen. Es brach mir das Herz, wenn ich daran dachte, was sie durchgemacht hatte. Ihren Worten entnahm ich, dass Zane und der Rest des Teams nicht sonderlich nett zu ihr gewesen waren. Ich wollte mir gar nicht vorstellen, wie es wäre, Zanes Zorn zu spüren zu bekommen. Letztlich wurde sie entführt und Eric kam bei dem Einsatz ums Leben.

Abgesehen von ihrer Tapferkeit und Widerstandskraft erstaunten mich vor allem das Vertrauen und die Offenheit, die die beiden Frauen mir entgegenbrachten. Ich war für sie eine völlig Fremde, aber sie sprachen mit mir, als seien wir schon ein Leben lang befreundet. War so etwas normal unter Freundinnen? Ich hatte noch nie eine Vertraute gehabt, der ich all meine Geheimnisse erzählen konnte. Die Menschen in meinem Umfeld waren lediglich entfernte Bekannte. Aus Scham sprach ich nicht gern über meine Vergangenheit. Zudem plagte mich eine tief sitzende Angst vor dem Verlassenwerden und ich hatte Schwierigkeiten, Vertrauen zu fassen, daher fiel es mir nicht gerade leicht, engere Bindungen einzugehen. Für mich war es ungewohnt, mit Freundinnen beim Mittagessen zusammenzusitzen und zu tratschen.

»Das glaube ich keine Sekunde lang«, erwiderte Olivia. »Wie lange hält er dich schon heimlich in seiner Liebeshöhle versteckt?«

»Nein, im Ernst. Ich habe Zane in einer Bar getroffen und bin mit ihm nach Hause gegangen. Am nächsten Morgen bin ich verschwunden, bevor er aufgewacht ist. Dann hat er herausgefunden, dass ich für eine Firma arbeite, gegen die er ermittelt, und ist durchgedreht. Mittlerweile arbeite ich bei Z Corps. Aber das ist nur vorübergehend.« Ich spürte, wie das Geständnis mir die Hitze in die Wangen trieb.

»Nur vorübergehend«, wiederholte Olivia mit einem leisen Lachen. »Sicher. Wenn du willst, kannst du dir das ruhig einreden.«

»Aber natürlich. Aus diesem Grund hat Zane Jaxon damit beauftragt, heute Abend in deine alte Wohnung zu gehen und den Rest deiner Sachen zu packen«, verkündete Violet.

»Er soll meine Sachen packen?«

»Das hat er zumindest gesagt.«

»Ist Zane verrückt geworden?«

»Nun …« Olivia lachte erneut.

»Er ist verrückt! Ich kenne ihn gerade erst seit einer Minute und schon befiehlt er seinen Männern, meine Wohnung zu räumen. Was soll der Scheiß? Für wen hält er sich eigentlich?«

»Für Zane Lewis«, antwortete Olivia unnötigerweise.

»Warum glaubst du, es ist nur vorübergehend?«, wollte Violet wissen. »Hat Zane etwas dergleichen gesagt?«

Was war das denn für eine Frage? Hatte sie nicht gehört, wie ich gesagt hatte, dass ich ihn erst seit Kurzem kannte? »Wir kennen uns noch nicht einmal eine Woche«, erinnerte ich sie. »Eine Woche.«

»Und?«, fragte Olivia und zuckte mit den Schultern. »Leo sagte, er wusste, dass ich die Richtige bin, als er mich in dem verschmutzten Raum mit Handschellen an die Wand gefesselt und Erbrochenem im Haar gefunden hat.«

»Und Jaxon hat mir erzählt, dass er versucht hat, gegen seine Gefühle anzukämpfen, aber bereits am zweiten Tag aufgegeben hat«, fügte Violet hinzu.

»Meine Mutter ist ein Junkie und meine Schwester wurde von ihrem Zuhälter und Dealer ermordet. Ich gehöre nicht zu den Frauen, mit denen Männer eine langfristige

Beziehung eingehen wollen. Nicht einmal meine eigenen Eltern wollten mich. Mein Vater hat uns verlassen und meine Mutter hat mir tagtäglich zu verstehen gegeben, dass ich nur Abschaum und eine Last sei.« Ich verstummte und schlug mir die Hand vor den Mund.

Scheiße, was hatte ich getan? Warum plauderte ich all diese persönlichen Details aus?

»Und? Was hat deine Mutter mit dir zu tun?«, fragte Violet und starrte mich an. »Du hast nichts mit ihr gemein. Und die Sache mit deiner Schwester tut mir sehr leid, aber sie hat ihre eigenen Entscheidungen getroffen. Ich will nicht gefühllos klingen, denn was ihr zugestoßen ist, ist tragisch. Aber du bist für keine von den beiden verantwortlich.«

Olivia war bedenklich schweigsam. Ich wartete nur darauf, dass sie mich verurteilte. Aus genau diesem Grund behielt ich meine Vergangenheit für mich, denn ich konnte die ablehnenden und mitleidigen Blicke der anderen nicht ertragen. Violet hatte unrecht. Das Verhalten meiner Mutter und meiner Schwester machte deutlich, wo meine Wurzeln lagen und was für ein Mensch ich war.

»Das sagst du so einfach, Violet, aber mein ganzes Leben lang wurde ich mit ihnen in einen Topf geworfen. Und meine Mutter hat dafür gesorgt, dass ich meine Herkunft nie vergesse.«

»Es tut mir leid, dass du das durchmachen musstest«, flüsterte Olivia.

Mist. Sie verurteilte mich nicht, sondern hatte Mitleid mit mir. Das war noch schlimmer.

»Es muss dir nicht leidtun«, erwiderte ich knapp.

»Zane sieht in dir nicht deine Mutter«, fuhr sie fort.

»Wie bitte?«

»Er sieht eine kluge und aufgeweckte Frau.«

»Wie kommst du darauf? Ich war leicht zu haben. Ein One-Night-Stand, den er in einer Bar aufgelesen hat. Glaub mir, irgendwann wird er meiner überdrüssig, dann werde ich weder eine Bleibe noch einen Job haben.«

»Ich würde dir nicht empfehlen, dich in seiner Gegenwart oder der des Teams als *leicht zu haben* zu bezeichnen«, gab Violet zu bedenken. »Mittlerweile habe ich gelernt, dass die Jungs es nicht gern hören, wenn die Frauen, die sie lieben, sich selbst herabwürdigen.«

Die Frauen, die sie liebten? Zane liebte mich nicht. Ich war so einfältig gewesen zu glauben, ich könnte mich auf eine Beziehung mit ihm einlassen. Doch das Treffen mit Violet und Olivia erinnerte mich daran, dass ich aus einer völlig anderen Welt stammte. Ich wollte ihre Gruppe nicht verunreinigen, indem ich mich bei ihnen einreihte. Ich musste die Sache beenden, bevor sie zu weit ging. Zu gern hätte ich geglaubt, dass wir uns einfach eine Zeit lang miteinander vergnügen konnten, doch dazu war ich nicht in der Lage.

»Ich weiß, was er sieht, weil ich Zane kenne«, sagte Olivia. »Du würdest nicht hier in seinem Wohnzimmer sitzen, wenn er nicht mit hundertprozentiger Sicherheit wüsste, dass er seine andere Hälfte gefunden hat. Weißt du, wie viele Frauen ich getroffen habe, mit denen Zane zusammen war?« Olivia hielt inne und wartete auf eine Antwort von mir. Ich wollte es gar nicht wissen. Der Gedanke an eine andere Frau in Zanes Leben versetzte mir einen Stich im Herzen. Er hatte mir erzählt, dass er sich für gewöhnlich kein zweites Mal mit einer seiner Eroberungen verabredete. Was Olivia mir gleich erzählen würde, bewies womöglich, dass Zane mich belogen hatte, obwohl er mir versichert hatte, dass er ehrlich mir gegenüber war. »Keine. Ich habe noch nie eine Frau an seiner Seite gesehen. Willst du wissen, wie viele Leo getroffen hat? Genauso wenige. Zane lässt niemanden an sich heran. Sogar seine Männer hält er auf Distanz.

Außer dir durfte noch niemand in sein Privatleben eindringen.«

»Ich liebe ihn«, gestand ich.

»Wo liegt dann das Problem?«, fragte Violet sachlich.

»Er wird mich verlassen.«

»Wer wird dich verlassen?«

Ich setzte mich kerzengerade auf, während Olivia und Violet beinahe die Augen aus dem Kopf fielen. Heilige Mutter Gottes, wie hatte Zane hier hereinspazieren können, ohne dass wir ihn gehört hatten? Die beiden Frauen erwachten aus ihrer Benommenheit und sahen mich an. Ich flehte sie mit einem Blick an, mir zu helfen, doch bevor ich etwas sagen konnte, ergriff er erneut das Wort.

»Antworte mir, Ivy. Wer wird dich verlassen?«, wiederholte Zane.

»Du bist früh zurück. Wir sind noch nicht fertig mit dem Mittagessen«, warf Violet ein.

»Violet«, ertönte Jaxons warnender Tonfall hinter mir.

Großartig. Er war ebenfalls hier.

»Ihr wisst schon, wir Mädels haben einiges zu bereden«, sagte Olivia mit einem Lächeln.

»*Tesorino.*«

Verdammt, das war Leo. Meine Demütigung kannte keine Grenzen.

»Was ist denn? Wir unterhalten uns doch nur«, erklärte sie.

»Ihr unterhaltet euch nur und meine Frau spricht darüber, dass ihr Mann sie verlassen wird?«

Violet öffnete den Mund, um etwas zu erwidern, aber ich schüttelte nur den Kopf. Ich wollte keinen Unfrieden zwischen ihnen und ihren Männern stiften, nur weil sie versuchten, mich zu decken.

Also würde ich die Suppe wohl oder übel auslöffeln müssen. Ich stand auf und wandte mich den drei Männern zu. Bevor ich erklären konnte, was ich mit den Worten gemeint hatte, erinnerte ich mich daran, was Violet mir erzählt hatte.

»Du hast vor, Jaxon in meine Wohnung zu schicken, damit er meine Sachen packt?« Jaxon warf einen Blick über meine Schulter, und ich hatte augenblicklich ein schlechtes Gewissen, weil ich Violet den Wölfen zum Fraß vorgeworfen hatte. »Sieh sie nicht so an, sie hat nichts falsch gemacht. Sie hat angenommen, ich wüsste, dass ich meine Wohnung aufgeben würde. Ich meine, so funktioniert das doch normalerweise, nicht wahr? Derjenige, der umzieht, sollte davon wissen.«

»Nein, ich schicke nicht Jaxon. Die Pläne haben sich geändert«, sagte Zane. Ich kam mir augenblicklich dumm vor, weil ich es überhaupt erwähnt hatte, doch dann fügte er hinzu: »Linc hat deine Möbel bereits im Lager verstaut und bringt den Rest heute Abend hierher.«

»Zane!«, rief ich, doch er zog nur die Augenbrauen in die Höhe. »Hast du gar nicht daran gedacht, mich zu fragen?«

»Nein.«

Arroganter Arsch.

»Ich habe dir gesagt, dass ich es nicht mag, herumkommandiert zu werden. Du kannst nicht einfach meine Sachen wegschaffen, ohne vorher mit mir darüber zu sprechen.«

»Und ich habe dir gesagt, dass deine Sicherheit nicht verhandelbar ist.«

»Meine Sicherheit? Was zum Teufel hat das Einlagern meiner Sachen mit meiner Sicherheit zu tun? Wir hatten doch vereinbart, dass ich hierbleibe, bis die Sache mit Forester und meiner Mutter geregelt ist.«

»Es hat weniger als eine Minute gedauert, dein Schloss zu knacken und mir Zutritt zu deiner Wohnung zu verschaffen. Ich habe auf dich gewartet, doch es hätte auch ein Verrückter auf der Lauer liegen können.«

»Ein Verrückter *hat* auf mich gewartet, nämlich du. Du hast den Verstand verloren. Ich brauche eine Bleibe.«

»Du hast eine.« Zane machte eine ausladende Geste.

»Ich will diese Unterhaltung jetzt nicht führen«, verkündete ich, als ich mir bewusst wurde, dass wir nicht allein waren.

»Also schön. Dann lass uns darüber reden, wer dich verlassen wird.«

Verdammt, nicht das schon wieder.

»Darüber will ich auch nicht sprechen.«

»Darauf wette ich«, erwiderte er, während ein Lächeln seine Lippen umspielte.

Der Anblick brachte das Fass zum Überlaufen. Offenbar glaubte er, er hätte gewonnen.

»Du wirst mich verlassen«, stieß ich hervor. »Genau wie jeder andere in meinem Leben. Du wirst mich irgendwann satthaben, und was soll ich dann tun? Deinetwegen habe ich meinen Job gekündigt und habe nun keine Wohnung mehr. Wenn du gehst, werde ich mit nichts dastehen.«

»Baby«, sagte er und trat einen Schritt auf mich zu.

»Fang nicht so an, Zane. Das alles geht zu weit. Jedes Mal wenn ich glaube, das hier könnte funktionieren, werde ich daran erinnert, dass ich es mir nicht …«

»Sag nicht, dass du es dir nicht leisten kannst.«

»Das kann ich nicht! Ich werde daran zerbrechen. Seit unserer ersten Begegnung sind gerade einmal fünf Tage vergangen. Im einen Moment schwebe ich auf Wolke sieben und staune wie ein verträumter Teenager, wie sehr ich dich bereits liebe, und im nächsten bin ich kurz davor, dir an die Gurgel zu gehen.«

Als Jaxon ein leises Lachen ausstieß, ärgerte ich mich noch mehr darüber, dass wir diese Unterhaltung im Beisein der anderen führten. Ganz sicher hielten sie mich für völlig verrückt.

»Ivy.«

»Ich kann das nicht tun«, flüsterte ich und wandte mich Violet und Olivia zu. »Es tut mir leid, dass ich unser Mittagessen ruiniert habe.«

Ohne Zane eines weiteren Blickes zu würdigen, ging ich zurück in sein Schlafzimmer und schloss leise die Tür hinter mir. Am liebsten hätte ich sie mit einem lauten Knall zugeschlagen, doch ich hielt mich zurück. Die anderen glaubten wahrscheinlich ohnehin, ich hätte den Verstand verloren Und bei meinem Glück würde ich die Tür aus den Angeln heben und durch die Erschütterung würde ein Gemälde von der Wand fallen.

Ich hasste es, in die Enge getrieben zu werden. Doch nun saß ich in Zanes Penthouse fest und hatte keine Möglichkeit, es zu verlassen. Meine Sachen befanden sich in einem Lagerhaus, ein Teil meiner Kleidung war hier und Linc hatte offenbar den anderen Teil aus meiner Wohnung geholt. Ich fühlte mich wie damals, als ich bei meiner Mutter ausgezogen war. Zu der Zeit hatte ich weder einen Plan gehabt, noch hatte ich einen Cent besessen.

Hinter mir wurde die Tür geöffnet. Ich musste mich nicht umdrehen, um zu wissen, dass Zane mir gefolgt war. Die elektrisierende Spannung, die seit unserer ersten Begegnung zwischen uns herrschte, war deutlich spürbar.

»Ivy.«

»Bitte lass mich in Ruhe«, flehte ich ihn an.

»Auf keinen Fall.«

»Im Ernst. Lass es gut sein. Ich muss nachdenken.«

»Du musst nicht nachdenken. Als ich vorhin gegangen bin, warst du glücklich und hast dich auf heute Abend gefreut. Dann komme ich nach Hause und du erzählst den Mädels, dass ich dich verlassen werde. Was ist passiert?«

Ich versteifte mich und reagierte, wie ich immer reagierte, wenn ich in eine Ecke gedrängt wurde – ich spuckte Gift. »Ist dir jemals in den Sinn gekommen, dass du vielleicht nicht weißt, was das Beste für alle ist?«

»Ja.«

»Sehr gut. Dann hör auf, mein Leben zu bestimmen. Ich will nicht, dass du meine Sachen einlagerst oder dass du dich in meine Beziehung zu meiner Mutter einmischst. Du denkst, weil du Zane Lewis bist, kannst du mir vorschreiben, wie ich mein Leben zu führen habe und was ich fühlen soll. Ich weiß, was geschehen wird, und du wirst mich durch nichts vom Gegenteil überzeugen können. Du wirst mich verlassen. Und wenn du es nicht tust, dann werde ich gehen. Willst du das? Willst du wirklich deine Zeit mit mir verschwenden, obwohl du weißt, dass ich beim ersten Anzeichen von Ärger gehen werde, bevor du mich verlassen kannst? Denn genau das tue ich, Zane. Ich ergreife die Flucht, bevor mich jemand vor den Kopf stoßen kann. Meine Mutter hatte recht.«

»Das reicht jetzt. Erstens ist diese Frau keine Mutter. Sie ist eine unbedeutende Schlampe, die dich einer Gehirnwäsche unterzogen hat. Es ist mir egal, ob ich fünf Tage, fünf Jahre oder fünfzig brauchen werde, aber ich werde dir diese Ideen austreiben, die sie dir in den Kopf gesetzt hat. Merk dir das, Baby, dieses eifersüchtige Stück Scheiße hatte noch nie in ihrem elenden Leben recht. Vielleicht kann ich dich nicht mit Worten davon überzeugen, dass du nicht der Abschaum bist, für den du dich hältst, aber ich kann es dir zeigen.«

»Du bist entweder stur oder taub. Hast du denn nicht gehört, was ich gesagt habe? Ich werde gehen. Deshalb solltest du dein Leben ohne mich weiterleben. Sag Linc, er soll meine Sachen in meine Wohnung zurückbringen, dann übergib der Polizei die Beweise, die ihr gesammelt habt, und beende die Sache.«

»Ich werde dich nicht gehen lassen.«

»Dann willst du mich also hier einsperren?«

»Ich werde dich nicht gehen lassen, Ivy.«

»Gut. Dann wirst du mich eben verlassen.«

»Ich werde dich nicht gehen lassen, Baby.« Zanes Stimme hatte einen sanften Tonfall angenommen, was mich noch mehr in Rage brachte. Er hatte mir nicht zugehört.

»Beende die Sache jetzt und erspare dir den Ärger.«

»Ich verspreche dir, dass ich dich nicht gehen lassen werde.«

»Warum nicht, verdammt? Ich bin ein Niemand. Abschaum, den jemand wie du keines zweiten Blickes würdigen sollte. Ich bin nicht gut genug für dich. Lass mich gehen.«

»Weil ich dich verdammt noch mal liebe!«, rief er. »Und du bist mehr als gut genug.«

KAPITEL DREIUNDZWANZIG

ZANE

Zum ersten Mal in meinem Leben hatte ich einer Frau meine Liebe gestanden, doch ich hatte die Worte im Zorn geäußert. Verdammt. Ich hatte sie gar nicht aussprechen wollen und war noch nicht einmal bereit, sie mir selbst einzugestehen, aber Ivy trieb mich in den Wahnsinn.

»Sag das nicht«, flehte sie mich unter Tränen an.

Sie hatte die Arme um ihren Körper geschlungen und ließ die Schultern hängen. Bevor ich den nächsten Schritt wagte, musste sie verstehen, was für ein Mensch ich war.

»Ich werde für uns kämpfen, Ivy. Ich habe dich nie belogen und dir nie etwas verheimlicht. Und ich werde auch jetzt nicht damit anfangen. Über einige Dinge, die meine Arbeit betreffen, kann ich nicht mit dir reden, und du musst lernen, damit umzugehen. Aber wenn es um uns beide geht, dann bin ich absolut ehrlich.« Ich ging auf sie zu und umfasste ihr Gesicht mit beiden Händen, um ihr tief in die Augen zu blicken. »Ich habe das alles nur getan, um dich zu beschützen. Zuvor habe ich nie begriffen, warum mein Bruder derart aus dem Häuschen ist, wenn es um Jasmin geht. Er hat sie an den Rand des Wahnsinns getrieben, weil er darauf bestanden hat, dass sie in ihrem Zustand nicht arbeiten kann. Aber nun verstehe ich es. Der Gedanke, du könntest eines Tages nicht mehr bei mir sein, ist so überwältigend, dass er jeden rationalen Gedanken zunichtemacht. Falls dir jemals jemand wehtun oder dich mir entreißen sollte, dann würde ich alles dafür tun, um dich zurückzubekommen. Ich würde bis aufs Blut und sogar bis zum Tod um dich kämpfen. Und ich würde auch vor Mord nicht zurückschrecken, um deine Sicherheit zu gewährleisten. Du musst mir nur sagen, dass du diese Beziehung genauso sehr willst wie ich, und ich werde jeden Dämon in deinem Inneren so lange bekämpfen, bis du nichts als inneren Frieden empfindest. Ich brauche nur dein Einverständnis und ich verspreche dir, dass ich dich nie wieder gehen lassen werde.«

»Ich bin es nicht wert«, schluchzte sie.

»Doch, das bist du.«

»Du verdienst etwas Besseres. Jemanden, der nicht so verkorkst und gebrochen ist wie ich.«

»Lass mich selbst entscheiden, was ich verdiene.«

»Aber …«

»Kein Aber, Baby. Sag mir, dass du es auch willst, und ich werde es dir geben.«

»Ich liebe dich«, flüsterte sie.

Gott sei Dank. Wir waren schon einen Schritt weiter.

»Dann sag mir, dass ich die Erlaubnis habe, dir alles zu geben, was du dir immer gewünscht hast.«

»Bitte, lass mich nicht gehen«, sagte sie mit flehender Stimme.

Da war es.

Mehr brauchte ich nicht zu hören.

Ich hob sie hoch und trug sie zum Bett. Behutsam legte ich sie auf die Matratze und entledigte mich meines T-Shirts und meiner Hose, bevor ich auch Ivy entkleidete. Ich schlüpfte zu ihr unter die Decke und schmiegte mich an sie. Dabei ging es mir nicht darum, sie zu vögeln und ein körperliches Bedürfnis zu befriedigen. Vielmehr musste ich ihre Haut an meiner spüren, damit ihre Wärme tief in meine Seele eindringen und den inneren Aufruhr, den sie verursacht hatte, besänftigen konnte. Ich durfte sie nicht verlieren.

Nachdem wir eine Weile schweigend dagelegen hatten, sagte sie: »Es tut mir leid.« Sie drückte mir einen Kuss auf die Brust.

»Es muss dir nicht leidtun.«

»Doch, das muss es. Ich habe die Beherrschung verloren und habe mich zu allem Überfluss vor deinen Freunden gehen lassen.«

»Was hat die Reaktion ausgelöst?«, wollte ich wissen, denn vielleicht würde ich einen derartigen Zusammenbruch in Zukunft verhindern können.

»Es fing an, als wir im Büro waren und Violet und Olivia hereinkamen. Sie waren so elegant und haben mich daran erinnert, wie groß die Kluft zwischen uns ist. Als wir hier ankamen und sie mir gegenüber so offen und freundlich waren, fiel mir ein, warum ich mich immer vor allen verschlossen hatte. Dann sprachen wir über dich, und Violet erzählte mir, dass Jaxon meine Sachen aus meiner Wohnung holen sollte. Da geriet ich in Panik. Ich weiß, dass es verrückt klingt. Wahrscheinlich erwecke ich den Eindruck, als sei ich eine weinerliche Idiotin, aber nachdem ich jahrelang nur gehört habe, was für ein Abschaum ich bin, kenne ich es nicht anders. Hinzu kommt, dass mir noch nie jemand so viel bedeutet hat, dass meine Ängste zum Problem werden könnten. Ich bin nie mit jemandem eine tiefe Bindung eingegangen und falls jemand mir einmal zu nahe kam, dann habe ich meine Gefühle verdrängt und bin gegangen, bevor er mich verletzen konnte.«

»Als das erste Mal jemand vor meinen Augen starb, hatte ich gerade die Ausbildung zum Navy SEAL hinter mir und bestritt meinen ersten Einsatz. Wir befanden uns auf Patrouille, die eigentlich reine Routine hätte sein sollen. In der Region hatte seit Monaten kein Gefecht mehr stattgefunden. Wir gingen zu sechst durch einen verlassenen Teil der Stadt und scherzten über den Mangel an Frauen auf dem Stützpunkt. Wie aus dem Nichts wurde der Mann neben mir von einer Kugel in den Hals getroffen. Der Schuss war überaus präzise und schlug direkt über seiner Weste ein. Ich war wie gelähmt. Gerade eben hatte Brent noch davon gesprochen, sich mit einer Frau im Bett zu wälzen, und im nächsten lag er tot zu meinen Füßen. Als ich mich endlich aus meiner Benommenheit riss, geriet ich in Panik und stellte in diesen Momenten meine Berufswahl, mein Leben und meine Fähigkeiten als Soldat infrage. Als wir dann zum Stützpunkt zurückkehrten, haderte ich mit mir selbst. Ich stand eine geschlagene Stunde unter der Dusche, um die Erinnerung an Brents Tod von meinem Körper zu schrubben, und danach schlug ich im Fitnessraum auf einen Sandsack ein, bis mir das Blut, das ich mir von der Seele waschen wollte, die Hände herunterrann. Meine Fingerknöchel waren aufgeplatzt, als ein alter Offizier hereinkam und mir eine Standpauke hielt. Er las mir jedoch nicht die Leviten, weil ich in Panik geraten war, sondern wegen meiner Reaktion danach. Damals habe ich nicht verstanden, warum er so wütend war und mir ins Gesicht brüllte, aber Jahre später fiel dann der Groschen. Das Problem ist nicht die Panik oder das mulmige Gefühl im Bauch, wenn du mit einer extremen Situation konfrontiert wirst, sondern deine Reaktion darauf.

Baby, ich kann dir nicht versprechen, dass du nicht hin und wieder in eine Situation geraten wirst, die dich überfordert, aber ich kann dir versichern, dass wir einen Weg finden werden, sie zu bewältigen. Manche Albträume kann ich für dich bekämpfen, und was die anderen angeht, so kann ich dir beibringen, wie du sie selbst überwinden kannst. Auf jeden Fall werde ich dir zur Seite stehen.«

Bis heute hatte ich noch nie jemandem erzählt, welche Gefühle es in mir ausgelöst hatte, Brent sterben zu sehen. Damals hatte ich es nicht einmal dem Offizier verraten. Und ich würde nie zugeben, dass mein Magen sich auch heute noch verkrampfte, wenn ich in ein Feuergefecht verwickelt wurde. Allerdings hatte ich keine Angst um mein eigenes Leben, denn mit meiner Sterblichkeit hatte ich mich schon lange abgefunden. Vielmehr fürchtete ich mich davor, einen meiner Männer zu verlieren.

»Ich habe Angst, dass ich noch häufiger kalte Füße bekomme und du es irgendwann leid sein wirst.«

»Du musst keine Angst haben. Wenn es wieder passiert, dann akzeptiere es einfach und gehe damit um.«

Ivy kuschelte sich an mich und begann zu erzählen: »Weißt du, Sarah hatte nicht nur schlechte Seiten. Es gab Zeiten, in denen sie sich bemüht hat, mir Liebe entgegenzubringen. Ich habe mein ganzes Leben versucht, bestimmte Erinnerungen zu verdrängen, doch dabei habe ich auch die schönen Momente aus meinem Gedächtnis verbannt.« Ich spürte etwas Feuchtes an meiner Brust, als Ivy am ganzen Körper zu beben begann. »Manchmal hat sie mich mitten am Tag aus der Schule geholt und wir sind zum Strand gegangen. Sie kaufte uns einen Eiscreme-Shake und wir spazierten über die Strandpromenade. Hin und wieder kam ich von der Schule nach Hause, als sie gerade grundlos einen Kuchen backte. Diese Momente waren selten, aber sie machten es mir noch schwerer, die schlechten Zeiten zu verkraften, wenn sie mich bis spät abends nicht von der Schule abholte oder meinen Geburtstag vergaß. Denn wenn sie nett zu mir war, weckte sie Hoffnung in mir, nur um sie mir sofort wieder zu entreißen. Und genau das ist das Problem. Ich warte nur darauf, dass du mir ebenfalls entrissen wirst.«

»Das wird nicht passieren.«

»Ich brauche dich, Zane«, sagte sie und begann, ihre Hand langsam über meinen Bauch gleiten zu lassen. Ich packte sie und hielt sie fest.

»Nein, Baby. Im Moment ist es wichtiger, dass ich dich festhalte. Ich muss nicht mit dir schlafen, um dir meine Zuneigung zu beweisen.«

Es dauerte nicht lange, bis Ivy sich in den Schlaf geweint hatte. Ich hielt sie lange im Arm, bevor ich schließlich ebenfalls die Augen schloss.

Ich hoffte inständig, dass ich Manns genug war, mein Versprechen zu halten. Denn ich wollte nirgendwo lieber sein als in Ivys Armen.

* * *

»WOHIN GEHST DU?«, FRAGTE ICH, ALS IVY AUFSTEHEN wollte.

»In die Küche, um Kaffee zu kochen.«

Ich öffnete die Augen und sah, wie die Sonne durch die hölzernen Lamellen der Jalousien fiel. Zum Abschied drückte ich ihr einen Kuss auf den Kopf und wartete, bis sie den Raum verlassen hatte, bevor ich mich auf die Seite rollte und ihr Kissen unter meinen Kopf schob. Ich atmete ihren Duft ein, der noch an dem Stoff haftete. Wann hatte ich mich zu einem sentimentalen Trottel entwickelt, der Trost in dem Duft einer Frau suchte? Wie war es möglich, dass Ivy meinen rasenden Verstand allein durch ihre Anwesenheit beruhigen konnte? Unzählige Frauen hatten versucht, die steinerne Mauer um mein Herz zu durchbrechen, doch sie alle waren gescheitert. Ivy musste es gar nicht versuchen, sondern durchdrang die Barriere mit Leichtigkeit, denn sie war in jeder Hinsicht für mich bestimmt.

Es dauerte nicht lange und ich sehnte mich schon wieder nach ihr. Also stand ich auf, schnappte mir eine Jogginghose und ging in die Küche. Auf der Insel standen Eier, Speck und Milch, und Ivy holte gerade eine Pfanne aus dem Schrank.

Frühstück.

Ivy hatte nun schon einige Male hier übernachtet, doch bisher hatten wir noch nicht gemeinsam gefrühstückt. Wir hatten morgens immer nur einen Kaffee getrunken und uns auf dem Weg ins Büro etwas zu essen geholt.

Der Anblick von ihr am Herd hätte mich eigentlich zu Tode erschrecken sollen, doch das Gegenteil war der Fall Wie immer, wenn ich Ivy betrachtete, schlug mein Herz höher. Sie selbst sah in sich eine gebrochene Frau, doch in meinen Augen war sie perfekt.

Sie verkörperte alles, was ich mir wünschte. Ich hatte nicht einmal gewusst, wie sehr ich sie brauchte.

»Hey, ist alles in Ordnung?«, fragte sie, als sie bemerkte, dass ich sie beobachtete.

Statt einer Antwort ging ich geradewegs auf sie zu und zog sie in meine Arme.

»Ja, jetzt schon.«

Ich beugte mich vor und presste meine Lippen auf ihre. Als sie mit ihrer Zunge die meine liebkoste, dachte ich daran, das Frühstück sausen zu lassen. Wenn diese Mahlzeit nicht die wichtigste in meinem Leben gewesen wäre, hätte ich sie zurück ins Bett gezogen und ihr gezeigt, dass alles in bester Ordnung war. Doch dies war unser erstes gemeinsames Frühstück.

Ich zog den Kopf zurück und sagte: »Neue Regel. Ab heute frühstücken wir sonntags immer.«

»Ich dachte, du frühstückst nicht?«, erwiderte sie und zwinkerte mir zu.

»Bisher nicht. Aber nun will ich immer mit dir frühstücken.«

KAPITEL VIERUNDZWANZIG

IVY

Nun will ich immer mit dir frühstücken.

Zanes Grübchen kamen zum Vorschein, und für einen Moment war ich sprachlos. Der Anblick war atemberaubend. Ich konnte kaum glauben, dass dieser Mann mit mir zusammen sein wollte.

»Alles in Ordnung?«, flüsterte er und küsste mich auf die Stirn.

»Es tut mir wirklich leid, dass ich gestern so eine Szene gemacht habe.«

»Das muss dir nicht leidtun.« Er festigte seinen Griff um meine Taille und zog mich an sich.

»Aber ich habe dich und mich selbst in Verlegenheit gebracht.«

»Baby, du hast nichts falsch gemacht. Glaubst du, du bist die erste Frau, die ihren Mann in die Schranken weist, wenn sie das Gefühl hat, dass er zu weit gegangen ist?«

»Ich habe dich nicht in deine Schranken verwiesen«, erwiderte ich.

»Tatsächlich? Du hattest keine Skrupel, mir die Meinung zu geigen.« Ich dachte über seine Worte nach. Er hatte recht, aber ich hätte nicht so ein Aufhebens machen sollen. »Was gibt es zum Essen?«

»Rührei und Speck. Ist das in Ordnung?«

»Wunderbar. Was dagegen, wenn ich meine E-Mails überprüfe, oder soll ich dir helfen?«

»Geh nur, die Eier kann ich auch allein braten.«

Nachdem er mich noch einmal sanft geküsst hatte, ging er ins Wohnzimmer und ließ mich mit meinen Gedanken allein. Ich spürte, wie Angst in mir aufwallte, und versuchte, sie zu unterdrücken. Warum hatte ich es nicht verdient, glücklich zu sein? Vielleicht hatte Zane recht. Ich hatte mit aller Macht versucht, mir zu beweisen, dass ich nicht der Abschaum war, für den meine Mutter mich hielt, und hatte dabei nicht erkannt, dass ich längst am Ziel angekommen war. Ich hatte es an jenem Tag bewiesen, an dem ich aus ihrer Wohnung ausgezogen war, und es auch während meiner Kindheit immer wieder unter Beweis gestellt. Entgegen all ihrer Bemühungen, mich zu brechen, hatte ich nie zu Drogen gegriffen, um der Hölle zu entkommen, die sie um mich herum erschaffen hatte. Ich hatte mich nie auf ihr Niveau herabgelassen, wenn sie mich wieder einmal beschimpfte und mich daran erinnerte, dass sie mich nicht liebte. Das Einzige, was sie je wirklich kontrolliert hatte, war meine Reaktion auf all ihre Demütigungen. Ich schlug die Eier auf und gab sie in eine Schüssel, während ich darüber nachdachte, welche Auswirkungen meine Mutter letztendlich auch auf meine Beziehungen gehabt hatte. Als ich die Eiermasse kräftiger als nötig umrührte, begann ich zu verstehen, wo mein Fehler all die Jahre gelegen hatte. Ich hatte mich von meinen Ängsten beherrschen lassen. Die Angst vor dem Unbekannten, vor Zurückweisung und davor, geliebt zu werden. Im Grunde hatte ich Angst vor dem Leben gehabt, denn ich hatte mich davor gefürchtet, nicht stark genug zu sein, obwohl ich mir längst bewiesen hatte, wie viel Stärke ich tatsächlich besaß.

Ich gab die Eier in eine Pfanne und war wütend auf mich selbst, weil ich Sarah so viel Macht über mich gegeben hatte. Sie hatte kein Recht darauf, meine Gedanken zu bestimmen. Wie benommen briet ich den Speck, deckte den Tisch und servierte das Frühstück. Mir wurde bewusst, wie sehr ich mir dieses Leben hier wünschte. Das Frühstück am Sonntagmorgen. Die Liebe. Die Vorfreude auf die Dinge, die vor mir lagen. Ich wollte Neues lernen und entdecken und das Leben genießen.

Zane betrat das Esszimmer und betrachtete mich mit besorgter Miene. »Du bist ja ganz in Gedanken versunken.«

»Bitte lass nicht zu, dass ich es vermassle.«

Sofort schien das Frühstück vergessen, denn er hob mich hoch und trug mich zurück ins Schlafzimmer. Er bettete mich sanft auf die Matratze und legte sich neben mich.

»Warum bringst du mich immer wieder ins Bett, um mit mir zu reden?«, fragte ich.

Er streifte mir das viel zu große T-Shirt über den Kopf und entledigte sich seines eigenen Hemdes, bevor er mich an sich zog, sodass mein Kopf auf seiner Brust ruhte. »Wenn wir uns unterhalten, will ich, dass nichts zwischen uns steht, nicht einmal unsere Kleidung. Ich will deine nackte Haut an meiner spüren und meine Seele vor dir entblößen. Im Moment gibt es nur uns.« Er ließ seine schwielige Hand über meinen Rücken gleiten und ein wohliger Schauer durchzuckte mich.

»Ich gebe niemals auf, Ivy«, fuhr er fort. »Zwar habe ich im Leben schon oft versagt und einige Lektionen auf die harte Tour lernen müssen, aber ich habe nie aufgegeben. Ich habe ein einsames Leben geführt, da ich glaubte, mich und die Menschen, die ich liebe, nur schützen zu können, wenn ich alle auf Distanz halte. Du hast mir bewiesen, wie falsch ich mit dieser Annahme lag, und mir gezeigt, dass es auch einen anderen Weg gibt. Ich habe erkannt, dass ich nur auf dich gewartet habe, und weiß jetzt, dass ich imstande bin, Liebe zu empfinden. Du machst alles viel leichter.«

»Ich bin weiß Gott kein einfacher Mensch«, erwiderte ich mit einem Schnauben.

»Es ist leicht, mich in dir zu verlieren. Wenn ich mit dir zusammen bin, kann ich mir eingestehen, dass ich glücklich sein will und eine Familie mit dir gründen möchte. Es ist leicht, dich zu lieben. Ich hätte nie geglaubt, so etwas je erleben zu dürfen, aber mit dir an meiner Seite kann ich die Zukunft deutlich vor mir sehen. Ich werde niemals aufgeben und nicht zulassen, dass du davor Reißaus nimmst. Ich werde für uns kämpfen, wenn du nicht dazu in der Lage bist. Und ich werde dafür sorgen, dass du am Ende stärker sein wirst als je zuvor.«

»Ich liebe dich, Zane.«

Mit einer langsamen, fließenden Bewegung drehte er mich auf den Rücken und zog seine Jogginghose aus, sodass das einzige Kleidungsstück zwischen uns mein Höschen war. Er legte sich auf mich und ließ eine Hand über meinen Bauch und unter meinen Slip gleiten. Mit der Fingerkuppe massierte er sanft meine Klitoris, bevor er noch tiefer wanderte und seinen Finger mit meinem Honig benetzte, bevor er mein Höschen beiseiteschob. Dann presste er seine Eichel an mein Geschlecht und drang mit einem sanften Stoß in mich ein.

Haut an Haut.

Unsere Seelen entblößt.

Nichts stand zwischen uns.

»Ich liebe dich, Ivy.«

Mit sanften Bewegungen drang er immer wieder in mich ein. Statt mich in einem lustvollen Rausch zu verlieren, durchströmte mich eine Erkenntnis, die mir den Atem raubte. Dieser große, starke Mann liebte mich trotz meiner Schwächen. Niemals würde er mich von sich stoßen oder verlassen. Er liebkoste meinen Hals und ließ seine Lippen zärtlich bis hinunter zu meiner Schulter gleiten.

»Nur du«, flüsterte er. Diese Verbindung zwischen uns war so innig, dass allein der Ansturm der Empfindungen mich mit rasender Geschwindigkeit auf den Gipfel der Lust zutrieb. »Es gab immer nur dich. Mein ganzes Leben lang habe ich nur auf dich gewartet.«

»Versprich mir, dass du mich festhalten wirst, falls ich einmal weglaufen will.«

»Kannst du mich spüren, Ivy?«

»Ja«, stöhnte ich.

»Nicht nur meinen Schwanz.« Er schob die Hüfte vor und rieb sein Becken an meiner Klitoris, wobei ich von einem elektrisierenden Schauer durchzuckt wurde. »Mich. Den Mann, zu dem du mich machst. Ich bin der Mann, der dich für den Rest deines Lebens lieben und dich immer festhalten wird.«

»Härter, Zane«, flehte ich ihn an.

»Nein, Baby, ich will es dir zeigen.«

Er beugte sich vor und küsste zärtlich meine Wange bevor er seine Lippen auf meine presste. Mit diesem Kuss verband er unsere Seelen miteinander, während ich jedes Quäntchen Liebe in die Liebkosung einfließen ließ, das ich für ihn empfand.

»Was willst du mir zeigen?«

»Wie wunderbar wir zusammen sind. Wie sehr ich dich liebe. Ich und du, Ivy. Jeden Tag werde ich es dir mit Worten zu verstehen geben und jede Nacht mit meinem Körper beweisen. Du darfst nie vergessen, wie stark und schön du bist. Gemeinsam können wir Berge versetzen und sämtliche Dämonen in unserem Inneren vernichten. Du hast die Gabe, nur mit einem Blick meine Gedanken zum Schweigen zu bringen und mit einem Kuss meine Angst auszulöschen. Ich habe geschworen, nie die Kontrolle aus der Hand zu geben, doch dir überlasse ich sie bereitwillig. Ich gehöre dir, Ivy.«

Schließlich konnte ich die Tränen nicht mehr zurückhalten und sie kullerten mir ungehindert über die Wangen. Ich wollte mein Gesicht abwenden, doch Zane gebot mir Einhalt.

»Versteck dich nicht vor mir. Ich will deine Tränen sehen und jede Emotion, die sich in deinen hübschen Augen widerspiegelt. Wenn wir zusammen sind, müssen wir keine Maske aufsetzen. Ich will alles von dir sehen.«

Seine Bewegungen wurden heftiger und fordernder, wobei er das Gewicht verlagerte, um mit der Hand über meine empfindsame Lustperle zu reiben. Ich hob die Hüfte an und wollte mehr – nein, ich brauchte mehr. Schon war ich kurz davor zu explodieren, doch Zane hielt inne und verzog die Lippen zu einem wunderschönen Lächeln.

»Noch nicht, Schätzchen. Ich will, dass du auf mich wartest.« Er ließ den Blick tiefer gleiten und ich tat es ihm gleich. »Das ist das Erotischste, was ich je gesehen habe. Wie ich in deine Muschi eindringe und meinen Schwanz mit dem Saft deiner Erregung benetze. Ich kann alles von dir spüren und liebe das Gefühl deiner Muskeln, die sich um meinen Schaft herum anspannen. So heiß und feucht. Das Einzige, was noch besser ist, als zu wissen, dass du mit Haut und Haaren mir gehörst, ist die Erkenntnis, dass du mich liebst.« Mit diesen Worten stieß er immer kraftvoller in mich hinein, bis das Bett unter uns zu knarren begann. Wie berauscht schloss ich die Augen. »Sieh zu, Ivy.« Er massierte erneut meine Klitoris.

»Ich kann mich nicht mehr zurückhalten, Baby. Es ist zu überwältigend. Du bist überwältigend. Ich komme gleich.«

»Ich auch, Baby. Lass dich fallen.«

Die Worte waren ihm kaum über die Lippen gekommen, da wurde ich auch schon von der Welle der Ekstase mitgerissen. Sie durchströmte mich mit einer solchen Wucht, dass ich vor Lust aufschrie.

»Zane. Ich liebe dich.«

»Ivy«, stöhnte er und ließ den Kopf in den Nacken fallen. Ich beobachtete, wie er die Augen verdrehte und sich im Rausch der Glückseligkeit verlor.

Als er wieder zu sich kam, legte er sich auf mich, während er seinen Schwanz noch immer tief in mir vergraben hatte.

»Eines Tages werde ich dir ein Kind machen.«

Insgeheim hatte ich mir immer Kinder gewünscht, doch ich hatte nie zu hoffen gewagt, dass ich dieses Glück je erfahren würde. Ich hatte zu viel Angst davor, als Mutter zu versagen. Aber ich wusste, dass Zane mich niemals scheitern lassen würde.

»In Ordnung«, erwiderte ich mit einem Lächeln.

»Ich will mindestens vier«, sagte er.

»In Ordnung«, wiederholte ich, woraufhin er ebenfalls lächelte.

»Du bist sehr entgegenkommend.«

»Es fällt mir schwer, dir einen Wunsch zu verweigern.«

Sein Lachen war Musik in meinen Ohren und zerstreute all meine Zweifel.

»Es fällt mir schwer, das zu glauben. Ich kann mir kaum vorstellen, dass es je einen Tag geben wird, an dem du mir nicht die Stirn bieten wirst.« Sein Lächeln verblasste und er bedachte mich mit einem ernsten Blick. »Ich habe unser Sonntagsfrühstück ruiniert.«

»Neue Regel«, erwiderte ich. »Vor dem Sonntagsfrühstück darfst du mich vernaschen.«

Sofort kamen seine Grübchen wieder zum Vorschein.

Ich war die glücklichste Frau der Welt.

KAPITEL FÜNFUNDZWANZIG

ZANE

»Soll das ein Witz sein?«

Es hatte fast eine Woche gedauert, bis wir herausgefunden hatten, in welcher Beziehung Forester zu Barbara stand. Declans Gespräch mit Amy hatte uns keine weiteren Erkenntnisse geliefert. Es schien, als hätte er die einzelnen Segmente seines Unternehmens von den anderen strikt getrennt. Amy wusste nur über ihre Rolle Bescheid und hatte sonst keinerlei Einblick in seine Operation. Er lieferte ihr die Drogen, die sie an ihre Freier verkaufen sollte. Das war alles.

»Ich fürchte nicht«, antwortete Garrett.

Leo und Declan untersuchten das Plastikrohr mit den Tennisbällen, die Jaxon einem Mitglied des Country Clubs entwendet hatte. Der Kerl hatte den Behälter nach einem Mittagessen mit Barbara achtlos auf dem Tisch stehen lassen. Es hatte den Anschein, als sei sie mehr als nur eine Puffmutter und nahm selbst Kunden an.

Jaxon griff nach einem der Bälle auf dem Tisch und drückte ihn ein, sodass ein Schnitt in der grünen, pelzigen

Außenhaut sichtbar wurde. Er drehte den Ball um und heraus fiel ein kleiner Beutel, der ein weißes Pulver enthielt.

»Verdammte Scheiße. Das ist genial. Mit dem Dreierpack Tennisbälle vertreibt er die Drogen unbemerkt in der Öffentlichkeit.«

»Ganz genau«, meldete Linc sich zu Wort. »Ich habe mir die Aufnahmen der Überwachungskameras aus dem Club angesehen. Offenbar gab es ein Problem mit dem Reinigungsteam, das in den Umkleidekabinen die Spinde der Gäste beklaut hat. Also wurde dort eine Kamera installiert. Wenn du mich fragst, ist das ziemlich übergriffig, und zudem illegal. Aber ich will einem geschenkten Gaul nicht ins Maul schauen, denn es hat uns die Sache entschieden erleichtert. Ich werde mich allerdings nie wieder in einer Umkleidekabine umziehen.«

»Warum nicht, Linc? Bist du etwa Kamerascheu oder denkst du, dass du mit den anderen nicht mithalten kannst?«, fragte Leo lachend.

»Du kannst mir glauben, Bruder, ich kann mithalten. Aber ich will vermeiden, dass mein Schwanz im Internet auftaucht. Die Schlange an Frauen, die dann an meine Tür klopfen wird, würde meine Frau auf die Palme bringen.«

»Was wird deine Frau auf die Palme bringen?«, fragte Jasmin, als sie den Konferenzraum betrat. Eigentlich kam sie eher in den Raum gewatschelt, doch diese Bemerkung behielt ich in weiser Voraussicht für mich. Als ich sah, wie erschöpft sie wirkte, musste ich Linc recht geben. Es war Zeit, sie zu beurlauben.

»Nichts, Jassy, komm, setz dich.« Leo stand auf und zog den Stuhl neben seinem hervor. Er lachte leise, als sie die Augen verdrehte.

»Hör auf, mich so zu nennen«, schimpfte sie, setzte sich dann aber auf den angebotenen Platz.

»Was ist mit Barbaras Kundenliste?«, fragte Garrett.

Die Liste.

Ich hatte mich noch nicht entschieden, wie ich mit der Liste verfahren würde. Aus moralischer Sicht wäre es das Beste, sie zusammen mit den anderen Beweisen an die Polizei zu übergeben. Aber so einfach war das nicht. Richter, Anwälte, Politiker und die Polizei würden in einen Skandal gewaltigen Ausmaßes verwickelt werden.

»Verdammt.« Ich rieb mir die Schläfen und versuchte, den aufwallenden Kopfschmerz zurückzudrängen. »Auf der Liste stehen zwei Leute, mit denen ich zuerst sprechen möchte. Michael Miller und Janet Goodall.«

»Michael Miller?«, erkundigte sich Garrett. »Er ist Streifenpolizist. Ein Niemand. Und Janet ist eine Anwältin. Sie ist genauso unbedeutend.«

»Sie beide haben kleine Kinder. Ich will sie warnen, damit sie die Möglichkeit haben, sich rechtlichen Beistand zu holen und gegebenenfalls Maya Vaugh zu engagieren, falls die Liste an die Öffentlichkeit gelangt. Wenn jemand einen Skandal in eine Publicity-Goldmine verwandeln kann, dann ist sie es.«

»Nur diese beiden?«, fragte Declan und blickte von seinem Notizblock auf.

»Alle anderen hätten es verdammt noch mal besser wissen müssen und verfügen über die nötigen Mittel, um die Angelegenheit für sich zu beschönigen. Miller verdient als Streifenpolizist nicht viel und hat Barbaras Dienste nur zweimal in Anspruch genommen. Mehr konnte er sich wahrscheinlich nicht leisten. Seine Frau hat ihn verlassen und er ist alleinerziehender Vater. Seine Dienstakte ist makellos und sein Chef schwärmt von ihm. Die Schule seiner Kinder hat nur Gutes über ihn zu berichten, zumal er sich im Elternbeirat engagiert. Er ist nur ein Mann, der sich auf diskrete Weise ein wenig vergnügen wollte, ohne seine Kinder zu vernachlässigen.

Janet Goodall hat ihre Jugendliebe geheiratet. Ihr Mann ist ebenfalls Anwalt. Sie hat eine nette Familie, ein schönes Haus und reizende Kinder. Allerdings ist sie lesbisch. Ich weiß nicht, warum sie sich noch nicht hat scheiden lassen, aber ich nehme an, dass sie um der Kinder willen die Ehe aufrechterhält. Sie ist wohlhabend und ist nicht auf das Einkommen ihres Mannes angewiesen. Geringe Schulden, keine Vorstrafen, kein Drogenkonsum in der Vergangenheit. Für eine Anwältin ist sie ziemlich fair und meistens ehrlich. Falls ihr Mann über ihre sexuelle Neigung nicht schon Bescheid weiß, ist es ihr gutes Recht, es ihm selbst zu sagen, bevor er es aus den Medien erfährt.«

»Und die anderen?«, wollte Linc wissen.

»Die können mich mal. Sie alle kannten das Risiko und hätten wissen müssen, dass ihr Geheimnis irgendwann auffliegen würde.«

»Richter Leone steht auch auf der Liste«, erinnerte Jaxon mich. »Er hat dir den Rücken gestärkt. Bist du sicher, dass du dich nicht für den Gefallen revanchieren willst?«

»Er hat mir nie den Rücken gestärkt. Die Haftbefehle hat er nur unterschrieben, weil er wusste, dass sie zu einer Festnahme führen würden, was ein gutes Licht auf seinen Schwiegersohn, den Polizeichef, werfen würde. Und der Staatsanwalt, der zufällig ein guter Freund von ihm ist, konnte mehrere abgeschlossene Fälle für sich verbuchen. Richter Leone hat mir keinen Gefallen getan, sondern dafür gesorgt, dass andere in seiner Schuld stehen. Außerdem ist der Mann kein Freund von mir, sondern ein schmieriger Scheißkerl, der seit dreißig Jahren verheiratet ist und seine Frau zweimal pro Woche mit Nutten betrügt. Händige die Liste der Polizei aus und lass den Dingen ihren Lauf. Ich werde später den Präsidenten anrufen und ihn über die Situation in Kenntnis setzen. Er kann selbst entscheiden, ob er jemanden warnen will. Das ist nicht unser Bier.«

Das Festnetztelefon auf dem Tisch klingelte und auf dem Display erschien die Durchwahl des Empfangstresens. Ich nahm den Anruf entgegen und drückte die Lautsprechertaste.

»Ja.«

»Detective Goldsborough ist hier und möchte dich sprechen«, erklang Ivys melodiöse Stimme am anderen Ende der Leitung. Unwillkürlich verzog ich die Lippen zu einem Lächeln, bevor mir ein Gedanke kam.

»Warum sitzt du am Empfang?«, knurrte ich.

»Soll ich ihn hinaufbringen, Sir, oder kommt jemand, um ihn nach oben zu begleiten?«

Verdammt, sie hatte meine Frage einfach ignoriert.

»So wahr mir Gott helfe, du solltest deinen kleinen Arsch schleunigst wieder nach oben bewegen.«

»Wunderbar. Ich werde Detective Goldsborough ausrichten, dass ihn jemand abholen wird.«

»Ivy!«

Es war zu spät. Sie hatte bereits aufgelegt.

»Nicht zu glauben. Zur Abwechslung hast du mal nicht das letzte Wort«, lachte Jasmin. »Die Vene an deinem Hals macht Überstunden.«

»Ich werde sie übers Knie legen«, murmelte ich. »Declan, geh zu Amy und warne sie vor. Am besten macht sie sich mit ihrer Tochter aus dem Staub. Es steht ihr frei zu gehen. Jaxon, rede du mit Miller und Goodall und lasse sie wissen, was sie erwartet. Leo, du kommst mit mir. Linc, du solltest deine Frau jetzt nach Hause bringen. Falls du rechtzeitig zurück bist, kannst du Leo und mich begleiten. Garrett, versuche weiter, Sarah zu finden. Ich will, dass diese Schlampe so schnell wie möglich dingfest gemacht wird. Ich muss mit ihr reden, bevor ich sie zurück nach Florida schicke.«

»Ich soll nach Hause gehen?«, meldete Jasmin sich zu Wort.

»Ja. Du bist beurlaubt, bis du die Babys zur Welt gebracht hast.«

»Ich habe noch ein paar Wochen bis ...«

»Keine Diskussion. Du hast Urlaub. Geh nach Hause und entspann dich.«

»Was zum Teufel soll das?«, schimpfte sie. »Seit wann bist du so ein Weichei und fasst mich mit Samthandschuhen an? Ich bin eine Bereicherung für dieses Team, das weißt du ganz genau. Das ist doch scheiße.«

»Du bist nicht nur eine Bereicherung, sondern auch eine verdammt gute Agentin. Das wissen wir alle, Jas. Das hier hat nichts mit deinen Fähigkeiten zu tun, aber ich will, dass du gesund und stark bist, wenn du meine Nichten oder Neffen zur Welt bringst.«

»Ich bin ...«

»Verdammt noch mal, Jasmin. Du hast dir dein ganzes Leben lang den Arsch aufgerissen und hart gearbeitet, um dorthin zu kommen, wo du heute bist. Du hast es verdient, dich zurückzulehnen und den Rest deiner Schwangerschaft zu genießen. Fahr nach Hause und bau ein Nest, oder was auch immer schwangere Frauen so tun. Mir ist es egal, solange du nicht an die Arbeit denkst.«

»Ach du meine Güte, beruhige dich. Also schön, ich gehe ja schon.« Jasmin senkte kurz den Kopf, bevor sie wieder aufblickte und mich mit ihrem durchdringenden Blick musterte. »Danke, Zane. Für alles. Du bist immer für mich da.«

Ich nickte knapp, wandte mich dann aber Leo zu, denn ihre Dankbarkeit löste Unbehagen in mir aus. Sie hatte keinen Grund, mir zu danken, denn ich hatte sie mehr als einmal beinahe umgebracht. Wir beide konnten von Glück reden, dass wir es lebend aus Russland hinausgeschafft hatten. Danach habe ich sie zwei Jahre belogen und sie über die tatsächlichen Geschehnisse im Dunkeln gelassen. Ich habe ihr auch Lincoln verschwiegen, bis er von einem Einsatz zurückkehrte, um seine Frau zurückzuerobern. Auch das hätte ich beinahe vermasselt.

»Bist du bereit?«

Leo stand auf, schnappte sich sein Tablet und sein Handy und folgte mir zur Tür.

Bevor ich den Raum verließ, drehte ich mich noch einmal zu Garrett um. »Du bist für Ivy verantwortlich. Sie darf das Gebäude nicht verlassen. Falls sie es doch versucht, fessle sie an meinen Bürostuhl.«

»Sicher. Offenbar kennst du deine Frau nicht sonderlich gut. Sie würde mir die Eier abreißen, bevor ich überhaupt Gelegenheit hätte, sie zu fixieren.«

Ja, damit hatte er wohl recht. Unter anderem war dies ein Grund, warum sie die perfekte Frau für mich war.

* * *

Drei Stunden lang hatten wir Detective Goldsborough und seinen Vorgesetzten bezüglich der Ermittlungen auf den neusten Stand gebracht. Sie hatten zudem einen Bezirksstaatsanwalt hinzugezogen, um über eine Anklage gegen Forester zu sprechen, und zogen in Erwägung, die Untersuchungen im Hinblick auf Joanna Longs Tod neu aufzurollen.

»Ich kann nichts versprechen«, sagte der Staatsanwalt. »Falls bei dem Drogentest Fentanyl festgestellt wird und ein Zusammenhang zwischen dem Heroin, das Forester heute verkauft, und dem, welches bei der Autopsie gefunden wurde, hergestellt werden kann, kann ich auf Mord plädieren. Allerdings ist Mord durch eine Drogeninjektion schwer nachzuweisen. Zuerst muss bewiesen werden, dass der

Dealer den Konsumenten durch die Beigabe von Fentanyl in Gefahr gebracht hat.«

»In Gefahr gebracht? Der Wichser ist ein Drogendealer. Er bringt jeden in Gefahr. Diese Arschlöcher sind der Staatsfeind Nummer eins«, blaffte ich.

Ich hasste das Justizsystem. Meine Methode, Vergeltung zu üben und die Verbrecher ihrer gerechten Strafe zuzuführen, war wesentlich effektiver und sparte obendrein Zeit.

»Das mag ja sein, Mr. Lewis, aber vor Gericht spielt unsere Meinung keine Rolle. Nur die Beweise zählen. Wenn der toxikologische Befund zu unseren Gunsten ausfällt, werde ich eine Anklage wegen Mordes an Joanna Long beantragen.«

Beinahe hätte ich die Augen verdreht. An manchen Tagen musste ich mich daran erinnern, dass ich mich in den Vereinigten Staaten befand, in denen es Regeln und Gesetze gab, die es zu befolgen galt. Hier hielten die Rechtschaffenen ihre Fassade der Zivilisiertheit aufrecht, während die Kriminellen durch das Recht auf ein faires Gerichtsverfahren geschützt wurden. Es war ein Haufen Scheiße. Ich bedauerte, die Strafverfolgungsbehörden eingeschaltet zu haben, doch mir waren die Hände gebunden. Ohne sie würde ich hier gar nichts erreichen, also hatte ich keine andere Wahl, als das Spiel mitzuspielen.

»Also gut. Dann sollten wir das Arschloch jetzt verhaften. Einer meiner Männer beschattet Forester. Er befindet sich gerade zusammen mit Barbara im Country Club. Damit können wir zwei Fliegen mit einer Klappe schlagen.«

Ich ging zur Tür und wartete, bis die anderen Männer ihre Sachen zusammengepackt hatten, bevor wir uns auf den Weg durch die Zentrale machten. Als wir am Empfang ankamen, war ich froh zu sehen, dass Rena mittlerweile am Tresen saß.

»Hat Ihnen schon einmal jemand gesagt, dass Sie es mit der Sicherheit übertreiben?«, fragte der Polizeichef lachend.

»Ein- oder zweimal.«

Jaxon und ich gingen zu meinem Rover und ich wartete ungeduldig darauf, dass Goldsborough ebenfalls in seinen Wagen stieg, um uns zu folgen.

»Meine Güte. Wie lange kann es schon dauern, sich hinters Steuer zu setzen?«

Jaxon ignorierte meine Bemerkung und sagte stattdessen: »Ich freue mich für dich.«

»Wirklich? Warum denn das?«

»Wegen Ivy.«

Für einen Moment dachte ich über seine Worte nach, bevor ich etwas tat, was derart untypisch für mich war, dass ich meinen eigenen Ohren nicht traute. »Sie ist das Beste, was mir je passiert ist. Ich hätte nie gedacht, dass ich eine Frau lieben könnte oder dass die bloße Gegenwart eines Menschen mir inneren Frieden bescheren könnte. Eines Tages werde ich sie heiraten.«

Ich beobachtete, wie Goldsborough aus seiner Parklücke fuhr, und dachte nicht mehr an Forester oder seine bevorstehende Verhaftung. Ich überlegte, wie lange ich noch warten musste, bis ich um Ivys Hand anhalten konnte. Als ich meinen Wagen auf die Straße lenkte, hatte ich meine Antwort. Ich musste nicht warten. Bisher hatte ich noch nie gezögert, wenn ich etwas gewollt hatte. Und ich wollte Ivy. Falls sie nicht gleich zustimmen würde, würde ich sie davon überzeugen – egal wie.

KAPITEL SECHSUNDZWANZIG

IVY

»Ich verspreche euch, dass ich diesmal keine Szene machen werde«, scherzte ich, als ich mich zu Violet und Olivia in Jasmins Wohnzimmer gesellte.

Seit dem Streit in Zanes Penthouse waren fast acht Wochen vergangen. Acht Wochen, in denen ich auf Wolke sieben schwebte. Sechsundfünfzig Tage voller Glückseligkeit und Liebe für Zane. Er hatte Wort gehalten und Geduld mit mir bewiesen. Wenn meine Selbstzweifel an mir zu nagen drohten, arbeiteten wir daran. Gemeinsam. Er erlaubte mir nie, davor wegzulaufen oder mich in mein Schneckenhaus zurückzuziehen, und er sagte mir immer wieder, wie sehr ich den Schmerz in seiner Seele linderte. Er lächelte mehr, lachte häufiger und wirkte glücklich.

»Verabredung zum Mittagessen, Klappe, die zweite«, lachte Olivia und umarmte mich.

»Du hast keine Szene gemacht«, meldete Violet sich zu Wort. »Du wolltest dich einfach nicht von dem großen Pavian herumkommandieren lassen. Allerdings muss ich zugeben, dass ich fast ein schlechtes Gewissen habe, ihn so zu nennen, nachdem ich gesehen habe, wie liebevoll er mit dir umgeht. Auf der anderen Seite nennt er mich nach wie vor Plaudertasche, also darf ich mich revanchieren und ihn als große, haarige Bestie betiteln.«

»Nun, er ist tatsächlich eine Bestie, aber glücklicherweise keine haarige. Und bestimmte Körperteile sind tatsächlich ziemlich groß geraten«, erwiderte ich.

Jasmin gab einen würgenden Laut von sich und erntete damit schallendes Gelächter. »Widerlich. Ich verstehe ja, dass er sexy ist, aber er ist mein Schwager. Es ist widerlich, auf diese Weise an ihn zu denken.« Sie sah sich kurz um und fügte dann mit einem verschwörerischen Flüstern hinzu: »Allerdings sind die Brüder in dieser Hinsicht wohl beide sehr gesegnet.«

»Ich glaube eher, *wir* sind gesegnet«, antwortete ich.

»Das kannst du laut sagen.«

»Was kannst du laut sagen?«, fragte Linc, als er den Raum betrat.

»Nichts. Wolltest du gerade gehen?«, fragte Jasmin.

»Es handelt sich wohl nicht um nichts, wenn man bedenkt, dass dein Gesicht gerade hochrot anläuft.«

»Wie auch immer. Musst du nicht ins Büro?«

»Es wird nicht lange dauern, höchstens eine Stunde. Goldsborough und der Bezirksstaatsanwalt wollen mit uns noch einmal die Beweise durchgehen.« Linc ging auf Jasmin zu und drückte ihr einen leidenschaftlichen Kuss auf die Lippen. »Bekomme die Babys nicht, bevor ich zurück bin.«

»Meine Güte, wir haben noch drei Wochen Zeit.«

Linc ignorierte Jasmins Schnauben und sagte: »Meine Damen. Guten Appetit.« Auf dem Weg zur Tür fügte er hinzu: »Lasst nicht zu, dass sie irgendetwas Verrücktes anstellt.«

»Mist. Wir wollten doch auf dem Tisch tanzen!«, rief

Violet Linc nach, als dieser gerade die Tür hinter sich schloss.

»Also gut, er ist weg. Jetzt erzählt mir, was es Neues im Büro gibt. Er will mir überhaupt nichts verraten.« Jasmin ließ sich auf die Couch zurückfallen und versuchte, es sich bequem zu machen.

Der Anblick war niedlich, doch das würde ich ihr nie sagen. Obwohl sie schwanger war, jagte die Frau mir nach wie vor eine Heidenangst ein. Während der vergangenen zwei Monate hatte ich unzählige Geschichten darüber gehört, wie stark und unerbittlich diese Frau war. Im Moment sah sie jedoch aus wie eine Barbie-Puppe mit einem riesigen Bauch. Ich hatte nicht gewusst, dass Haut derart dehnbar war.

»Eigentlich gibt es nicht viel zu erzählen. Colin pendelt immer noch zwischen D. C. und Annapolis hin und her. Ich glaube, Erin hat mittlerweile einen neuen Decknamen. Letzte Woche nannte er sie nur Nervensäge, aber mittlerweile ist sie zur Absoluten Nervensäge avanciert. In den vergangenen sieben Tagen ist sie ihrem Sicherheitsteam dreimal durch die Lappen gegangen. Der Präsident ist kurz davor zu explodieren«, berichtete ich.

»Ich habe sie mehrmals angerufen, aber sie meldet sich nicht bei mir.« Olivias Lächeln verblasste und ein trauriger Unterton schwang in ihrer Stimme mit. »Sie ist meine beste Freundin und weigert sich, mit mir zu sprechen. Ich glaube, das ist die Rache dafür, dass ich zu viel getrunken habe, bevor ich entführt wurde. Damals hat Erin versucht, mir zu helfen, doch ich wollte nicht auf sie hören. Das war zugleich das Dümmste und das Beste, was ich je getan habe.«

»Wie meinst du das?«, erkundigte ich mich.

»Es war dumm, weil ich mich wie eine verwöhnte Zicke benommen und mich selbst in Gefahr gebracht habe. Aber wenn ich nicht entführt worden wäre, dann hätte ich Leo nicht kennengelernt. Er ist die beste Entscheidung, die ich je getroffen habe.« Olivia ließ die Hände an ihren Bauch gleiten, und ich fragte mich, ob die Bewegung unbewusst war. Sie hatte ebenfalls einen Babybauch, doch im Vergleich zu Jasmins war ihrer klein.

»Declan hatte einen Einsatz in Bangladesch«, informierte Violet Jasmin. »Ein reicher Geschäftsmann hat um Personenschutz gebeten. Jaxon und Dec haben erzählt, dass der Kerl verdammt gut bezahlt hat.«

»Das stimmt. Die Summe war geradezu horrend, aber Zane war zufrieden. Er sagte, allein mit diesem Vertragsabschluss könne er die Lohnkosten für sechs Monate decken.« Zanes Unternehmen hatte zwar keine Geldprobleme, aber an dem Tag, an dem er mir den Scheck überreicht hatte, damit ich ihn auf das Firmenkonto einzahlen konnte, hatte er ein breites Lächeln im Gesicht.

Rena hatte beschlossen, ihre Arbeitszeit zu reduzieren, um mehr Zeit mit ihrer Familie zu verbringen, und ich hatte begonnen, einige ihrer Pflichten zu übernehmen. Nun, ausgenommen derer, die Zanes Assistentin zufielen. Er und ich waren mittlerweile ein eingespieltes Team. Wenn er versuchte, mir Befehle zu erteilen und mich herumzukommandieren, erwiderte ich, dass er sich seine Anordnungen in den Arsch schieben konnte. Ausgehend von dem Lächeln, das er mir daraufhin jedes Mal schenkte, schien es zu funktionieren.

»Linc hat mir erzählt, wie glücklich Zane wirkt.« Jasmin fixierte mich mit einem Blick. »Das freut mich. Nach allem, was er durchgemacht hat, hat er es verdient.«

»Ich hoffe, er ist glücklich. Aber es ist alles noch so neu. Wir sind erst seit ein paar Monaten zusammen, und ich habe immer noch Angst, dass er irgendwann genug von mir haben wird. Er wirft mir jeden Tag vor, dass ich ein Problem damit habe, Befehle zu befolgen. Aber ich werde langsam besser.«

»Dieser Mann braucht ganz sicher keine Frau, die seine Befehle befolgt, sondern eine, die ihm ebenbürtig ist. Und in dir hat er diese Frau gefunden.« Ein verschmitztes Lächeln umspielte Jasmins Lippen. »Mach ihm die Hölle heiß.«

»Lasst uns essen. Ich bin am Verhungern«, warf Olivia ein. »Wenn ich endlich bereit bin, dieses Baby zur Welt zu bringen, werde ich wahrscheinlich aussehen, als würde ich Drillinge bekommen.«

Wir gingen in die Küche, in der Jasmin mehr Speisen als nötig auf der Kochinsel angerichtet hatte.

»Verdammt, diese Küche ist riesig«, bemerkte ich.

»Ja, sie ist ein bisschen zu groß. Dieses Haus bestand früher aus zwei voneinander getrennten Einheiten. Es gehörte Zane. Ich habe auf der einen Seite gewohnt und als Lincoln nach Annapolis zurückkehrte, ist er auf der anderen Seite eingezogen. Nachdem wir uns endlich zusammengerauft hatten und ich mein Gedächtnis wiedererlangt hatte, ließ Zane die Wand in der Mitte durchbrechen und machte aus den beiden Hälften ein großes Haus. Die Küche stellte dabei das einzige Problem dar. Es war einfacher, einen riesigen Raum zu schaffen, als sämtliche Rohre neu zu verlegen«, erklärte Jasmin. »Nach Abschluss der Arbeiten hat Zane uns das Haus überschrieben. Es war sein Hochzeitsgeschenk.«

»Großzügiger Mistkerl«, murmelte Violet.

»Es ist fantastisch.« Ich sah mich um und versuchte zu bestimmen, an welcher Stelle die beiden Teile des Hauses verbunden worden waren, doch ich konnte nichts entdecken. Der Raum grenzte nahtlos an die umliegenden Zimmer an. Noch nie hatte ich eine derart riesige Küche gesehen.

»Sicher, wenn du gern kochst. Ich habe eine Vorliebe für Essen zum Mitnehmen«, erwiderte Jasmin und zeigte lachend auf die Tüten auf der Anrichte.

»Da wir gerade von Hochzeiten sprechen«, meldete

Violet sich zu Wort, »Jaxon und ich haben ein Datum festgelegt. Nächstes Wochenende.«

»Nächstes Wochenende?«, fragte Olivia freudig.

»Ja. Wir werden in unserem Garten heiraten. Jax' Eltern und sein Bruder werden anreisen. Wir haben schon alles vorbereitet und haben uns für eine kleine Zeremonie im Kreis der Familie entschieden. Es wird wunderschön.«

Violet strahlte übers ganze Gesicht und ich konnte nicht anders, als ihr Lächeln zu erwidern.

»Das ist wunderbar. Ich kann es kaum erwarten, die Bilder zu sehen. Es wird sicher zauberhaft«, erwiderte ich.

»Bilder? Du wirst doch kommen, nicht wahr?«

»Du sagtest, ihr feiert im Familienkreis«, erinnerte ich sie.

»Du gehörst zur Familie. Das ganze Team wird dabei sein.«

»Ich habe angenommen, dass …«

»Wir sind eine Familie, Ivy.«

»Ich hatte noch nie eine richtige Familie. Danke«, flüsterte ich.

Ich versuchte vergeblich, die Tränen zurückzuhalten. Bei meinem ersten Treffen mit Violet und Olivia hatte ich Zane lautstark die Leviten gelesen und nun weinte ich hemmungslos. Großartig. Wahrscheinlich dachten sie, dass ich nicht alle Tassen im Schrank hatte.

»Nun hast du eine«, erwiderte Violet. Ich war dankbar, dass sie nicht weiter auf meine Tränen einging, während ich mir stillschweigend über die Augen wischte. »Und es gibt noch eine Neuigkeit. Wir versuchen, ein Kind zu zeugen. Jax will sofort eine Familie gründen.«

»Oh mein Gott. Das ist fantastisch«, rief Olivia. »Du wirst gleich nach Jas und mir Mutter werden. Jetzt müssen wir nur noch Zane auf den Geschmack bringen.«

»Zane ist bereit, Vater zu werden«, platzte ich heraus.

»Wie bitte?« Jasmin wandte sich mir ruckartig zu und betrachtete mich mit steinerner Miene.

»Äh …«

»Zane wünscht sich Kinder?«

»Ja, das hat er zumindest gesagt«, antwortete ich hastig. »Aber wir haben nicht mehr darüber geredet. Vielleicht hatte er sich auch nur von der Hitze des Augenblicks mitreißen lassen.«

»Z lässt sich nie einfach mitreißen.« Jasmin kniff die Augen zu dünnen Schlitzen zusammen. »Willst du denn Kinder?«

»Ich hatte nie daran gedacht, bis ich Zane getroffen habe. Meine Mutter war nicht gerade ein strahlendes Vorbild, und ich wollte mich nicht der Hoffnung hingeben, je eine eigene Familie haben zu können. Also verdrängte ich die Vorstellung aus meinem Kopf und redete mir ein, dass ich ohne Kinder zufrieden sein könnte. Aber um ehrlich zu sein, will ich Zane so viele Babys schenken, wie er sich wünscht.«

»Danke.« Der angespannte Ausdruck wich aus Jasmins Gesicht und sie wirkte fast ein wenig traurig. »Danke, dass du ihn zu uns zurückgebracht hast. Ich hätte nie zu hoffen gewagt, ihn je so glücklich zu sehen. Danke, dass du ihn liebst.«

»Es ist leicht, ihn zu lieben.« Ich wandte den Blick ab, denn es brachte mich in Verlegenheit, so offen über meine Gefühle zu reden.

»Von wegen«, lachte Violet. »Zane Lewis ist dickköpfig, mürrisch und leicht reizbar. Niemand kennt Zane so wie du und das ist auch gut so. Wir alle wissen, dass er tief im Inneren ein guter Mensch ist, aber er weigert sich, Außenstehenden diese gütige Seite von sich zu zeigen. Ich will nicht schlecht über ihn reden, sondern dir nur verständlich machen, wie viel du ihm bedeutest.«

Ich dachte über Violets Worte nach. Zane war durchaus

kratzbürstig und herrisch, und vor allen anderen zeigte er nie sein wahres Ich. Das allein war eine Schande, denn eigentlich hätte der wahre Zane das Lob und die Anerkennung seiner Mitmenschen verdient.

In den letzten Monaten hatte ich viel über Zane gelernt, und dabei war mir vor allem bewusst geworden, wie großzügig er war. Er schulterte die Last für alle anderen und opferte viel Zeit für seine Männer. Er stand ihnen mit Rat und Tat zur Seite, hörte ihnen zu und versetzte ihnen hin und wieder auch einen Schubs in die richtige Richtung. Mir gegenüber war er gütig und bewies eine Engelsgeduld. Wenn er spürte, dass ich mich in mein Schneckenhaus zurückzog oder überfordert war, holte er mich zurück. Er bot mir eine Flucht vor den Dämonen, die mich mein ganzes Leben lang geplagt hatten.

Bisher hatten wir achtmal an einem Sonntagmorgen gefrühstückt. Wenn man die Umstände bedachte, unter denen wir uns kennengelernt hatten, und die Tatsache berücksichtigte, dass er zuvor eine Abneigung gegen die wichtigste Mahlzeit des Tages gehabt hatte, waren das achtmal mehr, als ich je für möglich gehalten hätte. An jenen Morgen unterhielt er mich mit Geschichten aus seiner Kindheit. Linc und er hatten eine Menge Unfug getrieben, doch schon damals hatte Zane sich um seine Mutter und seinen Bruder gekümmert. Schon früh hatte er gelernt, Verantwortung zu übernehmen, und bewiesen, was für ein loyaler, hingebungsvoller und ehrenvoller Mann er war. Das würde er jedoch nie zugeben. Wenn es um seine Befähigung als Soldat ging, dann nahm sein Ego die Größe von Texas an. Aber was die Aufopferungsfähigkeit und Fürsorge für seine Familie und sein Team betraf, so blieb er bescheiden. Alle sahen in ihm einen bedrohlichen Mann mit tödlichen Fähigkeiten, doch in meinen Augen war er liebevoll und sanft.

Die nächsten Stunden verbrachten wir damit, uns zu

unterhalten und die Speisen zu genießen. Es war ein wunderbares Gefühl, Zeit mit meinen neu gewonnenen Schwestern zu verbringen, und ich wollte es nie wieder missen. Auch das hatte Zane mir beigebracht. Er hatte mir vor Augen geführt, dass ich keine Angst davor haben muss, mich auf eine Freundschaft einzulassen. Hin und wieder hörte ich zwar immer noch eine entfernte innere Stimme des Zweifels, aber sie war kaum hörbar. Und falls sie doch einmal lauter werden sollte, so war ich mittlerweile stark genug, nicht an die Lügen zu glauben, die meine Mutter mir eingetrichtert hatte.

Als der Nachmittag sich dem Ende neigte, konnte ich es kaum erwarten, zu Zane nach Hause zu fahren. Ich hatte eine Menge Spaß mit den Frauen gehabt, aber ich vermisste ihn.

Ich stieg in Zanes Rover und schickte ihm eine Nachricht, um ihm mitzuteilen, dass ich mich nun auf den Heimweg machte. Wenn wir getrennt unterwegs waren, benutzte ich seinen Geländewagen, während er seinen 66er Chevy Nova fuhr. Sarah war wie vom Erdboden verschluckt, doch ich wusste, dass sie zurück nach Florida gefahren war. Meine Mutter hatte dasselbe getan wie immer: Sie war aufgetaucht und hatte ihr Gift versprüht. Und als sie glaubte, mir genügend Selbsthass eingeimpft zu haben, verschwand sie wieder.

Das war die Geschichte meines Lebens.

Nein, es war die Geschichte meines alten Lebens.

KAPITEL SIEBENUNDZWANZIG

ZANE

Ich las die Nachricht ein zweites Mal und staunte jedes Mal darüber, dass mein Herzschlag sich beschleunigte, wenn ihr Name auf dem Display aufleuchtete. Die beiden Wörter, die besonders herausstachen, waren *Liebe* und *Heim*.

»Sind wir fertig?«, fragte ich den Bezirksstaatsanwalt, der jeden Aspekt der Beweise mindestens zehnmal durchgekaut hatte.

Ich wusste seine Gründlichkeit zu schätzen, aber nun hatte ich genug davon. Im Vergleich zu seiner Detailtreue wirkte meine Einsatzplanung fast amateurhaft. Der Mann hatte sämtliche Berichte akribisch sortiert und vor sich ausgebreitet. Forester war geliefert. Der toxikologische Befund hatte ergeben, dass das Fentanyl, mit dem er sein Heroin gestreckt hatte, mit den Drogen in Verbindung gebracht werden konnte, die zum Zeitpunkt von Joanna Longs Tod in ihrem Blut nachgewiesen wurden. Nun sah er nicht nur einer Anklage wegen einer ganzen Reihe von Drogendelikten und Zuhälterei entgegen, sondern würde auch wegen Mordes angeklagt werden. Barbara würde sich ebenfalls für ihren Tod verantwortlich zeichnen müssen. Ihr Anwalt hatte versucht, ein geringeres Strafmaß auszuhandeln, und schlug vor, sie gegen Forester aussagen zu lassen. Ich war beeindruckt, als der Staatsanwalt sich geweigert hatte, auf den Handel einzugehen. Er war sich sicher, dass er ihre Aussage nicht brauchte, um Forester lebenslang hinter Gitter zu bringen.

»Hast du es eilig?«, fragte Linc mit einem Lachen.

»Ja, du Mistkerl, ich will nach Hause. Du solltest ebenfalls nach Hause zu deiner Frau gehen. Ivy hat mir eine Nachricht geschrieben und mir mitgeteilt, dass die Frauen ihr Mittagessen beendet haben«, informierte ich ihn.

»Ich hätte nie geglaubt, diesen Tag je erleben zu dürfen«, warf Jaxon ein.

Ich machte mir nicht die Mühe, etwas zu erwidern. Während der letzten Monate hatten die Jungs mich immer wieder wegen Ivy aufgezogen. Es gab nichts, was sie mir noch nicht an den Kopf geworfen hatten, also gab ich ihnen gar nicht mehr die Genugtuung, ihnen zu antworten.

»Geh ruhig. Ich habe noch etwas zu erledigen und bleibe hier, bis der Staatsanwalt seine Unterlagen zusammengepackt hat«, sagte Garrett.

»Danke, das weiß ich zu schätzen.«

Da ich so schnell wie möglich nach Hause wollte, verzichtete ich auf meinen üblichen Rundgang nach Feierabend. Tatsächlich verbrachte ich mittlerweile weniger Zeit im Büro als je zuvor. In meinem Leben gab es jetzt etwas Wichtigeres als die Arbeit oder das Bestreben, mir einen Namen zu machen.

Ich stieg in meinen 66er Nova und drehte den Zündschlüssel herum. Für einen Moment saß ich nur da und genoss das Aufheulen des Motors, bevor ich aus dem Parkhaus fuhr. Ich liebte diesen Wagen, denn unter der Haube schlummerte ein wahres Biest. Nur allzu bereitwillig hatte ich Ivy den Rover überlassen, denn somit hatte ich eine Ausrede, den Chevy zu benutzen. Die Heimfahrt verging wie im Flug, denn wie so oft beherrschte Ivy meine Gedanken. Als ich das Wohnhaus erreichte, musste ich daran denken, wie Ivy mir das Sonntagsfrühstück nur mit einem T-Shirt bekleidet zubereitet hatte. Nach dem Aufwachen hatte ich sie langsam und zärtlich geliebt und sie später noch einmal unter der Dusche vernascht, bis sie meinen Namen geschrien hatte. Allein die Erinnerung ließ meinen Schwanz pochen.

Ich hatte schon von Männern gehört, die sich über den Sex beschwert hatten, nachdem ihre Frau bei ihnen eingezogen war, doch diese Erfahrung teilte ich nicht. Im Gegenteil, der Sex war sogar noch besser als zuvor. Ich fuhr mit dem Fahrstuhl nach oben und überlegte mir, wie ich Ivy noch vor dem Abendessen auf den Gipfel der Lust treiben könnte, doch als ich mein Penthouse betrat, war sie nicht da.

»Ivy?«, rief ich.

Als ich keine Antwort erhielt, machte ich mich auf die Suche nach ihr. Nichts. Sie war nicht zu Hause. Ich überprüfte mein Handy, stellte jedoch fest, dass ich weder eine Nachricht noch einen Anruf von ihr verpasst hatte.

Ich wählte ihre Nummer, doch schon nach kurzer Zeit schaltete sich die Mailbox ein. Ich trennte die Verbindung und rief erneut an. Wieder wurde der Anruf auf die Mailbox umgeleitet.

Was zum Teufel war da los?

»Ivy, ruf mich an.«

Fünf Minuten später war ich innerlich völlig aufgewühlt. Ich hatte Ivys letzte Nachricht wieder und wieder gelesen. Sie hatte direkt nach Hause fahren wollen. Das war vor fast einer Stunde gewesen. Ich zog mein Handy aus der Tasche und wählte Jasmins Nummer.

»Hey.«

»Wo ist Ivy?«

»Es ist auch schön, mit dir zu reden«, erwiderte Jasmin mit einem Lachen.

»Wo ist Ivy?«, fragte ich erneut und ging im Wohnzimmer auf und ab.

»Woher soll ich das wissen? Sie ist vor über einer Stunde gegangen.«

»War sie aufgebracht? Ist etwas vorgefallen?«

»Soll das ein Witz sein? Nein, sie war nicht aufgebracht.«

»Worüber habt ihr gesprochen?«

»Über nichts Besonderes.«

»Herrgott, Jasmin. Worüber habt ihr gesprochen, verdammt?«

»Was zum Teufel ist denn los, Z? Wir haben über dies und das geredet. Über Jaxon und Violet, die einen Termin für ihre Hochzeit festgelegt haben, über Erin, die Colin das Leben schwer macht. Über Babys. Eben über Frauenthemen, würde ich sagen.«

»Würdest du sagen?«

»Ich habe zwar nicht viele Freundinnen, aber ich würde sagen, dass Frauen für gewöhnlich über solche Themen reden. Was zum Teufel ist denn mit dir los? Du bist noch unerträglicher als sonst.«

»Ivy ist nicht hier«, erklärte ich.

»Und?«

»Sie ist verdammt noch mal nicht hier, Jasmin. Sie wollte direkt nach Hause kommen. Ich habe sie angerufen, aber es hat sich nur die Mailbox eingeschaltet.«

»Meine Güte, du Idiot, warum hast du das nicht gleich gesagt? Ich schicke Linc zu dir und rufe die Mädels an. Vielleicht haben sie von ihr gehört. Als Ivy gegangen ist, ging es ihr gut. Sie hatte ein Lächeln im Gesicht und konnte es kaum erwarten, dich zu sehen.« Im Hintergrund hörte ich Geräusche, dann rief Jasmin: »Linc! Fahre zu Z ins Penthouse. Ivy ist verschwunden.«

»Hey«, meldete sich mein Bruder am anderen Ende der Leitung. »Ich rufe Jax und Leo an. Jas wird die Mädels befragen. Ich bin in fünf Minuten bei dir.«

»Verstanden.« Ich beendete den Anruf und starrte auf mein Handy. Für einen Moment war ich vor Schreck wie gelähmt und wusste nicht, was ich als Nächstes tun sollte. Was, wenn Ivy etwas zugestoßen war? Was zum Teufel sollte ich nur tun?

Tex.

Ich musste Tex anrufen.

Ich scrollte durch meine Kontakte und fand schnell seine Nummer.

»Hey.«

»Meine Frau ist verschwunden«, platzte ich heraus, denn ich wusste nicht, was ich sonst hätte sagen sollen.

»Seit wann?«

»Seit einer Stunde.«

»Wir werden sie finden. Ist sie gechipt?«

»Scheiße!«, rief ich. »Nein.«

Ich war noch nicht dazu gekommen, Tex darum zu bitten, einen speziellen Peilsender für mich anzufertigen. Wolf und sein Team hatten ihre Frauen alle mit Schmuckstücken ausgestattet, in denen ein Chip eingebaut war. Selbst Leo hatte Olivia mit einem Sender ausgerüstet.

»Zuletzt bekannter Aufenthaltsort?«, fuhr Tex fort und ignorierte meinen Gefühlsausbruch.

»Bei Linc und Jasmin.« Ich ratterte die Adresse herunter und eilte ins Schlafzimmer, um mich zu vergewissern, dass nichts bewegt worden war oder fehlte.

»Welches Fahrzeug fährt sie?«

»Meinen Rover. Der Wagen verfügt über ein Ortungssystem. Ich kann Garrett bitten, die …«

»Nicht nötig, Bruder. Ich bin schon drin und sammle die nötigen Daten.«

»Ich will gar nicht wissen, wie du es geschafft hast, meine Sicherheitsprotokolle so schnell zu umgehen.«

Wenn ich nicht so verzweifelt gewesen wäre, hätte ich mich darüber geärgert, dass Tex in der Lage war, sich in mein Netzwerk zu hacken. Da mir jedoch die Zeit davonlief, war ich dankbar.

»Der Wagen befindet sich in der Elm Road.«

»Elm Road«, wiederholte ich und rief mir die Gegend ins Gedächtnis. »Das ist etwa fünfzehn Kilometer von Lincs Haus entfernt. In welche Richtung fährt der Rover?«

»Er fährt nicht, Zane. Die Airbags wurden ausgelöst.«

»Scheiße. Danke, Mann. Ich schulde dir was.«

Ich wartete nicht auf eine Antwort, sondern legte auf, schnappte mir meinen Schlüsselbund und rief Linc an.

»Sie hatte einen Unfall auf der Elm Road. Du solltest die Stelle bald passieren. Ich bin auf dem Weg dorthin.«

Als ich zum Parkhaus hinunterfuhr, schien der Aufzug nur schleppend voranzukommen und die Fahrt zur Elm Road schien unerträglich weit. Die ganze Zeit malte ich mir aus, wie Ivy blutend und verletzt im Wagen eingeklemmt war – oder Schlimmeres. Sie atmete noch. Wenn nicht, würde ich es wissen. Es wäre unmöglich, dass Ivy nicht mehr am Leben war und mein Herz noch schlug.

Ich trat auf die Bremse, als mein Rover in Sicht kam. Der Wagen war in den Graben geraten und gegen einen Baum geprallt. Ich sprang aus dem Chevy und lief zu Linc, der das Wrack gerade umrundete.

»Sie ist nicht hier«, informierte er mich.

»Was zum Teufel?«

»Scheiße, Z. Wäre ich doch auf diesem Weg nach Hause gefahren. Aber ich nehme immer die Abkürzung über die Nebenstraßen. Es tut mir so leid.«

Ich war fassungslos und brachte keinen Ton heraus. Was zum Teufel meinte Linc damit? Ich suchte nach Hinweisen, um festzustellen, ob sie ins Krankenhaus gebracht worden war. Falls ein Rettungsteam vor Ort gewesen wäre, wäre sicher noch jemand hier, um den Wagen abzuschleppen. Irgendetwas stimmte hier nicht.

Eine Million Szenarien schossen mir durch den Kopf. Ich hatte eine Menge Feinde, die keine Skrupel hätten, eine unschuldige Frau zu verletzen, um an mich heranzukommen.

Mein Handy vibrierte in meiner Tasche und ich zog es hastig heraus.

»Ja«, meldete ich mich.

»Ich habe versucht, ihr Telefon zu orten, aber es ist ausgeschaltet. Das letzte Signal kam von der Kreuzung zwischen der Schnellstraße 495 und der Autobahn 95 und bewegte sich in Richtung Süden.«

»Sie ist nicht hier.«

»Hast du verstanden, was ich gesagt habe? Auf der 95 in Richtung Süden«, wiederholte Tex.

»Sie ist verdammt noch mal nicht hier.«

»Sie fährt nach Süden«, sagte Tex noch einmal in ruhigem und sachlichem Tonfall.

»Wer auch immer sie hat, ich werde ihn umbringen«, schrie ich.

Langsam wallte eine unbändige Wut in mir auf und verdrängte die Angst und Panik, bis ich von einem weiß glühenden Zorn gepackt wurde. Noch nie hatte ich in der Tiefe meiner Seele ein solches Brennen verspürt. Mir war völlig egal, welche Konsequenzen meine Taten hätten, ich würde jemanden bluten lassen. Und jeder Mann, der es wagte, sich mir in den Weg zu stellen, würde das gleiche Schicksal erleiden.

»Zane!«, rief Lincoln, der den Haufen aus zertrümmertem Blech untersuchte. »Bruder?«, versuchte er es erneut.

»Scheiße!«, brüllte ich.

Ich würde Ivy finden. Und wenn es das Letzte wäre, was ich auf dieser Erde tun würde, ich würde sie finden.

KAPITEL ACHTUNDZWANZIG

IVY

»Jetzt bist du gar nicht mehr so hochmütig, was?«

»Hm?« Mein Schädel pochte und meine Sicht war verschwommen. Ich wollte mich aufsetzen, besann mich aber eines Besseren, als eine Woge der Übelkeit mich überkam. Ich drehte den Kopf gerade noch rechtzeitig, um mich über der Bettkante zu übergeben.

Nachdem ich meinen Mageninhalt auf den Boden entleert hatte, ließ ich den Blick durch den Raum schweifen.

»Du bist ein verdammter Schwächling«, ertönte die Stimme meiner Mutter mit einem derart angewiderten Unterton, dass ich zusammenzuckte.

»Wo bin ich?«

»Ich bringe dich nach Hause, wo du hingehörst.«

Ich wurde von Angst gepackt, doch darüber hinaus spürte ich nichts. Mein Verstand war völlig vernebelt und mein Körper wie betäubt. Mir war klar, dass ich mich aufraffen und weglaufen musste, doch ich konnte mich kaum bewegen. Also schloss ich die Augen und ließ mich von der Dunkelheit einhüllen.

Lautes Geschrei riss mich aus dem Schlaf, aber meine Gliedmaßen wollten mir immer noch nicht recht gehorchen. Ich wusste nicht, wie lange ich geschlafen hatte. Es hätten Minuten, aber auch Tage sein können. Durch den winzigen Spalt zwischen den Vorhängen konnte ich sehen, dass es draußen dunkel war, doch mehr wusste ich nicht.

»Was zum Teufel soll das, Sarah? Was soll ich mit ihr anfangen?«, schrie ein Mann.

»Schick sie auf den Strich.«

»Und wie soll ich das anstellen, wenn die Schlampe nicht einmal ein bisschen Benzo verträgt?«, fragte der Kerl und wurde immer ungeduldiger.

»Auf lange Sicht wird sie dich weniger kosten als die anderen. Sie ist clean. Momentan verträgt sie zwar noch nichts, aber für den Anfang wirst du ihr nicht einmal das gute Zeug geben müssen. Wie viele Schlampen hast du in deinem Stall, die keine Junkies sind?«

Ich wollte protestieren und sie anflehen, mir nichts mehr zu geben. Obwohl ich verzweifelt versuchte, meine Stimme zu finden, brachte ich keinen Ton heraus.

»Außerdem habe ich ihr genügend gegeben, um ein Pferd zu betäuben. Verringere die Dosis und sie wird gefügig sein. Was ist los mit dir, Lance? Ich biete dir eine frische Muschi an und du hast nichts Besseres zu tun, als dich zu beschweren?«

»Das ist wirklich das Letzte, selbst für deine Verhältnisse. Es war schlimm genug, dass du Joey an Forester verkauft hast, aber Ivy ist dein eigen Fleisch und Blut. Du bist ein herzloses Miststück.«

Ich konnte nicht glauben, was gerade geschah.

Ich hatte so hart gekämpft, um ihr und diesem Leben zu entfliehen, doch es war alles umsonst gewesen.

»Ich muss mich nicht von einem verdammten Zuhälter belehren lassen, der mir sein Kind überlassen hat. Willst du sie oder nicht?«

»Ich gebe dir nicht mehr als zehn Riesen für sie. Sie wird mir gehörig auf den Sack gehen. Es wird sicher ein halbes Jahr dauern, bis ich sie so weit habe, dass sie anschaffen kann. Meinen Männern macht es sicher nichts aus, sie einzuarbeiten, aber sie wird mich eine Menge Geld kosten.«

»Du hast mir fünfzehn versprochen«, entgegnete meine Mutter und versuchte, einen besseren Preis für ihr einziges Kind auszuhandeln.

»Das war, bevor ich gesehen habe, wie sie fast ihre Eingeweide ausgekotzt hat, weil du ihr ein einfaches Beruhigungsmittel verabreicht hast. Ich dachte, sie sei ein Junkie wie du, aber sie ist clean, Sarah. Es wird Zeit kosten, bis sie so weit ist. Zehn, oder ich gehe.«

»Also schön, dann eben zehn.«

»Gut. Zehn. Ich will mich nur noch von der hochmütigen Göre verabschieden, dann gehört sie dir.«

Der Mann lachte leise. »Du bist durch und durch eine niederträchtige Schlampe.«

»Früher hast du dich nie beschwert. Als ich dir den Schwanz gelutscht habe, war es dir völlig egal.«

Mein Gott, ich wünschte, Zane wäre hier. Er würde nicht zulassen, dass Sarah mich verkaufte oder Lance Hand an mich legte. Ich fragte mich, ob er überhaupt wusste, dass Sarah mich entführt hatte.

»Ich habe nicht gesagt, dass ich etwas gegen deine Blowjobs einzuwenden hatte. Aber du bist trotzdem eine hinterhältige Fotze.«

Jemand strich mir die Haare aus dem Gesicht und ich öffnete die Augen. Sarah war mir so nahe, dass ich ihren fauligen Atem riechen konnte.

»Ich habe dich davor gewarnt, dich in meine Angelegenheiten einzumischen. Aber hast du auf mich gehört? Nein. Du hast schon immer auf mich herabgeblickt. Aber du bist keinen Deut besser als ich. Jetzt wird Lance dir all das beibringen, was ich versäumt habe.«

»Warum?«, presste ich mit krächzender Stimme hervor.

»Warum nicht?«

Was für eine Mutter würde ihrem eigenen Kind so etwas antun? Selbst für Sarahs Verhältnisse war das erbärmlich.

»Ich habe versucht, dir zu helfen«, rief ich. »Ich habe dich geliebt.«

»Ich wollte nie deine Hilfe. Seit dem Tag deiner Geburt hast du mir nur Ärger gemacht. Ich hätte dich loswerden sollen, als du noch in meinem Bauch warst. Besser spät als nie.«

Sarah wich zurück. Obwohl ich dankbar für die frische Luft war, wollte ich nicht, dass sie mich mit Lance allein ließ. Sie würde mich zwar nicht vor ihm beschützen, aber ich wusste, dass er mich verletzen würde, sobald sie durch die Tür trat.

»Willst du einen durchziehen, bevor du gehst? Nur, um runterzukommen«, sagte Lance.

Ich versuchte gar nicht erst, mich aufzusetzen, um zu sehen, was die beiden miteinander trieben. Im nächsten Moment hörte ich das unverkennbare Geräusch eines Zippo-Feuerzeugs, dann durchzog der Geruch meiner Kindheit die Luft. Ein paar Minuten später wurde die Tür geöffnet und ich beobachtete, wie meine Mutter mit einer schwarzen Tasche in der Hand das Zimmer verließ.

Sie hatte es tatsächlich getan und mich an ihren Ex-Mann verkauft. Der Kerl war ein Zuhälter und Dealer, an den ich mich noch gut erinnern konnte.

»Ivy, Ivy, Ivy. Es ist schon lange her, nicht wahr?«, begann Lance. »Du warst so ein hübsches kleines Mädchen. Als dir endlich Titten wuchsen, lief mir das Wasser im Mund zusammen, wenn ich nur daran dachte, wie sich diese langen Beine um meine Taille anfühlen würden. Wie schade, dass ich so lange warten musste, um in den Genuss zu kommen.«

Mir drehte sich der Magen um und ich glaubte schon, mich erneut übergeben zu müssen.

»Ich würde mir ja sofort nehmen, was mir gehört, aber es gefällt mir, wenn meine Frauen temperamentvoll sind und sich wehren. Sobald die Wirkung des Beruhigungsmittels, das deine Mutter dir gegeben hat, nachlässt, werde ich dich ficken, bis du mich anflehst aufzuhören. Ich werde mir zuerst deinen Arsch vornehmen. Ich wette, so ein braves Mädchen wie du hat noch nie einen Schwanz im Hintern gehabt. Deine Mutter ist eine dumme Schlampe. Ich hätte auch zwanzig für dich bezahlt. Meine Kunden stehen Schlange für eine saubere Muschi.«

Mir fielen die Augen zu und ich wusste, dass dies mein Ende war. Davon würde ich mich nie wieder erholen. Fast wünschte ich mir, Sarah hätte mir noch mehr gegeben, denn ich wollte überhaupt nichts mehr fühlen.

Während ich in einem schmutzigen Hotelzimmer lag und darauf wartete, vergewaltigt zu werden, musste ich an Zane denken. Mir gingen all die Dinge durch den Kopf, die ich ihm noch hätte sagen und die ich hätte anders machen wollen. Selbst wenn er mich finden würde, wäre ich befleckt und ruiniert. Noch mehr als um meiner selbst willen schmerzte mich der Gedanke um seinetwillen. Das hatte er nicht verdient.

KAPITEL NEUNUNDZWANZIG

ZANE

»Du wirst noch ein Loch in den Boden laufen. Setz dich.«

Ich wandte mich Linc zu und starrte ihn finster an. ›Halt die Kappe«, knurrte ich.

Bis auf Colin und Jasmin hatte das ganze Team sich um den Tisch im Konferenzraum versammelt. Die Männer hatten ihre Tablets vor sich liegen und in der Mitte des Tisches war eine Karte des Gebiets ausgebreitet, in dem Ivys Handy zuletzt geortet worden war. Garrett telefonierte gerade mit Tex.

Wir hatten Goldsborough kontaktiert, der uns bestätigt hatte, dass Forester in einer Zelle saß und außer mit seinem Anwalt mit niemandem Kontakt hatte. Leider durften die Treffen mit seinem Rechtsbeistand nicht aufgezeichnet werden, aber Garrett hatte ihn gründlich überprüft und nichts gefunden. Der Kerl war sauber. Es ging das Gerücht um, er sei nicht sonderlich erfreut, dass er Forester vertreten musste, da er selbst drei Töchter im College-Alter hatte. Zudem war sein Sohn als Teenager an einer Überdosis verstorben. Ich war mir sicher, dass er für Forester nicht den Informationsboten spielen würde.

»Ich habe etwas«, sagte Garrett. Der zweiundsiebzig Zoll große Monitor an der Wand erwachte zum Leben, während Garrett seine Finger über die Tastatur seines Computers fliegen ließ. »Bist du drin?«, fragte er und legte sein Handy auf den Tisch.

»Ja«, ertönte Tex' Stimme über Lautsprecher. »Dieses Foto wurde von der Verkehrskamera an der Woodrow Wilson Brücke aufgenommen.« Auf dem Monitor erschien ein körniges Bild von Sarah Long in ihrem Wagen.

»Versuche, es zu vergrößern. Ich will sehen, ob wir Ivy auf dem Foto erkennen können«, sagte ich zu Linc.

»Schon dabei.«

»Sie wurde noch einmal gesichtet, als sie auf die Autobahn 95 in Richtung Süden abgebogen ist«, erklärte Tex, bevor ein weiteres Foto auf dem Monitor erschien. Es wurde zwar aus einem anderen Winkel aufgenommen, doch von Ivy fehlte immer noch jede Spur. »Das letzte Bild wurde kurz vor der Grenze zu North Carolina aufgezeichnet.«

Von Ivy war immer noch nichts zu sehen.

»Scheiße.«

»Ich bin leider auch nicht weiter«, sagte Linc. »Auf keinem der Fotos hat man einen Blick auf den Rücksitz.«

»Zeigt mir eine Karte von der Gegend«, befahl ich niemandem im Besonderen.

»Wird gemacht«, meldete Leo sich zu Wort und rief Google Earth auf dem großen Bildschirm auf, wobei er die Grenze zwischen Virginia und North Carolina heranzoomte.

»Nichts als Ackerland«, stellte ich fest. »Tex, wo ist die nächste Verkehrskamera?«

»Fünfzehn Kilometer weiter südlich«, antwortete er.

Ich studierte die Karte. Es gab nur zwei mögliche Ausfahrten. Eine davon führte zu einem Rastplatz.

»Ruf die Aufnahmen von der Raststätte auf.«

»Verstanden.« Declan machte sich sofort an die Arbeit und tippte auf seinem Tablet herum.

»Garrett, gibt es in der Gegend irgendwelche Seitenstraßen, in denen Verkehrskameras angebracht sind?«

»Negativ«, antwortete Tex an seiner Stelle. Offenbar wusste er genau, was ich dachte.

»Die Raststätte ist sauber«, meldete Declan.

Komm schon, Ivy, wo bist du?

»Sucht nach Motels in einem Umkreis von fünfzehn Kilometer rund um die Ausfahrt.«

Mittlerweile waren fünf Stunden vergangen. Fünf Stunden, in denen meine Frau sich in den Händen einer Verrückten befand. Ich zweifelte nicht daran, dass Sarah sie entführt hatte. Es juckte mir in den Fingern, die Hände um die Kehle der Schlampe zu legen und zu beobachten, wie das Lebenslicht in ihren Augen erlischt. Es wäre zu einfach, ihr eine Kugel in den Kopf zu jagen. Einen so schnellen Tod hatte sie nicht verdient. Ich wollte Sarah Long leiden lassen und sie eigenhändig in die Hölle befördern. Mein Gesicht sollte das Letzte sein, was sie sah, bevor die Dunkelheit sie verschlang.

»Zane!«

»Was ist?«, blaffte ich.

»Ich kenne diesen Blick, Bruder. Du schmiedest Mordpläne. Noch nicht. Reiß dich zusammen und rede mit uns«, sagte Linc.

»Ich soll mich zusammenreißen? Dieses Miststück hat meine Frau. Sie hat sie von der Straße gedrängt, sie aus meinem Wagen gezerrt und sie entführt. Unter diesen Umständen würde ich sagen, dass ich mich bisher gut unter Kontrolle habe.«

Leo und Jaxon wandten sich mir zu, und ich wappnete mich.

»Wir werden sie finden, Lieutenant«, beschwichtigte Leo mich. »Wir werden alles in unserer Macht Stehende tun, um sie nach Hause zu bringen.«

Jaxon wog seine Worte sorgfältig ab, bevor er sagte: »Ich erinnere mich noch gut daran, wie hilflos ich mich gefühlt habe. Ich war am Boden zerstört, als Violet entführt wurde. Ich stehe hinter dir. Genau wie alle anderen. Versuche, im Moment bei der Sache zu bleiben. Wenn wir sie gefunden haben, werden wir sie für dich in Sicherheit bringen.«

Ich wusste genau, was Jaxon mir damit sagen wollte. Nachdem wir Violet mit Hilfe von Cutter, einem von Tex' Freunden, aufgespürt hatten, war sie mit dem Team zurück in die USA geflogen. Jaxon hatte deutlich gemacht, dass er Violet in Sicherheit wissen wollte, während er sich des Mannes annahm, der sie entführt hatte.

Ich bedachte ihn mit einem zustimmenden Nicken. Ich wollte unter allen Umständen vermeiden, dass Ivy sah, wie ich ihre Mutter tötete.

»Ich habe etwas gefunden. Sie wurde von einer Verkehrskamera etwa dreißig Kilometer südlich der Staatsgrenze erfasst«, erfüllte Tex' Stimme den Raum.

»Das bedeutet, dass zwischen den beiden letzten Aufnahmen eine Stunde vergangen ist. Für eine Toilettenpause und einen Tankstopp ist das viel zu lang«, mutmaßte Leo.

»Gibt es Motels in der Gegend?«

»Warum? Sarah ist auf dem Weg nach Florida. Selbst wenn sie angehalten hat, um zu tanken, ist sie in Bewegung«, wandte Linc ein.

»Mein Instinkt sagt mir, dass an der Sache etwas faul ist. In der Gegend gibt es weder Restaurants noch Imbisse, sondern lediglich eine Tankstelle. Falls sie nur angehalten hätte, um zu tanken, zur Toilette zu gehen und sich ein paar Drogen einzuwerfen, wäre sie an der gleichen Auffahrt wieder auf die Autobahn gefahren, an der sie abgefahren ist. Dann hätten wir sie etwa fünfzehn Kilometer weiter an der nächsten Verkehrskamera gesichtet. Stattdessen hat sie irgendwo angehalten und ist erst dreißig Kilometer weiter südlich wieder auf die Autobahn aufgefahren. Wo in der Gegend hätte sie sich für eine Stunde oder länger die Zeit vertreiben können?«

»Wäre es möglich, dass sie Ivy gar nicht entführt hat? Bisher haben wir keine visuelle Bestätigung«, begann Declan. »Was wäre, wenn ...«

»Sie hat sie«, fiel ich ihm ins Wort.

»Aber ...«

»Ich kann es fühlen. Du hast den Hass in den Augen dieser Schlampe nicht gesehen. Sie verachtet Ivy und hat damit gedroht, ihr etwas anzutun, falls wir uns nicht von Forester fernhalten. Sie will sich rächen.«

»Wofür? Dafür, dass wir Forester hinter Gitter gebracht haben?«, fragte Declan.

»Dafür, dass Ivy sie selbst ist und ihrer beschissenen Kindheit entkommen ist. Sarah Long ist eine verbitterte, eifersüchtige Schlampe, die Ivy am liebsten vernichten will. Sie hat Ivy ihr ganzes Leben lang eingeredet, sie sei ein wertloses Stück Scheiße. Doch Ivy hat ihr das Gegenteil bewiesen, und dafür verachtet Sarah sie.«

Ich hielt inne und dachte über alles nach, was Sarah auf dem Parkplatz des Lebensmittelladens gesagt hatte.

»Sarah hat Joey an Forester verkauft«, murmelte ich und begann, auf und ab zu gehen. »Sie hat Ivy gesagt, dass sie sich wünscht, sie hätte sie ebenfalls an ihn ausgeliefert.« Vier wütende Männer stießen ein Knurren aus, während Tex am anderen Ende der Leitung das Wort *Schlampe* verlauten ließ. »Denkt ihr, sie könnte in so kurzer Zeit einen Zuhälter für sie finden und sie ihm übergeben?«, fragte ich die anderen.

Niemand sagte ein Wort, doch das war auch nicht nötig.

Als sie ihre Blicke abwandten und sich versteiften, hatte ich meine Antwort.

»Verdammte Scheiße!«, brüllte ich. In einem Moment der Schwäche verlor ich die Beherrschung und tat etwas, was ich seit meiner Zeit als eigensinniger, undisziplinierter Teenager nicht mehr getan hatte. Ich schlug mit der Faust ein Loch in die Wand.

»Ich habe zwei Motels in der Gegend gefunden, die infrage kämen«, meldete Garrett sich zu Wort. Er ignorierte meinen Wutausbruch und tat, was ich ebenfalls hätte tun sollen: Er sammelte weiter Informationen. »Bei beiden handelt es sich um heruntergekommene Stundenmotels, die über kein nennenswertes Überwachungssystem verfügen. Aber sie haben WLAN und eine miserable Firewall. Ich habe mich in das Buchungssystem gehackt. Unter Sarah Long ist kein Eintrag zu finden, doch das hat nichts zu bedeuten, denn das erste Motel hat fünf Reservierungen verzeichnet, aber sieben belegte Zimmer. Das zweite Motel kostet dreißig Dollar mehr pro Tag und hat zwanzig Buchungen, aber fünfunddreißig belegte Zimmer. Tex, fällt dir noch etwas ein?«

»Negativ«, antwortete er. »Aber ich habe euch einen Hubschrauber geschickt. Voraussichtliche Ankunft in zehn Minuten. Auf dem Landeplatz stehen zwei Fahrzeuge für euch bereit.«

»Ich stehe tief in deiner Schuld, Bruder«, sagte ich zu Tex.

»Nein, das tust du nicht. Wir sind immer füreinander da.«

Mit diesen Worten trennte Tex die Verbindung. Nicht zum ersten Mal dachte ich, wie dankbar ich für seine Mitarbeit war. Er verfügte über Fähigkeiten, die geradezu beängstigend waren. Jedes Mal wenn Garrett mit dem Mann zusammenarbeitete, strahlte er eine Woche lang und berichtete unentwegt von all den neuen Erkenntnissen, die er gewonnen hatte. Im Moment strahlte Garrett jedoch nicht.

Er war in seine Arbeit vertieft und ließ die Finger wie immer über seine Tastatur fliegen.

Zehn Minuten später hatten wir unsere Ausrüstung angelegt und waren bereit zum Aufbruch.

* * *

ALS TEX GESAGT HATTE, ER HÄTTE EINEN HUBSCHRAUBER geschickt, hatte ich nicht mit einem Eurocopter C7 gerechnet. Dabei handelte sich um einen experimentellen Hochgeschwindigkeits-Hubschrauber aus Verbundwerkstoff mit einer Höchstgeschwindigkeit von etwa vierhundertzwanzig Stundenkilometern. Die dreihundertachtzig Kilometer nach North Carolina würden wir in weniger als einer Stunde zurücklegen.

Sobald alle Teammitglieder eingestiegen waren und ihre Headsets aufgesetzt hatten, meldete der Pilot sich über Funk.

»Viper? Bereit zum Abflug?«

»Bereit.«

Der Motor heulte auf und das Ungetüm von einer Maschine hob vom Dach der Zentrale ab.

Halte durch, Baby, ich komme dich holen.

Die nächsten fünfundvierzig Minuten ging ich sämtliche Informationen durch, die wir gesammelt hatten. Je näher wir North Carolina kamen, desto schwerer fiel es mir zu atmen.

Ich warf einen Blick nach rechts und sah, dass Linc mich anstarrte. Verdammt, in was hatte ich meine Männer da hineingezogen?

»Was ist, wenn ich mich irre?«

»Du irrst dich nicht.«

»Woher willst du das wissen? Vielleicht hat Sarah sie nicht entführt.«

»Weil du dich nie irrst.«

»Ich habe auch geglaubt, du seist tot«, erinnerte ich ihn.

Ich hatte mich mit Jasmin gestritten, als sie sich weigerte zu glauben, dass Lincoln in Mexiko bei der Explosion eines Tunnels ums Leben gekommen war. Ich hatte ihr auf den Kopf zugesagt, dass sie falschlag und sich damit abfinden müsse, dass ihr Ehemann tot war. Noch nie im Leben war ich so froh gewesen, mich geirrt zu haben. Sie hatte Beweise dafür gefunden, dass Linc noch lebte, und wir hatten ihn gerade noch rechtzeitig retten können. Bis heute konnte ich nicht verstehen, wie er mir hatte verzeihen können. Nun, vielleicht hatte er mir gar nicht vergeben. Er weigerte sich, mit mir darüber zu sprechen.

»Lass dich nicht beirren. Vertraue auf dein Bauchgefühl. Dank deiner Intuition hast du all die Jahre überlebt.«

Ich starrte wieder aus dem Fenster und betete, dass ich recht hatte und wir Ivy bald finden würden. Gott konnte unmöglich so grausam sein und mir die Liebe meines Lebens schenken, nur um sie mir dann wieder zu entreißen. Falls Ivy mir genommen würde, würde ich das nicht überleben. Aber ich gab die Hoffnung nicht auf. Sie musste einfach am Leben und wohlauf sein.

Mein Handy vibrierte in meiner Tasche und ich zog es hastig heraus, in der Hoffnung, Tex hätte weitere Informationen für mich.

Ivy.

Mit zitternden Fingern nahm ich den Anruf entgegen.

»Ivy.«

In der Kabine war es so laut, dass ich sie kaum verstehen konnte. Hinzu kam, dass sie schluchzte und mit gedämpfter Stimme sprach.

Linc hatte bereits sein eigenes Handy gezückt und tippte in Windeseile eine Nachricht. Auch Declan hatte sein Telefon in der Hand. Er zog sein Headset ab und führte das Handy an sein Ohr. Ich konnte nicht hören, was er sagte, während ich versuchte, mich auf Ivys Stimme zu konzentrieren.

»Zane. Bitte. Drogen.«

Der Pilot flog eine scharfe Rechtskurve und ging mit hoher Geschwindigkeit in den Sinkflug über, sodass mein ohnehin verkrampfter Magen sich überschlug.

»Baby, leg nicht auf. Ich komme dich holen, aber du darfst nicht auflegen.«

Kaum hatte der Pilot den Hubschrauber gelandet da öffnete Linc die Seitentür, sodass ich herausspringen und mich von dem Dröhnen der Motoren entfernen konnte, um Ivy besser verstehen zu können.

»Bitte beeil dich. Er wird ... Er hat gesagt, er wird mir wehtun.«

»Niemand wird dir wehtun, Ivy. Weißt du, wo du bist?«

»Nein. Ich bin in einem Zimmer aufgewacht. Ich habe keine Ahnung, wo ich bin. Er will mir Drogen verabreichen, Zane. Er sagte, er will mich auf den Strich schicken.«

Ich kochte vor Wut, doch statt sie zu unterdrücken, ließ ich sie weiter in mir brodeln, bis ich von einem rasenden Hass erfüllt war.

»Wo ist er?«

»Er dachte, ich schlafe noch, und hat das Zimmer verlassen. Ich weiß nicht, wann er zurückkommt. Bitte beeil dich. Lance meint es ernst, er wird mich vergewaltigen, wenn er wieder hier ist. Es tut mir so leid, Zane. Es tut mir so leid. Ich werde versuchen, mich gegen ihn zu wehren. Ich verspreche es.«

»Ivy. Hör mir zu. Ich werde dich holen. Du musst nichts weiter tun, als am Leben zu bleiben. Um alles andere werden wir uns kümmern. Nichts von alledem ist deine Schuld. Gar nichts, Baby.«

»Die Tür.«

»Bleib dran, aber leg dein Handy beiseite, und zwar mit

dem Bildschirm nach unten. Ich bin auf dem Weg zu dir. Ich liebe dich.«

Sie erwiderte nichts. Ich lauschte angestrengt, ob ich vielleicht irgendwelche Stimmen oder Laute würde vernehmen können, die mir ihren Standort verraten könnten. Als das Team auf mich zulief, stellte ich mein Handy schnell auf stumm.

»Garrett hat sie gefunden. Sie ist in dem ersten Motel, von dem er uns erzählt hat«, rief Declan. Ohne auf eine Antwort zu warten, lief er zu den Geländewagen, die Tex organisiert hatte, und setzte sich auf den Fahrersitz. Nachdem Linc und ich eingestiegen waren, fuhr er los. Jaxon und Leo folgten im zweiten Fahrzeug.

Ich stellte mein Handy auf Lautsprecher und spitzte die Ohren, doch ich konnte nichts hören.

Bitte halte durch, Baby.

»Noch zwei Minuten«, verkündete Declan.

»Oh, gut, Dornröschen ist aufgewacht«, ertönte eine Männerstimme am anderen Ende der Leitung. »Ich dachte schon, ich müsste dich ficken, während du noch schläfst.«

»Fass mich nicht an.«

»Ich habe dir doch gesagt, dass ich auf temperamentvolle Schlampen stehe. Je mehr du dich wehrst, desto besser wird es sich anfühlen, wenn ich meinen Schwanz tief in deinem süßen, jungfräulichen Arsch vergrabe.«

»Bitte nicht«, flehte Ivy.

»Verdammter Wichser!«, brüllte ich.

»Bleib ruhig. Wir sind gleich da.«

Mit einer nie da gewesenen Klarheit plante ich den Mord an Lance.

»Ihr wartet besser im Wagen«, sagte ich.

»Von wegen«, erwiderten Declan und Linc im Chor.

»Ich weiß es zu schätzen, dass ihr mir den Rücken freihalten wollt, aber wir befinden uns auf amerikanischem

Boden. Ich werde ihn kaltmachen und will euch nicht in die Sache hineinziehen. Es wäre gut möglich, dass ich wegen Mordes angeklagt werde. Setzt mich ab und fahrt weiter.«

»Kommt gar nicht infrage«, entgegnete mein Bruder, als Declan den Wagen auf den Parkplatz des Motels lenkte.

»Ich will nicht, dass du …«

»Das da drin ist meine zukünftige Schwägerin. Sie gehört zu unser aller Familie.«

»Ich werde ihn umbringen.«

»Verstanden.«

KAPITEL DREISSIG

IVY

»Bitte nicht«, flehte ich.

»Du bettelst schon? Wir haben noch nicht einmal richtig angefangen.«

Bevor ich etwas erwidern konnte, sprang Lance aufs Bett und zerriss mir die Bluse mit einer solchen Wucht, dass mein Kopf nach hinten schnellte und meine Zähne aufeinanderschlugen.

»Hör auf!«, schrie ich und versuchte, ihm einen Tritt zu verpassen.

Doch er war zu stark und zu schwer. Ich konnte nichts dagegen tun, als er mir die Shorts über die Beine zog. Ich trat aus und traf seine Brust, bevor er meine Fußknöchel packte und mich auf dem Bett hinunterzog.

»Oh ja, kämpfe dagegen an, Ivy.«

Lance drehte mich auf den Bauch. Meine Beine baumelten über der Bettkante, während er einen Unterarm gegen meinen Nacken presste und die Faust um mein Haar schloss.

»Es wird wehtun.« Er stieß ein Lachen aus, als ich seine nackten Beine an den Innenseiten meiner Schenkel spürte.

»Bitte, tu das nicht, Lance. Bitte hör auf.« Ich versuchte, die Beine zu schließen und mich ihm zu entziehen.

»Willst du spüren, wie hart du mich machst?«

Mir drehte sich der Magen um und die Galle stieg mir in die Kehle.

Ich würde nichts tun können, um ihn aufzuhalten. Ich kniff die Augen fest zusammen und versuchte, eine Erinnerung an Zane heraufzubeschwören, die mir helfen würde, dem Hier und Jetzt zu entfliehen. Mir war klar, dass ich diese Tortur nicht überleben würde. Meine Mutter hatte mein Schicksal besiegelt. Sie hatte gewonnen.

Ich schrie auf, als Lance mein Höschen zerriss.

»Zane!«

»Niemand wird dich retten ...«

Im nächsten Moment schien alles um mich herum zu explodieren. Ich hörte, wie eine Glasscheibe zerbarst und Holz splitterte, dann strömte Licht in den Raum und fünf schwarz gekleidete Männer stürmten wie dunkle Racheengel in den Raum. Zane stürzte sich sofort auf Lance und warf ihn zu Boden. Ich versuchte, ein Stück nach oben zu rutschen, um den beiden auszuweichen.

»Ich hab dich, Ivy.« Declan streckte eine Hand nach mir aus und ich zuckte zusammen, wohl wissend, dass ich nur mit einem BH und meinem zerrissenen Höschen bekleidet war. »Wir bringen dich hier raus, der Wagen steht direkt vor der Tür.«

Leo hatte bereits die Bettdecke an sich gerissen und versuchte, meinen entblößten Körper zu bedecken. »Ich werde dich tragen«, sagte er mit sanfter und beruhigender Stimme. Warum war ich noch nicht aufgesprungen und selbst aus dem Zimmer geflohen? Aber ich war wie erstarrt und wollte von niemandem außer Zane berührt werden. Ich wollte nur ihn.

»Schafft sie verdammt noch mal hier raus!«, brüllte Zane.

»Komm schon, Ivy.« Diesmal ließ Declan mir keine Wahl. Er hob mich hoch und trug mich aus dem Zimmer. Leo öffnete die Hintertür des Wagens und Declan stieg mit mir ein.

»Zane?«, flüsterte ich.

»Er wird gleich bei dir sein, versprochen. Aber zuerst müssen wir dich in Sicherheit bringen.«

Leo setzte sich hinters Steuer und fuhr los.

»Es ist alles in Ordnung. Niemand wird dir etwas anhaben können«, versuchte Dec mich zu beruhigen.

Ich war völlig erschöpft. Eigentlich hätte ich hellwach sein müssen, wenn man bedachte, dass ich den ganzen Tag geschlafen hatte. Leo bog um eine scharfe Kurve und mein Magen revoltierte.

»Ich muss mich übergeben«, warnte ich Declan.

»Dann übergib dich«, sagte er.

»Ich kann dich doch nicht vollkotzen«, entgegnete ich.

»Natürlich kannst du das. Du wärst nicht die erste Frau und ich bezweifle, dass du die letzte sein wirst. Ich werde dich weder loslassen, noch werden wir anhalten. Wenn du dich übergeben musst, nur zu. Lass es raus. Sobald wir uns weit genug entfernt haben, werfen wir die Decke weg und besorgen dir etwas zum Anziehen.«

»Geht es Zane gut?«

»Da du jetzt in Sicherheit bist, ja.«

»Du bist wirklich seltsam«, sagte ich und lehnte mich zurück, nachdem die Übelkeit abgeklungen war.

»Warum das?«

»Weil du mir gesagt hast, dass ich mich auf dir übergeben soll.«

Beide Männer lachten leise, und wir verfielen in ein angenehmes Schweigen.

Ich beobachtete, wie draußen die Bäume vorbeizogen, als mir bewusst wurde, wie viel Glück ich gehabt hatte. Wären die Jungs nur ein paar Minuten später eingetroffen, hätte er mich …

»Du bist in Sicherheit, Ivy. Niemand wird dir etwas anhaben können.« Declan festigte seinen Griff um mich und wiegte mich vor und zurück.

»Danke.«

»Wofür?«

»Dafür, dass ihr mir das Leben gerettet habt. Ich hätte das nicht überlebt.«

»Ich will dich nicht bedrängen, aber hat er dich vergewaltigt?«, fragte Leo mit rauer Stimme und ich zuckte zusammen.

»Nein. Ihr kamt gerade noch rechtzeitig. Er hat mir die Kleider vom Leib gerissen und … sich auf mich gelegt. Aber bevor er mehr tun konnte, seid ihr hereingestürmt.«

»Gott sei Dank«, sagte Leo und stieß den Atem aus.

»Wo ist Zane?«

»Er bringt den Müll raus und kommt bald nach.«

»Den Müll?«

Ich hatte keine Ahnung, was er damit meinte, aber ausgehend von dem finsteren Ausdruck auf den Gesichtern der Jungs konnte ich es mir denken. Was auch immer Zane mit Lance vorhatte, ich hoffte, er sorgte dafür, dass der Kerl einer Frau nie wieder etwas antun würde.

KAPITEL EINUNDDREISSIG

ZANE

»Komm schon, du Wichser. Du hast gesagt, dir gefällt es, wenn jemand bettelt. Also will ich hören, wie du mich anflehst.« Ich wartete auf eine Antwort, doch Lance brachte keinen Ton heraus. Da ihm mittlerweile mehrere Zähne fehlten und seine Lippen bereits angeschwollen waren, fiel es ihm vermutlich schwer zu sprechen. Aber ich hatte ihn während der letzten zwanzig Minuten mehrfach betteln hören. Da ich ihn gleich seiner Männlichkeit entledigen würde, war das nicht anders zu erwarten. Mit einer behandschuhten Hand drückte ich seinen winzigen Schwanz fester und klappte mit der anderen Hand mein Messer auf. Die glänzende Metallklinge reflektierte das Deckenlicht in dem kleinen Badezimmer des Motels. Ich kniete mit gespreizten Beinen so gut es ging auf der Badewanne, drückte die Gezackte Klinge an den Ansatz seines Schaftes und beugte mich vor. »Dir macht es also Spaß, Frauen zu vergewaltigen.« Ich schnitt ihm ins Fleisch, und er stieß einen ohrenbetäubenden Schrei aus. »Ich habe gehört, was du zu meiner

Frau gesagt hast. Es gefällt dir, wenn sie sich wehren, hm? Fühlst du dich wie ein echter Mann, wenn du eine Frau gegen ihren Willen nimmst?« Rotz und Tränen liefen Lance übers Gesicht und tropften an seinem Kinn hinunter. Ich hatte fast die Weichteile durchtrennt, als ich innehielt und das Messer zurückzog. »Du bist der letzte Abschaum.«

»Bitte nicht«, brachte er kaum verständlich hervor. »Es tut mir leid.«

Ich rammte ihm meine Faust mit solcher Wucht ins Gesicht, dass sein Kopf gegen die Wanne prallte. Falls er noch ein paar Zähne im Mund gehabt hatte, so hatte ich sie ihm nun ausgeschlagen. Mit einem weiteren Hieb brach ich ihm den Kieferknochen.

»Für Reue ist es jetzt zu spät, du Arschloch.« Mit diesen Worten trennte ich ihm seinen Penis endgültig ab.

Seine Augen rollten zurück und er sackte in sich zusammen. Ich ließ das blutige Körperteil auf seine Brust fallen und klappte mein Messer zu. »Du kannst von Glück reden, dass ich es nicht ertrage, deinen Schwanz noch eine Sekunde länger zu halten, andernfalls würdest du jetzt daran ersticken.«

»Der Säuberungstrupp trifft in zwei Minuten ein. Wir müssen gehen«, rief Jaxon von der Tür.

Ich betrachtete noch einmal den Mann, der versuchte hatte, Ivy ihre Unschuld zu rauben, steckte mein Messer ein und verließ das Badezimmer. Obwohl er blutüberströmt in der Badewanne im Sterben lag, konnte der Anblick weder mein rasendes Herz beruhigen noch Ivys Schreie zum Schweigen bringen, die immer noch in meinem Kopf widerhallten.

»Zane?«, rief Linc.

»Nicht jetzt.«

»Sie ist in Sicherheit, Bruder. Er hat sie nicht angerührt.«

»Doch, das hat er. Er hat ihr die Kleider vom Leib gerissen, sie auf den Bauch gedreht und sie in Angst und Schrecken versetzt«, presste ich zwischen zusammengebissenen Zähner hervor.

»Aber du warst rechtzeitig bei ihr. Jetzt ist sie in Sicherheit und braucht dich.«

Ich ignorierte Lincs Worte und setzte mich hinter das Steuer des Geländewagens. Sobald Jaxon und Linc eingestiegen waren, fuhr ich zur Ausfahrt und war dankbar, dass niemand die Polizei gerufen hatte. Es war ein wunder, dass sich niemand über den Lärm beschwert hatte. Schon bald würde das Räumungsteam eintreffen und Lance' Leiche entsorgen.

Etwa eine Stunde lang sagte keiner von uns ein Wort. Die Stille war Segen und Fluch zugleich. Mir spukten alle möglichen Szenarien im Kopf herum und ich überlegte mir, was geschehen wäre, wenn wir Ivy nicht rechtzeitig erreicht hätten. Ich sah die Bilder so lebhaft vor mir, dass ich Schwierigkeiten hatte, sie von der Realität zu unterscheiden.

Lincs Handy gab einen Piepton von sich, und ich beobachtete ihn, als er die eingegangene Nachricht las.

»Sie haben dreißig Kilometer weiter an einer Raststätte angehalten«, informierte er mich.

»Sag ihnen, sie sollen weiterfahren.«

»Ivy will dich sehen.«

»Sag ihnen, sie sollen weiterfahren«, wiederholte ich.

»Verdammt, Zane. Deine Frau liegt halb nackt und schluchzend in Declans Armen und du willst, dass sie weiterfahren?«

»Ich bin noch nicht bereit, sie zu sehen.« Ich festigte meinen Griff um das Lenkrad, als mein Schädel zu pochen begann. Eine Sekunde später, und der Kerl hätte sie vergewaltigt. Die Vorstellung ließ mich einfach nicht los.

»Hör auf mit dem Scheiß und reiß dich verdammt noch

mal zusammen. Deine Frau braucht dich sofort, nicht erst in fünf Stunden.«

»Was soll das, Linc? Ich habe gerade einen Mann getötet und bin von oben bis unten blutverschmiert. Solange das Blut des Kerls an meinen Kleidern und Händen klebt, will ich ihr nicht zu nahe kommen. Ich will nicht, dass sie mich so sieht.«

»Doch, das willst du. Halt verdammt noch mal an, Zane, und geh zu deiner Frau. Du brauchst sie ebenfalls«, meldete Jaxon sich zu Wort.

»Das musst du gerade sagen. Du hast Violet aus dem Land schaffen lassen, während du Ortega halb totgeprügelt und dann ausgeweidet hast.«

»Das ist wahr. Und danach bin ich auf direktem Weg zu ihr gegangen.«

»Ich kann ihr nicht gegenübertreten!«, brüllte ich.

»Warum nicht?«

»Weil sie dann erkennen wird, wer ich bin und was ich tue. Sie wird die Augen vor der Wahrheit nicht mehr verschließen können. Dann wird sie mich verlassen.«

Linc und Jaxon verstummten.

»Sie wird mich verlassen«, wiederholte ich. »Damit kann ich nicht leben.«

Mein Blick fiel auf ein Hinweisschild für die Raststätte am Straßenrand. Es schien mich regelrecht zu verhöhnen. Ich konnte das Risiko nicht eingehen, Ivys Liebe zu verlieren. Ich hatte ihr versprochen, dass ich sie beschützen würde. Und ich hatte einmal mehr versagt.

»Zane, hör mir zu. Du musst zu ihr gehen. Ich garantiere dir, dass du sie im Moment genauso brauchst wie sie dich«, flüsterte Linc.

Die Ausfahrt kam näher. Ich musste nur die Spur wechseln und würde Ivy in meine Arme schließen können.

»Sie liebt dich.« Jaxon legte eine Hand auf meine Schulter

und zur Abwechslung war ich dankbar für die Berührung. Vielleicht hatten die beiden recht. Ich brauchte Ivy. Sie brachte die Schuldgefühle und Dämonen in mir stets zum Schweigen. Ich hatte zwar kein schlechtes Gewissen, weil ich diesem Scheißkerl den Schwanz abgeschnitten hatte und ihn hatte verbluten lassen, aber in meinem Inneren brodelte dennoch etwas, was ich nicht benennen konnte.

Ich bog rechts ab und nahm die Ausfahrt. Der zweite Geländewagen stand im hinteren Bereich der Tankstelle. Ich parkte daneben, ließ jedoch den Motor laufen. Wir würden nicht lange hierbleiben.

Ich stieg aus dem Wagen, als Declan mit Ivy auf dem Arm vom Rücksitz des anderen Fahrzeugs kletterte. Ihr hübsches Gesicht war gerötet und tränenüberströmt. Ich war dankbar, dass die Jungs daran gedacht hatten, sie in eine Decke zu hüllen, bevor sie das Zimmer verlassen hatten. Ich war rasend vor Wut gewesen und hatte nicht einmal gesehen, wie sie gegangen waren.

Wortlos kam Declan auf mich zu und legte Ivy in meine Arme.

»Danke«, schluchzte sie.

Ich ging in die Knie und vergrub mein Gesicht in Ivys Haarschopf, als sie ihre Arme um meinen Nacken schlang. Sie zitterte am ganzen Leib und ich dachte zum tausendsten Mal, wie glücklich ich mich schätzen konnte, dass diese starke, schöne Frau mich liebte.

»Ich liebe dich«, flüsterte ich an ihrem Haar.

Ich konnte nicht verstehen, warum sie nicht wütend auf mich war. Wir hatten uns ständig darüber gestritten, dass ich es mit den Sicherheitsmaßnahmen übertrieb. Doch all die Vorsicht hatte nichts gebracht. Ivy wurde direkt vor meiner Nase entführt.

»Ich hätte wachsamer sein müssen.«

»Es ist nicht deine Schuld, Ivy.«

Jax hatte recht behalten. Ich brauchte Ivy. Ich musste meine Arme um sie schlingen und ihren Herzschlag spüren. Sie war meine Erlösung.

Ich stand auf und sah, dass meine Männer mich umringt hatten und mir Deckung gaben, damit ich mich um meine Frau kümmern konnte. Sie alle standen bedingungslos hinter mir.

»Danke«, sagte ich, woraufhin Declan mir nur zunickte, bevor er auf dem Beifahrersitz Platz nahm und Leo sich hinters Steuer setzte.

Jaxon hielt mir die Hintertür des anderen Wagens auf, und ich setzte mich mit Ivy auf meinem Schoß auf den Rücksitz.

»Ich habe dich vermisst«, sagte sie.

»Ich habe dich auch vermisst, Baby.«

»Ich hatte solche Angst.«

»Ich auch.«

»Wirklich?« Sie riss überrascht die Augen auf.

»Natürlich hatte ich Angst. Ich wusste nicht, wo du warst, wer dich entführt hatte oder ob du verletzt warst. In meinem ganzen Leben habe ich mich noch nie so sehr gefürchtet. Ich weiß nicht, was ich tun würde, wenn ich dich verloren hätte. Ohne dich hat mein Leben keinen Sinn.«

»Du hast mich gerettet.«

»Nein, Ivy, du hast mich gerettet. Und jeden Morgen, wenn ich aufwache und du neben mir liegst, rettest du mich aufs Neue. Deinetwegen bin ich ein besserer und stärkerer Mensch. Ohne dich bin ich nichts.«

»Willst du mich heiraten?«

»Wie bitte?« Ich starrte sie schockiert an.

»Heirate mich. Ich will deine Frau werden und jeden Morgen neben dir aufwachen. Bevor ich dir in dieser Bar begegnet bin, war mein Leben bedeutungslos und leer. Ich weiß, dass ich mir eine Zukunft mit dir wünsche. Ich verspreche dir, ich werde dir eine gute Ehefrau sein …«

»Du kannst dir sicher sein, dass du meine Frau sein wirst.«

»Dann ist das also ein Ja?«

»Es bedeutet, dass wir heiraten werden.«

»Du willst mir wirklich keine direkte Antwort geben, nicht wahr?«, fragte sie mit einem Lächeln.

Ich konnte nicht glauben, dass Ivy nach allem, was ihr in den vergangenen acht Stunden widerfahren war, lächelnd in meinen Armen lag. Insgeheim schickte ich ein Stoßgebet zum Himmel und dankte Gott für mein Glück.

»Würdest du mir bitte antworten, du rechthaberischer Mistkerl?« Ich betrachtete das kostbare Gut in meinen Armen und wusste, dass ich ihr nie einen Wunsch abschlagen könnte. Nicht einmal einen Antrag, den sie mir auf dem Rücksitz eines Geländewagens machte, während mein Bruder und Jaxon im vorderen Teil saßen.

»Ja, Ivy, ich werde dich heiraten.«

Ich hörte Jaxons und Lincs leises Lachen, bevor Ivy eine Hand an meine Wange legte und meinem Blick begegnete.

»Wo ist Lance?«

Verdammt. Der Moment der Wahrheit war gekommen. Wie schnell sich das Leben doch ändern konnte. Gerade eben hatte ich mich über Ivys Heiratsantrag gefreut, doch nun glaubte ich, sie könnte es sich anders überlegen. Ich wollte ihr schon sagen, dass sie ihre Worte nicht zurücknehmen konnte, doch sie hatte es verdient zu wissen, um wessen Hand sie gerade angehalten hatte.

»Er liegt im Motel in der Badewanne. Entweder er ist noch am Verbluten oder bereits tot.«

»Wie?«

»Ich habe ihn getötet.«

Ivy schüttelte den Kopf. »Nein, ich meine, wie ist er gestorben?«

»Ist das wichtig?« Als sie nickte, fuhr ich fort: »Ich habe ihm den Schwanz abgeschnitten, nachdem ich ihm eine ordentliche Tracht Prügel verpasst hatte.«

»Hast du dich deshalb verletzt?«, fragte sie, hob meine Hand an und betrachtete meine geprellten Knöchel.

»Ja.« Sie führte meine Hand an ihre Lippen und küsste jeden Knöchel.

»Danke.«

Sie ließ die Hand sinken und schmiegte ihren Kopf an meine Brust.

»Und meine Mutter?«

»Sie ist die Nächste.«

»Gut.«

Ich bemerkte erst, dass ich den Atem angehalten hatte, als meine Lunge aus Protest brannte. Ivy hatte mich nicht von sich gestoßen, sondern mir gedankt. Ich hoffte inständig, dass sie auch morgen noch so empfinden würde.

»Ich liebe dich, Zane.«

»Ich liebe dich, Ivy.«

KAPITEL ZWEIUNDDREISSIG

IVY

Seit meiner Entführung war eine Woche vergangen und Zane war ... distanziert. Zwar ließ er mich nicht aus den Augen und zog mich jeden Abend, wenn wir im Bett lagen, in seine Arme. Er sagte mir auch jeden Tag, dass er mich liebte. Wir hatten über die Geschehnisse jenes Tages gesprochen und er hatte mich so lange gelöchert, bis ich ihm jedes Detail erzählt hatte, an das ich mich erinnern konnte. Darüber hinaus hatte er mich zu dem Arzt seines Vertrauens gebracht und ihn angewiesen, mich gründlich zu untersuchen. Zane hatte den armen Mann völlig ignoriert, als dieser ihm erklärt hatte, dass das Benzonatat, das Sarah mir verabreicht hatte, keine dauerhaften Nebenwirkungen hätte und nichts weiter als ein Hustenmittel sei. Nichtsdestotrotz hatte sich etwas verändert. Ich konnte es nicht genau benennen, aber ich konnte es spüren. Zane brachte mich dazu, über meine Gefühle zu sprechen, weigerte sich aber, mir seine eigenen zu offenbaren. An dem Abend, an dem er mich gerettet hatte, hatte er noch zugegeben, welche Ängste er ausgestanden hatte, doch seitdem hatte er sich vor mir verschlossen.

Das Schlimmste war die Maske der Gleichgültigkeit, die er aufgesetzt hatte. Es brach mir das Herz, ihn so zu sehen. Früher hatte er sich nie vor mir versteckt, doch nun verbarg er seine Gefühle. Seit jenem verhängnisvollen Tag hatte er nicht mehr gelächelt. Wir teilten uns jede Nacht ein Bett, aber er wollte nicht mit mir schlafen. Meine Annäherungsversuche erstickte er im Keim und fand Ausflüchte. Seit sieben Tagen wies er mich nun schon zurück. Mittlerweile kämpfte ich wieder täglich gegen meine Dämonen an und tat mein Bestes, um alte Gewohnheiten und Selbstzweifel nicht wiederaufleben zu lassen. Doch ohne Zanes Hilfe kamen sie gefährlich nahe an die Oberfläche.

Wenn Zane mir keine Kraft gab, würde ich scheitern. Dessen war ich mir sicher. Ich hatte das Gefühl, dass alles außer Kontrolle geriet, und betete, dass ich stark genug sein würde, um für uns beide zu kämpfen. Er hatte meine Stärke verdient. Er brauchte eine Frau, die die Last für ihn schultern konnte, wenn er nicht dazu in der Lage war. Ich hatte höllische Angst, dass ich noch nicht bereit dazu war. Aber ich wollte für ihn da sein. Ich wollte meinen Zane zurück.

»Es war wunderschön, nicht wahr?«, fragte Olivia, als sie sich zu mir gesellte.

Ich ließ den Blick durch Jaxons und Violets Garten schweifen. Auch ohne die Hochzeitsdekoration war dieser Ort eine wunderschöne Oase, doch mit dem ganzen Schmuck war er atemberaubend. Violet sah in ihrem trägerlosen Hochzeitskleid bezaubernd aus. Declan hatte sie zum Altar geführt, an dem Jaxon allein auf sie gewartet hatte. Da nur die Familie und enge Freunde eingeladen waren, hatte sie auf Brautjungfern verzichtet. Doch wir alle waren für sie da, denn sie hatten all die Menschen, die sie liebten, in die Zeremonie einbeziehen wollen.

»Das war es. Ich kann nicht glauben, dass sie das alles so schnell auf die Beine gestellt haben.« Zwei mir unbekannte Männer gingen an uns vorbei und setzten sich zu zwei Frauen, die an einem der Tische Platz genommen hatten. Der Zeremonie hatten sie ganz sicher nicht beigewohnt, denn zwei derart umwerfende Männer hätte ich nicht übersehen können. »Wer sind die beiden?«, flüsterte ich Olivia zu.

Sie drehte sich um und riss überrascht die Augen auf, als ihr Blick auf der Gruppe landete. »Oh mein Gott. Komm mit. Ich werde dich ihnen vorstellen.« Olivia gab mir keine Gelegenheit, etwas zu erwidern, sondern ergriff meine Hand und zog mich hinter sich her.

»Caroline«, rief sie. »Ich wusste nicht, dass du auch hier sein würdest.«

»Liv!« Eine der Frauen sprang auf und zog Olivia in ihre Arme, bevor sie den Kopf zurückzog und einen Schritt zurücktrat. Ein strahlendes Lächeln breitete sich auf ihrem hübschen Gesicht aus. »Sieh an, sieh an. Wie es scheint, habe ich recht behalten.« Sie zwinkerte Olivia zu. »Du siehst unglaublich glücklich aus«, fügte sie hinzu und zeigte mit einem Nicken auf Olivias Babybauch.

Die Frau wandte sich mir zu und lächelte mich an. »Hallo, ich bin Caroline«, stellte sie sich vor und streckte mir eine Hand entgegen.

»Hi. Freut mich, dich kennenzulernen. Ich bin Ivy.«

»Entschuldige, wo sind meine Manieren geblieben?«, begann Olivia. »Das ist Ivy, Zanes Frau. Und das sind Caroline und ihr Mann Matthew, und Christopher und seine Frau Alabama.«

»Hallo.« Ich winkte der Gruppe zu, als sie alle zur Begrüßung aufstanden.

Ich ließ den Blick über ihre durchtrainierten Körper schweifen und fragte mich, ob sie in der gleichen Branche wie Zane arbeiteten. Gewöhnliche Männer strahlten nicht diesen Stolz und diese Größe aus. Und wenn ich ehrlich war, waren sie sogar ein wenig furchterregend.

»Wie geht es dir, Hash?«, fragte Christopher.

Olivia verdrehte die Augen. »Wirst du je von diesem Spitznamen ablassen?«

»Nein. Wenn du erst einmal einen Decknamen hast, dann musst du damit leben«, erwiderte der Mann mit einem Lächeln. »Für immer.«

»Großartig. Was dagegen, wenn wir uns setzen? In diesen Absätzen bringen meine Füße mich noch um. Aber verratet Leo nichts. Wenn er das hört, wird er mich dazu zwingen, ins Haus zu gehen und mich hinzulegen.«

»Bitte«, sagte Matthew und zog einen Stuhl für sie heran, bevor Christopher das Gleiche für mich tat. Nachdem sie ihren Frauen dieselbe Höflichkeit erwiesen hatten, nahmen sie selbst Platz.

Sie waren sexy und hatten Manieren. Hm. Diese Männer arbeiteten eindeutig mit Zane zusammen.

»Dann bist du also die Auserwählte«, sagte Christopher.

Oh, Mist. Sie wussten es? Ich hatte noch nie einen von Zanes Freunden getroffen, der nicht zu seinem Team gehörte. Mir war nie in den Sinn gekommen, dass noch andere Leute sich dafür interessieren könnten, mit welcher Frau Zane zusammen war. Wenn sie über meine Vergangenheit Bescheid wussten und darüber, was Sarah getan hatte, würden sie sich etwas Besseres für ihren Freund wünschen. Sie würden wissen, dass ich ihm nur Schwierigkeiten machte.

»Ganz ruhig, Ivy. Ich wollte damit nur sagen, dass du die Frau bist, die es geschafft hat, Vipers Herz zu erobern. Und soweit wir gehört haben hat er nicht vor, dich wieder gehen zu lassen«, fuhr er fort.

»Etwas solltest du wissen«, begann Alabama und beugte sich vor. »Die Männer in dieser Gruppe tratschen mehr als die Frauen.«

»Oh ja. Zane und ich sind ... äh ... zusammen«, stammelte ich.

In diesem Moment kamen Zane und Leo an den Tisch.

»Baby.« Er ging neben mir in die Hocke und drückte mir einen Kuss auf die Stirn. Obwohl es ein schönes Gefühl war, wünschte ich, er würde mich so leidenschaftlich küssen wie früher. Vielleicht glaubte er nun, ich sei beschmutzt, weil ein anderer Mann mich nackt gesehen hatte. Lance hatte zwar keine Gelegenheit gehabt, mich wirklich zu verletzen, doch er hatte mich entblößt. »Wie ich sehe, hast du Wolf und Abe kennengelernt.«

»Wen?«

Die anderen lachten leise, bevor Caroline erklärte: »Mein Mann heißt Wolf, und Alabamas Mann ist Abe. Du wirst feststellen, dass du dir noch einige Namen wirst einprägen müssen. Sie alle haben mindestens zwei.«

Das wusste ich bereits. Die Mitglieder in Zanes Team hatten auch alle Decknamen. Es hatte ein paar Tage gedauert, bis ich gelernt hatte, welcher Name zu wem gehörte. Sowohl Matthew als auch Christopher flüsterten ihren Ehefrauen etwas zu, woraufhin beide Frauen nickten und die Männer aufstanden.

»Viper, hast du kurz Zeit?«, fragte Matthew. Sein Tonfall war um einiges schroffer als zuvor.

Zane nickte ihm zu und drehte sich zu mir um. »Ich bin gleich wieder da. Brauchst du etwas?«

Es zerriss mir das Herz, den Schmerz in seinen Augen zu sehen. Ich wusste nicht, was ich tun konnte, um ihn zu lindern. Vielleicht war er meiner überdrüssig und wusste nicht, wie er es mir sagen sollte. Möglicherweise versuchte er, einen Ausweg aus unserer Beziehung zu finden. Wenn ich sie beenden würde, wäre er sicher erleichtert.

Ich würde es ihm nach der Hochzeit sagen, sobald wir wieder in seinem Penthouse waren. Sein Apartment war nicht mehr mein Zuhause. Ich musste aufhören, es als solches zu betrachten.

»Nein danke«, antwortete ich.

»Ich bin gleich wieder da, *tesorino*. Bitte trink dein Wasser«, hörte ich Leo zu Olivia sagen.

Kaum hatten die Männer sich vom Tisch entfernt, stürzten die Frauen sich in eine Unterhaltung über das Baby. Offensichtlich standen sie sich alle sehr nahe. Wieder einmal war ich in meinem eigenen Leben die Außenseiterin. Ich gehörte nicht hierher. Diese Menschen waren alle so wunderbar und unbefleckt, während ich weiterhin nur Abschaum und die Tochter einer drogensüchtigen Hure war.

Ich wartete, bis das Gelächter etwas verebbt war, und stand auf. »Wenn ihr mich bitte entschuldigen würdet. Es war wirklich schön, euch alle kennenzulernen.«

Ich wartete nicht auf eine Antwort, sondern ging einfach davon. Mir war bewusst, wie unhöflich das war, aber ich konnte nicht länger in Jaxons und Violets Garten sitzen und so tun, als sei mein Leben nicht aus den Fugen geraten. Ich freute mich für die anderen, sie alle hatten ihr Glück verdient. Aber ich gehörte nicht hierher. Zane hatte genug von mir, und das bedeutete, dass seine Freunde meiner ebenso überdrüssig waren. Wahrscheinlich wussten sie alle, dass er nur auf eine Gelegenheit wartete, um sich von mir zu trennen, und waren einfach nur nett, weil sie gute Menschen waren.

Ich hatte das Gartentor schon fast erreicht, als Alabama hinter mir herrief: »Ivy, warte.« Ich setzte mein strahlendstes

Lächeln auf und drehte mich zu ihr um. »Wir müssen reden.«

»Okay.« Ich ließ den Blick über den Garten schweifen. »Ist alles in Ordnung?«

»Ich weiß, was passiert ist.«

Unwillkürlich zuckte ich zusammen und bemühte mich vergebens, eine unbekümmerte Miene aufzusetzen.

»Nun, ich weiß nicht alles. Aber als du entführt wurdest, hatte Christopher mich vorgewarnt, weil Tex ihn angerufen und in Bereitschaft versetzt hatte. Hätte man dich weiter nach Westen verschleppt, hätten die Jungs eingegriffen.«

»Es tut mir leid, dass ich so viele Umstände gemacht habe.« Alabama kniff die Augen zu dünnen Schlitzen zusammen. »Aber darüber werdet ihr euch nun keine Gedanken mehr machen müssen.«

»Du verstehst das falsch«, sagte sie.

»Nein, das glaube ich nicht. Ich verstehe es durchaus. Zane ist ein großartiger Mann und verdient mehr als eine Frau wie mich. Du kannst allen ausrichten, dass er nach dem heutigen Tag frei sein wird und sich auf die Suche nach ihr begeben kann.«

»Was zum Teufel soll das?«, hörte ich jemanden knurren. »Ich hole Zane.«

»Leo, nein. Lass sie ausreden«, flehte Olivia ihren Mann an.

»Nein, *tesorino*. Das ist doch völlig verkorkst.«

»Vertrau mir. Lass sie ausreden. Bitte, Baby.«

»Du hast fünf Minuten«, sagte er in warnendem Tonfall.

Ich würde keine fünf Minuten brauchen. Bevor sie verstrichen waren, wäre ich längst verschwunden.

»Du machst einen Fehler«, ergriff Alabama wieder das Wort, nachdem Olivia einen sichtlich verärgerten Leo am Arm weggeführt hatte.

»Woher willst du das wissen?«, fragte ich in einem schrofferen Tonfall als beabsichtigt.

»Weil ich genau weiß, wie du dich fühlst. Ich kann dich verstehen.«

»Und wie fühle ich mich? Ich bin doch nur Abschaum, ohne den Zane besser dran ist.«

»Du bist eine Kämpferin. Ich erkenne mich in dir wieder. Wir sind uns sehr ähnlich.«

»Das bezweifle ich.«

Ich wusste, dass Alabama es nur gut meinte, aber sie hatte keine Ahnung, was in mir vorging.

»Meine Mutter hat mir jeden Tag zu verstehen gegeben, dass sie es vorgezogen hätte, wenn ich nie geboren worden wäre. Sie schlug mich, sperrte mich in einen Schrank und verbot mir zu sprechen. Bevor ich Christopher begegnet bin, hatte jeder Mensch in meinem Leben mich enttäuscht. Angefangen bei der Polizei bis hin zu den Sozialarbeitern. Also ja, Ivy, ich weiß genau, wie du dich fühlst. Ich kann die Traurigkeit in deinen Augen sehen und habe beobachtet, wie du dich verschlossen hast, als Zane an den Tisch kam. Du bist kurz davor aufzugeben, weil du glaubst, dass du seiner unwürdig bist. Du willst weglaufen, weil Zane deine Gefühle verletzt hat und du denkst, dass dies das Ende eurer Beziehung ist. Aber es ist nicht das Ende. Lauf nicht weg.«

Nun, vielleicht wusste sie doch, was in mir vorging.

»Sie hat recht«, fügte Olivia hinzu. Ich hatte gar nicht bemerkt, dass sie zurückgekommen war.

»Matthew hat mir erzählt, dass deine Mutter dich von der Straße gedrängt und entführt hat«, meldete sich auch Caroline zu Wort. »Er hat keine Geheimnisse ausgeplaudert, aber er musste mich darüber informieren, weil wir eigentlich zu Christophers und Alabamas Hütte fahren wollten. Da der Handyempfang dort sehr schlecht ist, wollte er lieber zu Hause bleiben, falls er gebraucht würde.« Verdammt, offenbar hatte ich auch Carolines und Matthews Pläne durchkreuzt. »Und ich erzähle dir das nur, damit du das Ausmaß der Situation verstehst. Zane konnte nicht nur auf sein eigenes Team zählen, sondern auch auf unsere Leute. Tex hat jedes Team im Land, mit dem er je zusammengearbeitet hat, hinzugezogen. Für deine Rettung waren ein Delta-Team, Texas Rangers, FBI-Agenten und einige Polizisten in Bereitschaft. Es würde mich nicht wundern, wenn auch ein paar Feuerwehrleute dabei gewesen wären. Wenn Zanes Frau entführt wird, stehen ihm sofort eine Menge großartiger Männer zur Seite. Sie halten ihm den Rücken frei, denn das ist ihr Job. Wer steht dir zur Seite?«

»Wir«, antwortete Olivia an meiner statt. »Du bist nicht mehr allein.«

»Er fasst mich nicht an«, platzte ich schließlich heraus. »Er hält mich im Arm und küsst mich auf die Stirn oder die Wange, aber er berührt mich nicht. Ich habe mit aller Kraft versucht, mich gegen Lance zu wehren, das schwöre ich. Aber ich kann an Zanes Blicken erkennen, dass sich etwas verändert hat. Wenn er mir sagt, dass er mich liebt, kann ich das Mitleid in seiner Stimme hören.«

Alabama zog mich in ihre Arme, und ich ließ meinen Tränen endlich freien Lauf.

»Er ist verängstigt, Ivy. Er hat das Gefühl, dass er dich enttäuscht hat. Hast du versucht, mit ihm darüber zu reden?«, fragte Olivia.

»Nein. Was sollte ich auch sagen? Warum willst du nicht mit mir schlafen?«

»Ja. Genau das solltest du sagen. Dann verpasst du ihm einen Klaps auf seinen Dickschädel und zwingst ihn dazu, mit dir zu reden.«

»Und wenn er sich weigert?«

»Dann versohlst du ihm den Hintern, bis er mit dir spricht. Liebst du ihn?«

»Natürlich liebe ich ihn«, erwiderte ich empört. Ich konnte kaum glauben, dass Olivia mir die Frage überhaupt gestellt hatte.

»Dann kämpfe um ihn.«

»Aber wenn er …«

»Du musst dich jetzt zusammenreißen, Ivy. Ich bin schon lange mit Matthew *Wolf* Steel zusammen. Er ist der größte und härteste Kämpfer, den die Navy je ausgebildet hat, aber er ist immer noch ein Mensch. Wie wir alle empfindet er Gefühle, er ist nur besser darin, sie zu unterdrücken. Du musst deine Unsicherheiten und Zweifel beiseiteschieben und Zane dazu bringen, dein wahres Ich zu sehen.«

Konnte ich das tun? Wäre ich in der Lage, alles zu vergessen, was meine Mutter mir beigebracht hatte? Würde ich um Zane kämpfen können? Wenn ich meine Chance auf ein glückliches Leben ergreifen wollte, dann musste ich Zane zu mir zurückholen. Die Mädels hatten recht. Ich war keine Drückebergerin und Zane brauchte mich.

Nun war es an mir, stark zu sein.

»Ich danke euch allen. Es tut mir leid, dass ich so ein Theater gemacht habe.«

»Nicht doch. Wir alle verlieren manchmal die Nerven«, beruhigte Caroline mich. »Kommt, lasst uns zurück an unseren Tisch gehen. Ich denke, wir können alle einen Drink vertragen. Bis auf die werdende Mutter«, fügte sie mit einem Lachen hinzu.

Auf dem Weg in den Garten stupste Caroline Alabama mit der Schulter an.

»Ich bin stolz auf dich«, murmelte sie.

»Warum?«, wollte Alabama wissen und lachte leise.

»Du hast einen weiten Weg hinter dir und hast nichts mehr mit der Frau von früher gemein. Als ich dir zum ersten Mal begegnet bin, hast du kaum gesprochen. Ich bin stolz, dich als meine Freundin bezeichnen zu dürfen.«

»Nicht nur Christopher hat mir geholfen, die Frau zu werden, die ich heute bin. Das habe ich auch dir zu verdanken.«

Alabama schlang einen Arm um Carolines Schultern. Ich freute mich für sie, war aber auch ein wenig neidisch. Ich hatte nie eine Freundin wie Caroline gehabt.

KAPITEL DREIUNDDREISSIG

ZANE

»Gibt es etwas Neues von Sarah Long?«, fragte Wolf.

Allein bei der Erwähnung dieser Schlampe sah ich rot.

»Nein. Tex und Garrett arbeiten noch daran. Laut Ivy ist ihre Mutter mit zehn Riesen aus dem Motelzimmer verschwunden. Es könnte eine Weile dauern, bis sie wieder auftaucht.«

»Gut, dass du noch rechtzeitig gekommen bist«, bemerkte er.

War ich das? Ivy wurde zwar nicht vergewaltigt, aber der Kerl hatte sie dennoch geschändet.

»Willst du mir erklären, warum deine Frau sich in sich zurückgezogen hat, als du an den Tisch kamst?«, wollte Abe wissen.

Ich biss mir auf die Zunge, ehe ich etwas sagte, was ich später bereuen würde. Abe war ein Freund und ein guter Mann.

»Ich denke nicht, dass …«

»Du hast recht. Du denkst gar nicht.«

»Abe«, erwiderte ich warnend.

»Ich sage nur, was ich gesehen habe, Viper. Soweit ich gehört habe hast du eine mutige Frau gefunden, die sich von niemandem etwas sagen lässt. Vor allem scheint sie dir die Stirn zu bieten und weist dich in deine Schranken, wenn du versuchst, sie herumzukommandieren. Aber die Frau, die ich gerade eben getroffen habe, schien alles andere als beherzt zu sein. Sobald du dich ihr genähert hast, hat sie sich in ihr Schneckenhaus zurückgezogen. Sie war unsicher, nervös und schüchtern. Also, was ist los?«

Ich blickte mich in der Runde um und überlegte, wem ich wegen seines losen Mundwerks die Leviten lesen musste. Interessanterweise wirkte keiner meiner Männer verlegen. Vielmehr schienen sie verärgert.

»Meine Frau geht euch nichts an. Ich bin dankbar für eure Hilfe, als sie entführt wurde. Aber eure Bemerkungen könnt ihr euch sparen.«

»Das ist wirklich schade«, meldete sich Leo zu Wort. »Ich habe nämlich gerade die Unterhaltung der Frauen überhört. Alabama hat versucht, Ivy davon abzuhalten, sich aus dem Staub zu machen.«

»Wie bitte?«

Ivy wollte mich verlassen? Und sie hatte nicht vorgehabt, es mir zu sagen?

»Sie denkt, dass sie dich nicht verdient hat, und will aus deinem Leben verschwinden, damit du dir jemanden suchen kannst, der deiner würdig ist.«

»Meiner würdig? Ich habe *sie* nicht verdient. Ich habe ihr versprochen, dass ich sie vor dieser Schlampe beschützen würde und sie sich keine Sorgen machen müsse. Aber ich habe sie im Stich gelassen.«

»Willst du deshalb nicht mit ihr schlafen?«, wollte Leo wissen.

Mittlerweile kochte ich vor Wut. »Du stehst kurz davor,

eine Grenze zu überschreiten. Und ich schwöre dir, du wirst es bereuen«, entgegnete ich.

»Scheiß auf die Grenze, Viper. Wenn du zu der Sorte Mann gehörst, die einer Frau die Schuld dafür gibt, dass sie geschändet wurde, dann bist du nicht der Mann, den ich immer respektiert habe. Und du bist auch nicht der Mann, für den ich bereitwillig mein Leben opfere. Also, warum willst du nicht mit deiner Frau schlafen?«

Ich wandte mich Linc zu. Er hatte die Zähne zusammengebissen und die Arme vor der Brust verschränkt, während er mich mit einem wissenden Blick betrachtete.

»Sag es ihnen, Bruder. Ich weiß, dass du sie nachts im Arm hältst, aber du willst sie nicht ficken. Warum?« Am liebsten hätte ich meinem Bruder gehörig in den Hintern getreten, weil er derart respektlos von Ivy sprach. »Komm schon, Viper, verrate uns, warum du deine Frau nicht ficken willst«, stichelte er.

Verdammte Scheiße.

»Weil ich Angst habe, dass sie mich nicht will!« brüllte ich. »Ich habe sie nicht beschützt. Sie wäre fast vergewaltigt worden. Er hat ihr die Kleider vom Leib gerissen. Jedes Mal wenn ich die Augen schließe, sehe ich den Schwanz dieses Arschlochs in der Nähe meiner Frau. Wenn wir nur eine Sekunde später eingetroffen wären. Eine. Er hätte sie genommen. Ich habe sie enttäuscht, und dann hat sie auch noch mein wahres Ich gesehen. Sie hat den kaltblütigen Killer erblickt, der tief in mir schlummert. Während sie auf meinem Schoß gesessen hat, habe ich diese wunderschöne Frau mit dem Blut des Mannes besudelt, den ich getötet habe. Was für ein Mensch tut so etwas?«

»Ein guter. Einer, der sie um jeden Preis beschützen und immer für sie da sein wird«, erwiderte Jaxon.

»Verdammte Scheiße. Ich kann nicht mit ihr schlafen. Was ist, wenn ich versuche, sie zu berühren, und sie mich zurückweist? Was, wenn ich sie verletze, weil ich einen Flashback auslöse?«

»Also lässt du sie stattdessen glauben, es sei ihre Schuld?«, warf Abe ein. »Denn genau das denkt sie. Reiß dich zusammen. Ich habe eine Menge Respekt vor dir, aber ich habe auch kein Problem, es dir ins Gesicht zu sagen, wenn du Mist baust. Du hast ihr das Einzige genommen, was sie zu ihrer Heilung braucht.«

»Ich habe deine Frau in meinen Armen gehalten, während du dich um Lance gekümmert hast«, erzählte Declan. Ich war dankbar, dass er sich ihrer angenommen hatte, als ich nicht für sie da sein konnte, doch die Vorstellung, dass meine fast nackte Frau auf seinem Schoß gesessen hatte, schürte meine Wut aufs Neue. »Die ganze Zeit über hat sie nur nach dir gefragt. Sie wollte wissen, wo du warst und ob es dir gut ging. Alles, was sie brauchte, warst du.«

»Scheiße«, murmelte ich. »Verdammt.«

»Hast du es jetzt verstanden oder müssen wir noch ausführlicher werden?«, fragte Linc.

»Ich habe Mist gebaut«, gab ich zu. »Ich muss mit ihr reden. Ich darf sie nicht verlieren.«

»Gott sei Dank«, murmelte Linc und stieß den Atem aus.

»Und nachdem ich meine Fehler geradegebügelt habe, kannst du dich für deine ungehobelten Worte auf etwas gefasst machen, Bruder. Ivy ist nicht einfach nur ein Fick, sondern die Frau, die meine Kinder zur Welt bringen wird.«

Sechs Männer stießen ein leises Lachen aus und Abe klopfte mir mit seiner großen Pranke auf die Schulter. »Melde dich, falls du etwas brauchst.«

»Danke.«

Der Moment wurde jäh unterbrochen, als Jaxons Bruder Cooper, der aus Kalifornien eingeflogen war, die Tür zum Arbeitszimmer aufdrückte.

»Jasmin braucht dich«, rief er Linc zu. »Und zwar sofort.«

Bevor wir ihn um eine Erläuterung bitten konnten, war er schon wieder verschwunden. Sieben Männer setzten sich augenblicklich in Bewegung und eilten Cooper hinterher. Leo, Declan und Jaxon zogen vorsichtshalber ihre Waffen. Wäre ich nicht so besorgt gewesen, hätte ich laut gelacht. Nichtsdestotrotz bestand in unserem Beruf ständig die Möglichkeit, dass wir mit einer Bedrohung konfrontiert wurden.

»Es geht mir gut«, hörte ich Jasmins schmerzerfüllte Stimme und steckte meine Sig zurück ins Holster.

»Es geht dir nicht gut. Leo, geh und starte den Wagen.«

»Es ist nur ein … oh, Scheiße«, schrie sie und sackte zusammen, doch Linc hielt sie fest. »Also schön. Mir geht es nicht gut.«

Ich folgte ihrem Blick und sah die Flüssigkeit, die an ihrem Bein herunterrann und sich zu ihren Füßen sammelte. Zwar hatte ich noch nie miterlebt, wie die Fruchtblase einer Frau platzte, aber ich hätte eher einen Schwall statt ein Rinnsal erwartet.

Die anderen Frauen waren zu uns geeilt, und ich packte Ivy an der Taille und zog sie an mich. Sie bedachte mich mit einem fragenden Blick, und in diesem Moment sah ich es. Ich sah den Schmerz, vor dem ich die Augen verschlossen hatte.

Ich würde es wieder in Ordnung bringen.

»Ich liebe dich, Ivy.«

»Ich liebe dich auch.«

Sie hatte die Worte zwar ausgesprochen, doch im Gegensatz zu früher klangen sie hohl. Aber ich würde dafür sorgen, dass sie sie wieder fühlte, und wenn ich ein Leben lang dafür kämpfen müsste.

»Lincoln!«, schrie Jasmin und beugte sich vornüber. Noch mehr Flüssigkeit rann an ihrem Schenkel hinab.

»Komm schon, Schatz. Ich bin bei dir.« Er führte sie zur Seite des Hauses, an der Leo bereits das Tor offen hielt.

»Herzlichen Glückwunsch!«, rief Jasmin und hob die Hand, um dem Brautpaar zum Abschied zu winken.

Die anderen wünschten ihr Glück und versicherten ihr, dass sie sie bald besuchen würden.

»Ich sollte Violet helfen«, sagte Ivy. »Und du sollest mit deinem Bruder ins Krankenhaus fahren.«

»Nein, Ivy. Ich werde bei dir bleiben.«

»Aber dein Bruder braucht dich.«

»Ich brauche dich mehr. Wir werden später gemeinsam dorthin fahren. Jasmin muss außerdem zwei kleine Dämonen zur Welt bringen. Ich glaube nicht, dass sie sie in den nächsten fünf Minuten auspressen wird. Ich habe gehört, dass es Stunden dauern kann, bis die Vag...«

»Den Satz solltest du besser nicht beenden«, unterbrach Ivy mich und schenkte mir wie gehofft ein Lächeln. »Übrigens ist es nicht sonderlich nett, wenn du deine Nichten oder Neffen als Dämonen bezeichnest«, tadelte sie.

Mein Gott, ich hatte dieses glückliche Lächeln vermisst. Ich war zwar ein egoistisches Arschloch und hatte sie nicht verdient, aber ich würde sie dennoch behalten.

»Wir machen uns jetzt auf den Heimweg. Tex erwartet uns«, teilte Wolf uns mit.

Wir verabschiedeten uns voneinander, wobei die anderen Frauen Ivy umarmten. Zuerst zuckte sie zusammen, doch dann schmiegte sie sich an sie. Ich war dankbar, dass sie Ivy so herzlich in ihre Gruppe aufgenommen hatten. Abgesehen von meinem Team gab es keine bessere Gruppe als diese Frauenrunde.

* * *

Linc hatte angerufen und uns gebeten, ins Krankenhaus zu kommen. Jasmin war kurz davor, die Babys zu entbinden, und er brauchte uns. Offenbar hatte er seine Frau angefleht, die Kinder per Kaiserschnitt holen zu lassen, doch sie hatte sich geweigert. Er war verrückt vor Sorge und konnte kaum mit ansehen, welche Schmerzen Jasmin durchstehen musste. Ich hatte zwar keine Ahnung, wie es sich anfühlte, ein Kind herauszupressen, aber ich hatte Jasmin oft genug in Aktion erlebt. Sie war die zäheste Frau, die ich kannte. Ich hatte gesehen, wie sie gefoltert und geschlagen wurde und trotzdem standhaft geblieben war. Daher bezweifelte ich, dass die Geburt ihrer Kinder sie in die Knie würde zwingen können.

Die Fahrstuhltüren öffneten sich, und noch bevor wir alle aus der Kabine getreten waren, hörte ich Jasmins Schrei.

Nun, möglicherweise hatte ich mich geirrt.

»Mein Gott«, murmelte Leo und zog Olivia an sich. »Vielleicht warten wir besser unten.«

»Hast du etwa Angst vor den Schreien einer Frau, großer Mann?«, fragte Jaxon und klopfte ihm im Vorbeigehen auf die Schulter.

Wir nahmen in dem kleinen Wartebereich Platz, wobei ich Ivy auf meinen Schoß zog, damit sie nicht von meiner Seite weichen konnte. Während der nächsten Stunde lauschten wir sowohl Jasmins Hilferufen als auch den Flüchen, die sie meinem Bruder an den Kopf warf.

Meine Güte. Während ich Jasmins Geschrei lauschte, überlegte ich ernsthaft, ob ich Ivy diesen Schmerz würde zumuten wollen. Nach einer Weile fiel mir auf, dass wir seit Kurzem keinen Laut mehr gehört hatten, und im nächsten Moment wurde die Tür zum Wartezimmer geöffnet.

Eine Krankenschwester betrat den Raum und schenkte uns ein Lächeln.

»Parker?«

»Ja«, antworteten alle gleichzeitig.

»Die glücklichen Eltern würden Sie jetzt gern sehen.«

»Sind es Jungen oder Mädchen?«, fragte ich.

»Ich glaube, das wollen die beiden Ihnen wohl selbst sagen. Folgen Sie mir.«

Sie führte uns einen Flur entlang und blieb vor einer Tür stehen. Ich entdeckte Gerald, der etwas abseits auf dem Gang stand, was mir verriet, dass der Präsident bereits im Zimmer war. Wir traten ein und mein Blick fiel auf Linc, der neben Jasmin stand und ein winziges Baby im Arm hielt. Der Anblick hätte mich fast in die Knie gezwungen. Er hatte es geschafft. Er hatte alle Hindernisse aus unserer Kindheit überwunden und war zu einem gutherzigen, wunderbaren Mann herangewachsen, der jedes Quäntchen Glück verdient hatte, das er und Jas sich aufgebaut hatten.

»Und?«, wollte Leo wissen.

»Jungen. Ich habe zwei gesunde Söhne«, antwortete Linc strahlend.

Das Krankenzimmer platzte aus allen Nähten, als das gesamte Team sich darin versammelte und einer nach dem anderen die Babys im Arm hielt. Tom stand neben Jasmin und flüsterte ihr etwas ins Ohr, was ihr ein Lächeln aufs Gesicht zauberte. Ivy lachte über etwas, das Violet gesagt hatte, und mein Herz setzte einen Schlag aus.

Familie. Dies war meine Familie. All die Menschen, die ich auf dieser Welt am meisten liebte, waren gekommen, um die Jungen willkommen zu heißen. Nie hätte ich es für möglich gehalten, dass wir je ein solches Glück erleben würden. Aber als ich sah, wie viel Freude meine Neffen verbreiteten, war ich unendlich dankbar.

Die Jungs hatten Wetten in Bezug auf das Geschlecht der Babys abgeschlossen. Nachdem die Verlierer ihre Schulden beglichen hatten, versuchten nun alle, die Namen der Zwillinge zu erraten.

Jasmin blickte auf und zwinkerte Linc zu.

»Kann jemand mir Asher Thomas geben?«

Plötzlich herrschte Stille im Raum. Jax und Leo betrachteten die Babys in ihren Armen. Es war fast komisch zu sehen, wie sie die winzigen Bündel in ihren riesigen Händen hielten.

»Hm, ich weiß nicht, wen von beiden ich habe.« Leo schüttelte verwirrt den Kopf.

»Ich habe keine Ahnung, wie ihr die kleinen Scheißer auseinanderhaltet. Wer ist das hier?«, fragte Jax.

Jasmin und ich brachen in schallendes Gelächter aus. Und Violet schüttelte nur den Kopf.

»Ich weiß nicht, möglicherweise hältst du gerade Robert Zane?«

Ich begegnete Lincs Blick. Obwohl ich mich nach Kräften bemühte, die Fassung nicht zu verlieren, ließ ich mich schließlich von meinen Emotionen übermannen. Genau wie meinem Bruder rannen mir die Tränen über die Wangen.

Hastig wischten wir uns mit der Hand übers Gesicht und hofften, dass niemand unseren Gefühlsausbruch bemerkt hatte.

»Jeder Mann, der etwas auf sich hält, vergießt nur bei zwei Ereignissen in seinem Leben Tränen: wenn er seiner Frau den Ring an den Finger steckt und bei der Geburt seiner Kinder«, erklärte Tom mit erstickter Stimme. »Jetzt gib mir diesen Asher Thomas. Wie beide haben einiges zu bereden. Vor allem will ich seine Meinung zum zweiten Zusatzartikel hören.«

Ich starrte weiter meinen Bruder an, dann ging ich auf ihn zu und reichte ihm die Hand. Er ergriff sie und zog mich in seine Arme.

»Danke«, flüsterte ich.

»Ich könnte mir keinen besseren großen Bruder wünschen. Wir wollen, dass sie bei dir aufwachsen, falls uns etwas zustößt. Niemandem würden wir unsere Jungs lieber anvertrauen. Wir wissen, dass sie eine ganze Schar voller Onkel haben, die ihr Leben für sie opfern würden, aber du bist derjenige, der sie zu Männern erziehen wird. Denn es gibt keinen besseren Mann als dich, Zane. Das darfst du niemals vergessen.«

Er wandte sich seiner Frau zu, die nun seine beiden Söhne im Arm hielt und ihn anlächelte, als hätte er ihr gerade die Welt zu Füßen gelegt.

»Ich bin stolz auf dich, Linc. Darf ich ...« Mist. Ich war für Gefühlsduseleien nicht geschaffen. Nach einem Moment räusperte ich mich und nahm erneut Anlauf. »Darf ich meinen Neffen halten?«

Linc legte Robert in meine Arme, und ich spürte, wie Ivy sich an mich schmiegte.

»Er ist wunderschön. Diese Parker-Gene sind wirklich dominant. Ich glaube, ich stecke in Schwierigkeiten.«

»Warum das?«

»Nun, wenn die Söhne deines Bruders schon so umwerfend sind, werde ich die Mädchen scharenweise in die Flucht schlagen müssen, sobald wir eigene Jungs haben.«

Eigene.

Zum ersten Mal seit einer Woche konnte ich aufatmen.

Ich hatte eine Menge wiedergutzumachen. Aber Ivy war immer noch an meiner Seite und hatte nicht Reißaus genommen. Sie war geblieben, damit wir kämpfen konnten. Gemeinsam.

KAPITEL VIERUNDDREISSIG

IVY

»Sie sind so niedlich. Und hast du gesehen, wie winzig sie sind?«

»Ja, ich habe es gesehen«, erwiderte Zane lachend.

Auf der Heimfahrt vom Krankenhaus plapperte ich unentwegt von Robert und Asher. Zane hörte mir geduldig zu, doch ich wusste, dass ihm etwas auf dem Herzen lag. Nicht zu wissen, was es war, machte mich jedoch nervös, also achtete ich darauf, meinen Redefluss nicht zu unterbrechen, aus Angst, er könnte ein Thema anschneiden, das mir nicht behagte.

Nach meiner Unterhaltung mit den Mädels fühlte ich mich allerdings schon besser und war gefestigter. Ich wusste genau, was ich zu tun hatte, doch ich brachte noch nicht den nötigen Mut auf. Die Geburt von Zanes Neffen war eine willkommene Gelegenheit gewesen, um das unvermeidliche Gespräch noch eine Weile aufzuschieben.

»Warum machst du dich nicht bettfertig und ich schließe ab. Ich bin hundemüde.«

»Sicher, in Ordnung.« Ich stellte meine Handtasche auf dem Beistelltisch ab und machte mich auf den Weg ins Schlafzimmer, um schnell zu duschen. Da ich mir nur den Schweiß von der Haut spülen wollte, verzichtete ich darauf, mir die Haare zu waschen. Ich zog gerade die Haarspange aus meinen Strähnen, als Zane nur mit Boxershorts bekleidet in der Tür erschien. Bei dem Anblick lief mir das Wasser im Mund zusammen und es juckte mir in den Fingern, ihn zu berühren.

»Stört es dich, wenn ich mir die Zähne putze?«, fragte er und deutete auf das Waschbecken.

»Ganz und gar nicht.« Ich trat einen Schritt beiseite, um ihm Platz zu machen.

Ich kämmte weiter meine Haare und bemühte mich, nicht auf seinen knackigen Hintern zu starren, als er sich bückte, um die Zahnpasta auszuspucken. Er begegnete meinem Blick im Spiegel und verzog die Lippen zu einem sexy Grinsen, um mir zu verstehen zu geben, dass er mich erwischt hatte. Der Ausdruck in seinem Gesicht hatte nichts mehr gemein mit der Maske der Distanziertheit, die er in der vergangenen Woche aufgesetzt hatte, sondern spiegelte Lust und eine gewisse Verruchtheit wider. Ich liebte es, wenn er mich ansah, als wollte er sich jeden Moment auf mich stürzen und mich verschlingen.

Er wischte sich den Mund mit einem Handtuch ab und reichte mir die Hand. »Bereit?«

Ich nickte, obwohl ich nicht wusste, ob ich wirklich bereit war. Es wäre eine Qual und ein Segen zugleich, noch eine weitere Nacht neben ihm zu liegen und in seinen Armen einzuschlafen. Immerhin hielt er mich fest, doch ich wollte mehr. Ich wollte meinen alten Zane zurück.

Bevor wir ins Bett klettern konnten, drehte er sich zu mir um.

»Ich muss mit dir reden.« Sofort stiegen mir Tränen in

die Augen und ich hielt den Atem an. »Es tut mir so verdammt leid.«

»Was tut dir leid?«

»Ich verspreche, dass ich alles, was ich ruiniert habe, wieder in Ordnung bringen werde.«

»Du hast gar nichts ruiniert.«

»Doch, das habe ich. Zuerst habe ich versprochen, dich zu beschützen, und habe versagt. Letzte Woche habe ich beobachtet, wie du dich in dein Schneckenhaus zurückgezogen und deine Schutzschilde hochgefahren hast. Ich habe den Schmerz in deinen Augen gesehen und nichts dagegen unternommen, weil ich nicht Manns genug war.«

»Was redest du da? Du hast mich doch beschützt. Immerhin hast du Lance aufgehalten, bevor er mir Schlimmeres antun konnte.«

»Aber er hat dir wehgetan, er …«

»Hör auf, Zane. Wir haben doch schon darüber geredet. Ja, ich hatte schreckliche Angst und er hat mich nackt gesehen. Aber er hat mich nicht vergewaltigt, weil du es nicht zugelassen hast. Du hast mir versprochen, mich zu beschützen, und hast bewiesen, dass du ein Mann bist, der Wort hält. Du hast dein Versprechen gehalten.«

»Er hätte …«

»Er hat es nicht getan«, sagte ich mit mehr Nachdruck als beabsichtigt. »Stört es dich, dass ein anderer Mann mich nackt gesehen hat?«

Ich beobachtete, wie er die Zähne zusammenbiss und die Ader in seinem Nacken zu pochen begann.

»Ja«, stieß er hervor.

»Ja, weil du jetzt denkst, dass ich nun befleckt bin?«

Genau das hatte mir die größten Sorgen bereitet. Wie sah Zane mich jetzt?

»Um Himmels willen, nein. Verdammt, Ivy. Es ist mir

zuwider, dass er dich gesehen hat, während du ihn angefleht hast, er solle aufhören. Ich habe jedes Wort gehört.«

»Ist das der einzige Grund, warum es dich stört?«

Er hielt einen Moment inne, bevor er antwortete: »Ein anderer Mann hat etwas genommen, was mir gehört. Nur mir.«

»Dann hole es dir zurück, Zane.«

»Wie bitte?«

Ich zog mir das T-Shirt über den Kopf und warf es beiseite. Dann streifte ich mir das Höschen ab und stand splitternackt vor ihm. Verwundbar.

»Mein Gott, du bist so schön«, presste er ehrfürchtig hervor.

»Hole es dir zurück.«

»Was, wenn ich dir Angst mache oder du einen Flashback …«

»Verdammt, Zane. Hole es dir zurück. Mach mich zu der Deinen. Es ist keine Sekunde verstrichen, in der ich nicht dir gehört habe. Seit dem Tag, an dem wir uns zum ersten Mal begegnet sind, war ich dein. Falls du es dir selbst beweisen musst, dann fordere dein Recht ein und nimm mich.«

Mehr musste er nicht hören. Er packte mich und zog mich an sich, um mich leidenschaftlich zu küssen. Noch nie hatte etwas besser geschmeckt als Zanes Küsse, doch mit dieser Liebkosung nahm er mich nicht nur in Besitz, sondern brachte seine Liebe für mich zum Ausdruck. Ich spürte es ganz deutlich.

Er entledigte sich seiner Boxershorts und wir landeten auf dem Bett.

»So schön.« Er liebkoste meinen Hals und ließ die Lippen an meine Brust gleiten.

Er küsste und streichelte mich sanft. Gerade als ich ihn anflehen wollte, mir mehr zu geben, saugte er an meiner

Haut und betrachtete dann sein Werk. Ich wusste, dass er einen Knutschfleck hinterlassen hatte.

»Mein.«

»Dein«, stimmte ich zu und bäumte mich begierig auf.

Er legte sich auf mich und spreizte meine Schenkel. Dabei presste er seinen Schwanz auf mein Geschlecht, wobei seine Eichel auf meiner Klitoris ruhte. Am liebsten hätte ich vor Ungeduld laut geschrien.

»Versprich mir, falls ich …«

»Das wirst du nicht.«

»Aber wenn doch …«

»Baby, bitte. Du wirst nichts dergleichen tun.«

Ich packte seinen Schwanz und presste ihn an meinen Unterleib, woraufhin er mit einem kraftvollen Stoß in mich eindrang.

»Zane«, stöhnte ich.

Immer wieder stieß er in mich hinein, während er sein Gesicht an meinem Nacken vergrub. Ich konnte seinen warmen Atem auf meiner Haut spüren.

»Sieh mich an.« Er hob den Kopf und begegnete meinem Blick. »Ich liebe dich.«

»Mein Gott, ich liebe dich auch. So sehr, Ivy.«

In einem stetigen Rhythmus trieb er mich auf den Gipfel der Ekstase zu. Aber auf diese Weise wollte ich nicht zum Höhepunkt kommen.

Ich umfasste sein Gesicht mit beiden Händen und zog ihn an mich, um ihn zu küssen. Dann flüsterte ich: »Ich will, dass du mich von hinten nimmst.« Er schüttelte jedoch nur den Kopf. Vielleicht trieb ich es zu weit, aber ich wollte nicht, dass Zane sich vor mir versteckte. »Ja. Ich lasse nicht zu, dass er uns das nimmt. Weder unsere Gefühle noch unsere Leidenschaft. Ich will, dass mein Mann mich von hinten fickt und mich zum Höhepunkt bring.« Zane verlangsamte seinen Rhythmus. »Tu es, Zane. Sofort.«

Er drehte mich auf den Bauch und zog mich auf die Knie. Mit seinen rauen Händen streichelte er über meinen Rücken und meinen Hintern, aber er machte keine Anstalten, mich zu nehmen.

»So schön«, sagte er. Er berührte mich weiter überall, nur nicht dort, wo ich ihn am meisten brauchte.

Ich beschloss, ihn zu ermutigen, und beugte den Oberkörper vor, bis meine Schultern die Matratze berührten. Dabei reckte ich den Hintern in die Höhe und begann, mit einer Hand meine Klitoris zu massieren. Ich ließ zuerst einen und dann zwei Finger in mein Geschlecht gleiten. Ich wusste, dass er mich beobachtete, denn er hatte innegehalten, während ich spüren konnte, dass er vor Lust bebte.

»Verdammt, das ist sexy«, stöhnte er.

»Siehst du gern zu, wie ich mich selbst befriedige?«

»Allerdings«, knurrte er.

»Willst du weiter beobachten, wie ich mich selbst zum Höhepunkt bringe, oder wirst du mich ficken?«

»Ivy«, raunte er mit erstickter Stimme.

»Massierst du deinen Schwanz, Baby?«

»Ja.«

Ich rieb meine Klitoris noch fester, während ich mir vorstellte, wie Zane sich einen runterholte. Ich wollte ihn anflehen, mich zu ficken, aber wenn er mir im Moment nicht mehr geben konnte, dann war es immerhin ein Schritt in die richtige Richtung.

Plötzlich versetzte er mir einen Klaps auf den Hintern und ich schrie überrascht auf. Der stechende Schmerz wich einem angenehmen Brennen und ich seufzte zufrieden. Ja, es war ein gutes Gefühl, mir von ihm den Hintern versohlen zu lassen.

»Bereitet es dir Vergnügen, mich zu reizen, Baby?« Der zögerliche Unterton in seiner Stimme war verschwunden und dem fordernden Tonfall gewichen, den ich so sehr liebte.

»Ja«, gestand ich und ließ den Hintern kreisen.

»Wage es nicht, zu kommen, Ivy«, warnte er mich.

»Wie bitte?«, erwiderte ich mit schriller Stimme. Ich war kurz davor zu explodieren.

Er stieß in mich hinein, und ich spannte die Muskeln um seinen Schwanz an.

Klatsch.

»Wage es nicht, zu kommen.«

»Aber ich kann mich kaum noch zurückhalten.«

Klatsch.

»Nicht doch. Du wolltest doch, dass ich dich von hinten ficke.« Er verlagerte sein Gewicht und drang noch tiefer in mich ein. »Also gebe ich dir, was du willst.«

»Ich kann mich nicht mehr beherrschen.«

»Dann solltest du in Gedanken das Einmaleins aufsagen.« Er packte meine Hüfte und stieß kraftvoll in mich hinein. Als ich im Geiste die ersten beiden Zahlenreihen durchgearbeitet hatte, hielt ich es nicht mehr aus.

»Zane, ich kann nicht mehr warten.«

»Komm für mich.«

Ich stieß einen Schrei aus, als ich mich versteifte und von der Welle der Ekstase mitgerissen wurde, die so heftig war, dass ich schon glaubte, ohnmächtig zu werden.

»Zane«, stöhnte ich.

»Verdammt, Ivy!« Er zog seinen Schaft aus mir heraus und ergoss sich auf meinem Hintern und meinem Rücken. Ich ließ mich auf die Matratze sinken und er ließ meine Hüfte los, um mit den Händen über meinen Hintern zu reiben. Als ich einen Blick über meine Schulter warf, sah ich, dass er mich konzentriert beobachtete.

»Zane?«

»Ja, Baby?« Er begegnete meinem Blick.

»Ist alles in Ordnung?«

»Alles ist bestens.«

Er stand auf, ging ins Badezimmer und kam kurze Zeit später mit einem Waschlappen zurück, mit dem er meinen Hintern und meinen Rücken säuberte. Dann warf er das Tuch in Richtung Badezimmer, schlug die Bettdecke zurück und zog mich an sich. Wie jede Nacht legte ich einen Arm über seinen Bauch und ein Bein über seinen Schenkel.

»Danke«, sagte er nach einem Moment des Schweigens.

»Wofür?«

»Du bist bei mir geblieben.«

»Beinahe wäre ich gegangen. All die alten Unsicherheiten kamen wieder in mir hoch und ich habe es mit der Angst zu tun bekommen.« Verdammt, es fiel mir nicht leicht, das zuzugeben. »Ich liebe dich so sehr. Der Gedanke, dass du mich zurückweisen könntest, hat mich fast umgebracht.«

»Aus diesem Grund habe ich mich zurückgezogen.«

»Wie bitte?« Ich setzte mich auf, damit ich ihm in die Augen blicken konnte.

»Ich hatte Angst, du würdest mich zurückweisen, wenn ich versuche, mit dir zu schlafen. Verdammt, nach allem, was passiert ist, habe ich befürchtet, du könntest mich für immer von dir stoßen. Ich hätte es nicht überlebt, wenn du mich verlassen hättest. Ohne dich bin ich nichts.«

Ich setzte mich rittlings auf seinen Schoß. »Ich werde dich niemals verlassen.«

»Versprochen?«

Ich konnte den Gedanken, dass mein großer starker Mann von Unsicherheit geplagt war, kaum ertragen. Caroline hatte recht behalten. Ich hatte mich zusammenreißen und Zane auffangen müssen.

»Versprochen.«

Ich beugte mich vor und küsste ihn sanft, doch der zärtliche Kuss wurde schnell leidenschaftlich und begierig. So, wie ich es mochte. Ich spürte, wie sein Schwanz von Neuem hart wurde, und rieb mich an seiner Erektion.

»Schon wieder?«, fragte ich lachend und presste mein Geschlecht an seine Eichel, um ihn zu reizen.

»Oh ja. Hör schon auf, mich zu necken, und nimm mich.«

Er musste mich nicht zweimal bitten. Als er mich aufforderte, mich vorzubeugen, damit er auch meine andere Brust brandmarken konnte, gehorchte ich nur allzu bereitwillig.

Nachdem wir uns ein zweites Mal geliebt hatten, war ich schweißgebadet, doch Zane zog mich an sich und drückte mir einen Kuss auf den Kopf.

»Gute Nacht, Baby.«

»Gute Nacht, Zane.«

In dieser Nacht schlief ich mit dem Gedanken ein, wie viel Glück ich hatte. Ich war froh, dass ich geblieben war und gekämpft hatte. Damit hatte ich ihm bewiesen, dass er die ganze Zeit über recht gehabt hatte. Ich war nicht das Produkt meiner Erziehung, sondern einfach nur Ivy – eine Frau, die den wunderbarsten Mann der Welt liebte. Meinen feuerspeienden Drachen und Bezwinger meiner Dämonen. Er war für mich da und ich für ihn.

EPILOG

ZANE

»Zane«, meldete ich mich, nachdem ich den Namen des Anrufers auf dem Display gesehen hatte.

»Ich habe sie gefunden«, sagte der Mann am anderen Ende der Leitung und kam direkt zur Sache.

»Wo?«

»Tot in einem Hotelzimmer.«

Sarah Long würde Ivy nie wieder behelligen. Ich bedauerte nur, dass ich nicht derjenige war, der ihr Leben beendet hatte. Nach allem, was sie Ivy und Joey angetan hatte, hatte ich mich darauf gefreut, sie auszuschalten.

»Wie?«, fragte ich.

»Bei der Autopsie wird man eine Überdosis feststellen.«

»Keine Spuren?«

»Gar keine«, bestätigte er.

»Danke.«

»Gern geschehen. Bis zum nächsten Mal.«

Der Mann beendete das Gespräch, und ich warf mein Handy auf den Schreibtisch. Ich fragte mich, wie Ivy die

Nachricht wohl aufnehmen würde. Bevor ich zu lange darüber nachdenken konnte, klopfte es an meiner Bürotür.

»Hey, bist du beschäftigt?«, fragte Ivy, als sie den Kopf ins Zimmer streckte.

Es faszinierte mich noch immer, dass Ivy mir im Handumdrehen ein Lächeln aufs Gesicht zaubern konnte, ganz gleich wie furchtbar mein Tag war. Nachdem ich mir jahrelang selbst das Glück verwehrt hatte, sehnte ich mich jetzt nach ihrem Licht. Dabei war es mir egal, ob ich wie ein Weichei klang, aber ohne sie an meiner Seite konnte ich nicht atmen.

»Ich warte auf den Präsidenten und Colin«, antwortete ich.

»Hast du einen Moment Zeit?«

»Für dich? Immer.«

Ich schob meinen Stuhl zurück, denn ich wusste, dass sie sich auf meinen Schoß setzen und ihre schlanken Arme um meinen Hals schlingen würde. Das tat sie jeden Tag, und zwar mehrmals, denn sie schaute täglich in meinem Büro vorbei, um nach mir zu sehen.

Verdammt, ich liebte diese Frau.

»Was ist das?«, fragte sie, nachdem sie es sich bequem gemacht hatte.

Ich nahm die 308er Patrone in die Hand und reichte sie ihr.

»Warum steht *Lewis* darauf?«

»Das ist ein alter Aberglaube. Kennst du die Bedeutung der Worte: *Eine Kugel, auf der dein Name steht?*« Ich hielt inne, und als sie nickte, fuhr ich fort: »Nun, ich habe nicht nur eine mit meinem Namen, sondern auch eine für all meine Männer.«

Sie griff nach der zweiten Patrone, die auf meinem Schreibtisch lag. »Wheeler?«

»Erics Kugel. Gretchen hat gestern Abend die Regale

geputzt und seine Kugel ist aus seiner Flagge gefallen. Sie hatte sie überall gesucht.«

»Erzähl mir von ihm.«

Verdammt, es tat immer noch weh, an ihn zu denken. »Er hätte dich gemocht. Du denkst vielleicht, die anderen Jungs sind gemein, wenn sie mich aufziehen, aber du hättest Eric erleben sollen. Er war ein guter Soldat und ein noch besserer Freund. Mehr als jeder andere engagierte er sich für die Gemeinschaft. Er spendete regelmäßig Geld an ein Frauenhaus, ein Kinderhilfswerk, die Veteranenhilfe und vieles mehr. Aber er half nicht nur mit finanziellen Mitteln, sondern investierte auch viel Zeit, um anderen zu helfen, und fuhr zum Beispiel mit den Patriot Guard Riders. Man hätte nie geglaubt, dass er die Schrecken des Krieges aus erster Hand erlebt hatte. Er war von Kopf bis Fuß verbrannt und vernarbt, aber er behielt sein sonniges Gemüt. Es sei denn, man erwähnte die Russen.« Ich musste lachen, als ich mich daran erinnerte, wie er bei jedem neuen Fall stets zuerst sagte: *Die verdammten Russen sind schuld.*

»Es ist nicht deine Schuld«, flüsterte Ivy.

»Ich weiß, aber ich stelle mir trotzdem immer wieder die Frage, was gewesen wäre, wenn die Sache anders verlaufen wäre. Das werde ich wohl nie abstellen können.«

»Deshalb bist du so ein großartiger Anführer. Du denkst immer zuerst an andere und zuletzt an dich selbst. Solange du nicht vergisst, dass ich für dich da bin und dir helfen werde, die Last zu schultern.«

Es fiel mir zwar nicht unbedingt leicht, aber es war auch nicht so schwer, wie ich gedacht hatte, mich Ivy zu öffnen. Ich war in der Lage, ihr all das zu offenbaren, was ich so lange vor aller Welt verborgen hatte.

»Ich weiß.«

»Wir sind weit gekommen, nicht wahr?«, fragte sie und schmiegte ihren Kopf an meine Brust.

»Allerdings.«

»Letzte Woche hast du kaum die Fassung verloren, als ich mit Leo von der Rennstrecke zurückkam«, bemerkte sie kichernd.

Leo war der Meinung gewesen, es sei eine gute Idee, Ivy eine Probefahrt mit einem meiner neuen Hochleistungsfahrzeuge zu gönnen. Den Wagen hatte ich erst kürzlich zu dem Fuhrpark in unserem Ausbildungszentrum an der Ostküste hinzugefügt. Vor einiger Zeit hatte ich dort ein Stück Ackerland gekauft und es in einen Spielplatz für Rekruten und Teammitglieder verwandelt. Obendrein hatte ich eine drei Kilometer lange Strecke für Hochgeschwindigkeitsmanöver angelegt.

»Mach das nicht noch einmal«, befahl ich, wobei mir völlig egal war, dass ich wie ein herrisches Arschloch klang. Es war zu gefährlich.

»Warum? Er ist ein guter Lehrer.«

»Hat er dich fahren lassen?«

»Ja.«

»Dann ist er ein beschissener Lehrer.«

»Zuvor ist er eine Stunde lang Sicherheitsmaßnahmen mit mir durchgegangen und hat mir alles über Fahrtechniken beigebracht, bevor er mich ans Steuer ließ. Außerdem durfte ich nicht schneller als zweihundertvierzig Stundenkilometer fahren«, erklärte sie mit einem Grinsen.

»Verdammt noch mal, ich meine es ernst.«

»Ich weiß. Aber ich will dir einen Rat geben. Beim nächsten Mal solltest du mir nicht damit drohen, mir den Hintern zu versohlen. Das weckt in mir nur den Wunsch, mich dir zu widersetzen.«

»Du wirst mich noch umbringen.«

»Aber du liebst mich.«

»Darauf kannst du wetten.«

Ich presste meine Lippen auf ihre, und sie gab sich mir,

ohne zu zögern, hin. Ivy war längst nicht mehr die unsichere Frau von einst, sondern sie war stark und selbstbewusst.

»Klopf, klopf«, rief Jasmin und klopfte an die Bürotür.

Ich zog den Kopf zurück und blaffte: »Was ist?«

»Störe ich?«

»Ja. Aber das hat dich noch nie aufgehalten.«

Ivy versetzte mir einen Klaps auf die Brust und ich verdrehte die Augen. »Ich meine, was kann ich für dich tun?«, fragte ich mit einem sarkastischen Unterton.

»Ich wollte dir nur Bescheid geben, dass der Präsident hier ist«, antwortete Jasmin lachend.

Ich drehte meinen Stuhl zur Tür und erblickte Tom Anderson, der mit einem breiten Grinsen neben Jasmin stand.

»Oh Scheiße«, flüsterte Ivy und wollte schon von meinem Schoß aufspringen. Sie war dem Präsidenten kurz im Krankenhaus begegnet, doch ganz offensichtlich war sie in seiner Nähe immer noch nervös.

»Bitte. Meinetwegen müsst ihr nicht aufstehen. Ich werde kurz meine Nichte und die Zwillinge besuchen, um euch noch einen Moment Zeit zu geben.« Tom zwinkerte uns zu und verließ mein Büro.

»Ich kann nicht glauben, was da gerade passiert ist.«

»Glaube es ruhig.«

»Ich könnte vor Scham im Boden versinken. Denkst du, er weiß, dass wir geknutscht haben?«

»Auf jeden Fall. Warum glaubst du, ist er gegangen?«

»Er ist der Präsident der Vereinigten Staaten.«

»Er ist außerdem ein Mann und weiß, dass ich meine Frau küssen werde, wenn sie auf meinem Schoß sitzt.«

»Ich muss gehen.«

»Wohin?«, fragte ich und musste lachen, als ihr die Röte in die Wangen stieg.

»Ich weiß auch nicht, die nächste Toilette, um in aller

Ruhe zu sterben.« Als ich schallend anfing zu lachen, protestierte sie: »Zane, das ist nicht lustig.«

»Doch, das ist es, Baby.«

»Wie du meinst«, erwiderte sie schnaubend und ich musste erneut lachen.

»Ich liebe dich, Ivy.«

»Ich liebe dich auch, Zane.«

»Hör zu, es tut mir leid, aber ich muss dir etwas erzählen. Sarah ist tot. Ihre Leiche wurde heute aufgefunden.«

Ich beobachtete Ivy genau und achtete darauf, ob sie irgendwelche Anzeichen von Niedergeschlagenheit oder Kummer zeigte, doch ich konnte nichts erkennen.

»Wie? Wo?«

»In einem Hotelzimmer. Sie ist an einer Überdosis gestorben.«

Ivy legte die Stirn in Falten und schien in Gedanken versunken.

»Geht es dir gut?«, fragte ich.

* * *

IVY

Ging es mir gut? Ich lehnte mich in Zanes Armen zurück und dachte über seine Frage nach. Ich war glücklicher als je zuvor in meinem Leben und war von wunderbaren Menschen umgeben. Ja, mir ging es mehr als gut.

»Wahrscheinlich sollte ich traurig sein ... aber um ehrlich zu sein, fühle ich ... gar nichts.«

»Du kannst dich so fühlen, wie du willst«, versicherte er mir.

»Danke.«

»Wofür?«

»Für alles. Dafür, dass es dich gibt. Für uns. Dafür, dass du mir hilfst zu heilen.«

»Baby, du schaffst das von ganz allein. Und ich habe das Vergnügen, dich strahlen zu sehen.«

* * *

COLIN

Zane ging in seinem Büro auf und ab, während Präsident Anderson die von mir verfassten Berichte durchging. Zane wusste bereits, was diese enthielten. Wir beide machten uns darauf gefasst, dass der Präsident jeden Moment die Fassung verlieren könnte.

»Was zum Teufel?«, fluchte dieser. »Wusstest du davon?«

»Ja«, antwortete Zane. »Ich habe entschieden, dich erst zu informieren, nachdem wir alle Fakten gesammelt hatten.«

Die Tochter des Präsidenten der Vereinigten Staaten, Erin Anderson, hatte sich einen Stalker angelacht.

»Der Kerl war im Weißen Haus?«, fragte er.

»Ja«, antwortete ich und überlegte, ob mein Arbeitsvertrag eine Zahnzusatzversicherung enthielt. Es war ein Wunder, dass ich mir während der letzten Monate keine Kiefersperre zugezogen hatte. Jedes Mal wenn ich nur an Erin dachte, biss ich unwillkürlich die Zähne zusammen und musste mir auf die Zunge beißen, um ihr nicht zu sagen, dass sie mich in den Wahnsinn trieb.

»Ich nehme an, du hast es mir nicht sofort erzählt, weil du Gerald als Verdächtigen ausschließen wolltest?«

Er sprach von seinem persönlichen Leibwächter.

»Das ist richtig, Sir.«

»Und?«

»Er ist sauber.«

»Mir sind einige Gerüchte zu Ohren gekommen«, seufzte

355

Tom und setzte sich auf das Sofa, wobei er die Unterarme auf die Oberschenkel stützte und den Kopf hängen ließ. »Ich weiß nicht, was ich falsch gemacht habe. Seit dem Tag ihrer Geburt liebe ich mein kleines Mädchen von ganzem Herzen.«

Erin war kein kleines Mädchen mehr, aber wie jeder Vater wollte oder konnte der Präsident seine Tochter nicht als erwachsene Frau betrachten. Wohlgemerkt eine wunderschöne und sexy Frau, die einen Mann in den Wahnsinn treiben konnte.

»Diese Sache ist nicht Ihre Schuld. Darf ich ganz offen sein?«, fragte ich.

»Bitte.«

Ich sah Zane an, der mir mit einem Blick zu verstehen gab, dass ich behutsam vorgehen sollte. Doch genau das war das Problem. Alle schlichen wie auf Samtpfoten um sie herum.

»Noch nie im Leben bin ich einer Frau begegnet, die mich so sehr zum Wahnsinn getrieben hat wie Erin. Während der letzten sieben Jahre Ihrer Präsidentschaft hat sie sich daran gewöhnt, dass alle ihr jeden Wunsch von den Augen ablesen. Wenn sie sich etwas in den Kopf setzt, dann will sie es haben, und falls sie auf Widerworte stößt, bekommt sie einen Wutanfall. Die meiste Zeit über weiß sie nicht einmal, was sie will. Es gefällt ihr einfach nicht, wenn man ihr etwas verbietet.«

»Willst du mir damit sagen, dass meine Tochter eine verzogene Göre ist?«

»Bei allem Respekt, Sir, ja.«

Der Präsident warf den Kopf zurück und lachte schallend. »Es gehört eine Menge Mumm dazu, dem Präsidenten zu sagen, dass seine Tochter verwöhnt ist. Aber deine Ehrlichkeit ist erfrischend. Und warum ist sie jetzt derart aus dem Häuschen? Was will sie?«

»Mich.«

»Dich?«

Zanes Miene war wie versteinert. Ich weiß nicht, was er von mir erwartet hatte, aber er wollte sicher nicht, dass ich dem Präsidenten erzählte, wie seine Tochter versucht hatte, mir an die Wäsche zu gehen. Tatsächlich würde ich keinem der beiden Männer verraten, wie weit Erin tatsächlich gegangen war

»Ich bin bereit, meinen Posten zu verlassen und ein anderes Teammitglied einzuweisen.«

»Auf keinen Fall. Wenn es dir nichts ausmacht, wäre es mir lieber, dass du Erin weiter beschützt. Bis wir wissen, wer in ihrer Wohnung war, möchte ich, dass du ihr nicht von der Seite weichst.«

Ich hätte nicht erwartet, dass Tom mich weiterhin als Erins Leibwächter einsetzen würde, nachdem er gehört hatte, dass seine Tochter sich zu mir hingezogen fühlte. Vielmehr hatte ich damit gerechnet, von dem Job entbunden zu werden.

»Ich bin gerade im Begriff, das Haus eines Freundes in Texas zu kaufen. Den Vertrag werde ich Ende der Woche unterschreiben. Ich denke, der Ort eignet sich perfekt, um sie dort eine Weile unterzubringen. Wir könnten ihr einen Leibwächter zuteilen, während ich von hier aus meine Ermittlungen durchführe.«

»Du hast Fletchs Haus gekauft?«, fragte Zane.

»Allerdings. Das Grundstück ist atemberaubend. Nach dem Wiederaufbau hat er das Sicherheitssystem neu installiert, das deine Sicherheitsvorkehrungen wie das Werk eines Anfängers erscheinen lässt. Erin wird dort absolut sicher sein. Zudem ist sein Team in der Gegend, das uns im Notfall als Verstärkung dienen kann.«

»Bist du sicher, dass du das Haus kaufen willst? Ich weiß

aus zuverlässiger Quelle, dass zuerst ein Exorzismus nötig ist, bevor ein neuer Besitzer einziehen kann.«

»Von wegen. Die Maklerin hat lediglich ein Gerücht in die Welt gesetzt, weil sie versucht hat, einen besseren Preis für ihren Käufer zu erzielen. Eine kleine Explosion, und schon reden alle über Geister.«

»Die Explosion war nicht unbedingt klein, Bruder. Das Haus wurde mit einer Panzerfaust beschossen«, erwiderte Zane lachend. »Als die Granate einschlug, befanden sich nicht nur Fletch und sein Team im Inneren des Gebäudes. Auch die Nichte dieser knallharten Privatdetektive, die ich nicht nennen will, war im Haus. Soweit ich weiß war die Kacke am Dampfen.«

»Ach du meine Güte, du bist nicht einmal in der Lage, ihre Namen auszusprechen«, bemerkte ich belustigt.

»Die beiden sind wie ein Voodoo-Zauber. Du musst nur ihren Namen aussprechen und schon steht einer von ihnen vor deiner Tür. Jeder in der Branche weiß, dass man sich nicht mit ihnen anlegen sollte.«

»Ich will, dass du Erin weiter beschützt«, warf der Präsident ein.

»Verstanden.«

Verdammt, es hatte den Anschein, als würden Erin und ich einen Ausflug nach Texas unternehmen. Und obwohl ich liebend gern jedes einzelne Zimmer in meinem neuen Haus mit ihr einweihen würde, war sie für mich tabu. Aber je länger ich mich in ihrer Nähe aufhielt, desto mehr verwischten die Grenzen und desto schwerer fiel es mir, mich daran zu erinnern, dass ich die Finger von diesem Teufelsweib lassen musste. Und je besser ich sie kennenlernte, desto mehr verstand ich ihr Verhalten. Sie war nicht einfach nur eine verwöhnte Göre, sondern eine Frau, die in einer Welt gefangen war, in der die meisten Menschen sie nur ausnutzen wollten oder sich ihr näherten, weil ihr Vater

der Präsident war. Die Erin, die ich kannte, die mit hochge-
bundenen Haaren und in bequemen Klamotten auf der
Couch saß und fernsah, hatte nichts gemein mit der
verwöhnten Schlampe, die sie für den Rest der Welt spielte.
Die echte Erin konnte mir tatsächlich gefährlich werden.

Erin Anderson wollte, dass man sie um ihrer selbst willen
mochte, und nicht nur, weil sie die Tochter des Präsidenten
war. Das verstand ich nur zu gut.

»Sieht so aus, als müsstest du dich auf den Weg nach
Texas machen.«

»Sieht so aus. Ich rufe Fletch an und sage ihm, dass wir in
der Stadt sein werden.«

SIND SIE BEREIT FÜR COLIN UND ERIN? *DIE RETTUNG VON
Erin* ist jetzt erhältlich!

DANKSAGUNG

An Sie alle – meine Leserinnen und Leser. Danke, dass Sie
dieses Buch gelesen und mir einige Stunden Ihrer Zeit
geschenkt haben. Ob dies nun das erste Buch ist, das Sie von
mir lesen, oder ob Sie schon von Anfang an dabei sind, danke
für Ihre Unterstützung. Ihretwegen habe ich den tollsten Job
der Welt.

BÜCHER VON RILEY EDWARDS

<u>Red Team – Stahlharte Beschützer:</u>

Jasmins Erinnerung

Schutz für Olivia

Vergebung für Violet

Erlösung für Ivy

Die Rettung von Erin (1 Nov)

<u>Die Gemini-Gruppe:</u>

Nixons Versprechen

Jamesons Erlösung

Westons Schatz

Alecs Traum

Chasins Kapitulation

Holdens Erwachen

Jonnys Befreiung

<u>Eliteteam 707:</u>

Shanes Auferstehung

Jaspers Freiheit

Levis Erkenntnis

Nolans Zwiespalt

BIOGRAFIE

Riley Edwards ist eine USA Today und Wall Street Journal Bestsellerautorin, Ehefrau und Armee-Mom. Geboren und aufgewachsen ist sie in Los Angeles, lebt inzwischen jedoch mit ihrem fantastischen Ehemann und ihren Kindern an der Ostküste.

Riley schreibt herzerwärmende Liebesgeschichten mit sexy Alphahelden und noch stärkeren Heldinnen. Rileys Lieblingsgenres sind spannende Liebesromane und Militär-romanzen.

Besuchen Sie Riley im Netz!
www.rileyedwardsromance.com
facebook.com/Novelist.Riley.Edwards
instagram.com/rileyedwardsromance
youtube.com/channel
tiktok.com/@rileyedwardsromance
twitter.com/rileyedwardsrom
E-Mail: riley@rileysrebels.com

facebook.com/Novelist.Riley.Edwards
x.com/rileyedwardsrom
instagram.com/rileyedwardsromance
bookbub.com/authors/riley-edwards
amazon.com/author/rileyedwards

BÜCHER VON SUSAN STOKER

SEALs of Protection:

Schutz für Caroline
Schutz für Alabama
Schutz für Fiona
Die Hochzeit von Caroline
Schutz für Summer
Schutz für Cheyenne
Schutz für Jessyka
Schutz für Julie
Schutz für Melody
Schutz für die Zukunft
Schutz für Kiera
Schutz für Alabamas Kinder
Schutz für Dakota

SEALs of Protection: Legacy

Ein Beschützer für Caite
Ein Beschützer für Brenae
Ein Beschützer für Sidney
Ein Beschützer für Piper

Ein Beschützer für Zoey
Ein Beschützer für Avery
Ein Beschützer für Kalee
Ein Beschützer für Jane

Die Zuflucht in den Bergen
Zuflucht für Alaska
Zuflucht für Henley
Zuflucht für Reese
Zuflucht für Cora
Zuflucht für Lara
Zuflucht für Maisy
Zuflucht für Ryleigh

SEALs of Protection: Alliance
Schutz für Remi
Schutz für Wren
Schutz für Josie (4 Mar)
Schutz für Maggie (1 Apr)
Schutz für Addison (6 May)
Schutz für Kelli
Schutz für Bree

Das Bergungsteam vom Eagle Point
Ein Retter für Lilly
Ein Retter für Elsie
Ein Retter für Bristol
Ein Retter für Caryn
Ein Retter für Finley
Ein Retter für Heather
Ein Retter für Khloe

Die SEALs von Hawaii:
Die Suche nach Elodie

Die Suche nach Lexie
Die Suche nach Kenna
Die Suche nach Monica
Die Suche nach Carly
Die Suche nach Ashlyn
Die Suche nach Jodelle

Delta Team Zwei
Ein Held für Gillian
Ein Held für Kinley
Ein Held für Aspen
Ein Held für Jayme
Ein Held für Riley
Ein Held für Devyn
Ein Held für Ember
Ein Held für Sierra

Die Delta Force Heroes:
Die Rettung von Rayne
Die Rettung von Emily
Die Rettung von Harley
Die Hochzeit von Emily
Die Rettung von Kassie
Die Rettung von Bryn
Die Rettung von Casey
Die Rettung von Wendy
Die Rettung von Sadie
Die Rettung von Mary
Die Rettung von Macie
Die Rettung von Annie

Mountain Mercenaries:
Die Befreiung von Allye
Die Befreiung von Chloe

Die Befreiung von Morgan
Die Befreiung von Harlow
Die Befreiung von Everly
Die Befreiung von Zara
Die Befreiung von Raven

Ace Security Reihe:
Anspruch auf Grace
Anspruch auf Alexis
Anspruch auf Bailey
Anspruch auf Felicity
Anspruch auf Sarah

Die Männer von Silverstone
Vertrauen in Skylar
Vertrauen in Taylor
Vertrauen in Molly
Vertrauen in Cassidy

Eine Sammlung von Kurzgeschichten
Ein langer kurzer Augenblick

BIOGRAFIE

Susan Stoker ist die New York Times, USA Today und Wall Street Journal Bestsellerautorin der Buchreihen »Badge of Honor: Texas Heroes«, »SEAL of Protection«, »Die Delta Force Heroes« und einigen mehr. Stoker ist mit einem pensionierten Unteroffizier der US-Armee verheiratet und hat in ihrem Leben schon überall in den Vereinigten Staaten gelebt – von Missouri über Kalifornien bis hin zu Colorado. Zurzeit nennt sie die Region unter dem großen Himmel von Tennessee ihr Zuhause. Sie glaubt ganz und gar an Happy

Ends und hat großen Spaß daran, Geschichten zu schreiben, in denen Romantik zu Liebe wird.

Besuchen Sie Susan im Netz!
www.stokeraces.com
facebook.com/authorsusanstoker
twitter.com/Susan_Stoker
bookbub.com/authors/susan-stoker
instagram.com/authorsusanstoker
Email: Susan@StokerAces.com